塩貝敏夫

Shiogai Toshio

時間病

第二巻

行路社

三島――その空間というものは歪められた空間か、つくられた空間か知らぬが、その空間が一定時間持続する。

全共闘C――空間には時間もなければ関係もないわけですから、歪められるとか……。本来の形が出てきたというところで、彼が自然に戻ったとおそらく幼稚な言葉で言ったのじゃないかと思う。

三島――なるほど、なるほど。そうするとだね、それが持続するしないということは、それの本質的な問題ではないわけ？

全共闘C――時間がないのだから、持続という概念自体おかしいのじゃないですか。

三島――そうすると、それが三分間しか持続しなくてもあるいは一週間あるいは十日間持続したとしても、その間の本質的な差は、全然次元としての差すらないですか？

全共闘C――だってそれは比較すること自体がおかしいわけですよ。

（『討論　三島由紀夫vs東大全共闘』より）

『時間病』第二巻　目次

第六章　蜃気楼

海の上に横長の建物の列が浮かんで見え、手前のほうには大きな煙突が三本くらい立っていて、うち一本からは黒い煙が立ち上っているようだった。全体に青白い霧がかかったようにぼんやりとしていたが、その異国の港町の蜃気楼はしばらく目の前に広がっていた。灰田《ほのだ》純平はその町の風景にはどこか見覚えがあるような気がしていた。いったいその町はどこを通りどこをどう屈折してここまで辿り着いたのだろうか。

「幽霊みたいな町だねえ」

純平の横で田原《たわら》祐介がそう呟いた。それに応じたのは純平の意外な一言だった。

「金沢には記憶がないけれど、あの町の輪郭には微かな記憶がある」

田原は驚いたように純平のほうを振り向いた。

「ホロ……、ホルムスク」

純平の脳裏に突然そんなカタカナの名前が浮かんできた。赤茶けた壁と大きな黒い煙突、暗い海と雨後の濁った水たまりがあちこちにある道路、労働者とその家族たち。記憶の一端が見えたことを彼は感じていたが、そこから繋がっていく糸筋は歯痒くも逡巡して滞っていた。

「何か思い出したの？」

表情が険しくなった純平を気遣いながらリン・スジンが尋ねた。

「スジンさん、お願いです、あの蜃気楼をできるだけ詳しくスケッチしておいてくれませんか、また後で見せてください」

彼女はすでにスケッチを始めていたが、できるだけ正確にしかも手早くその蜃気楼を画帳に描き留めた。

「ホルムスクは確かサハリンの港町だと思うんだが、いったいどうしてそんなところの記憶があるんだろう?」

じっと蜃気楼を見つめている純平の横顔を窺いながら田原は言ったが、それ以上追及することはしなかった。そうしているうちに蜃気楼の輪郭はぼやけ、その幻想的な港町の姿は水平線の彼方にふっとかき消されてしまったのである。

無意識に記憶の回復を避けている純平の脳が作り出した偽りの記憶であったのかもしれないが、彼が具体的な町の名前を口に出したのは初めてのことだった、しかもほとんど誰も聞いたことのない異境の町の名である。

「本当にあの町に記憶があるの?」

視覚的な記憶力に秀でていると思われる美術学生のスジンが絵を仕上げながらドイツ語で確認した。蜃気楼の消えた砂丘は、やけに風の強い荒涼とした何もないところだった。スジンの長い髪の毛が何度も顔にかかり、彼女は頻りに左手でその髪を整えながら、スケッチを仕上げていた。

「あるのかもしれないし、ないのかもしれない。ただ答えを求めようとは、私はもうしない。記憶があるかもしれないという、それだけで十分だ」

純平が自分に言い聞かせるようにそう呟いた。あとの二人もその気持ちを察してかそれ以上その記憶を聞き出そうとはしなかった。三人は蜃気楼の名残を惜しむようにしばらく砂丘の上を歩き回っていたが、いつしか彼らの話題はスジンがその後体験しに行くという加賀友禅のことに及んでいった。そこには田原なりの配慮があった。というのは、純平にサハリンの町の記憶があり、彼の意に反してそのことを究明することになれば、純平やひいてはスジンの義父である園部に対するスパイ疑惑をさらに裏付けることになるかもしれなかったからである。田原自身にとっては、スパイ事件の解明よりも、仄田との友情がすでにもっと大切なものになっていたのである。

「伝統があるから安心して新しいものに取り組めるのだと思いませんか。個人個人は一から始めているつもりでも、世界全体から見れば新たな創造空間へとまた一歩拡がる無数の試みの一つかもしれません。伝統がなければ、その拡がるべき一歩がどこにあるのかも見つけ出せないのではないでしょうか？」

日本の伝統文化の取材をするためにドイツからやって来ていたスジンが言った。

「友禅などの工芸品には確かにそう言えるかもしれないけれど、絵画などの芸術には果たしてそんなことが言えるでしょうか？　道具や技法の伝統はあるとしても、それらも含めて新しく作り出すのは作者自身の力であって伝統の力ではない。むしろ伝統という殻を破ることが創造ではないでしょうか」

○×新聞文化欄の担当である田原が言った。

「伝統もまたそれまでの殻を破ってでてきたものですから、伝統と創造を対立させることに意味はありません。大切なことは、その伝統というものが、作品にせよ作者にせよ現在も残っているということだと思います。不幸にも現在に残っていないものは破壊することもできないし、それは伝統と言うことすらできないものでしょう。まだまだ未熟ですが、私の場合絵を描くのは見ることから始まります。加賀友禅も現代絵画も、どちらも見れば見るほど新しい発想を刺激してくれます。ありきたりのものしか見ていない場合や、またありきたりにしか見ていない場合には、やはりありきたりのものしか思い浮かびません。そうである場合は、何も描くことはありませんし、描く必要も感じません」

田原が、純平に通訳として間に入ってもらいながら、スジンと芸術論議を始めたのである。それは、おそらく忌まわしいであろう記憶に純平がそれ以上悩ませられることのないように、スジンと田原がお互いわざと必死になって言い争っているかのようだった。

「ありきたりって、何ですか？」

「退屈なものです」

「かなり主観的なものですよね」

「もちろん……。例えば『源氏物語』は和歌の伝統がなければ成立しなかったでしょう。そして、作者は身近に和歌の伝統に触れることのできる人でなければならなかった。でなければ、私が金沢に来た意味もありません。中国で生まれ育った私にとっては、加賀友禅は受け継がれてきた伝統ではなくて、むしろ新しい出会いあるいは刺激のようなものです」

田原はわかったというように指で合図をして、三人はまた車に乗り込んだ。運転席の田原は、助手席の純平に何度も通訳を頼んでスジンと話そうと試みた。おかげで純平の頭の中からはいつの間にか記憶というかすかな糸は見失われていった。純平自身もその糸を手繰り寄せたいという気持ちはなかったのだが。

ホテルに帰ってから、運転席にいたときとは打って変わって田原はロビーでインターネット上のホルムスクの情報を調べていた。そして、かつて小樽からホルムスクまでフェリーの定期便が運航していたことや、新潟から小樽までは今もフェリーが就航しているので、金沢からホルムスクまで行き来することは比較的容易であったことなどが判明した。しかし、肝心なことは、仄田が何のために、サハリンまで行ったのかということである。単なる旅行だったのか、留学もしくは貿易のためか、それとも情報活動であったのか。そして金沢の外国語学校と灰田には何らかの関係が果たしてあるのかどうかということであった。しかし、金沢に記憶がなくてホルムスクに記憶があるのなら、むしろ金沢にある外国語学校とは全く関係がないと考えたほうがいいのではないだろうか。だとしたら、もう一度始めからやり直さなければならないことになる。あるいは、迷宮入り事件として諦めるかのどちらかだ。そして、灰田はもともと後者を望んでいた。

「鶏のブイヨンにコケコッコーと鳴いてみろというのは、無理な相談です。そうでしょう」

兼六園を一人でぶらぶら散歩してからホテルに帰ってきた灰田が、田原の姿を見つけるなりそう言った。言葉の真意を測りかねていた田原に向かって、灰田が続けた。

「これは有名な作家の言葉だそうです。物事には必ず答えがあるはずと思って、その答えを探し続けるのは、ブイヨンに向かってコケコッコーと鳴いてみろというのと同じことだというのです。問いが立てられた前提そのものが人によって作られたものだとしたら、答えなど出てくるわけがないとは思いませんか。けれども、残念ながら問いには必ず答えがあると人は信じ込んでいる」

「そういうこともあるとは思うけれど、君は今回の記憶探しのことを言っているのかい？　それともあの蜃気楼のことかい？　でも、君に失われた過去があるということは紛れもない事実だろう。それとも、君の記憶は誰かによって作られたもの、もしくは書き換えられたものだとでもいうのかい？」

田原は顔を上げて、少し腑に落ちないというようにそう言った。

「確かにそんな想定もしていないわけではありません。もっと根本的に、今頃言って本当に申し訳ないのですが、どうやら私には記憶を回復しようとする意志のようなものがないようなのです。自分は誰なのか、という問いかけそのものが存在しないとでも言ったらいいのでしょうか、私はすでに私自身であるのですから」

田原は少しほっとした様子でコンピュータの画面にもう一度目を落とし、しばらくしてから純平の顔をしっかりと見ながら言った。

「本当にそれでいいのかい。ここで記憶の一端のようなものをつかんだのだから、今の君は宙ぶらりん状態になっているのではないかということを、僕はむしろ心配している。できればもう一日この町に一緒に滞在して、スパイ事件との関わりを調べたいのだが……」

「ここに来るまでは少しそんな気持ちもありましたが、今はもう踏ん切りがつきました。私のためにいろいろ気を遣ってもらい、ありがとうございました。スジンには私から話しておきます」

純平はすっかり気持ちの整理がついたようにそう言った。

「君の過去については新聞記者としてもすこぶる興味をそそられるのだが、当事者の君が望んでもいないことをあれこれと詮索するのは本意ではない。ただ、君の記憶とは関係なくこの事件のことはもう少し調べさせてもらうかもしれないが、それはいいかな?」

「それは構いません。私とは何の関係もないことかもしれませんし、おそらくすでに決着のついた事件でしょうから」

「記者にとっては、因果なことだが、過ぎ去った事件などというものは全く存在しないと言ってもいいんだよ。人々が現実というものをより深く、またより広く理解するためにね」

「わかりました」

純平はそう言って右手を差し出し、彼らは互いに笑顔で握手を交わした。

加賀友禅の体験を終えてスジンがホテルに帰ってくるのを待ってから、田原は引き続き金沢で取材に携わる旨を伝え、そこで二人に別れを告げた。純平とスジンは田原に礼を言ってK市への帰途についた。

列車の中でスジンが蜃気楼を描いた画用紙を見せて、それを純平に手渡した。

「ありがとう。自分の記憶というより、君との思い出のために大切にとっておくことにする。記憶は取り戻せなかったけれど、新しい記憶が拡がっていくのは、一日一日が新しい発見のようで、僕にとってわくわくするような経験だった」

正面から見るスジンの表情からは不安の陰が消えたように見えた、ひょっとしたらもともとそんな陰などなかったのかもしれないが。

「それは私も同じよ。今回もいろんな美術品や工芸品に触れることができたし、世界が拡がったような気がするわ。ありがとう」

「それはよかった。僕もこれを機にしばらく記憶探しはやめにするよ。記憶が戻ろうと戻るまいと、僕が僕であることに変わりはないのだからね。たとえば、僕がこうしてドイツ語も日本語もしゃべれるということは、学ばれたものは確実に身についているということだし、失われているのはごく一部の自分自身に関するものだけだ。いったん切り離された回路が何かの拍子で再び繋がることがあればいつかまた記憶は戻ってくるだろうから、何ら焦るようなことではない、今回の旅行はそれを確認するための旅だったような気がする」

スジンは何も言わず、ただ生真面目に頷いた。K市に戻れば、間もなく彼らは別れなければならなかった。彼女は日本にいる間、純平が住み込みで働いている会社、つまり彼女の義父である園部の経営する会社の一室に滞在していたのである。ただ、純平がいまの会社で働いている限りはいつかまた彼女に会えるだろうということが、彼の一条の希望であった。純平は、スジンの瞼にもしっかりと焼き付いたであろうその海市のスケッチを黙ってじっと見つめていた。言葉とは裏腹に、彼の脳裏では微かな記憶の糸がまた繋がり始めていた。蜃気楼を見たときの感覚が再び蘇ってくるのがわかり、彼はそのまま言葉もなく脳裏に浮かんでくる像に五感を集中させた。

暗い曇り空の下、海辺にしがみつくようにして横たわっている荒涼としたその港町を、彼は荒れた海のほうから眺めていた。海には白い海鳥が群れをなして舞いながら甲高い声を上げていた。町の右側には大きな黒い煙突が三本立っていて、その一つから黒い煙が立ち上っていた。中央には四階建てくらいの煤けた白い建物が横並びに建っていて、住宅や店舗として使われていると思われた。大きなクレーンやコンテナの見える辺りに船は接岸するに違いない。その時の彼は一人であったが、隣にはそれなりに大きな、しかし頼りになる物が置かれていたが、それが何かははっきりしない。漸くそこまで辿り着いたようなのである。韃靼《だったん》海峡という言葉が浮かんできた。ここがおそらくその韃靼海峡に違いないと彼には思われた。蝶々が一匹韃靼海峡を渡っていった、といううろ覚えの句まで浮かんできた。ついにここまで辿り着いたのである。それまでの疲れが洗い流されていくようだった。後はその島に上陸して日本までのフェリーに乗り込む日を待つだけである。島といってもおそらく北海道と同じくらいの大きな島ではあるが、広い広いシベリアの大地に比べたらやはりそれは島である。税関の手続き上の問題はすべて乗り越えたはずである。できるだけ陸路を通って大陸から日本に渡るという目論見はほぼ達成されたのだ。大陸からサハリンまではこの韃靼海峡をこの鉄道連絡船で渡ってきた。そうだ、この後サハリンを横切ってコルサコフまで行き、ユーラシア大陸とイギリスを隔てるドーバー海峡のように将来海底トンネルが通ることになるかもしれない宗谷海峡を渡るだけである。残念ながらウラジオストクから富山県の伏木との間を結ぶフェリーが少し前に休止されていたので、予定外にサハリンを訪れることになった。島の南端のコルサコフという港湾都市と稚内との間を行き交うフェリーはまだ運航されていたのである。

そのフェリーに乗り込んだ時点で、ぼろぼろになったこの辞書を海に捨てよう。黄色いビニール装丁の小さなドイツ語ロシア語辞書である。出発前にベルリンで買ったのだ。「スパスィーバ！」「スカジーチェ、パジャールスタ！」「グジェ？」「ウバースタ？」という言葉をよく使った。いずれにしても、この辞書がなければ長いロシア横断の旅の間コミュニケーションを取ることはできなかっただろう。ああそうだった、彼の傍にはドイツで購入した中古のオフロード用のバイクがあった。それは、ほぼ二カ月ロシアの大地を、幾度となくトラブルがあったとはいえ、その度に何とか走破しきった頼もしい彼の相棒だったのである。

蜃気楼の描かれた絵の前で、ばらばらになっていた端布がつながっていくように、ぼんやりとした記憶の輪郭が脳裏に浮かび上がってきた。ただ、何故旅をしていたのか、どうしてシベリアなのか、またどうやってそこまで辿り着いたのか、その道筋のようなものは彼にはまだ見えてこなかった。純平がしばらく目を閉じていると、向かい合わせに座っていたスジンが心配そうに声をかけた。

「一度に思い出さなくてもいいわよ」

それはいつものように優しく素朴な言い方であり、またそれ以上は何も言わずにそっとしておいてくれたのが、純平にはありがたかった。ただレールの継ぎ目のゴトンゴトンというリズムを耳にしながら、記憶という細い紐が次から次へと地下から地表へと土にまみれながら顔を出してくるようだった。実際このゴトンゴトンという音を聴きながらオートバイと一緒に貨物列車に乗っていたこともある。その音や色や匂いを伴った具体的な体験がつい昨日のことのように純平の五感に蘇ってきた。記憶の波に呑み込まれそうになりながら彼はその一つひとつをゆっくりと思い出そうとしていた。

＊　＊　＊　＊　＊

白樺の木がしばらく道路の両側に並んでいて、それからも道は本当にどこまでも続いているように思われた。緑の草原とでこぼこだらけの灰色のアスファルト、排気ガスの臭い。時々大きなトラックに出会うことはあっても、車はほとんど走っていなかったので、「彼」はほぼ道路の真ん中を走ることができた。ただ、たいていの車は見通しがきくせいか猛スピードで飛ばしてくるので、油断は禁物であった。夏とはいっても北の大地の風は冷たく、天候も変わりやすいが、そんな自然との出会いはまたツーリングの醍醐味でもある。ロシア横断のツーリングにとって、オートバイと辞書、それからスマートフォンの地図とメールとが頼りであった。しかし、おそらく家族も友人もその時彼がどこにいるのか、想像すらしていなかったに違いない。泊まるところは時々モーテル、たいていは駅舎かテントであったが、あらゆることが快適さとはほど遠いところにあった。気の遠くなるような長い真っ直ぐな道を延々と走ってきた。自分がどこから来てどこに向かうのかもいつしか忘れてしまうほど単調でだだっ広い平原が続いていたのである。ただ、どこかで長居をして立ち止まったりすれば、いずれは冬将軍に追いつかれてしまうということだけが彼を東へ東へと追い立てていた。その厳しい冬の近づいてくる足音を振り払うようにアクセルを吹かしてはまた単調な道の風を切る。泥よけにこびりついた灰色の土はときどきパラパラと乾いた埃を道路に撒いていく。

「スマートフォンの充電をさせてもらえませんか？」

ガソリンスタンドの体格のいい従業員は黙ってコンセントのあるところまで連れていってくれた。

「ノヴォシビルスクまであと何キロくらいですか？」

「二百キロくらいだ」

　従業員はぶっきらぼうに言ったが、急に笑顔になって尋ねた。

「あんたは日本人か？」

「はい、日本までオートバイで帰ります」

「ヒュー！」と口を尖らせて、従業員は泥だらけになった白いオートバイをじろじろ見つめた。ロシア人がぶっきらぼうなのは知っていた、そして、ロシア語で話しかけると、喜んで気さくに話し始めることも。

「近くに泊まれるところはありますか？」

「この道を二十キロほどいったところに『モスト』という小さなモーテルがある。中年の女性が経営しているが、彼女はいい人だ」

「モスト」はロシア語で「橋」という意味である。そこならばゆっくりといろいろな意味での充電もできるだろうと思った。急ぎの旅ではないが、単調な道は予想以上に疲れるものだった。充電を待っている間、従業員はどこか躊躇《ためら》っている様子だったので、彼は当たり障りのないことを話しかけた。

「この辺りに石油は出ますか？」

「出ないよ。日本人はいい車を作るね。ちょっとやそっとで故障しないのはやっぱり日本車だよ。私の叔父は日本からの輸入車に乗っている」

　従業員は自慢げにそう言った。

「確かにこの辺りに来ると日本車をよく見かけます」

「あんたは何をしている人だね？」

　彼は答えられなかった。果たして自分は何をしている人なのか？どこから来てどこへ向かっているのか? 記憶がその場面でふいに途絶えてしまった。確かにまだ意識されているのは「純平」であって、それ以前の本当の自分ではなかったのだろう。ただ、自分である必要があるのかないのかもまだぼんやりとしている。記憶なのか、夢と同じような創造作用なのか、それもまたぼんやりとしていた。

そのロシア語が理解できないふりをして曖昧に笑いながら、彼は従業員に礼を言って、ガソリンスタンドを後にした。

しばらく行くと小さな集落にさしかかり、道路の右側によく目立つ白い建物が見えてきた。近づいてみると確かに「モスト」という赤い看板が掲げられていた。辺りは湿地帯のようで道路から少し離れると水生植物が茂っていた。遠景は例によってどこまでも続く大平原である。

「部屋は空いていますか?」

ドアを開けて入った玄関ホールらしきところで彼は英語で言った。フロントに座っていた太った中年女が煙草の火を消しながらこちらを見た。

「パスポート!」

彼女はぶっきらぼうに言った。しばらくパスポートを見ていたが、何やら宿帳らしいものに文字を書いていた。こんな田舎に日本人がしかも一人で泊まりに来ることはめったになかったのだろう、彼女は不審そうに彼のことをじろじろ見つめた。

「何泊?　一人?」

「一人、一泊です」

彼はロシア語で答えた。数字くらいならロシア語で言える練習はしてきたのである。彼女の表情が少し緩んだように見えた。

「ふふん、朝食は?」

「お願いします」

「七時から、あちらの部屋で」

そう言ってホールの左側のドアを指差した。

「わかりました」

バイクの荷台に積んでいた大きな鞄を運び込んだ二階の部屋は決して快適とは言えなかったが、寝具などの設備は清潔そうであった。二重の窓越しにこれから行くことになる東のほうに平原が遠くまで見渡せた。右手の村の中央辺りには金色に光る丸屋根を頂いたロシア正教会が見え、夕暮れが天から下りてきたようにゆっくりと大地の色を変化させていった。ウラル山脈を越えたのだから、ここはもうすでにアジアに入ったということになろうか。こうして地理的にはだんだん日本に近づいているはずなのだが、その距離とは逆にそこで出会う風景や生活様式が現代日本からどんどん離れていくように感じられるのはどういうことだろうか。彼はほとんど灯りの見えない薄暗い大地を目の前にしながらそんなことを思っていたようだ。ガソリンスタンドやホテルの従業員の態度もどこか一昔前の日本の映画に出てくる人びとの暮らしを思い起こさせた。モーテルという名前もどこか懐かしい。駅舎の中やテントで泊まっているときは、とにかく寝る場所を確保することに汲々としていて、落ち着いて考えたこともなかったが、自分がいったいどこに向かっているのか実際わからなくなっていたのだ。向かっているのは文明社会なのか、それとも文明から取り残された世界なのだろうか？　あるいは、何かもっと別の……。

というのも、そこで出会う生活方法の一つひとつが不便なものであり、不合理であり、また回りくどいように思われたからである。そして、自分の思っていた接客などというものとは全く懸け離れた無愛想なものだったからである。しかし、もともとシベリアをオートバイで横断してみたいという企ての中には、雄大な自然を感じながら走りたいというだけでなく、そこに生きる人びとの暮らしや文化への興味がどこかにあったはずである。便利さを求めるのなら単純に飛行機で帰ればいいのである。大自然の中のツーリングと便利さとは容易に両立できないということは最初から何度も自分に言い聞かせていた。この企てにはもっと他の理由もあったようなのだが、しかも、何かから逃げてきたような事情があったようなのだが、それがどうも思い出せない。ともあれそれはもはやどうでもいいことだ。少しくらいの困難はあっても自分の信じた道を東へと進むだけである。はるか彼方まで続いている大地を見れば、快い疲労と同時に希望のようなものも感じるのだった。

「この村には何か珍しいものがありますか?」

彼は朝食の時に若いウエイトレスに尋ねた。

「村の南側に大きな湖があります」

「オートバイで行けますか?」

「いいえ、道が悪いので、やめておいたほうがいいです。でも、三十分もあれば歩いて行くことができます」

彼女は例によって無愛想に答えた。おそらく日本人など見たことがないのだろう。彼女をよく見ると、化粧っ気はないのに半透明の磁器でできた西洋人形のような整った艶やかな顔立ちをしていた。彼女の顔を見ていると、日本人女性が化粧をするのは西洋人のような彫りの深い容貌を真似たいからなのではないかと思えてくる。逆に中国人や東南アジアの人々に化粧っ気がないのは、もともとそのような憧れを持っていない、あるいはその必要性を感じていないからなのだろうか、などとも思えてくる。

『クリリオン』

そんな言葉が突然頭の片隅に浮かんできた。どこで聞いたのか、誰に聞いたのかわからないが、ふと口をついて出てくる言葉というものがあるようだが、そんな言葉の一つにちがいない。知っているはずはないという安心感からか、あるいはその少女に話しかけるきっかけを作るためか、彼はふと口を滑らしてしまった。

「あのう、『クリリオン』というところを知っていますか?」

彼女はかすかに首をかしげただけだった。彼は慌ててその言葉を誤魔化し、すぐになかったことにしてしまわなければならないと思った。ひょっとしたら自分の立場を特定する何かの暗号かもしれなかったし、そのことによってこの村の人たちに不信感を与えることになるかもしれなかったからである。

考えてみれば、昨今ヨーロッパから陸路で日本まで来た人はほとんどいないのではないだろうか。間にはロシアもしくは中国という大国があり、それらの国を通過するための条件がなかなか整わなかったからだろう。本来なら大陸との架け橋であった朝鮮半島も、日本の植民地支配と朝鮮戦争以後、文化の回廊としての役目を果たせなくなって久しい。そこで彼の計画として浮上してきたのがサハリン・ルートである。それはおそらく人口問題や一極集中の問題を解決する糸口になるかもしれない。彼はその役目を担っているのだと勝手に解釈していた。それにしても『クリリオン』とは何の暗号もしくは名前なのだろうか。

「その湖の名前は何というのですか?」

「クリヴァーヤ」

「ありがとう」

彼はすぐに辞書で意味を探した。それは「曲線」という意味だった。おそらく湖の形が幾重にも曲がりくねっていたのだろう。しかし、『クリリオン』とはその語源も異なるように思われた。そういえば千島列島のことをロシアではクリル諸島と呼んでいたが、そちらのほうが語源的には近いようにも思われてくる。やはり自分は何らかの使命を帯びて東方に行くように促されていたのかもしれない。

ともあれ、彼はその日はしばらくその村に滞在して、旅人の気分に浸りながら散策してみたいと思った。言葉に自信はなかったが、何とかなるだろうという楽天的な気持ちで村の中のでこぼこ道を出かけていった。水溜まりのある道にどこか懐かしいものを感じて不思議と足取りも軽くなった。足の裏の内側のほうに力を入れながら歩くと体にいいらしいというのをどこかで聞いたことがあったが、それを実践してみようという心のゆとりさえ生まれてきた。靴が外側に片減りするのが気にはなっていたのだが、それまで日々の忙しさにかまけてそれを顧みる余裕もなかったのである。

さまざまな車の通った後にできた轍《わだち》がどこまでも続いていたので、道の真ん中にできた細い草地には小さな白い花が咲き、道の両側には広い畑がそこから広がっており、ところどころに古い民家が建っていた。あまり見たことのない風景だったが、ここにもなぜか親しみを感じていた。そこからは時の流れというものがほとんど感じられなかった。一年の半分くらいを雪で覆われ、晴れた日には陽射しを浴びてきらきらと光る真っ白な風景も、また想像することができたのである。彼は束の間の夏を慈しむような彩りの風景の中を湖に向かって歩いていった。ここでもスマートフォンの地図ソフトが役に立ったが、それは見知らぬ人に道を尋ねるという楽しみと両立するものでなければならないのだろう。訪ねてきた外国人がスマートフォンの画面ばかりを見て、道を尋ねてくれなかったら、その土地の人はきっと物足りないだろうし、旅の楽しみもまた半減してしまうことだろう。「訪ねる」と「尋ねる」は、和語としてはもともと同じ意味だったのかもしれないと思ったりした。土地の人に尋ねることがなければ、ただ単にそこに行ったというだけで、また仮想的な世界が膨らんだだけで、その人の生きた世界は少しも拡がったりはしないし、同時に土地の人の世界も拡がる機会を失ったことになり、結果としてその土地を訪れたことにはならなかったのではないだろうか。自国に帰った旅人は自国の時間の流れに入り込み、土地の人は土地の時間の中にまた入り込み、何事もなかったように交わることもなく旅は終わっていく。互いの国の時間の中でそれぞれに未来の夢を描き、永久に交わることのない別々の時間を描いていることなど気づきもしないのだ。にもかかわらず、時間の夢の行く先というものはただ一つしかないものと誰しも思っているから、それは往々にして彼らに排他的な諍いの種を持ち込むことがある。

彼はそんなことを考えながら、その時考えていたことまで思い出していることに疑問を持つこともなく、湖に続く土の道の上をぶらぶらと歩いていた。近くに畑仕事をしている老人がいた。

「クリヴァーヤはこっちですか？」

出会った人に道を聞くのがもう習慣のようになっていた。

「そうだよ」

老人はそう言って彼の進行方向を指差した。

「どこから来たのか？」

「日本人です。これからシベリア経由で日本に帰ります」

「珍しいね」老人は少し躊躇ってから続けて言った。「日本人は長生きだというが、本当かね？」

「八十歳以上まで生きますね」

「秘訣は何かね？」そう訊いた老人は、その秘訣をぜひ取り入れたいというようには見えなかったが、

彼は無難な答えを導き出した。

「あなたのようにいつまでも適度に仕事をしていていているからです」

「わかったよ」

老人は満足したようにまた短い雑草の茂った畝のようなところに鍬を入れ始めた。長年の習慣だと説明するまでもなく、体が覚え込んでいるままに、老人は畑を耕していた。毎日畑仕事に明け暮れる老人

の目には、ぶらぶらと村にやってきて気まぐれに声をかけてきた彼のことがどう映るのだろうかとふと気になった。また、秘密の使命を持ってやってきたらしい彼が不特定の住民に弱くない印象を残していくのはどうなんだろうか。あるいは、そんな使命などもともと存在しなくて、これから新たに見つけていくのかもしれない。むしろ彼は誰かに雇われているわけでもないし、やっと何かから解放されて気ままに東と思われるほうに向かって一人旅をしているのだろう、そう考えるほうが気分的にはしっくりとくる。あるいは記憶が持続しないような訓練をしてきたのだろうか、自分がどこから来てどこに向かっているのかは、ずっとはっきりしないように思える。二、三日前のことはなんとなく覚えているような気がするのだが、それ以上となるとどこかぼんやりとしていて、考えるのが面倒になる。記憶のないほうがむしろ楽なような気がするのだ。その訓練は自分でしたのか、それともさせられたのかさえ覚えていないのだから、使いようによっては、あるいはある種の雇い主にとっては、大変好都合な人間かもしれない。ある言葉だけを確実に記憶させておいて、ある情況あるいは場面に遭遇したらその言葉が突然意味を持ち始め、ある行動を誘発するということでもあれば、誰かにとってなお都合がいいことだろう。その言葉が自分の場合「クリリオン」なのかもしれない。そんな話をどこかで聞いたような気がする。確かにいまは楽かもしれないが、それは恐ろしいことだった。彼は慌ててその仮定を否定した。

「湖で釣りをしている人がいたら話しかけてみるといい」

背後からさっきの老人が思い出したように声をかけた。

「ありがとう、そうします」

彼は振り返って礼を言い、再び湖と思われる方向にぶらぶらと歩いていった。やがて真ん中に草の生えた土の道は広い畑地を通り過ぎて原野の中の一本道へと続いていった。道の両側の草の背が徐々に高くなって、草の風に擦れる音が聞こえてきた。地面は心持ち軟らかくなり、疎《まば》らに足跡が付いていて、水辺と釣り人が近いことを物語っていた。草がいちだんと高くなり、その間からちらちらと光が漏れてきて、足を速めると突然広い湖面が鏡のように目の前に拡がった。白い鳥がはるか向こう岸の緑の草地の上をゆっくりと右から左へと群れをなして飛び立っていき、そして間もなくさらに遠い水辺に両翼で湖面を扇ぐように降り立っていった。

岸辺が少し小高くなっているところから、湖の全体が見渡せそうな気がしたが、葦原の向こう側にもまだまだ湖が続いていることが想像できた。付近に建物などの人工物は見えないので、自然の風景がまだ手つかずに残っているのであろうと思われた。遠くの岸辺に釣り人の姿が見えた。彼は畑の老人の言葉を思い出して釣り人に近づいていった。釣り人は老人と呼ぶにはまだ若い六十歳くらいの人であったが、ロシア人特有のがっしりした体格はまだまだ現役でしかも強健そうに見えた。

「こんにちは、何が釣れますか?」

彼はできるだけ屈託なく話しかけた。釣り人は不審そうな目つきで彼を見上げたが、すぐに湖面のほうに目を逸らせて、ぶっきらぼうにロシア語で尋ねた。

「キルギス人か?　それとも日本人か?」

「日本人です」

釣り人はしばらく何かを思案しているように見えたが、突然確かな日本語で話し始めた。

「ロシアには何をしに来たのか?」

「シベリアを通って日本に帰ります。あなたは日本語が使えるのですね」

「若い頃ノヴォシビルスクで通訳をしていたからな」

「ノヴォシビルスクには日本人もよく来るのですか?」

「ペレストロイカ以後は日本の企業の人がよく来るようになった。それ以前は日本の本をロシア語に翻訳する仕事もしていた」

「日本語はどこで習ったのですか？」

「日本人捕虜だった人から習った」

その返答が、突然だが何かずっしりと重いものを感じさせたことを覚えている。それは彼の知らない複雑に絡み合った歴史の重みであり、掘り起こすのに勇気の要る地下茎のように意識の中に根を張っていた。釣り人は、彼が訊いてもいないのにその日本人捕虜について語り始めた。

「彼は日本に帰ることを拒んでこの町の外れで小さな空き家を借りて暮らしていたが、十数年前に亡くなった。私は近所に住んでいたので、中学生の頃から時々その家に遊びに行って彼と話すようになり、日本のこともいろいろ聞かせてもらった。年は離れていたが、私たちはいつしか親しい友だちになり、互いに日本語とロシア語を教え合うようになった。そのおかげで私はその後通訳や翻訳の仕事ができるようになったのだ。彼との交際から得た知識は仕事上でも生活上でもいろいろ役に立った。私は彼にとても感謝している。おかげで今日に至るまで通訳の仕事ができる。それから、最近は仕事のないときはこうやってゆっくりと釣りを楽しんでいる」

一見無愛想なそのロシア人は話しているうちにだんだん上機嫌になり、思わぬところで出くわした偶然の日本語での会話を楽しんでいるようだった。もちろん彼にとっても久しぶりに母国語で話せることは、手足をばたつかせていた水の中からやっと岸に辿り着いたように喜ばしいことだった。しばらくしてから彼は思いきって訊いてみた。

「その人はなぜ日本に帰ることを拒否したのでしょうか？」

「それは難しい質問だ。私も若かったので、彼の気持ちまでは想像できなかったし、彼もそれには触れられたくないだろうと察したので、敢えて尋ねることもしなかった。ただ戦争中人に言えない苛酷な体験をしたことは確からしい。何ものかに対する恐怖かもしれないし、罪の意識かもしれない。自分は日本に帰ることはできないと常々言っていた。そのくせ日本のことはたくさん話してくれたし、知識も豊富だった。日本に骨を埋める代わりに、自分の生きた証を、私を通してロシアの地に残しておきたかったのかもしれない。今となってはそれもわからない。ここで会ったのも何かの縁だ。私の家に来ないか」

母国語での会話に飢えていた彼には断る理由もなかった。急ぎの旅ではない。まだ七月であった。冬が来るまでにシベリアを横断しきればいいのだ。いや、その時はそんなことも格別意識してはいなかった。シベリアといえども晴れた日中はやはり暑い。半袖のシャツを着たその男はウラジーミルといった。男は釣り道具を片付け、数尾の淡水魚の入った魚籠を提げて歩き始めた。

「厚かましくて、すみません」

ウラジーミルはそれにには反応せずに、全く別のことを言った。

「あんたは木崎さんに似ている。その抑留者は自分の名字を木崎と言っていた。あまり自分のことは話したがらなかったから、その名が本当に自分のものなのかどうかは知らないがね、ただ覚えやすい名前だった。私には日本人が皆よく似た顔に見えるからかもしれないけれど、背格好も輪郭もあんたは彼によく似ているよ。その木崎さんがよく話してくれたのは、学生時代を過ごしたアサヒという町でのことだった」

大学のありそうなアサヒという町を彼は知らなかったので、木崎という名前も怪しいものに思われたが、それは黙っていた。大股で並んで歩くウラジーミルは外見とは裏腹にかなり繊細な人間のように彼には思われ、一見ぶっきらぼうなウラジーミルに興味を持ち始めた。

「どんな話ですか？　昔の日本の話には私も興味があります」

「日本には天狗伝説というものがあるそうだ。天狗は深い山中に住んでいるが、時々人間の住んでいるところに現れては、さまざまな不思議なことや恐ろしいことを起こすという。姿形は人間に似ているが、鼻が異様に高くて怒ったような赤い顔をし、背中には翼があって自由に空を飛ぶことができるというのだ。そして、山伏という修行僧の格好をして、手には団扇と刀や魔法使いのような杖を持っている。木崎さんは天狗の絵も描いてくれた。『天狗』という有名な小説もあるくらいだとか。あんたも知っているか？」

「ええ、知っています。架空の妖怪の話ですが」

そんな小説のことを聞いたことはなかったが、彼はなぜかありそうな気がして、弾みで知っていると言ってしまったのだ。

「ロシアにもそんな妖怪の話はたくさんある。ええ、木崎さんは、その天狗が実は人間の鏡だと言った。自分の本当の姿に気づかせてくれる鏡のようなものだと。一度天狗に取り憑かれたら容易には逃れられないとも言っていた。あることがあってから木崎さんにその天狗が取り憑いたというのだ。天狗が出現するのはたいてい彼の夢想の中だから、もちろん他の人にはその姿は見えないが」

「それで、木崎さんに取り憑いたのはいったいどんな天狗だったのでしょうか？」

意外なことに、ウラジーミルも日本から来た若い男とそうして話せることが本当に嬉しいようだった。

「よく言っていたのは、夢が形を変えて歩いているということだ。日本人はいつの間にか後戻りのできない悪い夢に支配されてしまった、夢を見すぎたあまり、すぐ身近にいる現実の隣人から目を背けるようになってしまった。その結果自分のような人間ができたのだ、と。私はそんなことはないと言ったが、彼は聞く耳を持たなかった。戦場で彼の見たもの、そして自らの体験が、口にはできないほどあまりに重かったのだと、私は思う」

「彼はよっぽどあなたを信頼していたのですね。でなければ、そんな個人的で微妙な心の問題まで話さなかったでしょうから」

　彼はウラジーミルと並んで歩きながら、ふとその表情を窺った。意外にもウラジーミルは悲しげな眼差しを地面に落としていた。木崎さんとウラジーミルとの間には、国籍も世代も超えた友情のようなものが成り立っていたのかもしれないと、そのとき彼は感じないわけにはいかなかった。

「きっと死ぬまでに誰かにそれとなく伝えておきたかったのだろう」

「それはわかるような気がします。それで、あなたは木崎さんにどんな話をしたのですか?」

　彼は更に興味を覚えて尋ねた。

「つまらないことだ。村のささいな出来事や生活習慣のことなどですが、彼は満足そうに聞いていた。きっと珍しかったのだろう。そんなことをやり取りしている間に、彼はロシア語を、私は日本語を、互いに少しずつだが習得していった。実際彼は村の畑仕事を黙々と手伝っていたから、生活できるだけのいくらかの収入もあり、村はずれの空き家を借りて、それを根気よく改修しながらわれわれの隣人として村に定住していた。いや、どうも手伝っていただけではなく、むしろ自分の知っている日本での農業のやり方をこの地方の気候や習慣とうまく調和させながら、伝えようとしていたようだ。それから、ずっと前に日本人の遺骨収容団というのがこの村外れの収容所跡の墓地にやってきたことがあった。木崎さんの住んでいた家もその近くにあったのだが、彼は決してその場に顔を出すことはなく、むしろその間は姿を隠していた。そんな時私は必ず通訳として手伝っていたが、口止めされていたので彼のことは一切話さなかった。彼はもう何十年もロシア人として生活していたのだ。そして、私はといえば彼を通して日本とロシアの間で生きてきたようなものだ。亡くなって十数年、もう彼のことを誰かに話してもいい頃だろうと思っていたところに、今日ここで君に出会った。これも何かの縁に違いないし、ひょっとしたら木崎さんが引き合わせてくれたのかもしれないと思う」

ウラジーミルは確かに「隣人」という言葉を使った。木崎さんはすっかりこの地に解けこんでいたのである。望郷の念を押し殺して、いや、それよりもずっと重い感情に突き動かされて。彼は、突然の出会いに戸惑いながらも、その一昔前の日本人に興味をそそられていた。同時にウラジーミルというこの日本語に精通した男のおかげでロシアの土地と人情にも心惹かれるものがあった。

その電灯は失われ……

そんなうろ覚えの詩の一節がふと純平の唇からこぼれ落ちた。確か、電灯が失われた後もその光はどこまでも明滅するといった意味のことが書かれていたような気がする。死んだ木崎さんは日本語と共にウラジーミルの心の中でどこまでも明滅しながら生きていた。その光はまた場所を変えて、いや、場を拡げながらこれからも夜空に浮かぶ星々のようにきらきらと輝き続けるのかもしれない。場所と区別される「場」というのは、曖昧だけれども広く認識可能なものに思えた。

「あなたは木崎さんのことをどう呼んでいたのですか?」

「私自身は『木崎さん』と呼んでいたが、彼自身は自分のことをロシア風に『イワン・ザカロフ』と呼んでくれ、と言っていた。だから村の人たちは、彼が日本人だということはもちろんわかっていたが、いつしかワーニャと呼ぶようになっていた」

ウラジーミルは、そうして日本語で話せることが本当に嬉しそうに見えた。

「つまり、彼はロシア人として生きたかったということですね」

「おそらく、……」彼は少し考えてから続けた。「木崎という日本人は背負いきれない責任感から自分で死を選んだ、ということにしたかったのだろう。私は戦争を経験していないので何とも言えないが、彼の体験が相当過酷なものであったことは想像がつく。でも、今となってはそれ以上のことは彼にしかわからない」

彼は来た道とは明らかに別の道の両側に等間隔に並んでいる美しい白樺林を眺めながら深呼吸をした。白樺の幹の間から、果てしなく続く西シベリアの広大な大地を眺めることができた。この異郷の風景を目にしながら木崎さんはどんなことを思っていたのだろうか。彼にはやはり想像すらできなかった。

「それで、彼はどんな天狗の話をしたのでしょうか。きっと怖い顔をしていたのでしょうね」

「いいや、穏やかな優しい顔をしていたそうだ」

ウラジーミルはやはり白樺の木々を見上げながら深く息を吸い込んだ。外見からは全く異質な感性を持っていそうに見える外国人も、いざ話してみると自分たちと大して変わらないことを知るのにそれほど時間のかからないことを、彼はすでに経験済みであった。その間だけイワン・ザカロフの魂が乗り移ったかのようにウラジーミルはゆっくりと語り始めた。

「天狗は枕元で穏やかな声で言った、何かを成し遂げるためには鉄のような意志を持たなければならない、敢えて言うなら、心身を鍛えることによって壁を突き破る別の硬い物体のように自分を見なしていかなければならない、その時初めて苦痛は苦痛でなくなり、悲しみは消え、壁は壁でなくなる、そうやって人は一つ高い次元に昇ることができる、と。それから天狗は毎晩枕元へやってきて、私に向かって短い言葉で忠告した、それらの忠告は私にはなぜか強い説得力のある人生の極意のように思えたのだ、苦学生であった私はそれらの言葉に惹かれ、日々精神的な鍛錬を続けていた、天狗の思想は、短期間で先進国に追いつき追い越さなければならない当時の日本が置かれていた状況にも合致していた、だからそんな思いをしていたのは私だけではなかったはずだが、もともと農家の出身であり、都会での成功を夢見ていた私は人一倍そんな考え方に憧れていたのだ、と」

ウラジーミルは、木崎の口癖をそのまま口に出してみることでしばらくは若かりし頃の思い出に浸っているようだった。

「いろんな可能性があったのだけれども、やってくる、もしくは辿り着いた未来は一つしかないのだから、その未来を勝ち取るということは必然的に他の可能性は排除するということだ、目的を達成するというのはそういうことだ、そのために、人は日々自らを鍛える、確かにそんなことも言っていた。もちろん、天狗の言葉として」

故郷から何千キロも離れた小さな村で、一人の日本人の数奇な生き方を聞かされるとは思ってもいないことだった。木崎さんは自分の犯した過ちを天狗という架空の存在にかぶせることで自身の責任から逃れたかったのかもしれない、そんなことを彼は感じていた。ウラジーミルはさらに自分の言葉で補足するように言った。

「同一時間に同一場所を複数の存在が占めることはできない、だから早くそこに辿り着いてそれを確保することのできる者こそ勝者であり現実なのだ、と。それにしても、いま思うと、そんな考え方は日本の思想とは全く別物ではないか。私は、ほとんど翻訳だったが、『枕草子』も『徒然草』も読んでいた。だが、どこを読んでもそんな二者択一的な考え方は出てこない。私は木崎さんの話を聞いているうちに、天狗は日本古来の妖怪だが、実は日本人が永らく避けてきた思想の具象化ではなかったのかと推測している」

ウラジーミルが日本の古典に精通しているらしいこともまた彼には意外な喜びであった。

「木崎さんはまた子供の頃天狗に空を飛ぶ方法も教わったと言っていた。ある日神社の森の中で近所の子供たちと一緒になって遊んでいたとき、強い風がザーッと吹いてきて何か白いものが浮き上がるように木から木へと渡り歩いていた。子供の木崎さんのそばまで音もなくすうっと降りてくると、それは夢で見慣れた山伏姿のいつもの天狗だった。近くにいる他の子供たちにはどうやら気がつかないようだったので、彼は大胆にも、どうしたら空を飛べるのかとその天狗に話しかけた。すると天狗は、いつものように単刀直入に、深呼吸と重力の調節で飛べるようになると言い、自分の団扇も背中の翼も単なる見かけ倒しでほとんど効果はない、重力の訓練さえすればそれは可能だとも言ったということだ。それを聞いた木崎さんはそれから毎日神社の木に登ってはそこから重力の訓練を始めた。あまり近所の子供たちと集団で遊ぶのは好きではなかったので、むしろ都合がよかった。始めは低いところから、それから徐々に高いところから、深呼吸してから息を止めて飛んでみると少しずつ浮いてくる感覚がわかってきた。時々はそこに天狗が現れてその極意を教えてくれたそうだ。その極意とは、同一時間に同一の場所に複数の物体が存在することはあり得ないという原理の応用だった。つまり、別の存在にはじき飛ばされる力を利用して重力に逆らう揚力を得るのだということらしい。木崎さんは真面目な顔でそう言っていたが、もちろん私は半信半疑だった……」

そんなことを話しているうちに、二人はウラジーミルの家に着いた。別荘風の二階建ての比較的新しい家だった。広い庭の片隅には旧ソ連製と思われる無骨な緑色のトラックが止まっていた。納屋には今なお農作業に使われるのであろうか黒い牛が繋がれていて、どこか懐かしい堆肥の臭いがぷうんと漂ってきた。勧められるがまま家に入り、彼の妻と娘を紹介された。突然の来客には慣れているのだろうか、二人とも笑顔で歓待してくれた。二十代らしいクセーニャというその娘は、マトリョーシカのように丸顔で健康的な赤い頰が印象的だった。その時に自己紹介をしたことは覚えていたが、どう名乗ったのかはどうしても思い出すことができなかった。それらはやはり不完全な記憶であった。昼食に招待されながら、記憶はぼんやりとして、その時いったい何を話したのかもほとんど覚えていなかった。ただ丸顔の娘が頻りに彼に話しかけようとし、内容は覚えていないが、その度にウラジーミルが笑顔で通訳していたのだけは覚えていた。

　明くる日はもう一度ウラジーミルを訪ねる約束をしていたので、彼は九時頃モーテルから彼の家まで歩いていくことにした。朝食のときに例の美形のウエイトレスが、何か聞いたのか前日とは打って変わって妙に興味深そうにしげしげと自分を見つめていたのが気にかかった。乾いた夏の田園と白樺林が果てしなく広がる風景は、思わず息を呑むほど美しかった。人々はこの季節の到来を長い間心待ちにしていたのだろう。その季節の巡りは生きる者たちにとって、いやかつて生きた者たちにとってもかけがえのない大切な宝物に違いなかった。

＊　＊　＊　＊　＊

　目の前の座席からスジンの視線がじっと注がれていることに純平はようやく気がついた。目を開けたままぼんやりと記憶の在処《ありか》を探し求めていた純平の感覚が徐々に現実の側に戻ってくるのを、そのとき彼女は感じていたのだろう。彼女は静かに彼の記憶の回復を待っていたのである。純平は少し深く息をしてから徐《おもむろ》に口を開いた。

「僕はもともと記憶喪失じゃなかったのかもしれない。なくしたと思っていたのは、記憶ではなくて、記憶を司る秩序のようなもの、いわゆる時系列のようなものだったのかもしれない。その秩序が何かの拍子に変調を来して、散りぢりばらばらになっていただけのことなのではないか、そのばらばらになっていた記憶の断片が何かのきっかけで少しずつ繋がってきたようだ」

　スジンは大きくうなずきながら、黒い瞳をさらに黒くして純平の次の言葉を待っていた。

「僕はやっぱりロシアにいた。ドイツ語ができたのは、その前にベルリンに滞在していたからだ。そのベルリンで調達したオートバイでシベリアを横断してサハリンまで来た。そしてシベリアのある村で日本語のできるロシア人に出会って、彼からある日本人捕虜の話を聞き、その日本人の遺品を家族に届けることを託された……。そして、その帰途、ホルムスクの辺りで記憶の繋がりが途切れた……」

しばらく沈黙が続いた。窓の外を飛んでいく葉桜の並木の向こうに広い湖を見渡しながら、二人を乗せた列車は山裾に敷かれた線路の上を一路南東へと駆け抜けた。

「その遺品とはどんなものだったの？」

スジンが入院患者を労《いたわ》る看護師のように優しく問いかけた。

「それが、手紙のようでもあり、本か小さな箱のようなものだった気もする。これは想像だが、その遺品が家族に渡ることをよく思わない連中がどこかにいて、隙を見て僕からそれを奪い取り、用のなくなった僕を海に突き落としたのではないかと思う。ひょっとしたら自分で身を投げたという可能性もなくはない。いずれにせよ、辛うじて九死に一生を得た僕はK市にほど近い浜辺に流れ着いた、というわけだ。もちろんその遺品というのも実際は密輸品か何かであって、単なる運び屋にされたということだった可能性も残されているわけだが……」

今はそれ以上思い出すのは無理だと思った純平は、心配そうに見守っているスジンのほうに関心を戻していった。そして、記憶回復のきっかけになったスケッチを手にしながら言った。

「この絵、もらっていいかな？」

「もちろんよ、走り描きだけれど」

「いや、これがいいんだ」

純平はもう一枚金沢で描いてもらった似顔絵も手もとに置いておきたかったが、それはまだ言い出せないでいた。しかし、間もなくスジンは日本滞在を終えてドイツに帰ることになる。それが明日になるのか、三日後になるのか、それもまだ聞き出せないでいた。知り合ってまだわずかだったが、二人の関係はずっと以前から続いていたかのように不思議なほど自然だった。だから、すぐに別れが訪れることなど余計に信じられなかったのである。

「一度上海に帰って、それからまたD市に戻ることになると思う」

純平の気持ちを察してか、彼女のほうから離日の話を切り出した。

「そうなんだ」

彼は気のない返事をしたことをすぐに後悔したが、どう表現していいかわからなかった。

「またどこかで会えるといいね」

それは図らずも、別れの儀式が始まったことを純平自ら告げることになった。

「ええ、もちろん。一度中国にも来てください。いえ、その前にロシアで会えるかもしれません。あなたの記憶が確かなら、それは私たちのロシア行きを後押ししてくれることになります。是非一緒に行きましょう」

純平にはその言葉が単なる社交辞令とは思えなかった。いや、胸に迫ってくる孤独感のようなものがそうは思わせなかったのかもしれない。記憶がないということは、やはり寂しいものであった。だからこそ、記憶をなくした後に出会った数少ない一人ひとりが無性に愛しかったのであろう。

「今度会うときには、きっと記憶の大部分が回復していると思う」

自信はなかったが、今回の金沢行きが純平にとって無意味ではなかったことをスジンに納得させたかった。とはいえ、落ち着いたらウラジーミルの記憶をもっと詳しく掘り出すことで、記憶の全体像が浮かび上がってくるかもしれないという期待もそこには込められていた。どこかで花のつぼみが綻《ほころ》ぶように、その時のスジンの表情にもどこか安心したような、ゆったりとしたものが感じられた。そのはにかんだような笑顔が薄青いワンピースにも映えて純平の視界を束の間覆った。一瞬彼は視線を床の上に落とし、たまたまそこにあったスジンの形のよいすねと足元をじっと見つめることになった。既視感が彼を襲い、彼女の濃い茶色のサンダルと白い肌との境目が二重に映って目の前で陽炎のように揺らめいた。

＊　＊　＊　＊　＊

確かに自分もフリードリッヒ・シュトラッセ駅のホームから夜のシュプレー川を見下ろしながら電車を待っていた。隣に話し相手は誰もいなかった。ただ会社帰りの疲れた体を電車の中で休めたいだけだった。彼は会社ではおそらく誰よりも時間を重視する人間だった。できるだけ短時間に成果を上げなければその業界では生き延びることができないことは誰よりも理解していたからだ。ベルリン工科大学を出て、そのまま現地の交通システムの会社に入り、より快適な町にするため一生懸命働いた。将来はその地で家庭を持って、定年後もそこで暮らすことを思い描くこともあった。日本人の持つ緻密さや繊細さが会社でも必ず生かされ、結果として社会にも貢献できるだろうと漠然と考えていた。しかし、力の入れ方が間違っていたのか、しばらくして彼の仕事はどうもうまくいかないことが多くなった。いつも何人かの労働者の反発に遭い、その後始末に追われることになった。例えば、足の外側に力を入れすぎると体全体のバランスを崩して捻挫をしてしまうように、自分のやることは結果的にいつもちぐはぐだった。根本的なところでボタンの掛け違いをしていた。言葉の壁があったのかもしれないし、アジア人ということで偏見を持たれていたのかもしれないが、ベルリンはもともと移民に寛容な町である。そのことがまたそこで働きたいという理由の一つでもあった。しかし、彼にはそこで生きていくための何かが欠けていた。頑張っても頑張っても、自分の抱いていた理想はいつしか外側に歪んで縮こまっていったし、仲間と呼べる者にも手が届かなかった。そして、会社の中でもまた町でもだんだんと自分から孤立していくようになった。気がついたときにはいつも彼の靴は外側に大きく片減りして穴まで空いていた。

＊＊＊＊＊

純平の記憶の川は、突然堰を切ったようにその見失われていた水源のほうに向かって遡り始めた。奇妙なことに、スジンの両脚のすねや足の甲、それを包むサンダルの二重の像が記憶回復のきっかけであったことを、後から認めないわけにはいかなかった。最後までおぼつかなかった彼自身の足元のことが苦い思いと共に蘇ってきたのであった。別れを惜しむ気持ちが、別れる前に忘れていたものを取り戻したいという彼の本能を刺激したのかもしれなかった。目の前で交差していた彼女の脚は自然が造ったもののうちでも最も美しい作品のように思われ、そこには彼が無意識に封印していた心のある部分を解きほぐしてくれる効果があったのかもしれない。

それでも三年間は何とかその会社で辛抱できたが、とうとうそれ以上はもう無理だと判断し、自分は会社に辞表を提出して、夏の休暇前に日本に帰ることを決意したのであった。挫折感がないわけではなかったが、ドイツでは普通のことであり、転んでもただでは起きないという精神で、どうせ帰るならその予定外の休暇を利用してオートバイでゆっくりユーラシア大陸を横断して帰りたいと思ったのだ。そこで選んだ通路が比較的安全と思われたシベリア・ルートだったのである。つまり、ヨーロッパ挫折撤退ツーリングというわけであった。ベルリン生活がうまくいかなかった原因もそのうちわかってくるだろうというくらいの感覚であった。ただ、依然として自分の元の名前もそれ以前の記憶も思い出せなかったのは、ベルリンでの体験やその後の体験が自分の記憶を傷つけてしまうほど深刻なものだったからなのかもしれない。問題はやはりあの港町『ホルムスク』であり、ひょっとしたら例の『クリリオン』

かもしれなかった。だが、焦る必要はなかった。電車はまだ鏡のようにきらきらした湖のそばを走っていたし、スジンは相変わらずその屈託のない優しい眼差しをこちらに向けてくれている。想い出すことよりいまは想うことのほうがはるかに意味のあることに思われた。

「大学を卒業したらドイツで仕事を探すの？　それとも中国？」

「しばらくドイツで頑張ってみる。でもいずれは故郷に帰ってイラストレーターとして働きたい」

「実は僕もしばらくはベルリンで技術者として働いていたらしい。ドイツ語はそこで身につけたようです」

確信はないので「らしい」と言った。

「それでは、私たちもっと早く会っていたかもしれないね」

それはそうかもしれないが、純平には時間的な関係がどうもはっきりしなかった。もし自分の記憶喪失以前に知り合っていたとしたら、それ以後の生活ももっと幸福なものになって、シベリア横断もまた記憶の喪失もなかったかもしれない。いや、そういう出会い方はあり得なかっただろうし、もしあり得たとしてもそれが今こうして一緒に旅をしていることよりいい出会いであるとは到底思えなかった。彼はただ無性に寂しかった。頼るべき記憶がないこともこの時無性に寂しく思えた。

「空港まで送るよ。明日？」

「明後日」

「わかった」

互いに母国語ではない場合、用件は伝えられても、感情を込めたりまた感情を読み取ったりすることはやはり難しかった。あとは表情から判断するほかなかったが、東洋人は総じて感情を表に出すことが苦手である。その車室にはしばらく微妙な空気が流れていた。

「明日は送別会をしよう。君の知っている何人かにも声をかけておくよ」

「ありがとう」

「で、ドイツでは今どんな暮らしをしているの？」

「今はD市の美術大学に通っているけれど、すでに授業時間数は足りているので、画材店でアルバイトをしながら、大学のアトリエや自分の部屋で作品制作をしているの。そろそろ就職先を探さなければならないの。自分の希望に合うところがあるといいのだけれど」

「一人で寂しくはないの？」

「母がうるさいほど電話をしてくるので、寂しさを感じている暇もありません。就職決まった？風邪ひいてない？今度いつ帰る？とか。いろいろうるさいのよ」

母親のことを話すときは、表情も仕草も急にごく普通の子供に戻ったかのようであった。普段より早口なその話しぶりは、彼女の母親の性格や表情までも彷彿させるものだった。

「D市では友だちもできたの？」

純平が言った。人に語れるような家族も経歴もない純平には、他人の経歴というのは興味深いものだった。スジンのほうはむしろいろいろ話したいようだった。

「ええ、中国人が多いけれど、大学ではドイツ人の友だちもできたわ。この前の冬にはオーロラが見たくて友だち五人でノルウェーに行ってきたよ。寒くて息が凍りそうだったの。写真があるわ」

そう言って彼女は楽しそうにスマートフォンを操作しながら、真冬の北欧の町で毛糸の帽子の上に雪で造った動物の耳を載せて笑顔を見せている自身の写真を見せてくれた。光の加減だろうか、その画像はまるで修学旅行中の中学生か高校生のようにも見えた。写真のスジンは子供のようにそして少し恥ずかしそうに笑っていた。夜、遠くにはオレンジ色の灯りが見え、道路には雪が積もり、細かい雪も散らついているようだった。

誰が撮ったものであれ、それを見ているだけで純平は幸福だった。それは、どこかでこんな娘に出会ったことがあるのかもしれないという充実感を彼に与えるものであった。それは同時に失われた記憶を取り戻したいという気持ちが初めて彼に芽生えたことを意味していた。記憶のない寂しさが、つまり誰とも共に生きたことのない人生の孤独が、突然彼を襲ってきたのである。打ち捨てられたのは記憶の側ではなく自分のほうであり、その自分を特定する名前まで剝奪されてこちら側に投げ出されたのであった。それまでの記憶を丸まるふいにしなければならないほどのことをしでかしたのは、他でもない、おそらく彼自身であったのだ。

「その写真、僕にくれないか」

「えっ？」

「思い出に……」

大胆なことも異国語なら言えるし、また受け止められるのかもしれなかった。

「いいわよ。メールアドレス教えて」

彼女はすぐにその写真を転送してくれた。小さな画面の中でスジンの少し照れたような可憐な笑顔がこちらに向いていた。彼女にとっては何気ない小さな行為だったのだろうが、純平にとってそれは二人の友情がこれからも続くという特別な意味を持っていた。これからを考えることは、これまでを思い出すことでもあり､彼にとって困難なことであることはわかっていた。しかし､『これから』も『これまで』もとっくにそこにあるではないか、とその笑顔が言ってくれているようで、それほど不安にかられるようなことではないとも思われた。今からでも遅くはないし、早すぎることでもない、あるようにあるだけである、と。屈託のないスジンのおかげで、見捨てられたような気分から徐々に恢復していくのが純平自身にもわかったのである。

＊　＊　＊　＊　＊

「木崎さんはこんなことも言っていたよ。苛酷な収容所生活は確かに生命にとっての一つの極限状態ではあったが、当時その生活ぬきで何事もなかったように祖国に帰ることが果たしてできたのだろうか、と。戦争体験という一方の極限状態があって、それに対峙する何ものもないまま故郷に戻れたとして、果たして容易にもとの平穏な生活にすっと戻れたのだろうか、ということだ。それが可能だとしたら、それはいったいどういう精神状態なのだろうか。むしろ戦争という熱病をシベリアの寒気と凍土によって何年か冷やす必要があったのではないか。今はそう思っている、とね」

ウラジーミルは昼食後の会話の中でそんなことを言った。

「ということは、木崎さんがシベリア抑留を肯定していた、あるいは必要だったと思っていたということですか？」

「少なくとも彼はそう理解していたようだ。でなければ、ロシアに残りたいとは思わなかっただろう」

自分には到底抱えきれそうにない遠い過去の話であった。ただ、その一人の旧日本兵が彼らを出会わせたことは事実だった。

「天狗の話の続きをしてもらえませんか」

寓話なら少しは理解できるかもしれないと思った。

「どこまで話したかな？」

「天狗の教えで空を飛べるようになったところからです」

「ああ、そうだった。つまり、相手より先に一つの目的地に辿り着くことが空を飛ぶ秘密だということだ。同一地点に同一時刻に存在するものは一つしかないのだから、そこに複数の物体が同時に位置を占めようとすると必然的に火花のようなエネルギーが発生する、というのだ。科学的にも説明できるというわけだ。そうやって彼は学校生活においても、また就職や恋愛においても常に先手を取ることで、多少の苦労はしたが、人生を悠々と渡り歩いてきたと言っていた。彼が習得した天狗の極意というのはそういうものだった。子供の世界でも、学校生活でも彼はその天狗の極意を活用して、次々と成果を得ていった。つまり、他人を挑発して一つの目的地を巡って彼と争い、機先を制することによって勝利をもぎ取り、相手を蹴落とし、次なる高みへと自分を高めていったというわけだ。もちろん実際に蹴落とすわけではなく、好敵手としての友情のようなものはそれなり後に残るわけだが。その極意は当時の立身出世主義と日本の植民政策とも見えないところで繋がっていたとも言える。一つしかない地位を巡って複数の青年たちが競争をする、一つの利権を巡って複数の国同士が互いに争う、そういうことと本質において似てはいないかということだ。しかし、そこには落とし穴があった。彼自身が本当に空を飛んでいると思いこみ、文字どおり天狗になってしまったということだ。これもみな彼の言葉から私なりに解釈した日本語の表現だが。それは誰もが陥りやすい精神の傾向であるとも言える」

蘇ってくる記憶を前にして彼はどことなく奇異な感じを抱くようになった。これは本当に記憶なのだろうか、ひょっとしたら彼自身がその頃感じていることをもとにした一種の創作ではないのか、と。例えば、暗い天井の下で目を閉じながらとりとめもない想いに耽りながら夢への入り口にさしかかったときに、それまでは自分で意識的に辿っていた思考の一端がいつしか夢の中の登場人物として一人歩きしていく瞬間があるものだが、彼の記憶の回復はそれと似ていた。ただ、そういう方法でしか失われた記憶にたどり着けそうにないような気もした。なぜなら、彼の記憶喪失の原因らしきものが何らかの精神的ショックであることはほぼはっきりしてきたからである。つまり、彼のそれまでの生き方や考え方を根っこから否定するような状況もしくは事件に遭遇したに違いないと思われたのだ。だとしたら、自らの思考の傾向を見つめることによってしかその状況には近づけないだろうという気がしたのである。それにしても記憶の後ろ姿はぼんやりとした霧の中で幾度となく見失われ、そしてまた気まぐれに浮かび上がってきた。

「ところが、二十歳の時に有無を言わさず戦争に招集されたことで、彼の運命はすっかり狂ってしまうことになった。全く環境が変わったにもかかわらず、そこでの彼の生き方はやはりそれまでの前のめりの発想の延長でしかなかった。その結果彼はとんでもない役割を演ずることになった。おそらく旧満州での彼の役割は植民地経営の先兵になることであったと思われる。しかし、その場面になると彼はなぜか口を閉ざしてしまった。よっぽど酷いことがあったのか、または実際に自分が酷いことをしたのか、それは私にも話してくれなかった。とにかく彼はそれまで信じてきた天狗の極意などが全くの幻想であったことを思い知り、以来彼は精神的な病に冒されたのか、毎日ぼんやりと無気力に過ごすことが多くなり、ただ死ぬことばかり考えていたそうだ。しかし、戦闘とそれに続く収容所生活はそれさえも許してくれなかった。彼は収容所で何の希望もなくただ一日一日が過ぎていくのに耐えて生き延びることしかできなかった。ロシアに残ることになった経緯はよくはわからないが、彼が望んだことであるのは間違いないようだ」

ウラジーミルがこんな話をするのはいったいどうしてだろうか。悪意があるとは思えないが、たまたま通りかかった旅行者にする話でもないだろう。彼は少し懐疑的になった。自分たちの行いを合理化するためにわざわざこんな作り話をしているのではないかと少し疑い始めたのである。

「木崎さんの形見のようなものは残っていますか」

「もちろん」

そう言って彼は妻に何かを持ってくるようにロシア語で言った。

「それはどんなものですか?」

「手紙のような遺書のようなものだが、私たちも何が書いてあるかは見ていない」

「なぜ見ないのですか?」

「彼の遺言で、死後二十年経つまでは開封しないでくれ、ということなので」

「それを律儀に守っているのですか?」

「もちろんです」

「いま何年目ですか?」

「十六年目です」

しばらくして彼の妻が小さな木箱のような物を持ってきた。そこには経年変化した茶色っぽい分厚い封筒が入っていた。表書きは毛筆で『天狗書簡』と書かれていた。中身を見ようとすれば簡単に見られそうであったが、そうはされなかったのであろうことはその封を見れば明らかだった。見られたとしても、彼らにとって異国の文字である行書体の、しかも漢字の多い長い文章を読み解いていくことが、それほど容易なことであるとは思えなかった。

「それまでに日本に届けてくれそうな信頼できる人があれば日本の家族に届けてもらってくれ、とその遺言には補足がついていたのです。この先こんな小さな村を訪れる日本人はめったにいないでしょうから、できたら誰かに託したいと思っていたところです。あなたは引き受けてくれませんか」

『天狗書簡』

雪で真っ白に覆われたこの単調な風景を眺めるのは何度目になるだろうか。日本から朝鮮、満州、シベリアへと流れてきた。そして、二度と故郷の土を踏むことなく、私はこの地で人生を終えることになるだろう。目の前の白い平原は何故か真っ赤に染まっているようだ。それは沈む夕陽の色なのか、それとも大地に流されてきた血の色なのだろうか。いくら目を擦《こす》っても瞬きしても雪原は赤く染まったように見える。そのせいか今日までこの白い大地を素直に美しいと感じたことは一度もなかった。私の胸にはおそらく消すことのできない没落と死の影とが常につきまとっているのだろう。

自分の人生とは一体何だったのか、などと誰かに読んでもらおうという気持ちはない。ただ自分自身に伝えたい、自分に対して説明しなければならないという思いだけでこの手紙を書くことにした。私の体験した事実は、私の死と共に大方忘れ去られてしまうことになるかもしれないし、またそのほうがいいのかもしれない。ただ、せめて自分にだけは死ぬ前にそれらを明らかにしておかなければならないと思う。それがうまくいけば、ひょっとしたら誰かがこれを読むことにも意味があるかもしれないという微かな期待だけは持っている。

昭和が始まった日に私は兵庫県の小さな農村で八歳の誕生日を迎えていた。高台の上にある家の前には野菜畑があり、近くには鎮守の森があった。裏山の竹藪や水田の間を流れる小川は近辺の子供たちとの毎日の主な遊び場であった。地主であった私の家は近所の小作人から地代を得ていたことは子供心にもよくかわっていたが、そのことを疑問に感じるようなことはなかった。ただ村の中での自分の立場は近所の子供たちとは違うのだということは、周りの扱い方が特別なものであったこともあり、それは自然と意識するようになっていた。

　少年時代が無垢だったなどと言える人はごく稀なことだろう。ましてや小さくとも集団生活のあるところでは、常に競争や支配、嫉妬などが渦巻いている。家同士の関係の反映だろうか、私は「坊っちゃん」としてそのような力関係とは一段離れたところにいられた。それは同時に、私の将来に対する周囲の期待も当然大きかったことを意味していた。実際、そのための教養を身に付けたり、教練を受けたりする環境にも人よりは数段恵まれていたし、将来国家の役に立つ存在となるために日々勉励することが自分の使命だという気持ちは人一倍強かった。小さな村社会を早く抜け出して、時代の先端を行く都会で国家社会のために働くことは私の望みであり家族の望みでもあると思っていた。上級学校に進学するに従って下宿する町の規模も大きくなっていき、前途は洋々としているように見えた。

　しかし、その望みは当時進行しつつあった日本の大陸進出と呼応するものでなければならなかった。大陸にはすでに日本の領有する満州国も建設されていた。欧米諸国と対等以上につき合っていくためには国力をつけなければならなかったが、そのためには資源の少ない島国である日本はもともと小さすぎたのである。また時代の風潮もその大陸進出を後押ししていた。「大東亜共栄圏」「八紘一宇」などという標語がまだ色褪せる以前のことだった。そんな宣伝が功を奏したのであろうか、個人の心の中では将棋の「香車」のような後戻りすることのできない神話が形成されつつあった。もともとは個人が頭の中で作り出したにすぎない未来の図式、すなわち時間の夢が、いつしか国家の神話となり、国体という言葉のとおり国家がまるで意志を持ったもののように扱われ始めた。もちろん当時の私はその意志を自らの意志と重ね合わせていた。その歪みに気づかされることになったのは、……

自分はその書簡をしばらく読み始め、二三枚めくったところですぐにまたそれを閉じた。

「僕には今やその手紙の内容は見ないでもほとんど手に取るように想像できる」

純平は突然列車の中で何かに取り憑かれたようにしゃべり始めた。スジンが何のことかわからないままその日本語を聞いていることはもちろん意識していたので、ときどきドイツ語が混じった。

「それは懺悔の記録に違いない。それまでの自らの生き方をその生い立ちから振り返ることで、自分がシベリアで生活することを選んだ本当の理由が明かされているに違いない。僕には彼の気持ちがもうよくわかる。彼が少年時代に習得した天狗の極意というのは、その後の植民地支配と戦争とを後押しし、血と泥にまみれ、極寒のシベリアでその行き着く先まではっきりと見せることになったのだ。彼らの未来にはいつだって、あれかこれかしかなかったし、しかもあれよりもこれを優先するように教え込まれていた。言い換えれば、木崎さんには後退よりも前進を選ぶしか道はないと思われたのだ。国家のために命を捧げることを心と体に摺り込まれ、その覚悟で日々訓練を重ねていた当時の日本の兵隊たちが、戦争が終わったからといって、『はいそうですか』とばかりに突然その精神状態から抜け出せるものではないことは想像に難くない。それはヨーロッパの戦いで莫大な犠牲者を出したロシア人たちも当然知っていたはずだ。ひょっとしたら、そんな退くことを知らない前進主義とでも言うべき熱病をシベリアの寒気で冷ますことが、彼にとっての捕虜収容所の意味だったのかもしれない」

スジンは動じる様子もなくその譫言《うわごと》に耳を傾けていたが、しばらくの沈黙を経た後に、ふと話に口を挟んだ。

「今の話には関係ないかもしれないけれど、時間と空間では『前』と『後』とが逆だとは思わない？

ドイツにいるときからずっと気になっていて、やっぱりそのことが思い浮かんできたの。例えば、一本の道を歩いているとして、私は前に進んでいるのだけれど、時間的には後に行くことになっているの。『後で』とか『後から』とか、全部未来のことよね。それに対して『前に』とか『前から』とかは過去のことなの。それは日本語も中国語も漢字だから共通していて、ドイツ語は少し違って、時間的な後は『nach』で、空間的な後は『hinter』になるけれども、前はどちらも『vor』になるの。これはいったいどう考えたらいいのかしら?」

どういう意図でそんな話を始めたのか、純平には理解できなかったが、スジンが初めて自分から話題にしたのにには何か意味があるように思えた。

「少なくともそれだけでも時間を空間から類推するのはおかしいということが言えるかもしれないね。あるいは、言葉ができた頃の感覚では時間はまったく別のものだったということかもしれない」

「そうなのよねえ。今考えると、D市ではその『vor』を文字どおり時間においても前に進ませるために過去に向かって進んでみようという無謀な実験を始めたのかもしれないわ」

「確かにそれは時間というものを捉え直した興味深い試みだったのかもしれないけれど、空間からの類推という意味ではやはり従来の捉え方と変わらなかった。きっとまた違った不安を呼び起こしたのではないかなあ」

「確かに過去に戻ることで忌まわしい時代の記憶がよみがえってくるという不安を口にした人も少なからずいたようだったわ。それとも、時間を擬人化して未来から過去へと進んでいくその歩みを人間の歩みの方向に揃えようとしたのかしら。それなら、過去が前にあって未来は後ろにあることになるわ。きっと、そうね。古代から時間は未来からやってきて過去へと流れていく川に喩えられていたのね。だとしたら、時間の本質は比喩だということになるのかしら」

「たぶん、比喩以上ではないのだろうね」

漢字の民はもともと農耕の民であり、水の民でもあるのか、純平はスジンを見つめながらなんとなくそんなことを感じていた。そこでは同じ営みが繰り返され、進歩もない代わりに退歩もない。純平は続けた。

「その比喩でしかない時間に罪があるとしたら、それが一つしかないと想定したことだろうと僕は思う。もともと各個人の想像力の産物でしかなかったそれぞれの未来というものを、実現するのはたった一つの万人共通の未来、つまり現実だと思い込んでしまったことに、ある罠が潜んでいた。いわゆる同一瞬間に同一空間を二物が占有することはあり得ない、という思い込みだ。それはちょうど砂時計の砂が一粒だけ通れる中心の小さな穴をめがけて漏斗状のガラス容器の中を一斉に走り下っていくようなもので、そこに実現されたのは未来でも何でもなく、ただその轍だけだったというわけだ」

「未来は心の中にしかないということ?」

「そうだよ。過去も時間も同じだ」

「仄田さんの過去も?」

純平はしばらく困惑したように考えていた。

「もちろん、記録も物証もないからね。風景や言葉に触発されることはあっても、心の中を探すしか方法がない」

「でも、心の中を探すことは、その漏斗の中に滑り落ちていくだけじゃないの。それ以上心の中で探し回るとあなたが壊れてしまいそうで、私いま何だか心配になってきたのよ」

純平はふと我に返ったようにスジンの心配そうな顔をしげしげと見た。彼女の硬い眼差しは、真面目な心の動きを反映してか、どこまでも澄んでいるように見えた。純平はその的確な指摘とそこからくる彼女の心配とを認めないわけにはいかなかった。

「心配してくれて、ありがとう。君の言うとおりかもしれないね。しばらくは窓の外の風景でも眺めていることにするよ」

本当は「君の顔を」と言いたかったが、言葉にはしないで、静かな湖面と少し安堵したスジンの顔とを彼は交互に眺めていた。記憶から自由になれた恩恵のようなものがあるのだとしたら、今はそれをゆっくり享受すればいいのかもしれない。金沢に誘ったことを後悔し始めていたスジンの気持ちを楽にするためにもそうした恩恵に浴しているほうがいいように思われた。もともと蜃気楼から始まった曖昧な記憶の断片の繋がりにすぎないものである、スジンの言うように不毛な軋轢を生むことになるだけかもしれない。純平は深く息を吸い込みながら彼女に感謝した。

線路の標高が高くなって列車は湖を一望できる地域にさしかかった。傾斜地の田畑を下って湖の畔に視線を沿わせていくと、さざ波は湖面に細かな模様を作って、広々した湖は微妙な濃淡を帯びながらはるか遠くの向こう岸まで静かに続いていた。そのさらに向こうには量感のある緑の山々のぼんやりとした勇姿が、空と水のある風景の中ほどをしっかりと支えていた。当然何らかのカメラを持っているであろうスジンだが、窓からレンズを差し出すこともなく、ただその景色をじっと眺めていた。

「写真を見てしまうと、逆に自分の眼で見た感動が写真に取って代わられそうで、写真は好きじゃないの」

誰かが以前そんなことを言っていたのを覚えていた。純平の記憶は徐々にその輪郭を取り戻そうとしていた。ただ自分が誰なのかという核心部分はまだ暗い闇の中に埋もれていて、それを取り戻そうと焦れば焦るほど実像と虚像とが混じり合って見分けがつかなくなりそうな気がした。具体的な証拠がなければ、記憶はただあの蜃気楼のようなものに過ぎないのかもしれない。

列車は間もなくK市に到着した。K駅には純平の同僚である宍人《ししうど》が、その中古品販売会社の社長の義娘であるスジンと純平を車で迎えに来ていた。

「明日の夜スジンの送別会を開くので、宍人さんも来てください」

「もし場所が決まっていないなら、会場は任せてくれないか」

「もちろん、お願いします」

会社に戻るまでの車内の空気はいつになく明るいものになった。日本語とドイツ語と中国語とが中途半端に入り交じって、さながら無国籍の観光タクシーと化し、やがて訪れることになる彼らの寂しい別れを一時忘れさせてくれたのであった。

その夜、純平はスジンとの数少ない共通の知人である池上藍乃に電話をかけて、その送別会に誘った。彼女は喜んで会に参加すると言い、恋人の氷所亮も誘ってもいいかと了解を求めたが、もちろん純平やスジンにとって友人が増えることは歓迎すべきことであった。会社の事務所兼居間で入浴の後しばらく部屋着のまま休憩していたときに、スジンが思いついたように純平に話しかけてきた。

「ねえ、これもやっぱり関係のないことだとは思うのだけど、中国語では全く別の意味である『早』も『速』も日本語の読み方ではどちらも同じ『はやい』でしょう。漢字が入ってくる前の日本語で、時間的な『早』と空間的な『速』が同じ言葉だったのを、どう考えたらいいのかしら。私は以前から不思議に思っていたの。古代日本では時間と空間の区別がなかったのかしら。あるいは、そもそも時間と空間は一つのものだったのかしら」

純平はこの話をどこかで読んだような気がしたが、すぐに答えられなくてしばらく考え込んでいた。

「ごめんなさい、こんなことどうでもよかったわね。昼間言いそびれたのでつい口に出してしまったの」

「とんでもない、君の言葉にはいつだって感謝しているから。それで漢字の語源的にはどうなっているの？」

「『早』は太陽が昇り始めることで、『速』は道を行くのに時間を束ねるという意味になって語源的にも全く別だわ。でも、『時間を束ねる』もなんだかおもしろいわね」

「対義語の『遅』は時間的それとも空間的？」

「語源は『犀』だから、たぶん空間的ね。時間的はたぶん『後』」

「ふうん、日本語ではどちらも『おくれる』と読むから、おそらく時間と空間は未分化だったのかもしれないね」

「それでね、……」

そう言ってからスジンは少し躊躇ったが、

「記憶というのもね、失われたのではなくていつでもどこかにあると思うの。たまたま忘れているだけだから、誰かに出会って話をしたり、聞いたり、風景を見たり、においを嗅いだりして、記憶への回路がいずれまた開かれると思うの。だから、ね。別れる前にそれが言いたかったの」と言った。

純平は彼女の気持ちがありがたすぎて、胸がいっぱいになり、お礼の言葉も言えなかった。彼はただかすかに顔の表情で頷いただけだった。そして、「また、どこかで会いたいね」とだけ言った。彼女もまた頷いたようだった。


次の日スジンは洗濯をしたり荷造りをしたりして午前中家で過ごした後、一人で買い物に出かけた。スジンがドイツに帰ることでかえって人間関係は拡がるのだ、純平は努めてそう思い込もうとした。

「しばらく寂しくなるねえ」

宍人が仕事の手を休めることなくそう言った。

「園部社長の娘さんだから、きっとまた何かで会えるよ」

純平は宍人を慰めるように言ったのは、実際宍人もまたスジンと片言の日本語で楽しく言葉を交わすこともしばしばだったということもあるが、半分は自分に言い聞かせていたのであった。記憶を取り戻すためには自分の記憶を遡ってみるのが当たり前というわけではないことを、彼女は純平に教えてくれていたのかもしれない。そうである限りは、スジンが明日自分の前から姿を消すことになっても、彼にはわけもなくきっとまた会えるような気がしたのである。

箱詰めをして表に宛名のラベルを貼るという機械的で単純な仕事は、かえって純平に想像力を働かせる可能性を与えた。彼が意識したのは過去のことでも未来についてでもない、人間関係についての想像力であった。その想像力とは他者の心象を巡ることで満たされ、また自分に戻ってくるという循環する想像力であると、彼には思われた。そのためにはちょっとした人の仕草や表情を観察することや自分自身の経験のような日常的なものだけで十分だった。いや、蜃気楼のような未来や過去を想像するという余計なことが必要のない人間にとっては、それはもっと容易であったのかもしれない。それを教えてくれたのは、ほかでもない、ごく身近にいる宍人であり、スジンであった。

「宍人さん、送別会の会場は取れましたか?」

「うん」

「どこですか?」

「俺の家だ、なんか文句あるか!」

純平は一瞬戸惑ったが、すぐに笑顔になった。

「すごくいいです」

宍人の住まいは公営住宅らしい建物の二階にあった。狭いながらも宍人家はきちんと整頓されていて、夫妻と二人の子供が純平たち四人を明るく迎えた。スジンはすぐに小学生の姉弟と打ち解けて遊び始めた。手持ち無沙汰になった純平は宍人の細君に礼を言った延長で二言三言話しかけると、話し好きらしい細君は取っつきにくい宍人とは対照的にいろいろと世間話を始めた。自分のことをあまり話したがらない純平は、興味がなくはないその話を時々質問しながら聞くのは気が楽だった。宍人は宍人で同年代と思われる氷所亮に話しかけ、いつもの皮肉な調子で自説を説き始めた。こちらも人生を拗ねたようなところのある氷所亮は宍人に共感するものがあるらしく、奇妙に話が弾んだ。亮が話し相手を見つけたことに安心したのか、間もなく食事の用意をし始めた細君から取り残された純平のそばに、藍乃が笑顔で近づいてきた。

「寂しくなるわね」

「宍人さんにも言われましたよ」

「また会えるわよ。彼は、やっぱりもう一度彼女と会っておきたかったみたい」

そう言って藍乃は氷所亮のほうを目で示した。亮は相変わらず宍人の話を聞いていたが、スジンのほうが気にかかる様子だった。

「スジンもそれは歓迎だと思います」

テーブルとソファーのある部屋に一同が落ち着いてささやかな送別会が始まり、子供たちはすぐに大人たちの話題を離れて別の場所で遊び回った。

亮は満を持していたように落ち着いてスジンに話しかけた。

「この間は突然変な声のかけかたをして大変失礼しました。ずいぶん驚かれたと思います。スジンさんのことがあんなに気になった理由がやっとわかりました。あなたの持っている雰囲気が、私が十代の頃交際していた人にとてもよく似ていたのです。スジンさんに出会って言葉を交わしたことが伏線になって、私が長い間無意識のうちに避けていた大切な記憶が蘇ってきました。本当に感謝しています。大げさかもしれませんが、その人とつき合ったことは私にとって人生最初の他者との出会いだったような気がしています。言い換えれば、生まれて初めて互いに心が通い合う対等な関係を結ぶことができた人であったと思っています」

純平はあの時寺院の参道に佇《たたず》んでいたスジンの不安げな姿を脳裏に思い浮かべながら、亮の言葉を少しずつドイツ語に言い換えていた。スジンのほうは、ときどき間に入る純平の通訳に一つずつ頷きながら、亮の言わんとすることをほぼ了解することができたようだった。池上藍乃はその話には満足したように微笑んでいた。

「その関係がずっと続いていたとしたら、おそらく私の人生はもっと違ったものになっていたし、鬱にも陥らなかったような気がしています。彼女と別れた後は、どこかで彼女の影を追い求めていたせいなのか、あるいは孤独な生活が長すぎたせいなのか、いつの間にか私はなかなかうまく人間関係をつくれないようになっていたようです。近づけば反発され、離れれば追いかけられる、そこにはなぜか一方通行的な力学しかなく、対話は成立していなかった。それが現代社会の病理の一つであったのか、私自身の性格的な問題であったのかわかりませんが、私の周りにあったのは、人を理解することも怖いし、理解されることも恐れている社会のようでした。ふと気づいたら、すでに鬱状態の闇の中を歩いていたというわけです」

亮はもっと話したいようだったが、送別会でスジンに聞かせるような話ではないと思ったのか、その後しばらく口を噤《つぐ》んだ。藍乃が補足するように言った。

「偶然彼女の肖像画を見せてもらったけれど、本当にスジンとよく似ていたわよ。純朴でどこか大陸的なところがそっくりだったわ」

「大陸的ってどんな性質ですか？」と純平が興味を覚えた。

「こせこせしていないって感じかなあ。定義は難しいわね」

純平はこれをそのままドイツ語に翻訳した。

「藍乃さんも大陸的だと思います」

スジンが少し考えてからそう言った。

「二人には、いや正確には、肖像画の彼女も含めて三人にはそういう共通点があるのかもしれないね。だから、大陸的な人に出会ったのは、藍乃が人生で二人目ということになる、これは極めて個人的な問題だけれど」

亮が敬称をつけずに藍乃を名指して言った。

「誰だってそうやって一括りにされるのはうれしくないものよ。それに、今日はあなたを囲む会じゃないわよ」

藍乃がスジンに目で同意を求めながら言って、亮が照れたように相好を崩したので、一座も雰囲気もしだいに砕けた感じになった。

「ともあれ、この統一感のない集まりに乾杯しよう」と宍人が言った。

「乾杯！」

送別会は子供たちが床に就いてからもしばらく続いた。

「ちなみに、氷所さんはその里美さんとはその後どうなったのですか？」

宍人が唐突に亮に尋ねた。里美とはその肖像画の大陸的な少女のことであった。亮がその質問に戸惑っているのを見て、宍人が続けた。

「いやね、俺たち夫婦は高校時代からのつき合いでそのまま結婚したものだから、少し興味がありましてね」

「それはいいですね。僕たちは高校卒業と同時に別れました。でも、そのことによる喪失感は思っていた以上にひどいものでした。遅くない時期に次の恋人が見つかるくらいに思っていたのですが、どうもうまくいかなくて、それに続く孤独感は半端ではなかったようです。そのことが社会生活でどのような影響を与えるかというと、今考えてみると、人間関係に不調を来す大きな原因の一つになったと言うべきです。さっきも言ったように、それからの人間関係はどちらにせよ一方通行的なものだったような気がします。つまり、頭の中で考えた理想ばかり強くて、相手からの素直な反応が得られないとだんだん一人で考え込んでしまっていつしか塞《ふさ》ぎがちになり、それでも押せば躱《かわ》される、逃げれば壁はもっと高くなる、といった悪循環に陥ってしまったようです。結局それが僕の鬱の遠い原因だったと今は思っています、言葉足らずかもしれませんが」

「では、その理想の相手であった里美さんとはなぜ別れてしまったのですか?」

宍人がまた遠慮なく尋ねた。亮は今度も言葉に詰まった。

「それはとても難しい質問です。今だから言えることもかもしれませんが、敢えて言うなら、その頃の僕はその出会いを一つの成長の過程だと思っていたことが大きな要因だと思われます。つまり、大人になるための一つの課題をそれで達成したと思い込んでしまっていたのです。その結果、自然の流れからではなく、一方的にこちらから断ち切っても問題のない関係だと理解してしまっていたのでしょう。それは全く未熟な考えでした。確かに表面上は何かを達成したかもしれませんが、その代わりにもっと大切なものを失ってしまったのだと思います。僕の場合、失ったということは元に戻ったというだけでなく、それ以前よりももっと心を狭く細長くしてしまったということを意味していました。社会という大陸に通じる橋を自ら壊してしまったようです」

　宍人はしばらくその言葉を吟味しているようだったが、やがて口を開いた。

「よくわかりました。つまり大陸に渡ったつもりになってその時渡ってきた橋を自ら外してしまったところ、気がついたら元の橋のない島国に立っていたというわけですね」

　宍人が自分なりに解釈をしたのか、そう言った。

「あなたは上手いことを言いますね。僕は橋のない海峡のこちら側でいつまでも恨めしそうに潮の流れを眺めていたというわけです。誰もいない砂浜であちら側に向かって届きもしない言葉を発し続け、海峡を越えてこちらに聞こえてくる言葉には何故かいつも棘のようなものがある。それに反発できているうちはいいが、ボディーブローが徐々に内蔵器官に効いてくるように、いつしか心にも体に力が入らなくなってくる。おそらくそれが僕の鬱状態の始まりだったような気がします。そんな状態にある僕がこのスジンさんに惹かれるものを感じたのは、彼女の立ち姿を眺めているとずっと昔に失われた海峡に架かる橋の蜃気楼が見えたような気がした、そんな理由からでしょう」

　亮は不安な面持ちで宍人の反応を窺っていた。

「大丈夫ですよ、俺だって似たような鬱状態を経験しなかったわけではないからね。ただ、俺はまあいつまでも海岸に佇んでいるわけにいかなかったんだろうが。目の前の生活に根を張るしかなかったということだろう。ただあんたも今は半ば鬱から抜け出ているのかもしれないね、それほど客観的に自分のことが見られるのなら」

「ええ、そうかもしれません。藍乃さんに言わせると、僕の鬱は『時間病』というものらしいのですが。

僕は高校卒業後『時間』という島に自分を閉じ込めて生きてきただけだったのかもしれません。その島国では未来へも過去へも自由に行き来できたかもしれないけれど、決して大陸との間を行き交うことはできなかった。大げさかもしれませんが」

「そうなると、この記憶を失った仄田君などは果たしてどういうことになるのかな?」

「これは想像ですが、彼が自分の過去にこだわりすぎれば、おそらく私と同じような鬱に陥るかもしれません。ただ、彼は自分の記憶を取り戻すことにあまり熱心ではないようですから、大丈夫だと思います。過去にこだわらなければ未来にも多くを期待することはないでしょうから。過去を考えない者は未来を考える方法も知らない、いや、未来のことを考える必要がないから、過去を知ろうという気持ちも起こらないのでしょう。失礼な言い方になっていたら許してください」

亮は自分より二回りほど若い純平の顔色を窺いながらそう言った。

「大丈夫です。実はこの間石川県の海岸でたまたま蜃気楼を目にしていくらか思い出したことがあったのですが、その記憶がどういう意味を持つのか考えると何だか恐ろしくなって途中で自分からその記憶を辿るのを止めてしまいました。最初からわかっていたことのような気もするし、繋がりの見えない悪夢の一種とも思えてきたのです」

「記憶を辿れば辿るほど、きっと見たくもない未来が現れてくるのでしょう」

それまで黙っていた藍乃が突然口を挟んだ。

「記憶は自分の周りにある家や町や川などと同じだと思えばいいわ。それ以上の意味はないのだから。三十年前に共に過ごした人はやっぱり今も共に過ごしているし、そこに特別な意味なんてない。意味があるように思うのは、閉ざされた未来に背を向けて何かを探そうとして過去に向かっている人だけ。亮の鬱はむしろそういう空しい悪循環の結果ではないかしらと思うの。そのことには自分で気がつかなければ治癒は無理だと思ったから、今でも存在する三十年前を体験させたくてその三十年前という現在に、言い換えれば地理的に、連れて行ったのよ。そこには自分の過去のなつかしい輝きなどなくて、彼女や彼の現実と物理的な痕跡があっただけ。確信はなかったけれど、だいたい私の予想どおりだったみたいよ」

「私の記憶は未来のためではない、現在進行形の記憶です。そんな気がします」

今度は純平が突然口を開いた。

「記憶が口を開いたまま私についてくるのです。時々その口に呑み込まれそうな不安が襲ってきます。それは物理的な痕跡ではなくて生き物の一種です。飼い慣らせない記憶とでも言ったらいいのでしょうか。気をつけなければ、それは私の心の中で荒れ狂い出します。だから、普段は何もなかったようにそっとしておくのがいちばんいいのです。でも、それはそれでなかなか簡単なものではありません。身につけた知識と失った記憶とを截然と区別しておくことがなかなかできないからです」

その言葉に彼らはしばし言葉を失った。

「申し訳ない、俺が強引に仄田君のほうに話題を持っていったものだから、みんなに余計な懸念を与えてしまった。さっきから通訳を失って退屈しているスジンさんのためにもこの話題はここまでにしておきましょう」

その宍人の言葉で、この会の主役をやっと思い出したかのようにみんな笑顔が戻った。

「私は大丈夫です。仄田さんに要らぬ心配を与えてしまったのはたぶん私ですから、明日からはきっとまた普通の生活に戻れると思います」

スジンが様子を察したのか、小さな声で仄田純平にそう言った。

「絶対にそんなことはないです。あなたのおかげで少し記憶を取り戻すことができ、一つの展望のようなものが開けてきました。あなたにはとても感謝しています」

二人の気持ちを忖度したのであろう、他の三人もしきりに「またあなたに会いたい」という気持ちをさまざまなやり方でスジンに伝えたのだった。


その夜スジンと共に帰宅した純平は、翌日の旅立ちの準備をするというスジンと別れてソファーの上で横になり、複雑な木目のある天井板を見つめた。眠られぬ最後の夜だった。見覚えのある部屋の中で荷物の整理や寝支度をしているであろうスジンの姿を思い描いているうちに、ある突拍子もない想念が彼の脳裏に浮かび上がってきた。

あまりにも広大なシベリアの大地をオートバイで一人延々と横断しているうちに、また時速百キロの風に煽られ続けた空間の狭間で、彼は時間の流れのようなものをいつしか感じなくなり、ひょっとしたらその時間を追い越してしまったのではないだろうか。つまり、振り返りたくない過去の源泉の一つであるところの記憶をどんどんオートバイの背後に遠く引き離すことによって、そのままずっと後ろのほうに根こそぎ振り切ってきたのかもしれないということだった。その結果として自分は見かけの上では記憶喪失という症状に陥ってしまい、今頃になって漸《ようや》くその記憶たちが彼の意識に追いつき始めて、ちらりちらりと断片的に顔をのぞかせているのかもしれない。だから、地理的により近い場所の記憶のほうから先によみがえってきたこともなんとなく頷けるのであった。

その突飛な考えはなんとなく彼の気に入るものだった。いずれ記憶が彼に追いついてくるものならそんなに焦る必要もないだろう、ということだった。あるいは、記憶の流れはその記憶の主を見失って全く別のどこかを彷徨っていて、ある日ひょんなことから元の主人に出くわしたりするのかもしれないのだ、と。確固として流れていた時間を強引に煙に巻いてしまったことで、逆に数日来彼を悩まし続けていた心の靄々がしだいに晴れていくような、すがすがしい気分を味わっていた。偶然とはいえ、何か別の力が彼の記憶を意図的に消し去ったのではないかという疑惑もまた薄れていくのを感じていた。

「今度いつ会える?」

別れ際にそうスジンに尋ねることができるのか、純平に自信はなかった。いっそのこと、「次はロシアで会おう」と言ってもいいかもしれない。そう言えば、彼女も答えやすいし、何かで応じてくれることだろう。「お義父さんによろしく」はちょっと変だし、お母さんは知らない。何か記念になるものを贈りたいが、適当なものが思い浮かばない。ならば黙って握手だけしようか。少なくとも警戒して避けられることのないように、何かで繋がっていたかった。純平はその夜まるで高校生のように悩んでいた。

海の上に浮かんだ飛行場の中は広く高い屋根の下で混雑していた。純平たちは搭乗口までスジンを見送りに行ったが、宍人もいたせいか彼らはろくに別れの言葉も握手も交わすことはできなかった。そして黒いリュックだけ背負った身軽な彼女はあっけなく上海へと飛び立った。ただ、別れ際にスジンのほうから純平に向かって屈託のない笑顔で言った。

「またユリヤと三人で会おうね」

ユリヤとは愛媛にいる野条悠里《のじょうゆうり》のことである。彼女がいる限りスジンと日本、ひいては純平との縁もこのまま切れてしまうことはないのだ。そんな当たり前のことにずっと気づかないでいた自分のことが純平はうらめしかった。喪失感につぶされそうになりながら、純平は車の中で宍人の言葉を聞き流していた。

「中国人というのは全く年齢がよくわからないよね、高校生にも見えるし二十代半ばのようにも見えるじゃないか。別に年齢なんて関係ないがね、それに、日本みたいに服装や化粧まで年齢によって区別するのは、考えてみればどこか異常なことなのかもしれない。現代資本主義というのは何かと細かく差異をつけることで無理に新しい消費を生み出そうと躍起になっているようなところがあるからね、まあ俺たちはその後ろのほうからのらりくらりと落ち穂拾いをしているようなものだが。だから、スジンのような飾り気のない子に出会うとどきっとするんだよ。中国の田舎に行けばきっとあんな感じの子がたくさんいるんだろうが」

気落ちしている純平を気遣っているのか、宍人はそんなことを言って慰めているつもりだった。しかし、純平の喪失感は容易に晴れるようなものではなかった。自分が誰であるのか確定できない者は外国に行くこともできないし、家庭を持つこともできないということを痛感させてくれたのがスジンの存在であったし、記憶を取り戻させようと力を貸してくれたのも彼女であった。その別れを自分にどう説明すればいいのか、純平は途方に暮れていたのである。彼女の描いた自分の似顔絵がほしいということはとうとう切り出せなかった。その似顔絵がスジンの手もとにある限りは、ひょっとしたら自分のことを思い出してもらえるかもしれないし、また会う機会を作るきっかけくらいにはなるかもしれない、と純平は思ったのである。

スジンのいなくなった地下室での孤独な夜は、幸か不幸か、不安定に揺らめきながら口を開けている記憶へと遡る場をまたしても純平に提供した。自分が託された手紙のようなものはいったいどういう意味を持っていて、どこに消えてしまったのだろうか。それから『クリリオン』という言葉もまだ解明されてはいなかった。その街に定住し始めた彼のもとにやがて記憶が西のほうからあの蜃気楼のように遅れてやってくるのかもしれない。一つの言葉が些細な記憶を呼び起こし、しばらくはそれについての思考が巡らされ、それがまた別の言葉を連想させていき、思念はしりとりのように屈折しながらあちこち行ったり来たりした。

同一時間に同一場所に存在できるものは一つしかない、というテーゼがそのうちまた彼の頭を悩ましていた。あらゆる諍いと競争の根底にあるのは、果たしてこのテーゼではないのか。もしも同一時間というものがなかったとしたら、それによって同一場所に複数のものが別の機会に共存できるのだとしたら、もともと争う必要などなかったのではないだろうか。すべては入れ替わることができるし、実際入れ替わってきたのである。例えば、一つの無人島があって、その島を二人が所有権を争っていたとしよう。しかし、所有権という概念がなくなれば、実際もともと存在しないのだが、二人が争う必要はないように、同一時間という概念そのものがなくなれば、あるいは、後先という概念がなくなれば、衝突も対立も回避できる方法はいくらでもどこにでもありそうな気がする。エベレストの頂上という同一の場所は実際万人に開かれている。先の見えない収容所生活を送っていた木崎さんの頭に去来したのは、これと似たようなことではなかっただろうか。

また別の入り江の光景が浮かんできた。西洋の列強が蒸気船で太平の眠りを覚ましてからというもの、人々は色めきたって時代に覚醒し始めた。西洋を範にして西洋に追いつけ追い越せ、ということがその覚醒の特質だった。だから、キリスト暦を真似たのであろう、それまでにはなかった皇紀二六〇〇年とかいう積算的な暦まで作ってしまった。ひょっとしたら敗戦という大きな挫折を経験してその皇紀は廃れても、時代というものへの覚醒は戦後もさらに続いていたのかもしれない。木崎はそんな日本に帰ることを本能的に拒否したのではないだろうか。もし帰国したとしても彼はそこで普通に生きることはできなかったような気がする。過去でも未来でもなく、つまり時間によって曇らされることなく、一つの積極的な諦めとして現実を見ることを収容所で学んだのかもしれない。

一方で純平は、そう考える自分自身もまたまだ諦めきれない曇らされたものから、つまりある種の想像力から、偶然聞き知った一人の人物のことを見ているのかもしれないと思った。しかし、ウラジーミルと過ごした小さな村での鮮明な記憶は、断片的ではあるが、ほぼ間違いなく自らの現実体験であると思われた。それをどう解釈するかは記憶をなくしてからの仄田純平次第であることもまたはっきりと自覚していた。しかし、現在によって過去を曇らせるということはあり得ないだろう、なぜなら過去は現在の痕跡や記憶をしっかり見つめることによってしか存在し得ないし、完了したことと現在進行中のこととこれから起こることとは、いずれもこの空間での出来事にすぎないのだから。そして、それらばらばらの出来事に繋がりが作られるとしたら、それは善くも悪くも人間の現在する意識上においてだけだから。つまり、そんな揺らめいている繋がりの一つがたまたま記憶と呼ばれているだけなのであり、眠りなどによってそんな記憶にも空白が生じることがあるように、逆に彼の記憶にもいま空白部分が少しずつ新しく修復され始めているのかもしれないと彼は思った。記憶とは、もともとそんなあるとも言えるし、またないとも言えるものであり、そのことで苦しむ必要のないものなのかもしれない。そう結論づけることによってやがて彼のもとに眠りはそっと訪れた。

＊＊＊＊

「クリリオンというところで連絡を待ってくれ」

コルサコフの国境管理事務所が純平のビザの不備を指摘して、連絡船に乗ることを禁じたので、他に日本に帰る方法がないかと尋ねたら、そんな町の名前が返ってきた。

「そこから不定期の連絡船が出ているから」

彼は半信半疑で取りあえず西の半島にあるその町までオートバイで移動した。それに類したことは旅行中何度も経験していたので、そのうち何とかなるだろうといつもの調子で高をくくっていた。その名前を聞いたのは初めてではないような気がしたが、彼はそのことも良いほうに解釈していた。半島らしい強い風と背の低い樹木と潮の香りの中を三時間ほど走った後、クリリオンと思われる寂しい町に着いた。

「パスポートを見せてください」

指定された小さな町の食堂のようなところで向かい合わせに座った大きな男が、ウラジーミルと同じく真面目そうな顔をして、片言の日本語で言った。男は彼の顔を写真と見較べて「ふふん」と言って、パスポートに判を押し、二万ルーブルを要求した。準備していた五千ルーブル紙幣四枚を、彼はそこで男に渡すほかなかった。

「船はいつ出るのですか?」

「明日の早朝四時、港まで来てくれ。目印は黒い四角形だ」

「黒い四角形?」

「目立たないが、探している者にはよく目立つ」

これはまるで密航ではないかと思ったが、金も払ったし手続きもした。ずいぶん手慣れているようだし、ここは運を天に任せるほかはない。男も悪人には見えなかったし、またオートバイも一緒に運んでくれるようだった。食堂の二階に休憩場所があるというので、その夜はそこで仮眠を取ることにした。ただ、見ようによってはその町の何もかもが怪しくて、町ぐるみ密輸か何かに関わっているのではないかとも思われた。

記憶はついに『クリリオン』に辿り着き、日本海の困難な航海に辿り着いた。しかし、あのモーテル

『モスト』で、その時は知っているはずのなかった『クリリオン』のことを尋ねた自分とは、いったい誰だったのだろうか。記憶の矛盾が彼の意識を少し混乱させたが、すぐにそれはどちらでもいいことになった。見かけは大きめの漁船と何ら変わらない旧式の白い船に黒い四角形の旗がそっと掲げられていた。目的地を尋ねても船員たちは笑っているばかりで、彼ら同士で話しているロシア語も純平にはほとんど聞き取れなかった。船長らしい例の男が近づいてきて低い声で言った。聞き取るのに骨は折れたが、男はだいたい次のような趣旨のことを言った。

「暗くなってから北海道の小さな漁港に接岸する。お前はその間にこっそり上陸してオートバイで立ち去れ。俺たちのことはしゃべるな、でなければお前も罪に問われて刑務所行きか強制送還されるかのどちらかだ。持ちつ持たれつというわけだ。もともと国境なんか作った奴らが悪い。こちらが必要なものを買い、こちらは相手が必要としているものを売る、俺たちが自力で生きていくためだ。万一、海上警察に見つかったら、お前はゴムボートに乗って一人で逃げろ。そうすれば、お前は俺たちと違って、ただの漂流者にすぎなくなるし、うまくいけば何事もなく本国に戻ることができる。ただしばらくは記憶喪失のふりでもしておくほうがお互いに好都合だ。わかったな」

彼は脇腹のあたりを冷たい汗が流れ落ちるのを感じていた。密輸船はとっくに岸を離れていた。今更後悔しても始まらなかった。まるで芝居小屋の冒険活劇の主人公にでもなってしまったような気持ちだったが、おそらく逮捕歴のあるその男の真剣な表情を見ていると、彼は頷くほかなかった。確かにそうだったのだ。いや、そうだったにちがいない。

＊　＊　＊　＊　＊

記憶は霧が晴れていくように細部までありありと蘇ってきた。その展開はほぼ間違いないものと思われた。しかし、意外なことに純平の日常はそれで何も変わらなかった。どこかにいると思われた係累はかえってはるか遠くに退いてしまい、身近にある確かな現実に向き合い、時々ねぐらを離れて散歩に出かけるだけである。すでに知り合った人やこれから知り合う人たちとの出会いを楽しみにしながら生きていくのだ。ちょうど祖国に帰らなかったあの抑留者のように。そして、その抑留者の手紙は海の藻屑となったのか、それとも誰かの手に渡ったのか、もう知りたいとも思わない。新たに自分が引き継いでいかなければならない記憶などもともとなかったのだと自覚するのにそれほど時間は要らなかったのである。記憶とはいわばあの蜃気楼のようなもので、くっきりと見えたとしてもそれはどこまでも心に映った虚像でしかなく、歴史の真の姿を人々の生活や文化が表現しているように、記憶の真の姿はもともとその人の知識や技能や感性としてずっと引き継がれているのではないだろうか。だとしたら、「ほら、君の百年も地球の五億年もやっぱりまだそこにある」と言えるのかもしれない。

地下室のベッドの脇の暗闇の中に、一人の痩せこけて青ざめた兵士が半分錆びた日本刀を右手に提げて佇んでいた。そのただならぬ気配に純平はびくっとして目を覚ましたが、どういうわけか身体が全く動かない。意識ははっきりしているのに腕にも脚にもその意識が戻らないし、伝わらない。兵士は小さな声で寝ている純平に語りかけた。

「俺の手紙を返してくれ」

「何のことだ」

純平の心の声が唇の手前まで来ていたが、やはり声にはならない。しかし、相手はその声を読んでいた。

「天狗の手記だ」

「日本に帰る途中で紛失した」

「それは困る。あれを他の人に見られてはならない」

「誰かに見せるように君が託したのではないのか」

「気が変わった。それに死んでからまだ二十年経っていない。返してくれ」

「今更無理だ。それにもう日本海の波に洗われて跡形もなっているかもしれない」

純平はそう言いながら兵士の持っている錆びた日本刀を恐れていた。何だか血の臭いがするようだった。身体の自由がきかないので、一撃を躱せそうにない。

「いや、思い出してみるから、今日のところは帰ってくれ」

「やはり知っていたのか？　それなら今すぐ持ってこい」

純平はふと思い当たったことがあった。

「君は本当に木崎さんか？」

兵士は少し動揺したように見えた。

「そ、そうだ。木崎准尉だ」

「どうも怪しいな、木崎さん以外に渡す理由はない」

純平は全身に神経が行き渡ってきたように感じていた。

「だから、俺が木崎だと言っているだろう」

兵士は幾分怯えたようにそう言った。

「それを証明するようなものは持っているのか？」

「この准尉の襟章が何よりの証拠だ」

「納得できないな、今頃何故その手紙が必要になったのだ？」

「書き直しをする」

「何故？」

「あれは間違いだった」

今度は開き直ったように天狗が言った。いつの間にか怯えていた兵士は無表情な天狗の姿に変わっていた。純平はその入れ替わりを当然のことに感じていたので、ほとんど驚かなかった。

「あれはしかたなかった。確かにスパイだったのだ。自分が死ぬか、相手が死ぬか、選ばなければならないとしたら、これは正当防衛だ」

すると、天狗の脇に中国人らしい十二、三歳の少年の姿が仄かに浮かび上がった。少年はどこかスジンに似ていた。天狗はその少年の存在に気づいていないようだった。

「相手が子供であっても？」

「子供を利用している場合だってある」

「しかし、殺すか殺されるかということには違和感がある」

「その場に居合わせていない者は何とでも言える」

今度は表情の見えない天狗というので、純平はなかなか苦戦しそうであった。

「本当にそんな状況があったとは思えない。そんな状況に追い込んでいったのはむしろあんた自身ではなかったのか。私はあんたが……」

純平の腕に力は込められているのだが、それを動かすための神経がかなり遠くにあると感じていた。

「私は天狗であるあんたが木崎さんを追い込んだと聞いている」

「俺はそれを訂正しにきた。早く手紙を返せ」

「そんなに急かすな。夜はまだたっぷりとある」

純平はそんなわけのわからないことを言って、全身の神経が目覚めるための時間稼ぎをしようとした。そのうちに少年は地下室の中をうろつき始め、珍しそうに灰色の壁や少ない家具に触れながら何かを探しているようだった。明かり採りの窓からはわずかに月の光が漏れてきていて、その光がコンクリート壁に留められたホルムスクの町のスケッチを浮かび上がらせていた。少年はその壁の前にぼんやりと佇んで絵を見上げていた。

「その絵の町を知っているの？」

少年はしばらく考えてから首を横に振って、それからまた狭い地下室の中をうろうろし始めた。天狗はその言葉に反応して少年のほうを見たが、顔が見えなかったのかまたすぐに純平のほうに向き直った。

「何か探しているのかい？」

純平がまた少年に言ったのは、天狗の注意を向けさせたかったたである。果たして、もう一度振り向いた天狗の目は少年の顔に見覚えがあるらしく、怯えたように視線を逸らせた。

「手紙を探しているの」

その言葉を聞いて、天狗はますます背をかがめて消え入りそうになったかと思うと、突然右手に持っていた団扇を振り上げて少年の影を振り払おうとした。少年の姿はその少し前にふっと消え、天狗は振り上げた団扇のやり場に戸惑っているようだった。

「だから早く手紙を寄こせと言ったのだよ」

天狗は力なくそう言った。

「少年はきっと例の手紙を読みたかったのに違いない」

純平は確信してつぶやいたが、それが天狗の耳に届いたかどうかはわからなかった。何しろ天狗の面に表情などないのだから。そう言えば、さっきから硬い仮面の下からくぐもった声が聞こえるだけだった。

「誰かが俺のことを貶めるようなことを言っているらしいが、それは大きな間違いだ。俺は人々にやればできるという勇気と希望を与えてきた。不可能を可能にする力が一人ひとりにもともと備わっていて、それを生かすも殺すも本人の心がけ次第であるということを彼らに気づかせようとしただけだ。それは何ら間違ってはいないし、誰にでも当てはまる当たり前のことだ」

「そんなに自信があるなら、なぜ木崎さんの手紙の露見を恐れる？」

「重大な勘違いをしていたからだ」

「手紙を見てもいないのに、どうしてそんなことがわかる？」

「手紙を書いたのが俺自身だからだ」

「ほほう、残念ながら、手紙は書かれたところから一人歩きをし始める。本当の木崎さんはそのことを十分わかっていた。そして十六年後私が託され、次いで手紙はどさくさに紛れて行方不明になった。書簡の行方不明は拡散の可能性をより広く持っている。そういうことだろう」

仮面はしばらく沈黙した。おそらく拡散の可能性を防ぐにはここしかないと思ったのであろう、落ち着いた声で再び語り始めた。純平もまたいつの間にか寝台から身体を起こしていて、天狗のいるほうに向いて座っていた。身体に神経が行き渡っているのを感じてはいるが、やっぱり力は出ない。相手を思い切り殴ったとしても、その表面を軽く小突くくらいの効果しかなかっただろう。

「手紙は本当に消滅したかもしれない、というのだな」

天狗は真面目くさってそう確認するように言った。

「記憶が曖昧なので断言することはできない。港を出るまでは確かに自分で持っていたが、それから後がはっきりしない。誰かに奪われたとも考えられなくはない」

純平は正直に言うほかなかった。ふと天狗の腰のあたりを見ると、その白い装束の端をつかみながらさっきの少年が天狗の仮面を見上げていた。天狗は少年に気がついているのかどうかは判断できなかったが、純平と同じように動作がぎこちなく弱々しくなったように見えた。立ちすくむ身体にも表情というものがあるのなら、天狗の表情は苦しげなものであった。

「我らの前進を阻む壁を越えよ、という心の声があるとして、続いて壁は越えなければならぬという声もまた聞こえてくる。しかし、大多数は壁の向こうに何があるのかも知らないままである。しかも、言い出した本人でさえよく知らないこともたくさんある。心の声がそもそもどこから聞こえてくるのかも確かめずに、当然のようにその声に耳を傾けながら新しい未来の見取り図さえ作ろうとする。満州国、それが木崎家の未来の見取り図であり、海外列強と対等に肩を並べることができるという維新以来の理想の体現であると思われた。家財を売り払って資金を集め、一家は新天地で事業を始めるために満州国への入り口である遼東半島を目指して船出したのだ。俺はそこで両親の開拓事業に協力し、後には士官として関東軍に参加した。だが、その理想の結末がどんなものだったかは知ってのとおりだ。同一空間、同一時間に二つの物は存在することができない、の言葉どおり、間もなく新たな勢力が満州にやってきて、人々は悲惨な目に遭い、満州国は壊滅した。結果として、天狗の予言は間違ってはいなかったことになる。歴史は繰り返すというように、いずれまた新しい力がそこにやってくるのを待つだけだ。『臥薪嘗胆』は二度目もまた三度目もあるということだ」

「その『臥薪嘗胆』の芽を摘むために収容所が開設されたのだ」

その声は天狗の口から発せられたが、もはやくぐもった声ではなかった。そこにはいつの間にかウラジーミルが立っていた。しばらく天狗とウラジーミルとが並んで立っていたようだったが、二つの像は重なり、やがてウラジーミルの像だけがそこに残った。同時にさっきの男の子もまたどこかに消えてしまった。

「木崎さんはそんなことを言っていた。一つの夢を実現するために、誰かの生活を奪わなければならないなら、そんな夢などないほうがましだ、と。夢を捨てるために何年間も苛酷な収容所生活に耐えた。夢を捨てることができるようになってからは少しずつ心が軽くなり、それにつれて、家族に会いたいという気持ちも故郷に帰りたいという気持ちもだんだん弱くなってきた。私にもよくはわからないが、同一時間に同一空間を二つの物が存在することができないという天狗の言う衝突の原理を崩すためには、同一時間というものが存在しないことを示すことができればいいということではないだろうか、いや、むしろ同一時間しか存在しないと考えるほうがいいのかもしれない。何の進歩も求めない、その年の作物にそこそこの収穫があり生活がなんとか成り立ちさえすればそれで満足していた百姓たち、それを内心馬鹿にしていた俺がそこにいた。だが、今になって初めて彼らの心の声こそ俺は知りたくなった。そもそも大地のもたらす恵みの中で生き物たちの成育と共に生きていた彼ら百姓たちの時間感覚、いや時間無感覚にもう一度出会ってみたい気がしたのだ」

その言葉はウラジーミルの言葉なのか、それとも木崎さん自身の言葉なのか純平にはもう判別できなかった。夢の中なら一人の登場人物がいつの間にか別の人物に入れ替わっていることがよくあるものだ。ウラジーミルは流暢な日本語でさらに言葉を続けた。

「つまり特別な時間というものがないのなら、天狗の原理は単に『同一空間に二つの物は存在し得ない』と言い換えることができる。そうなると奇妙なことが起こってくる。普通に読めばこれは明らかに間違いであり、同一空間に二つ以上の物が存在し得るのは当たり前のことだ。もともと空間は一つしかないのだから、物はその空間に無数に存在するはずで、しかも互いに共存している。つまり『同一時間』という言葉を冠したがために、あるいは想定したために、その言葉に惑わされて、頭の中で空間は歪み始め、物はその歪みによって衝突し始めたのではないだろうか。その衝突の中には恐ろしい惨劇となっていくものもあるはずだ」

それはもう誰の発した言葉なのか全くわからなくなっていた。起き上がったはずの純平は相変わらず寝台に縛り付けられたように仰向けになっていたし、男の子はまだ室内をうろうろしていたし、月の明かりはサハリンの港町の風景をぼんやりと照らしていた。ウラジーミルは暗がりの中でその役目を終えたように黙ってしまい、あろうことか、彼の背後にあの密輸業者の日に焼けた不敵な笑顔まで浮かび上がってきた。その笑顔が唇を動かし始めた。

「残されたあんたの荷物に手紙があったなんて知らないね。魚のはらわたと一緒に海にでも捨てちまったんだろう。商売にならないようなものには、俺たちはもともと関心がないからね。日本で要らなくなった物でもロシアでは十分役に立つし、その逆のことも結構あるからさ、俺たちの商売が成り立つんだ。警察に何度捕まってもやめる気なんてさらさらない。一カ月も刑務所に入っていれば、その経験と人脈を利用してまた商売を拡げるだけさ。警察も裁判官もそれはわかっていても職務以上のことはできやしない。国境警備隊も俺たちがいなければ仕事がなくなるんだよ。国境がなければ警備することも密輸もなくなるってもんだ。いっそのことヨーロッパみたいに国境を開いてしまえば、税金の無駄遣いもなくなるし、俺たちも大手を振って商売ができるってものなんだがなあ、はっは」

実直そうなウラジーミルと野放図な密輸業者、対照的な二人のその赤ら顔がやがて暗闇の中で重なり合っていくようだった。

「そうだ、知り合ったのも何かの縁だ。悪いようにしないから、俺たちに力を貸してくれないか。近海からメールで尋ねたことに返事をくれるだけでいいんだ。もうけの中からいくらかを必ず日本円で届けるから……」

ああ、そうだった。そうやって自分はスパイ活動に手を染めていったのだった。スパイというよりは、無自覚に密貿易の手助けをやっていたという程度だが。それは果たして犯罪と呼べるようなものなのだろうか。それに、自分が提供できるような情報など全く取るに足りないものに違いない。また、俺たちのことは忘れろ、と彼が船の中で言っていたこととも矛盾している。災いの種はやはりあの『天狗書簡』なのかもしれない、と純平の思考が堂々巡りをしている間に、いつしか亡霊たちの姿は深いまどろみの奥に沈み込んでしまった。

それからどれくらいたったのかわからないが、白い装束を身にまとった天狗の姿が今度は天井に張り付いたようにして現れた。しかし、今度は仮面の下から聞こえてくるようなくぐもった声でなく、森に木霊するような声が上のほうから聞こえてきた。

「お前はあの手紙を読んだのか？」

「たぶん」

声になったようには思えない声で純平は答えた。

「それから誰かに見せたのか？」

「いいや、たぶん見せる前に紛失した」

「ならば、その手紙のことは忘れてもらわねばならない」

一瞬「見せた」と言えばよかったと後悔したが、もともと心が言ったことを今さら隠せたものではないとも思った。忘れる力くらいは持っているし、手紙を届けることが使命だと思っていたわけではないので、しぶしぶ承諾した。

「ところで、私はさっきもあなたに会ったはずだが、今度はどうして天井になんか張り付いているんだ？」

「この部屋の床のあたりには不吉な瘴気が漂っている」

「さっきの男の子のことか？」

「いや、ちがう。もっと不健康などんよりとした何かだ」

やっぱりこの天狗も男の子のことを知っていたのだと思いながら、純平はそんな瘴気のことなど全く気にする様子もなく、うらぶれた場末の占い師でも見送るように天狗の姿から視線を外していった。

「おい、どうして俺を無視するのだ？」

「もうあんたの言葉は信じられない」

純平は左向きに寝返りを打ちながら言った。

「ほほう、お前は必ず俺の語る言葉の価値に気づくはずだ。なぜなら、この場に出現できるのはこの部屋の住人の心に棲んでいる霊たちだけだからな。しかし、この部屋に漂っている霊気のほとんどが無気力で怠惰で退廃的なものだ。お前もかつては活力に満ちて世界を駆け巡っていたはずだが、すでに退廃的な霊気に冒されて久しい」

「余計なお世話というものだ。お前さんのほうが恐ろしくてこの近くまで下りてこられないだけのことだろう。この霊気の中ですでにたくさんの人たちと心を交わし合っているぜ」

純平はもう天井に張り付いた天狗のほうは見ないで、その天狗の言う、控え目な霊たちに向かって感謝の気持ちを伝えたかった。


記憶が順序正しく蘇ってくるなどとは最初から期待してはいなかったので、まどろみの中に出現した亡霊たちもそれはそれでまた立派な記憶の形式なのだろう、と純平は感じていた。同じく地下室で数日間を過ごしたスジンもまたそこで奇妙な亡霊たちに出会ったのかもしれないと思うと、何だか彼女に申し訳ないことをしたような気がした。同時に彼女の夢に現れる亡霊たちなら自分も会ってみたいなどと不謹慎なことを思ったりしていた。

そのうちに純平はまた池上藍乃に会ってみたいと思うようになった。記憶が回復したことを告げたかったこともあるが、告げるだけでなく、彼女ならその記憶の意味を理解してくれそうな気がしたからである。田原に会うのはそれからでもいい。彼ならすぐにその記憶の裏付け調査をするであろうし、もしそうなったら純平にとってもっと厄介な問題まで続々と出てきそうだったからである。

過去を作り変えることは、理想的な未来を思い描くことと同じように、現在の世界を歪めることにほかならない。というのも、過去も未来も現在に、つまり、現実世界の単なる時間化にほかならないからである。それはあの野条悠里の論文の受け売りだったが、純平には彼女の仮説が、木崎准尉の体験、つまりウラジーミルの証言によってもはや仮説という域を脱して、いよいよ現実味を帯びてきたように思われた。そして、おそらくそれは百年ほど前からすでに知られていたことで、またそれを利用する方法も別の名の下で密かに研究されていたのかもしれない、「悩まず、迷わず、立ち止まらない」健全な人間ができるだけ多く育っていくように。時間という幻想は、人間をさり気なく個別化してなおかつ自らの意志であるかのように集団的に一方向にのめらせるためには、いちばん手っ取り早い方法だったのではないだろうか。だからこそその秘密を曝いてしまいそうな『天狗書簡』がどこかで問題にされたのにちがいない。もしそれが問題にされていなかったとしたら、きっと純平は本来の名前で無事に係累のもとに帰り、普通に戸籍のある人間としてそれなりの仕事と立場とにありついていたことであろう。だとしたら、もちろん記憶を失った人間としてその地下室で暮らしているはずはなかっただろうし、スジンともまたそんな仮説にも出会うことはなかったであろう。いやいや、そう考えることもまた自己流の仮説なのかもしれない。ただそうやって立ち止まって悩む人間であることが、今となっては純平自身の生きる意味になっていた。ある人が失われていた記憶を何かの拍子で取り戻したならば、今までの彼の人生という一本の道筋が目の前に拡がってきて、その人は自身の未来に向かって再び力強く歩み始めることができるのかもしれない。しかし、純平の場合はそれが全く当てはまりそうにはなかったのである。

純平の脳裏に再びウラジーミルの人の良さそうな顔が浮かび上がってきた。それは湖の畔で初めて出会ったときの印象とはかなり違っていた。おそらくは進歩などというものからは遠く離れたところで過ごしてきたであろう彼の瞳には、隣人に対する素朴な共感のようなものが感じられた。純平はその時話したことをまた思い出した。


「ドイツから東欧を経てロシアに入ると、景色がだんだん変わってきますね」

「どういうふうに?」

「風景も人もゆっくり動いているような感じです」

「きっと西欧の動きが速すぎるのだろう。ロシアの大地はなかなか動いてはくれない、動き始めてもすぐにまた元に戻ってしまう」

「そういえば、ベルリンではいつもどこかで建築工事の槌音が響いていましたし、建物に組まれた足場の下を歩くのが日常でした」

「ロシア人ならその足場の上でさえ、神の存在について考え込んでしまうよ」

そう言ってウラジーミルは明るく笑った。

「西欧の社長さんたちは、いっこうに捗《はかど》らない工事に苛々するというわけですね」

「火星や金星といった惑星も地上から見れば全く気まぐれで理解しがたい軌道を描くのだが、太陽系として見るとそれらは理に適った規則正しい運動をしているというわけだよ。西欧人の目には、ロシアはその無駄な動きばかりする厄介な惑星のように映るのかもしれない」

「なるほど、一つの定規を当て測ろうとするのではなく、多様な見方があることを理解する必要があるということですね」

勤めていたベルリンの会社の営業部長が東欧の国々との事業に苛立っていた様子を、純平は思い出した。彼は五十歳くらいの短い髭を生やした男で、自分と会社の合理的なやり方に自信を持っていたが、いっこうに進捗しない東欧での事業には常々不満を感じていた。一度社会主義によって停滞した経済慣習は政治体制ほどには激変しなかった。おまけに社会主義時代への郷愁を感じている人たちも少なくないし、ひょっとしたらそれ以前のスラブ風の生活に対する愛着すら持っている人たちが大勢いる。部長は純平に幾度となく東欧への出張を命じたものだった。日本人のほうが反発も少ないだろうという頼りない理由からだったが、それは彼がベルリンの会社では戦力にならないということの裏返しであったのかもしれない。もっとも純平自身もその会社の仕事に嫌気がさしていた頃のことだったので、東欧への出向は気分転換にもなり、他の社員が思っているほど苦痛には感じていなかったし、左遷であるとも思ってはいなかった。

Ｚ市の出張所は町の真ん中にあったが、駅からは少し歩いていかなければならなかった。通りに沿って並んでいる建物はいずれもかなり傷んでいて、ところどころ壁の表面が崩れ、赤い煉瓦が剝き出しになっていた。また大通りの舗装面にはあちこちに水溜まりができていて、自動車は激しく上下しながら泥水を撥ねていった。ある時代に文明が凍結してしまって、そのまま固まったような町の顔だった。純平にとってもその町は初めてだった。

「なかなかやり甲斐のある町だ。今回の出向は永くなるかもしれないぞ」

Ｚ市に交通システムを普及させるためにやってきた純平はそう思った。その半分廃墟のような町並みの中にひときわ新しいがどこか取って付けたような四角い原色の建物が見えてきた。おそらくその建物は将来の新しい町並みを見越して建てられたもののように思われた。やり甲斐があると思ったのは、会社の描く未来への見取り図がその古い町の遅れた部分を画期的に変えていくであろうことが目に見えたからである。しかしその原色の建物の中に一歩足を踏み入れたとき、純平は唖然とした。外壁の明るい色とは対照的に内部は全くくすんだような染みのある古い壁が剝き出しになっていたのである。外壁には合板かなにかを貼り付けてペンキを塗っただけなのであろう、内部は重々しい前世紀の遺物と変わりなかった。

「ようこそ、われらが出張所へ」

所長らしい男が、人懐っこい笑顔で純平のほうに手を差しのべながら、ドイツ語で自己紹介をした。彼はその町の出身で、永らくドイツの本社に勤務していたが、出張所の開設と共にこの町に所長として帰ってきたということだった。他に事務員らしい若い女性が一人いたが、彼女は無愛想に「ギーザ」という名前だけ言ってすぐに事務仕事に戻った。事務所は書類や段ボール箱で雑然としていた。そういえば、自分のことをどう紹介したのか、名前だけはやはり思い出せなかったのが気にかかった。

「出張所の仕事は役所への企画書の提出と交渉です。ギーザはいまその企画書の清書をしています。あなたには主に町の観察と企画書の作成を担当してもらいます」

「町の観察？」

「つまり、町がいま何を必要としているかということを探ることです。市場調査のようなものです。出向社員の最初の仕事です」

「しかし、町のことなら所長がいちばんよく知っておられるのではないですか？」

「私はどういうわけか何も必要としていないと思ってしまうのですよ。それでは仕事になりませんから、新しい客観的な目で町を観察してほしいのです」

それなら出張所など要らないではないかと純平は言いたかったが、赴任早々喧嘩をしても始まらないと思って自重した。ひょっとしたら彼がその会社に残れる最後のチャンスかもしれないのだから。

「では、荷物をここに置いて出かけましょうか」

「どこへ、ですか？」

「もちろん市役所です。まず担当者同士の顔つなぎが大切ですから」

市役所への道すがら、純平は町のことをいろいろ質問した。

「町の主な交通機関は何ですか？」

「鉄道と旧式の市電です」

「その市電を新しくするのが私たちの仕事ですね」

「そういうわけでもないんです」

「どういうことですか？」

「今にわかるけどね」

所長は少し言葉を濁したが、その間にも町の人たちが何人か所長に声をかけていった。

「新しい社員の人かね。日本人か？」

「はい、よろしくお願いします」

純平は愛想よく挨拶をしたつもりだったが、その中年男は所長とだけ目を合わせていたのが気にかかった。

「この町の人は人見知りですから気にしないでください」

「それにしても所長は住民に人気がありますね」

「できるだけ対立を避けているからですよ」

「それは素晴らしいですね。わが社の仕事が認められている証拠でしょう」

「仕事？　それはどうでしょうか？」

「仕事ではないのですか?」

「まだ仕事などしていません」

この中年男は果たして仕事ができるのだろうか、純平はそれを探るように男の顔を見た。すると、相手からも同じように探るような視線が返ってきた。

「では何をしているのですか?」

「調査です」

「調査だけ、ですか?」

「調査だけで終わるかもしれません」

純平には何のことかわからなかったが、それ以上は尋ねなかった。そのうちわかることだろうし、最初からずけずけと発言するのは得策ではないということは苦い経験から学んでいたのである。

しばらく狭い路地を歩いて、やがて市庁舎の建物が見えてきた。建物の前には広場があり、建物の正面には車が横づけできる重厚な玄関口もあった。市の規模に比べてかなり立派な建物である。彼ら二人はその玄関口から入ることはせず、小さな通用口から市庁舎に入った。

「新しい人に理解してもらうにはなかなか苦労しますね。いや、もちろん便利なのはわかっています。如何せん、それに見合う予算がありませんからね。借金して造るほどみんなに必要なものではありませんし、その返済の当てもありません。それでも良いというのであれば、どうぞと言いたいところですが、まず用地買収も容易ではないでしょうね」

土木関係の若い担当者が面倒くさそうに答えた。おそらく似たような話を所長は何度も聞かされているに違いなかった。しかし、彼らはすぐにその話からは離れて世間話、つまり天気のこと、サッカー、それから家族のことなどを話し始めた。いずれも純平が加わることのできるような話題ではなかった。

彼らはもともとの友人なのであろうか、それともそういう世間話が仕事を前に進めるための戦略なのであろうか。最初のうちは愛想笑いを浮かべながら聞いていたが、彼はだんだん退屈してきた。

「町に新しい交通システムができれば、町の人の働き口も増えるし、人の行き来も活発になって、商店の売り上げひいては税収も増えるに違いありませんよ」

突然話を本題に戻したくなった純平が思い切って世間話に割って入った。すると、担当者と所長は、やっぱりという感じで顔を見合わせてにやにやし始めた。

「この町にはあなたのような必要のない人が必要だったのです」

その担当者の奇妙な言葉に所長はにんまりと小さく頷いた。

「出張所の意味は、何も変えないことなんです。つまり、カモフラージュですね。やるぞ、やるぞと見せかけておいて、結局は何もやらないことによって、結果的に他の企業や投資家の参入を防いでくれているのです。新交通システムなんかで人が一カ所に集まったら市としてはむしろ困るのです。このまま広く疎らに住んでいてほしいのです。疎らに住んでいれば畑も山も川も守ることができます。市民のいちばん望んでいることは平穏です、繰り返しです。このままの落ち着いた生活がいつまでも続くことなのです。むやみに新しいことを始めたら必ずそこには波風が立って、いつの間にか人々の心はばらばらになってしまい、互いに相手を非難し始めます。町の人たちはさまざまな経験からよっぽどそれを学んできました。出張所はそのためになくてはならない防波堤と言ってもいいでしょう。あなたのように一生懸命仕事をしていると周りが感じてくれるような、できるだけ永くいてくれる若者が必要なのです」

「何のことを言っておられるのかわかりません」

純平は説明を求めて所長のほうを見たが、こちらは相変わらず頷くだけだったので、純平はしかたなく続けた。

「つまり、そっとしておいてくれというわけですか？」

「そっとしておくなんてことは難しいので、何かをするふりだけでも繰り返していてほしいということですね」

「私には全く理解できません。町の発展など望んでいないということですか？」

「ふん、町の発展とはいったい何かね？」

今度は所長が会社の立場とは全く懸け離れたことを言って、相手に答えさせるまでもなくさらに付け加えたのであった。

「町の普通の人が望んでいるのはもはや意味のない発展ではなく、意味のある日常です。発展など望んでいるのは、ごく一部の変人たちでしょう。あなたは変人ですか？」

「何かをするふりを繰り返している人のほうがよっぽど変人でしょう。あなたはそんな役割を担うために所長をしていたのですか？」

「もちろんです。あなたもいずれはわかってきますよ」

「わかりたくありません。このことを本部に報告してもいいのですか？」

純平は彼らに対して反発しか感じなかった。

「すでに報告してあります。それに、明日から私は本部で働くことになりますし、新しくギーザがZ出張所の所長になります。すでに辞令も来ています。ですから、明日からはギーザの指示に従ってください。大丈夫、彼女もこの町の出身ですから何もかもよくわかっています。あなたの部屋は現在私の住んでいる部屋です。私はすでに引っ越しの準備ができていて今夜出発しますから、あなたは今日からそこに住むことができます」

純平はあっけにとられていた。彼の知らないところですべてが仕組まれていたのである。これではまるで突然島流しに遭ったようなものではないか。後任がくるまでそこに縛られていなければならないのかもしれないし、ひょっとしたらその後任と次に入れ替わるのは、ギーザのほうかもしれない。だとしたら彼はその監獄のような出張所でこの先何年意味のない仕事をし続けなければならないのだろうか。彼は途方に暮れてしまって、しばらく言葉を失っていた。

「そんなはずはないでしょう。本部がそんな理不尽なことを許しておくはずがないし、きっとあなたが出鱈目な報告をしたに違いありません」

「私の言葉が信じられないのなら、本部に電話ででも聞いてみるのですね。とにかく私は早くこの引き継ぎを終えて、出発の準備をしなければならないのですから」

所長の真面目な表情からは何かせいせいしたとでもいう感じを読み取ることができた。所長、いや前所長は自分の代役として若い男が来たことですっかり上機嫌になっていたのである。だからといって、市の担当者は今回の交代人事に対してがっかりしたという様子でもなかった。次期所長とはすでにより重要な引き継ぎは完了しているのであろうと思われた。彼らに残された課題は、ただ純平の納得あるいは諦めだけだったのであろう。いや、その課題も、純平が市に到着する前からすでに目途が付いていたのかもしれない。

「ということは、これから自分の流儀で仕事をすればいいということですね。もっとも所長はギーザですから、彼女を差し置いてできることなど少ないとは思いますが……」

「ええ、もちろんです。自分から考えてやってもらえるほうがずっといい。自分の意志として職務を全うしていただきたい」

前所長は意味深長なことを言ったのか、それとも本当にそう信じているのか、純平にはわからなかった。ただ、前所長に対してはもはや何も期待できないということを悟らなければならなかっただけである。役所の応接間からは、大勢の事務員たちが机に向かって何やら書き物をし、互いにせわしげに行き来している様子が見えた。まるで銀行か保険会社のようだった。彼らもまた仕事をしているふりをさせられているのだろうか。

「表向きは忙しいふりをすることは可能かもしれませんが、そこには当然もう一つの裏の本当の仕事があるのではないですか」

今度は担当者に向かって純平が尋ねた。

「そうですね、敢えて言うならば、無駄なものを掘り出すとでも言ったらいいでしょうか。この町には流行から取り残されてしまった膨大な数の役に立たないものが眠っています。それらに光を当てることが今や役所の主要な仕事になっています。採算を度外視したことは企業にはできませんが、役所ならそれは可能です」

「それで市民が納得するでしょうか」

「しています。いや、します」

「本当ですか？　大多数の人は過去の遺物になど関心を示さないでしょう」

「掘り起こされて保管されるという可能性が、人間が生きることの保証になるからです」

「人間には掘り起こされたくないこともたくさんあるのではないですか？」

純平は、自分がどういう立場で話しているのか、また自分はどうしたいのか、いつの間にかわからなくなっていた。

「ある人にとって掘り起こされたくないものであったとしても、他の人にとっては残しておくべきものであることがほとんどです。負の遺産もまた同じ意味です。市民の税金で成り立っている役所は遺産の取捨選択をするべきではありません。それと同じ意味で役所はまた新交通システムを導入すべきではありません。経済効果があるというのは企業の論理であって、市民の論理ではありませんから」

「すべての人が満足できるような事業などないのではないですか。新しいものができることで職を失う人がいたとしても、またそれに見合った新しい仕事が見つかるはずです」

「どうやってそれを証明できますか？」

純平は少し口籠もった。すると、前所長は助け船を出すように言った。

「まず町の人に信用してもらうことが肝要です。そのために私はこれまで全精力を傾けてきましたし、それなりの信用も得ていると自負しています。どうかこの信用を損なわないように引き継いでいってください。私の言いたいのはそれだけです」

純平は「何もしなかったから信用されていたのではないですか」と言いたかったが、町の人々が前所長に親しげに声をかけていたことを思い出して、すぐにそれを打ち消した。

「信用の先には何があると思われるのですか？」

「先など考えなくてもいいのです。信用がいずれ何かをもたらすでしょう。先のことを考えると、無理が生じます。無理が生じると信用がなくなります」

「あなたもそう思われますか？」

純平は年齢の割に老成したような担当者に尋ねた。休憩時間に入ったのだろうか、事務所の中は急にバタバタと書類やコンピュータを畳む音がし、事務員たちは立ち上がって数人を残して持ち場を離れていった。純平はしばらくそちらの様子を眺めていた。

「もちろんです。所長さんはこの町に多大な貢献をされました。所長さんは企業と自治体のつき合い方の旧弊にとらわれず、実によく洗練されたやり方を実践されました。あなたも是非それを継承されていかれることを希望します」

担当者の態度から徐々に冷ややかさが薄れていった。それからしばらく役所内を案内され、市の沿革や福祉事業等についての説明を受けた。その間に前所長は引っ越しと栄転の準備をするために事務所に帰っていた。

「普通は一企業の方に庁舎内を案内することはありませんが、信頼できる関係を築いてこられた前所長の功績です」

「それは個人的な関係のことですか？」

「もちろんです。個人的な関係以外の関係がありますか？」

「つまり、純粋にビジネス上の関係とかですよ」

「純粋なビジネス関係なんて成立しませんよ、ロボット同士なら別ですが」

担当者は微笑みながら答えた。その笑顔に安心したのか、純平がさらに言った。

「ビジネスを進める代わりに個人的な関係によって誤魔化そうとしているなら、それは懐柔策としか思えないのですが」

「どこがいけないのでしょうか、それが懐柔策であることは互いに承知の上で駆け引きをしているだけのことなのに」

ちなみに担当者はやはりドイツ語が堪能であった。ドイツ企業の窓口であり、また出張所と個人的な関係を保つためにはドイツ語は必須だったのであろう。長い廊下を歩いて感じたのは、役所の建物がかなり重厚で古いことだった。いずれは博物館などとして再利用されるのだろうが、変化を求めない国民性である、それがいつになるかは全く見当がつかなかった。

出張所に戻ると、前所長はすでに出発の準備を整えていた。

「すべてはギーザに引き継いである。今後のことは彼女に聞いてくれ。ギーザもドイツ語が話せるが、君も一日も早くこの地の言葉に馴染むことが必要だ。単語も共通の単語も少なくないし、身振り手振りで話しているうちに君にもすぐ修得できるだろう」

つまり純平の仕事の大半は、ギーザとのぎこちないやり取りとこの地の言語を学ぶことに費やされ、それによって一生懸命働いているふりだけはできるということであった。本社がそんなことに給料を払うとは考えにくかったが、投資というのは本来そういうことかもしれないとまた思い直して、純平はその現実を受け入れるしかなかった。そして、とにかく会社はこの市とのパイプだけは残しておきたいと考えているようだったので、具体的な成果よりも長続きすることを主眼にして仕事をすればいいのだ、いずれまた新しいまともな社員が交代しにやってくるに違いない、と自分に言い聞かせた。

「了解しました。町に帰ってきたときはまた事務所に立ち寄ってください」

前所長は安心したようだった。ギーザはすでに別れの儀式を済ませているのであろう、特段寂しそうな様子もなく彼を見送った。よく見ればギーザは少し斜視気味で、どこを見ているのかわかりにくいところがあった。経済に関しては地球規模に拡大した経済は文化の壁を突き破ったかのように感じていたが、異質な文化を持っているその町では、意思疎通を図るために困難な時間を過ごさなければならなかった。もっとも仕事といっても大半が人間関係を作ることなので、町のいろいろなところへ出かけて顔つなぎをするだけのものだった。彼らは、その日から午前中は一階の事務所で互いの語学の学習を兼ねた打ち合わせをし、午後は調査という名目で町に出かけていき、夜は二階のアパートで隣の部屋で過ごすことになっていたので、やはり四六時中顔を合わせることになった。将来の展望を持てない仕事というものが、いかに空しく耐えがたいものであるかを彼は身をもって感じていた。

そうやって同じ畑を耕すほとんど会話のない夫婦のような暮らしがしばらく続いたのであった。調査活動の狭間でたまには家庭用の自社製品の契約が取れることもないではなかったが、成果らしい成果のない仕事はいつしか心を蝕んでいくのであろうか。

記憶に順序があると考えるのは、思い込みに過ぎないのだろう。経験の断片があちこちに散在していて、偶然結びついたことを前後関係として頭の中で順序づけているだけかもしれないし、もともと前後関係に意味などないのかもしれない。その意味では記憶もまた想像力と大差がない。シベリアを横断したことも、ひょっとしたら西から東ではなくて、逆に東から西へと向かっていたのかもしれないし、ホルムスクに入港したのか、あるいはホルムスクから出港したのか、海峡からサハリンの港町を眺めていた映像の記憶に後から自らの想像力で補っただけのことかもしれない。つまり、記憶を失ったのは果たして日本海を漂流中なのか、東欧のZという閉ざされた環境によるのか、またもっと別の困難な体験によるものであったのか、純平に確かなことはわからなかった。記憶の喪失とは、記憶そのものの喪失ではなく、ひょっとしたらそのような前後の繫がりが失われたことなのではないだろうか。そして、そもそも記憶にとってそんな繫がりは必要だったのだろうか。

純平が本部と連絡を取り合い、ギーザが町の人々と世間話をしながら情報を集めるという一定の役割分担はしていたが、純平の心に納得できないものが渦巻いていたせいか、肝心のギーザとの間には目に見えない壁のようなものがあって、二人の間には簡単な言葉のやり取り以上のものはなかった。その壁を埋めるためだろうか、ギーザはときどき自分で作った料理を純平の部屋まで運んでくることがあった。仕事に不満はあったが、彼女に対して不満があったわけではない。体格が日本人とそれほど変わらなかったせいか、ギーザはあまり外国人という感じがしなかった。むしろどこか懐かしいような雰囲気があった。そして、日が経つにつれて料理を作ってくる回数は増えていき、最初は彼の部屋に入ることはなかったが、そのうち純平の部屋で一緒に食べていくように誘うこともあった。最初のうち二人の会話は、「美味しい」「辛い」「寒い」といった形容詞が中心で、互いにそれ以上の言葉を発することには積極的ではなかったが、そうこうしているうちに彼らはいつしかほとんどの意思疎通ができるようになっていた。唇や目や指や身振りなど、動くものはもう一つの言語と言ってもよかったのだ。

「いつまでこんな空しい仕事が続くのだろう?」

純平は普段から思っていたことをギーザに吐露し始めた。

「どうして空しいの?」

彼女はどこかきょとんとした様子で問い直した。

「だって何の成果もないじゃないか」

「本部が何か言ってきたわけ?」

「そういうわけじゃないけど、僕自身が納得できないんだ。毎日毎日同じことの繰り返しで、何かが進展したというわけでもないし、町の役に立っているというわけでもない。第一こんな仕事なら他の人でもできたわけだし……」

「そうかしら」

彼女は相変わらず不思議そうに純平の顔を見つめてから、言い添えた。

「ひょっとしてあなたは自分にしかできない仕事を求めているの?」

「もちろんだ。君は違うのか?」

「違うわ」

「そんなら君はどうやって自分と他人との違いを感じているの?」

「そんなものを感じる必要があるの？」

「西洋人は個性を重んじるんじゃないのかい？」

「もしかしたらあなたは自分の個性に自信がないの？　私たちはたとえ同じ仕事をしていても、それぞれ個性は違うものよ」

「僕はそんなありきたりのことを言っているんじゃない。これは純粋にやりがいの問題で、自分がここにいる必然性が感じられないということだ」

「他の人はそんな必然性を感じていると思うの？」

「大多数の人はね。君だって当然君でなければならない理由があってたくさんの人たちの中から選ばれてこの会社で働いている。それは立派なやりがいというものだよ。でも、僕はそうじゃない」

「私は全く偶然にこの会社に出会っただけ。あなただってそれほど違わないわ」

「違う！　僕は機械工学を研究したからこそこの会社を選んだ。それなのに今の仕事は僕にとっては何の意味もない、ただの時間潰しだ」

純平は少し興奮していた。日頃溜まった鬱憤のようなものを吐き出せる相手ができたように感じていたのかもしれない。

「困ったわね」

「何が？」

「あなたの考え方が、よ」

「困ったのは考え方じゃない、仕事の性質だ」

困ったような顔で聞いていたギーザは、突然閃いたように言った。

「仕事と考え方を分けてみたらどうかしら。気が向かないならいつでも辞めればいいのだから、それまでは仕事とあなた自身とを分けて考えればいいのよ。ここではたいていの人がそうやっているわ」

「時間潰しがいったい仕事と言えるのかねえ」

純平は、とどのつまりは国家が養ってくれていた東欧人には自分の気持ちは容易には理解できないだろうという諦めを感じ始めていた。彼らには野心もない代わりに不安もないのかもしれない。待てよ、ひょっとしたら町の人たちは顚落への不安を引き受けたくないがために、新しい事業を展開することに二の足を踏んでいるのではないだろうか。逆に言えば、純平には常に顚落への不安がつきまとっているから野心を持たざるを得ない、ということなのかもしれなかった。本社がそれを知っていて彼をこの町に派遣したのだとしたら、彼が功を焦って袋小路にはまり込むことも予測していたことになる。いや、逆にこの岩盤のように保守的な町に風穴を開けてくれることを彼の野心に期待していたのかもしれない。

「今日こそ勝負に出ましょう」

純平は思い切ってギーザに声をかけた。

「何の勝負？」

「市長に直接会いに行くんだ」

「会ってくれないわ」

「試してみた？」

「試してないけれど、わかるわ。それに、市長がどこにいるのかもわからないのだから」

「大丈夫です、僕についてきてください。あなたがいるほうがもちろん心強い」

ギーザは明らかに躊躇っていたが、明らかに純平の勢いに気圧《けお》されているようだった。

「知らないわよ」

そう言い放ったギーザは自分から出張所のがたついた扉を開けた。慌てて書類鞄を持って彼女の後を追いかけ追いついた純平は彼女と横並びになって大通りの歩道を歩いた。いつもとは違う、市役所に真っ直ぐ通じている道路だった。途中で顔見知りの町の人たちに出会うこともあったが、二人はいつものように立ち話をすることもなく挨拶だけして通り過ぎた。市役所の周りにはいつものように疎らに人が行き来していたが、なんとなく活気がないように思えた。

「入札に来ました」

正門の中にある守衛室の窓口で純平が言った。

「土木課ですか？」

「市長室です」

「ここに名前を書いてください」

意外にも簡単に通されたことに気をよくした純平は市長室の場所まで聞き出した。大理石の階段を上りながらギーザに話しかけた。

「最初から案外簡単なことだったのかもしれない。案ずるより産むが易し、きっとそういうことだよ」

「何度もここに来たことがあるわ。けれども、何も進展しなかった」

背後に絶望しかないのか、あるいはわずかな望みを抱き始めたのか、彼女の口調も表情もそこは曖昧であった。

「今から始めるんだよ」

とうとう二人は市長室の光沢のある木の扉の前に来た。扉を開けるとそこには数人の事務員が忙しそうに働いていた。純平たちの姿が室内に現れたことに彼らは全く無関心に働いてきた。予想していた市長室の雰囲気とはほど遠いものがあったが、そこで怯《ひる》むわけにはいかなかった。奥のほうで女性事務員が二人何やら囁き合っていたかと思うと、やがてそのうちの一人が彼らに近づいてきた。

「何かご用でしょうか」

「G社の××と申します。新交通システムのことで市長さんに直接提案したいことがありまして、……お取り次ぎ願えませんでしょうか」

不審そうな事務員の顔を見てギーザがすぐに通訳して言い直した。

その時確かに自分の姓を名乗ったはずなのだが、純平にはどうしてもその固有名詞が思い出せなかった。ギーザなど他人の名前は覚えているのに、肝心の自分の名前や身元だけがどういうわけか思い出せないのである。思い出を語るのがいつも一人称であるように、またTVドラマの語り手の名前が必要でないように、記憶の回復のためにその三人称的な名前は必ずしも必要ではないのかもしれなかった。

「少々お待ちください」

事務員はまた奥のほうに行って小さな扉を開けてその中に入り、しばらくしてすぐにまた純平たちのいるカウンターの所まで戻ってきた。

「お会いになるそうです、どうぞ」

書類棚と事務椅子の間を擦り抜け、奥の小さな扉をくぐって市長の部屋に入ると、市長机の横に立っていたのは意外にも若い男であった。純平は自分とそれほど年の違わないその男に一条の光明を見出したことは確かだった。

「どうぞお座りください。あなた方の会社にはいつもお世話になっています。おかげで町は大変潤っていますし、私たちはとても感謝しています」

若いだけあって物わかりがいいと思った純平は、それでも慎重に用件を持ち出した。

「こちらこそ市には大変お世話になっています。まだ町に大した貢献もしてはいないと思いまして、今日は、これまで弊社が提案してきた町の交通システム導入計画をいよいよ採用してもらうためにやって来ました。すでにその経済効果は十分計算し尽くされていますし、住民の皆さんの利便性も飛躍的に向上すること間違いなしです」

「その件についてはもちろんよく承知しています。幾度も申し上げているように、将来的には導入することに間違いはありませんが、まだまだ時期尚早です。はっきり言いましょう、まだまだ町に自信がないのです。誰でも町の将来の見取り図を描くことはできますが、誰一人としてそれがいいことであるという確信を持っていないのです。あなた方の会社だけではありません、それぞれの企業がそれぞれの将来の見取り図を持ってきますが、どれも何かが欠けています。前回の市長選でも各候補が耳障りのいいバラ色の未来を公約に掲げていましたが、有権者はそれに惑わされることはありませんでした。私はただ一つのことを訴えただけです、『さまざまな人に出会えることが喜びです』とね。町の人はいろいろ考えた末に、私を選択してくれました。彼らはそれまで冷淡で手が届かないと思われていた政治を全く正反対のものとしてとらえ始めたのでしょう。その公約は、もともと私の考案したものではありません。ある造園会社のチラシにあった言葉をちょっと拝借したのです。地域社会の崩壊が現実のものと感じられるようになってから、遠くから近くへ、高いところから低いところへ、成長から……持続へと、人々の意識が変わってきていることを、この言葉はぴったり言い当てていると思ったのです。市長に就任してからもこの公約は色褪せることなく市政のモットーとなっています。昨今の肥大化した経済活動はさまざまな人に出会う機会を奪っているように思えます。例えば、町に新交通システムを導入したとしましょう。果たして同じ車両に乗った人同士の出会いに喜びはあるのでしょうか。乗客の一人ひとりが侵されたくない自分の殻の中に、あるいはネットの中に閉じこもっているだけではないでしょうか。ひょっとしたら、私たちにとって現実の出会いはむしろ苦痛でしかないのかもしれません。しかも見ず知らずの人が突然声をかけてきたりしたら、たいていの人は不審な人としてそれを警戒するに違いありませんし、またそれを異常だとも思わなくなってきています。だから、これ以上人々の心をばらばらにしてしまう技術や設備の導入は少し見合わせなくてはなりません。それが市政の重点課題です。これは以前の所長さんにはお話ししたはずですが……」

「失礼ですが、それはわが社の技術とは何の関係もないお話ではないでしょうか。新しい交通システムは人々を隈《くま》なく快適につなぐことでき、それによって必ず新しく楽しい出会いを創造できると思うのですが、いかがでしょうか」

　市長はやれやれといった感じで、答えた。

「その技術のために莫大な予算を使えば、減らさなければならないところがたくさん出てきます。たとえ貴社の技術が優秀で市民に貢献できたとしても、そのために犠牲にしなければならないものは計り知れません」

　気のせいかギーザがその言葉に頷きながら、市長と目で合図したように見えた。純平は何だか邪魔者もしくは侵入者のような扱いをされているような気がした。

　腹の中に何かずしんと重い塊のようなものが落ちてきた。それから町やギーザとの関係がどうなったのか、頭がぼんやりとしてきてそれ以上は思い出すことができなかった。記憶は繋がってはまた途切れ、気まぐれに交錯し合いながら、全く別の記号に遭遇するまでしばし休息しているのかもしれなかった。

第七章　継ぎ接ぎ細工

黒田英二にはその五十年あまりの人生において誰かからなにがしかの影響を受けたと感じたことは一度もなかったし、またそれらしい記憶もなかった。影響されたとしたら、それは書物かもしくは職業上の経験からにすぎないと思われた。彼にとって他人というのはすべて何かについての競争相手でしかなかったし、その相手を知るために積極的に理解しようと努めたことはあるが、それを影響と呼ぶわけにはいかなかった。裕福な家庭に育ったわけでもない彼は、自らの努力と才覚で今の地位までのし上がってきたと思っていた。極端な言い方だが、彼にとって他人とは自分が成長するために通らなければならない道に立ちはだかるある種のハードルのようなものであるか、あるいは言葉は悪いが、自分にとって役に立つ踏み台のようなものでしかなかったのである。彼は、それらのハードルを自分でも相当うまく跳び越えてきたように思っていた。跳び越えるときには跳び越えられるものからは当然影響など受けないものだ。そのことで何か支障があるなどと考えたことは一度もない。もともと一人で生まれ落ちたのだからそのまま一人で自分の道を歩いていくだけである。そして、自分を含め大方の人間が多かれ少なかれそういうふうに考えているものだということに対しては何の疑いも持ってはいなかった。また、そう考えない者は早々にして走ることを止めた落伍者のように思っていた。ただ、そのような考え方を持つに至った根本的な原因がどこにあったのか、また誰の影響だったのか、それには全く気づいていなかったし、考えたこともなかったし、当然その必要も感じなかった。

朝早く起きて、クラシック音楽を聴きながら三キロのジョギングに出かけ、しっかり朝食を摂ってから仕事場に出かける。きわめて健康的で規則正しい生活をすることで黒田英二の毎日は充実しており、会社としても個人的にも確かな利益を上げているし、しかも社会に対して少なからず貢献していた。もちろんそこまで来るには彼なりにずいぶん苦労もしてきたし、離婚も経験していた。別れた妻は賢い女性にはちがいなかったが、いつの頃からか英二に対して説明しようのない不満を持つようになった。彼なりに何度か夫婦関係の修復を試みたが、片手間にはできない仕事をしている以上家庭生活にかかりきりになるわけにもいかなかった。そうこうしているうちに、ある日彼女は中学生の長男を連れて彼の目の前から姿を消した。置き手紙には、「一緒にいる意味を感じなくなりました」とだけ記されていた。英二は「性格の不一致」と結論づけて、いい加減うんざりしていた夫婦のごたごたはきれいさっぱり片を付けたいと思った。いくつかの煩雑な手続きを済ませ、許容できる条件で離婚が成立した。確かに彼の経歴にはちょっとした傷がついたかもしれないが、そのことが仕事上不利に働いたり、世間に後ろ指をさされたりするようなことではなかった。

コンサルタント会社では一日に何種類もの書類に目を通してそれを分析し、問題点を見つけ出して、経営改善のための方策を提案する。顧客の企業では彼の助言が経営に生かされて、功を奏することも少なくない。これまで彼の習得してきた知識や経験が確実に仕事に生かされていると言っていいであろう。その一方で、大学にも招聘されて講師として学生たちに経営学の講義を行ってもいた。

しかし、彼がいまいちばん興味を持っているのは、赤字続きの傾きかけた公立病院の再建であった。彼はすでにその病院の経営状態を把握していたし、再建のプランも持っていた。医療はこれからも確実な成長が見込まれる分野であり、資金調達の目処もすでに付いていて、K市の認可も間もなく下りる予定なので、あとは病院内に有力な協力者がいれば言うことなしである。池上藍乃。あることで顔見知りであった彼女がたまたまその病院の医師であることがわかり、幾度か話をするようになったのだが、いつの間にか彼女が病院に関わる際の大きな楽しみの一つになっていた。彼女が特段英二の事業の役に立つというわけではなかったが、興味がひかれるということは、裏を返せば、彼女もまた自分がのし上がっていくために乗り越えなければならない壁あるいは踏み台の一つであるということであった。それに彼は単調な独身生活に飽きてきたところだったので、そろそろ再婚のことも考え始めていた。一度ならず若い藍乃にないがしろにされ、表面的には突き放されるようなことがあったとしても、それは英二の野心にさらに火をつけこそすれ、彼を諦めるさせることにはならなかった。彼はそうやってさまざまな壁を乗り越え、現在の地位を粘り強く勝ち取ってきたのである。藍乃の未来のパートナーという地位もその例外ではないし、しばらく時間はかかるかもしれないが、必ず自分の価値を理解してもらえるはずだし、必ず承服させることができると思っていた。その自信はこれまで自分が職業上成し遂げてきた世間的な成功に対する自信と別のものではなかった。

男としての成熟度というものがあるとすれば、藍乃の現在の恋人であると思われるあのぼんやりとした氷所亮よりははるかに高いものがあると正直彼は思っていたが、ただ一方では亮に対しては説明しにくいコンプレックスのようなものも持っていた。特段優れたところがあるというわけでもないのに、亮の周りには自然に人が集まってくるという、人を惹きつける何かである。繰り返しになるが、何かにつけて英二は他人と比較することが好きだったのである。例えば、自分より背の高い者がいたとすれば、身長差よりも価値の高いと思われる比較基準を持ち出してきて、その物差しを当てることでその身長差を取るに足りないものとし、相手より自分のほうが優れていることに得心しようとするのである。もちろんその比較に対して相手がどう思っているかは問題ではなかったが、見る人が見れば自ずと評価は下されるのだからという彼の余裕は、見る人が見れば彼の表情や態度から見て取れたのであった。そして、彼の負っている離婚という躓きの傷痕をきれいに洗い流してくれるのは、将来有望な医師である藍乃との再婚ではなかっただろうか。

残念なことに、池上藍乃はそういう「見る人」ではなかった。いや、当然「見る人」であるべき人が、英二の考える「見る人」とは違ったのである。そのことは彼を混乱させたが、ほどなく女というものが元来そうしたものだということは十分承知しているという余裕を、またしても彼は身にまといつけたのである。彼はひたすら前に進むだけで、後ろを振り返るという余裕は持ち合わせてはいなかった。つまり、過去の栄光に浸ることもなかった代わりに、しでかした失敗にくよくよするようなこともなかったのである。見えなくなったものは、畢竟存在しなかったも同然だった。その意味では、記憶喪失者である仄田純平という若者には英二との共通点があった、もちろんそれぞれの考え方や生き方は全く異なってはいたが。そして、藍乃が英二よりもむしろその純平のほうに共感を感じていることは、英二にはこれもまた全く納得のいかない、忌々しいことだったのである。何の利益にもならない、かといって競争相手にもなりそうにない相手とそれ以上つき合うのは何とか避けたいものだったが、藍乃が純平を含んだ三人でなら会うことを望んでいる以上、当分は彼を同席させなければならなかったが、それもまた英二には忌々しいことだった。

ある日のこと、英二は強引に藍乃をゴルフに誘った。返事を渋っていた藍乃のところに間もなく純平から電話があって、三人で一緒にゴルフに行こうというのだった。その時藍乃に渡したいものがあるのだという。英二が純平を利用して手を回していたのだったが、そのことに気がつかない純平ではなかったので、むしろ逆に純平が藍乃と会うために英二を利用していたのかもしれなかった。表向きの利用する者と利用される者との関係は、裏では全くの逆方向であるというのは間々あることだったのであろう。

「病院の買収の件はどうなりましたか？」

コースを回りながら純平が英二に尋ねた。山麓のゴルフ場には夏の空とはまた微妙に色合いの異なった青い空が拡がっていた。おそらくゴルフなどしたことのなかった純平は英二に借りたクラブを使って見様見真似でボールを叩いていただけだったが、若さの持つ適応力のおかげかいつしか様になってきていた。ひょっとしたらドイツかどこかで同僚らとクラブを握ったことがあるのかもしれなかった。また、病院の同好会で時々コンペに参加していた藍乃も、それほど気は進まなかったが、純平も一緒にいることであり、自然の中で身体を動かすことの爽快さを感じていないわけではなかった。

「来年の春までには片が付くだろう。君も経営に興味を持ち始めたのかい？」

永年会員になっているゴルフ場でその腕前を藍乃に見せつけたかったが、さほどの差を付けられなかったことで苛々していた黒田にとって、その話題は喜んで飛びつきたいものだった。

「もちろん設備や職員はそのまま引き継ぐことになるが、公立病院特有の数々の無駄を一掃するために、組織改革は徐々に実行することになるね」

「私には興味なんてありませんが、藍乃さんが知りたいだろうと思ってちょっと探りを入れてみただけですよ」

「あら、残念だけど私にもそんな興味はないわ。病院が私の興味をひくのは患者さんたちとその治療のことだけよ」

黄色い縁取りのある茶色のゴルフウエア姿の藍乃がすぐに応じた。英二は満足そうに彼女がプレーする後ろ姿を眺めながら言った。

「医者というものは本来そうあるべきだ。経営のことなんかはわれわれ専門家に任せておけばいいんだよ」

「申し訳ないですが、少なくとも一人の患者として私は買収に抵抗しますよ」

英二の傲慢な態度に不愉快なものを感じた純平が、小声でぽつんと言った。

「ははは、君にいったい何ができると言うんだね？　それに、君はいつからあの病院の患者になったのかな？」

「患者」という一言を聞き逃さなかった英二は、半ば嘲るように言った。

「それなら私も仄田さんに協力するわ」

藍乃がそう言いながら、会心のショットを放った。ボールは遙か向こうの芝生の上を弾みながらころがっていった。

「突然何を言い出すかと思ったら、君たちの反対声明というわけですか。驚かされるのにはすっかり慣れっこになっていますがね」

英二は平静を保っていたが、内心ではこれからのゴルフと病院買収との決して平坦ではない道のりを感じ取っていた。しかし、それは彼の闘争心に火をつけることはあっても、安易な妥協の道を探るようなことにはならなかった。その対抗心が次の言葉を付け足した。

「今回の買収話がなければ病院経営が破綻することは目に見えているよ。君たちがいくら反対してもどうにかなるようなものでは、すでにない」

ボールの着地点に向かって歩き始めた藍乃が落ち着き払って言った。

「あら、仄田さんは『反対』なんて言っていないわよ。『抵抗』と言ったのよ、反対とはちょっと違うわね。私はその病院再建のことはよくはわからないけれど、ここで何か新しいことを始めようとすれば、例えば『改革』という言葉にしても、言葉の響きとは裏腹にそれによって自分たちのいる場所が何だかどんどん狭められていって、身動きが取れないほうへ追い込んでしまっているような気がするの。本人たちはいいことだと思ってやっていることが、ともするとそれまで微妙に安定していた関係がどこかで綻んでしまって、見えないところで掌から砂がこぼれていくようにどんどん崩れていってしまっていくようなことは感じなくって？　説明が難しいけれど、再建計画とか改造計画とか、いわゆる何とか計画というものは見えているものしか見ていない気がして、例えば、そうね、洪水被害を防ぐために堤防を高くしたり、津波被害から生活を守るために海岸にコンクリート製の巨大な壁を造ったりするような、これでいいのかなって思うことがいっぱいあるのよ。目に見えることばかりするのではなくて、ちょっと立ち止まって、見えていないところまでよおく見透してからでもいいんじゃないかしら。病院の問題にしても、一見無駄に見えるかもしれないけれど、永年持続されてきた以上、そこには大切なことがきっといっぱいあるのよ。それはそこで働いている人や患者さんたちでなければわからないことなのよ。だから、私も灰田さんの『抵抗』というみんなを受け止めながらゆっくり考えているようなしなやかな言葉には賛成よ。多くの人が前ばかりを見すぎているような気がするの」

一瞬英二は身構えたように見えた。しかし、すぐ思い直したように答えた。

「やれやれ、しなやか、ですか。いったい君たちは僕と会う前にはいつもどこかで打ち合わせでもしてきているのかね。だとしたら、その打ち合わせこそ自分たちの反対者を想定していると言わなくちゃならないよ。それに抵抗ばかりしていたらそのうちに病院は潰れてしまいますよ。そうなれば抵抗どころか、元も子もないでしょう」

広い芝生や鮮やかな森の緑の開放的な風景が英二の気持ちをいくらかでも落ち着かせたのであろうか、

意外にも彼の言葉は普段より穏やかなものであった。自分の強引なやり方が様々なところで非難されたり、抵抗に遭ったりすることには慣れていたし、それに、いつかのように熱くなることで話の主導権を手放してしまいたくはなかったのである。

「打ち合わせくらいできたらいいのですが、残念ながらこれまで私と藍乃さんはあなたのいるところでしかまだ会ったことがありません」

手入れの行き届いた芝のゴルフ場には到底そぐわない全くの普段着姿である純平が、少し粉飾して言った。

「まあ、そういうことにしておきましょう。しかし、その抵抗がどんなものであれ、われわれの市立病院経営再建計画が揺らぐようなことはありませんから。君たちにはわからないかもしれないが、結局は病院、ひいてはその利用者のためになるのだからね」

英二は彼らを理解しようなどとは思っていなかったし、説得したいとも思っていなかったが、目の前にあるハードルは越えなければならない、ただそれだけである。ただ藍乃に対しては越えるだけでなく、自分の値打ちを評価させたかった。つまり、彼なりのやり方で少しでも彼女に近づきたかったのである。

「私はそんな『計画』のことしか考えられないのはある種の心の病だと思っています。おこがましいですが、私は以前からあなたのカウンセラーのつもりですから、そんな建前や謳い文句ばかり聞きたいわけでないのはご存じかと思っていました」

そんな英二の気持ちを知っていたのか、藍乃は相手にとってそんな手厳しいことも遠慮なしに言うことができた。

「君はどうしても僕を患者にしたいようですから、いいでしょう。僕が病気とはほど遠い人間であることを証明するためにも本音で話すことにしましょう。いいですか、場合によっては自分の弱みを見せることになるかもしれないが、それも本音なら構わないでしょう。君たちも僕が年上だからって遠慮することはないよ」

「もちろんそのつもりです」と、愛乃が愛想笑い一つせずに言った。

三人は芝の間をゆっくりと並んで歩きながら対話が続けられたが、純平のやや場違いな格好を除けば、遠目からは休日のゴルフを楽しむ普通の会社員仲間に見えた。ようやくおもしろくなってきたゴルフに集中していたためにしばらく沈黙を保っていた純平が、突然不遜な態度で黒田に向かって話しかけた。

「黒田さんはきっと何かから逃げてきたのだと私は思いますよ。もちろん誰だって逃げてきたことはあるのですが、あなたのように厄介なことに巻き込まれないように逃げてくるのは賢い生き方です」

これはなかなか理解しづらいことだったが、純平は自分の失われた記憶を、自身ではなく相手の心の中から見つけ出そうとでもするように、なんとか英二の立場になったつもりで話そうと試みていたのである。逃げようとして逃げられずに土壇場まで追い込まれて、自分自身である証明でもある記憶から突然遮断されたように解き放たれ、いやむしろ記憶そのものから追放された純平自身の空しい試みであったのかもしれない、特定の相手の内側からその人の記憶を遡ろうとするかのように。その場合の黒田の反応からひょっとしたら自身の記憶の一端でも摑むことができるかもしれない、目に見えないものを見えるようにしたい、それがこの場の彼の言う「抵抗」の方法の一つだったのかもしれない。そうでなければただの「対抗」にすぎないし、ひいては彼の記憶の中にぼんやりと浮かび上がってくる団扇を持った妖怪のように他者を踏み台にして空中を渡り歩くような、ただの危うい存在になってしまうだけである、と純平の心の中で直感的に解釈されていた。単純に言えば、おそらくかつての別の名を持っていた純平自身は黒田とよく似たような生き方をしていたのかもしれないということである。

「賢いと言ってくれるだけでも嬉しいよ。狡賢《ずるがしこ》い、と言われるよりはいくらかましだからね。それで、君の説によると、僕はさしずめ何から逃げてきたというのだろうか、その厄介なこととは？」

「他人です、黒田さんは家族も含めた他人というものからずいぶんと逃げてきた。あなたにしてみれば、おそらく他人ほど厄介なものはなかったのでしょう。見かけ上ずいぶん高いところに辿り着いたあなたは、その厄介さからやっと解放されたような気がしたことでしょう。はるか下のほうで他人の傷ついた心の痛みは、その高みではただの痛みとしてしか伝わることはないでしょう。風に煽られた一枚のトタン板が飛んできて、突然説明しようのない角度でその鉄板の角が他人の一人の柔らかな肌に食い込んで、爪は剝がれ、皮膚は割け、肉が抉られているのです。しかし、あなたはそれを目にすることもなく、ただの痛みという言葉を感じるだけなのです」

黒田英二の顔色は見る見るうちに青ざめたように見えた。

「君はいったい何が言いたいのだ！　皮膚とか肉とか、僕にはずっと前から家族なぞいないし、そんな他人などとは最初から関わりもしていないぞ。いや、実際家族はいたが、今でも彼らには十分な支援と心遣いをしているつもりだ。これは何という言いがかりだ」

「これは失礼しました、あなたのような人の状況を比喩的に言ったつもりですが、気を悪くしないでください。さっきも言ったように、誰だって何かから逃げてきたのですから。さしずめ私は記憶の束縛から逃げています。他にいるべき場所があったのに、逃げてきたのです。その理由はいろいろですが、私たちは、いえ、私はいずれその場所にもう一度戻っていくべきなのだと思います。『べき』なんて言葉は私には不似合いかもしれませんが……」

「にもかかわらず、君自身はその場所に戻っていくことを極力先延ばしにしているというわけだ。ちがうかね？」

英二はまた気を取り直し、皮肉を込めて言った。

「ええ、私はここがその場所だと思うことにしただけです。だから、ここから逃げていくことはしません。ここというのは、場所のようであって実は場所ではありませんから。『ここ』は代名詞ですから、私のいる場所は可能性としてはどこにでもあるわけです」

「今度は『場所ではないここ』ですか。どうも君の言葉にはわれわれとは別の文法があるようだね」

彼らはその間もゴルフを続けていたのだが、話題のほうは白いボールとは全く別のコースを回っていた、合間にはその並行するコースが混じり合って、感嘆の声や落胆の声が挟まれないわけではなかったが。

「仄田さんの場合、気づいたところが『ここ』だったというわけでしょう」

パットを打ち損じた藍乃が口を挟んできた。

「僕のいる場所がここだ、というのなら十分納得できるのだが、どうも位置的なものじゃないようだね」

当たり前のようにパットを沈めた英二が落ち着いて言った。

「何かに気づいたら、それを文法的にも付け加えなければならないというわけです。あくまでも単語としてではなく、文法として。でないとその何かは理解し合えない。ただこれもある人の受け売りではあるのですが」

これまた上手くパットを沈めると同時に純平が言った。

「しかし、肉を抉るのも、爪を剝ぐのも、文法的には何ら新しくはない。それは肉を剝ぐにしても、爪を抉ったとしても全く同じことだ」

英二が努めて冷静にそう言うと、純平が追い打ちをかけるようにまた言った。

「もちろんそうです。だからこそあなたは不快な気分になることができた。もし文法が変われば、たぶんそんな気分になることもないでしょう」

「ばかばかしい、それは単に事実と取るか比喩と取るかの問題ではないのかね。そう簡単には文法そのものが変わるわけがない」

英二はちらっと愛乃のほうを見てから続けた。

「君はこの男のことを買いかぶりすぎているのではないかな」

英二は純平への対処法をようやく見つけだしたのだろうか、やはり落ち着いて穏やかに二人の顔を見較べた。ゴルフ場は言うならば自分の庭のようなものであり、そこに藍乃と純平を連れ出したことで優位な立場にいるという彼の余裕がそうさせたのかもしれなかったが、努めて平静を装っていた。

「私たちの文法は、過去から見るか未来から見るかというどちらかに始まっていて、『ここ』から始まることがないの。言い換えれば、私たちはとっくに未来のほうに足を踏み出してしまっていて、足下まで戻ることができなくなってしまっているのではないか、ということなの。本当はずっとここにいるのに、もうすっかり未来に駆け上ってきたと思い込んでいる。だから戻ることなんて考えることすらできない。黒田さん、残念ですが、あなたは少しも成功も成長もしていませんよ。『ここ』から逃げてきた人は、逆説的ですが、ずっと止まったままなんです」

黒田が容易に興奮しないことを見越したのか、藍乃は少し大胆なことを言った。しかし、聞き終えた英二はかすかに笑みすら浮かべたようだった。

「君たちの奇妙な文法の尻尾をようやく摑んだ気がするよ。『ここから逃げてきた人』というのが、文法的に新しいというわけだ。しかし、それは『ここ』という単語に新しい意味を付け加えただけではないのかね。残念ながら、僕はそんな小手先の目眩ましやまた逆説なんかに惑わされたりはしないよ」

普段の調子を取り戻したのか、英二は得点で二人を引き離し、そのことで心なしか優越感に浸っているように見えた。彼は決して中年太りなんかではなく、そこそこの上背があって、どちらかというとがっしりした体型であった。それでも、藍乃と純平はそれぞれの心の中では、黒田を自分たちの土俵の上に乗せたという手応えを感じ取っていた。そして、それは彼らの言う「抵抗」の始まりでもあった。純平はまた落ち着いた声で語り始めた。

「この場合あなたが目眩ましを感じたということだけで十分です。もっとも、それが眩暈であればもっとよかったのですが。概ね経営者というものは、それは成功者と言ってもいいのですが、あまりにも地上から離れてしまったので、往々にして眩暈を感じるものです。眩暈を感じなくなれば、それはもうその成功は終わっているとしか言えないでしょう。もう一度言いますが、彼らの多くは家族から逃げ出した、いや、実際は家族ごと逃げ出したのかもしれませんが、自己喪失者なんです。自己喪失者は、巡り巡って再び『ここ』を取り戻したときにやっと二度目の出発点に着くことができるのだと、私は思っています……」

「自己喪失者は君のほうではなかったのかね？　何度も言うが、僕は自分を見失ってなんかいないよ」

英二が、何とか他の二人のゴルフではなく会話の包囲網を突破したくて、機先を制するように言ったが、試合はすでに次の目標に向かっていたので、純平はしばらく口を閉ざして自分の第一打に集中した。打ち方のコツを思い出したのか、彼は打った後の確かな手応えを感じていた。水色の空の彼方に白いボールが吸い込まれるように飛んでいった。すると、これまた手応えを感じて打ち終わった藍乃が、筋状の白い雲をちらっと見てから純平を目で制するようにゆっくりと言った。

「家族から逃げてきたのは、私も同じよ。家族に関わることは、私にとっては父の凝り固まった習性に巻き込まれることを意味したの。いったん解き放たれたどうしようもない彼の習性は、もう不治の病と言える段階に入っていったわ。自分の拠って立つ場所も家族をも見失って迷走を続ける父の影響から何とか離れられた私はまだしも幸運なほうだった。それからしばらくしてやっと私は自分自身の『ここ』

を見つけ出したの。でも、迷走し続けている人には永遠にその『ここ』は見えてこないのではないかしら」

「君たちの言うことは、筋が通っているように見えて、全く相反するようにも見えるよ。だってそうだろう、一方で私は止まっていることになり、もう一方では私は走り続けているということになるのではないかね。走り続けている者は止まっている、……待てよ、これこそまさにゼノンの逆説ではないかね。確か、『飛んでいる矢は止まっている』というようなのだったと思うが」

英二はその符合に気づいたことでしたり顔ではあったが、間もなくその表情はこわばってきたように見えた。言葉の上で不合理に感じるものには、彼の目には見えてこない自身の思い込みのようなものが関係しているのではないか、ふとそんな気がしてきたのである。それは、ひょっとしたら藍乃の逆説が単なる目眩ましであることを超えて、昔から洋の東西を問わず考えられてきたことではなかったのかということであった。英二は、権威づけられたものに対してはどこか無批判に受け入れてしまう傾向があった。三人は並んで歩きながら、しばらくは言葉を交わすことがなかった。

「ふん、君たちがその『ここ』を見出すまでには、どうやらそれぞれ複雑な経緯があるらしいね。だからといって、そんな目眩ましを信じているわけじゃないよ」

自分から口を開いた英二は、それだけ言ってからまたしばらく沈黙した。周囲の木々は微かに秋色に染まり始めているようだった。さわやかな空気の流れが木々の間を縫うように渡ってきて、一見気心の知れた、場違いな三人組の頬に触れていった。遠くのなだらかな山々は大昔からずっとそのままの姿でそこにあることに何の疑念も抱かせることなくじっと端座していた。ただ、麓のなだらかな部分がまるであちこち不格好な継ぎ当てのように芝生に変えられたことに対しては少なからず不満を抱いているようにも思われた。しばし風景を眺めながら山の空気を感じていた純平は、決して責められることではない山々の持つ想像上の感情こそが、おそらくは時間というものの起源にちがいないと思い直した。自然の諸物に霊魂が宿ると想像したことが宗教の起源であることは言い尽くされていることなのだから、誰かが言っていたように、時間もまた宗教の一つなのかもしれない、と。

「私はこの何カ月間で、ある種の人々が、他人の意見にはほとんど耳を傾けることなく、ただただ取り憑かれたように同じ事を繰り返しているのを見たことが何度もあります。本人はともかく、特急列車にでもうまく飛び乗ったような気で線路の上をまっしぐらに前に進んでいるつもりかもしれませんが、端から見れば全く止まっているようにしか見えないのです。自分の足で歩いていないのだから当たり前です。また逆に、全く前に進むことができずに毎日家の周りを徘徊して同じ事を繰り返しながらも、じわじわと生活空間を広げていくような者も見てきています。先ほどの逆説で言うと『止まっている矢は飛んでいる』というわけです。そのどちらがいいのかということを議論するつもりはありませんが、人間にはその両面があるということでしょう。ただ、いつのころからか私は世に言う夢や理想というものを信じられなくなりました、ついでに言うと、理想と現実という対立もしかりです。黒田さん、おそらくあなたも自分なりの夢や理想を頭に思い描いて走っている人たちの一人なのでしょう。ひょっとしたら『時代を前に進めたい』などと思っているのかもしれません。まるで自分が紛れもなく時代の最先端を走っているのだとでも言わんばかりです。知り合って間もないのですが、藍乃さんはおそらくそうした傾向を一種の病と考えているのだと私は思いますし、その考えには共感も覚えています。そして、私自身はというと、時代のしんがりを歩いていたい者の一人で、しかも記憶喪失という古典的な病に悩まされているので、言うならば前を向くことも後ろを向くことも嫌になった人間です」

純平は訥々とではあるが、中断することなくそこまで語った。

「君は僕という人間を誤解しているよ。僕は理想主義者でもないし、素朴な夢追い人でもない。現実主義者と言っていいと思う。何かを始める前には納得するまで徹底的に調査するし、この買収計画やその後の試算も十分それに見合った妥当なもので、現実的だ」

英二は、話の取っ掛かりをどこかに見つけたかのように確信を持ってそう言った。すると、今度は藍乃のほうがその言葉に反応した。

「いいえ、それは現実的とは言わないわ。あなたは、例えば病院患者の一人ひとりの顔を知らないし、一人ひとりの職員の思いなど気にしたことすらないでしょう。もちろんそんな余裕さえないのでしょうけど。だから、いろいろ考えていたらできそうもない『現実的』なこともあなたはやってしまうというだけのことです。あなたが日々見ているのは、現実そのものではなく、おそらくはせいぜい自分の頭に描いた単なる近未来の見取り図の中のいくつかの記号や数字でしかないのでしょうね。現実に近づくためには、苦いものも含めたすべての現実を見なくちゃならないのよ。自分に都合のよい情報だけを集めていたのなら、必ず誤るし、いずれその何倍もの反動がやってくるわ。私は誰かを、もしくは何かを自分たちの反対勢力に想定して人々を先導するというようなそんなやり方には与《くみ》しないわ。そのやり方は単純でわかりやすいので支持を得やすいかもしれないけれど、そのことでたくさんのはっきりしない微妙なことが削ぎ落とされてしまって、敵意だけが勝手に増幅され、結果的にもっと大きな大切なことを見落としてしまうことになるのではなくって？」

すでに新しいホールは始まっていて、彼女の打ったボールは白い旗に一番近いところに転がってきて止まった後だった。白い帽子の下から藍乃の小さな笑顔がこぼれた。

藍乃は、純平が以前に頼んでおいたとおりに彼女を援護してくれていることに少なからず感謝していた。単独で時の流れを止めることは誰にとっても容易なことではなかったのである。しかし、記憶のない純平や昔にこだわる亮がいることで、もはや彼女はたった一人で戦っているわけではないと思えた。

彼女の考え方に共鳴してくれそうな人は潜在的にはもっといると思われたが、そういう勢力の拡大を図ろうとするような考え方こそいちばん避けなければならないことであることは、彼女も十分承知していた。それは純平の言うように一つの抵抗でありさえすればいいのである。言い換えれば、時間を動かそうとする者たちに抵抗しさえすればいいのである。時間には誰彼を振り落とそうとする力があって、振り落とされまいとする気持ちが不安を煽り、実際振り落とされるのだが、そのことによって何も失うものがないにもかかわらず、さらに別の誰彼を吸い寄せて、また振り落とし続けるので、そうやって次第に人は時間に縛られていくのであろう。そして、人は互いにばらばらに想定された個人の時間の中を進んでいるにもかかわらず、全く同じ一つの時間の中で生きていると信じることになるのだろう。過去の記憶から未来への想像力によって心の中で時の流れを意識することまで否定するつもりはないが、そのことを地上の現実にまで無自覚に適用してしまう傾向に藍乃は疑問を呈しているのだった。人間の意識からの類推で、あたかも自然界にも意識があるかのように、また地球の意識、宇宙の意識まであるかのごとく感じてしまう傾向である。おそらく地球上の出来事に時間の前後関係などはないのであろう。前と後とは何かの前と後でなければならないが、その何かに当たるものが宇宙には存在しないのである。たまたま記憶を亡くしたことで将来の見取り図を描くこともなくなった純平は、結果的にそういう時間のない地上を感じることができるのかもしれない。藍乃は純平のことをそのように解釈していた、そして、純平と黒田との嚙み合いそうにない議論の展開に興味を感じていた。

藍乃はその時黒田英二の一連の動作を観察していた。彼はボールの前で何度も素振りを繰り返し、藍乃の言葉に動揺することなくゴルフに集中しているように見えた。しかし、クラブを持つ手には何時になく力が入って、なかなか思い切って打つところまでいかず、何度も仕切り直すことになっていた。緊張していることを悟られないためにも早く打つことが求められ、中途半端な気持ちのまま振りかぶって変な打ち方になってしまい、ボールは大きくコースをはずれて林の中に飛び込んでいった。英二はぎこちない苦笑いをして、次の純平の一打を待った。

心惹かれている藍乃に言い負かされることなど何の屈辱でもない、英二はただ自分の庭のようにしているこのゴルフ場で純平という若い挑戦者には負けるわけにはいかなかった。もともと守るべきものが何もないような純平は無造作に大きく構えて、いきなりボールをひっぱたいた。たまたま芯に当たったのか、ボールはほぼ一直線に飛んでいったが、これまた大きく林のほうに逸れていった。英二はほっと胸をなで下ろすものを感じ、そしてまた、三人は芝生の間を並んで歩き始めた。

「病院がこのまま赤字続きで潰れることになるよりも建て直したほうがいいに決まっているとは思いませんか。効率が悪くて利益を生まない、お荷物でしかない公営企業にお金を出す人があるというだけでありがたいことではないですか。そのおかげで存続することができるのですから、患者たちにとっても、そこで働く人たちにとっても文句があるはずがないでしょう。もちろん未来が必ずしも今よりもいいとは限らないし、すぐに好循環が生まれるとは思っていない。いずれにしてもこの流れは、僕も含めて個人の力ではどうにもならないところまで来ているんですよ」

英二は、藍乃ら病院の関係者に同情するような言い方をした。

「それでも私たちは抵抗します、その個人の力で」

きっぱりとした調子で藍乃は言った。英二は少し哀れむように藍乃を見つめた。その様子を見逃さなかった純平がすかさず言った。

「世間の流れには逆らうのが私の生き方です。直観的にですが、この買収計画はおそらく病院潰し、いや医療潰しだと思っていますから。時間には流れなどないというのが藍乃さんの考え方ですが、私もまたそう考えることでこれまで見えていなかったいろいろなことが見えてきました、いや逆にそれまで見えていたものが見えなくなったと言うべきかもしれません。黒田さんにもずっと見えていたものが、そのうち蜃気楼みたいに目の前からふっと消えてなくなるかもしれません」

英二はいよいよ哀れむような視線を二人に投げかけたが、逆に自分のほうにも似たような別の視線が向けられているのを感じていた。自分の見ているものとは別の世界を見ているような藍乃の視線は英二が最も惹かれるものの一つでもあったので、それを無下に振り払うというわけにはいかなかったのである。しかし、彼らと一緒にゴルフをしているうちにいつの間にか自分は獲物を追って蟻地獄のような、引き返すことのできない穴の中にじわじわと誘い込まれているのではないかという気がしてきた。その時、目の前に広がるきれいに整地されたゴルフ場の道も砂地も芝も、彼には何だか色褪せて見えた。

しばらくして調子が悪いのは疲れているせいだと思わせたいためか、英二は青ざめた顔で自分から休憩を提案した。ゴルフ場は英二の勝手知った場所である、彼は今度こそ純平が自分からこの場を去るように仕向けたいと思い始めたのであった。余裕を見せて純平も一緒に誘ってはみたものの、一人追い詰められるのはやはり英二のほうであることが判明した以上、純平の存在はもはや彼にとっては邪魔なだけであった。

「少し記憶が戻ったらしいですね」

クラブハウスの喫茶店で冷たい珈琲を飲み始めたときに出し抜けに英二が言った。彼はすでに純平の記憶に関する情報を得ていたのであった。野外に設《しつら》えられた喫茶店のテーブル席には涼しい風が渡ってきて、庭の青いコスモスの花の茎を揺らしていた。

「ええ」

純平は気のない返事をした。

「何でも海外と交流する団体に属されていたとか」

「いや、そこまではわかりません」

英二の意地悪な意図に感づいたのか、藍乃が会話に割り込んできた。

「仄田さんの記憶は少しも戻っていませんよ。ただ、彼とわずかに共通点のある行方不明者がいたというだけです。それに、今の彼にとっては記憶を取り戻すことはそんなに重要なことじゃないし、たとえその行方不明者と彼とが同一人物だったとしても、自分自身のことであると自覚できないような記憶なんて、記憶とは言えないでしょう。つまり自覚のない記憶は記憶ではないの。だから、仄田さんは、私たちの友人であるところのもとの仄田さんであることに変わりがないわ」

藍乃が図らずもその友人関係に英二も含まれているということを否定しなかったことは、意外にも彼の自尊心を擽《くすぐ》ることになった。

「しかし、いずれは自覚することになるのではないですか。その時は逆に僕たちの友人であることを否定するようなことになるかもしれないが、もちろん僕もそんなことは望んでいませんよ」

そのやり取りを聞いていた純平が解き放たれたように言った。

「私の考えはそれとはちょっと違うんです。記憶が戻ることを恐れているわけでも不安に思っているわけでもありません。何というか、ここにこうしていることがそのまま私自身なんだというか、最初からここにいたし、ここから見る景色が僕には不思議に落ち着いて見えるし、しかもここからどこまでも広がっているように見えるということなんです。もし記憶が戻ったとしても、その記憶はこの広い風景の中の一つの情景にすぎなくて、それはそれとして素直に受け入れることができるであろうということです。だから、記憶が戻っても怖くはないし、因縁のある誰かにばったり遭遇したとしても、もう少しも怯むことなどないだろうということです。自分の足跡を探し求めて金沢まで行ったことが、足跡がそこで途絶えたにもかかわらず、かえってその思いを強くすることになりました。だから、お二人が心配するようなことはありません、安心してください」

純平はロシアに纏わる曖昧な記憶については話さなかった。

「君の考えにはいつだって驚かされるよ。それがさっき君の言っていた『ここから始める』ということに繋がるのだね」

藍乃の「友人関係」という言葉に気をよくしたのか、英二は純平をこの場から駆逐しようとする気持ちがいつしか萎えていくのを感じていた。

「言葉にするとどうもうまく伝わらないような気がしますが、言葉にならないよりはましですし、誰かに話すことが行動というものですから、そういうことでいいです」

純平の言葉は自分でも歯切れが悪いように思えたが、それはしかたのないことだった。

「君に比べたらさしずめ僕はずいぶん前のほうに来てしまったということになるのだろうか?」

「ずいぶん前のほうに来たと思っている、と言ったほうが正しいでしょう」

純平はすかさずそう言った。そういった言い方に慣れ始めていた英二もまたすかさず反応した。

「ということは、君は『ここ』から永遠に出られない、ということではないかね?」

「そのとおりです。ただ、その『ここ』はどこまでも拡がっていく『ここ』ですが……」

「全く君は食えない男だねえ。藍乃さんはやはり彼の考えに共感しているのかね?」

英二は呆れたように藍乃のほうを見た。

「黒田さんも少しは共感し始めたのではなくって?」

藍乃は微笑みながら言った。

「共感なんてするものか。ただ同じ風景を目にしていても、見えているものが違うということだけはわかった気がするよ」

「そんな当たり前のことに、黒田さんのような人が今まで気づかなかったことのほうがおかしいんじゃないの？」

「彼の見ているような風景は見たくはないものだがね。じっとして動かない風景なんて、おもしろくも何ともないだろう」

「それがおもしろかったのは一昔前のことで、今は動かないことのほうがおもしろくなってきているのではないかしら。むしろ前のめりに進むことに疲れた人たちが多くなっているような気がするの。だから動かない風景もいいんじゃないかしら」

藍乃は相変わらず涼しい顔でそう言った。

「あくまでも僕に対して共同戦線を張ろうというわけだね。いいだろう、どこかに歩み寄れるところがあるような気もしてきたから」

そう言った英二の表情にはかすかな苦笑いのようなものが浮かんでいた。彼らに歩み寄ることが藍乃の気持ちを自分のほうに向けることに繋がるような気がしてきたのである。藍乃と純平とはそれぞれその表情から好意的な信号を受け取ったようだった。彼らの抵抗はさらに続いた。

「前に進むことは必ずしもみんなを幸せにするとは限りません。例えば、科学にしろ、経済にしろ、その進歩は一方で人をばらばらにし、互いの間に摩擦や軋轢を起こす原因になります。そこには共存を拒む要素が付随していると言うべきでしょうか。世界が相対的に広かったときにはそれでも別の場所に移ることで共存できたのかもしれませんが、もうだめです、逃げるところがありません。狭い場所に押し込められ、ひしめき合って、互いにいがみ合っているようなものです。そして、その大部分の人がその狭い窒息しそうな空間から抜け出そうと踠《もが》いています。しかし、むしろそのこと自体が狭い空間をさらに狭くしてしまうという皮肉な結果をもたらしています」

「君の考えでは、跪くことを止めれば、その狭い空間とやらももっと広くなるというわけだ。だから、僕に跪くのを止めろというわけだね。つまり、僕にとって次の時代を切り開く挑戦であることが、君の目にはただ跪いているだけと映るわけだ。それは、ひょっとしてよく知られている『パイ理論』を言い換えただけではないのかね。限られたパイを取り合いするという例の話だ。事はそんなに単純なものではないと思うがね。そう言えば、『ゼノンの逆説』も引用していたっけ。君は言い古された『パイ理論』なんかを応用して、恐ろしく反動的な思想を作り出したというわけだ」

英二は自分の解釈に満足しているように見えた。

「『ゼノンの逆説』を言い出したのはあなたのほうです」

純平は珍しく不愉快な表情を見せたが、すぐにまた気を取り直して続けた。

「反動的かどうかは知りませんが、不動的かもしれませんね。動き続けなければ不安でしょうがないという人たちには、足下を見ることと動かないでいることとを推奨したいですね。次々と新しい未来を描いてみせることで、人がそんな余所見などする余裕がないようにしようとする動きのほうが、むしろ反動的なことではないのでしょうか。そこでは、友情も協働も未来に置かれています。やっと未来という山に辿り着いて友だちを探し当てたとしても、友だちはずっと遠くの山の中腹に微かに見えているだけで、手を取り合うことも言葉を交わすこともできないくらいに離れてしまっているのです。もう一度その友だちに会うために、自分のいた山を下って川を渡り、時には砂漠さえも越えてやっと辿り着いたときには、残念ながら友だちの登っていった山はもうそこにはないという始末です。しかも本人は自分が制覇したはずの山には、もう戻る方法も気力もなくなったという状態ではありませんか?」

英二が「友だち」という言葉にわずかに反応したように見えたのは、藍乃の言った「友人」という言葉の響きに好感を持ったからであろうか。

「『友だち』なんて気恥ずかしい言葉を若い人から聞くとはね。世間を見渡してみても、曝かれそうな恋愛関係を取り繕うために使われるか、もしくは従属関係を偽装するために使われるくらいしか、最近はほとんど聞かれなくなったからね。その意味では確かにこれもまた反動的な言葉かもしれない」

英二はそう言ってから少し笑った。純平の目論んでいた抵抗は成就したのかそれともしていないのか定かではなかったが、抵抗ということの性質上もともと目に見える結果など出るものではなかったのかもしれない。ともあれ、三人のゴルフは辛うじて中途で空中分解することなく予定の時刻まで続くことになった。

別れ際に車の後部座席から英二の耳元で藍乃がそっと囁いた。

「今日はありがとう。またお話ししましょう」

英二は、「それじゃ、また」とは返したものの、彼女の真意を測りかねていた。藍乃は思わせぶりな言葉をかけて、遠回しに彼を病院から手を引かせようとしているのではないか。いや、病院の買収だけでなく、英二の人生そのものまで行き詰まらせようとしているのではないだろうか、たとえそれが悪意ではなかったにしても。蟻地獄の中で手薬煉《てぐすね》引いて待っているのは彼女のほうではないだろうか。耳元で感じた悪魔のような囁きは、その夜の彼の安らかな眠りを妨げることになった。

抵抗などといっているが、その実じわじわと俺の領分を侵蝕しようとしているのではないのか。これまでも何度か俺の足を引っ張る輩がいたが、それと彼らとどう違うというのだ。飛んでいる矢は止まっている、だって？　俺にもそれくらいのことはわかっているさ。自分が進歩しているなんて思っているのは幻想だ。ただ、この社会で確かな地歩を築いてきた、そのことは自負してもいいはずだ。そんな批判や中傷も含め、それら様々な障害を乗り越えて俺はここまで辿り着いたのではなかったか。それから、あの仄田という男は何だ？　先頃会ったばかりだから、藍乃の恋人ではないのはわかっているが、あれよあれよという間にまるで兄妹か何かのように互いに連携し始めている。待てよ。これを乗り越えてみろとでもいわんばかりに、彼を用心棒あるいは防波堤としてでも雇ったのか？　ははあ、その火を跳び越えてこい、というわけか。

そこまで考えたとき、彼は一筋の冷や汗が体に伝うのを感じた。いっそのこと彼らとの関係を断ち切ったらどうだろうか、それによって失うものなど何もないのだから。しかし、そうまで口に出してみたのは、藍乃に対して感じている断ち切りがたい魅力をもう一度確認するためであったのかもしれない。利用しようとして逆に利用されるのも悪くない。そう言葉にしたのも、諦めきれない将来の見取り図を再確認するためであった。一人暮らしの彼にしてみれば、部屋の中で独りごちても頭の中で言葉にしても同じように孤独がいや増すだけであった。これまで幾度か家族を作ろうとしてきたが、なかなかうまくはいかなかった。実際離婚はやはり苦い経験だった。そういえば仄田が唐突に「家族」という言葉を発していたことを思い出した。記憶もなく、おそらく結婚経験もないであろう、係累のない仄田の言う「家族」とは、いったい何を指していたのだろうか。俺に対抗するための方便にすぎないのだろうか。それにしてはずいぶんと確信を持って口にした言葉であったような気がする。まさか「人類みな家族」というわけでもないだろう。英二は、真面目に考えるのが馬鹿馬鹿しくなってきて、いつものようにまたヘッドホンを耳に当ててクラシック音楽を聴き始めた。そして、いつものように再び前に向かって進むための活力を取り戻すのであった。

黒田との別れ際のことなど全く意に介していなかった一方の藍乃は、家に着いてからソファーで横になってしばらくぼんやりとしていたが、純平が目立たぬように手渡してくれた書類のことを思い出し、ゴルフウエアなどの入った鞄を床に広げてそれを片付ける前に、茶封筒を手に取った。封筒から取り出した、ところどころに外国語の引用のある二十枚くらいのその論文のようなものは、一枚目から藍乃にとって驚くほど馴染みのある考え方が綴られていた。彼女はそれを最後まで一気に読みきった。細部においては承服しかねるところがいくつかあったものの、それを書かずにいられなかった著者の思いは十分共感できるものだったのである。著者に先を越されたというよりは、自分の研究テーマである「時間病」に対する心強い味方を得たような気分であった。しかし、この著者は「味方」などという一方的な表現はおそらく認めないだろうと、彼女はすぐに思い直した。いずれにしても、彼女はもう一度じっくりと読んだその論文によって、自分の生き方や考え方に対する確信のようなものを得たのであった。

チャイムが鳴った。当然のように氷所亮が訪ねてきたことを知った藍乃は訪問者を映す画面を確認するまでもなく鍵を開けた。いつものように軽い抱擁があり、そしていつものように疲れ切った亮の顔があった。しばらくすると、そこに柔らかい空気が流れ始めるのもまたいつもどおりで、何も変わってはいない。それから時々藍乃の硬い言葉がその部屋の空気を震わせることがあるのもまたいつもどおりであった。

「今日黒田さんとゴルフに行ったわ」

「そう」

「何ともないの？」

「うん、彼が入り込める余地はないよ」

亮は自分に言い聞かせるように言ったが、心中は穏やかではなかった。藍乃は曖昧な笑みを浮かべてまた言った。

「人生は誰だって思ったようにはいかないものよ。だって、思ったことはもともと歪んでいるのだから。地面を這っている蜥蜴《とかげ》が、自分は空を飛んでいると思っているなら、蜥蜴の見える風景はやっぱり歪んで見えるのではなくって？　空を飛んでいると思っている度合いが蜥蜴の絶望の深さを決定しているのかもしれないわ。それは蜥蜴のせいなのか、それともそんな幻を見せたものが悪いのか……」

いつものように謎かけのようなことを突然藍乃は言った。彼女にとっては普通に続いている思考の延長をたまたま言葉にしただけなのだが、亮にとってはいつも彼自身に突きつけられた唐突な謎かけのように思えたのである。それは亮に対する藍乃の信頼の証ではあったのだが、彼にはその言葉の忖度のほうが先にやってきて、信頼のほうはずいぶん後になってから彼のもとにやってくるという、そんなことの繰り返しであった。亮はいつものように探りを入れるように返答した。

「蜥蜴の先祖は翼のようなものがあって空を飛んでいたということだから、その記憶が残っているのかもしれないね」

「だから、空を飛ぶという感覚はあるのかもしれないわ。感覚はあっても飛べない動物はいっぱいいるということね。で、その感覚にとらわれた飛べない蜥蜴は、それからどうなると思う？」

「イタチか何かに食べられてしまうかもね」

「なぜ？」

「すばしっこく地面と地中を動き回ることを忘れたからだろう……」

その時、その喩えが遠回しに自分のことを言っているのではないかと思い、亮は途中で口を噤んだ。

「これはごく一般的なことだから、安心して。さっき読んでいた論文のことを考えていたの。あなたにも読んでほしいわ。論文というより、覚え書きかもしれないけれど」

すぐに藍乃が先回りして言いながら、その茶色い封筒を差し出した。

「何度か言ったかもしれないが、最近はものを読むと限りなく気分が落ち込んでいって這い上がれなくなりそうなんだ。神経というバネが伸びきってしまって、もとに戻る力を失ってしまうような感じになるんだよ。心のエネルギーが内向してしまうとでも言ったらいいのかなあ。でも、いつか調子のいいときに読んでいいというのであれば、……。しばらく借りていいかな」

そう言って彼は無表情にその封筒を受け取り、中に入っていた冊子の一頁目にざっと目を通してからすぐにまたそれを封筒に戻した。その時、彼は小さく肩で深呼吸をしたように見えた。

「本音と建て前というのがあって、本音というのは、大方の予想とは逆に、その蜥蜴の見る夢のようなもので、地面とはずいぶん懸け離れたところにあって、時々政治家の失言のように外に洩れるのではないかしら。建前は、その本音の持つ歪みに往々にして呑み込まれそうになりながらもその歪みと必死に戦っている。もし、その本音を囲っている堤防が決壊して洪水みたいになったら、逆にそれが建前になってしまって取り返しのつかないことになる。その本音の芯を抜く、いいえ、芯を外してやることがこの論文の意味なのかもしれないわ」

その日の亮には、そのいつもの唐突な見解に反論したり、逆にそれを補強したりするような言葉が出てこなかったが、ただ乾いた地面の上の雑草の陰で一瞬止まって辺りをきょろきょろ見回してから、すぐにするするとどこかに消えていく一匹の蜥蜴の青光りする姿が目に浮かんだ。そういえば、蜥蜴が群れることはなく、いつだって単独行動をしているなあ、などとぼんやり考えていた。しかし、彼の口をついて出たのはそれとは直接関係のないことだった。

「黒田は何か言っていたか？」

「別に。いつもと変わりないわ」

「やつはなかなか本音を言わないだろう」

亮は亮で、相手を見下したような黒田英二のことが苦手だったのだ。どんな理由があるにせよ、藍乃がその黒田と会うようになったのは彼にとって愉快なことではなかった。

「そうでもないわよ、むしろわかりやすいかもしれない。自分が苦労をしてきたと信じていることに対してはずいぶん雄弁になるので、人物としてはおもしろいわ」

「最近のあいつはよく知らないけれど、僕はなぜかあいつが好きになれなかった」

「それはわかるわ。あなたたち正反対だものね」

そう言いながら、藍乃は白い歯を見せた。

「君はそうやって、僕なんかが想像つかないほどたくさんのものを抱え込んでしまっているのではないかと思ってしまうよ」

「そうかもしれないね。でも、私らしくない言い方かもしれないけれど、こうすることが私の宿命だと思っているの、いいえ、私の普通の生き方であるように思うの。だから抱え込んでいるというような重苦しさとかはなくて、むしろこちらのほうが自由で自然なことなのよ。それに、あなたの鬱もやはりあなたらしい生き方のように思うのよ。その結果として私たちは出会って、それから今となっては曖昧だけれども、何というか協力関係にある気がするの。この論文の筆者ともまた出会うべくして出会ったのだと思う。だから、こんな出会い方があることにも、また、その類似性にも少しも驚いたりはしないわ。住んでいる場所が全く離れていたとしても、そんなことは全然問題じゃない」

いつでも触れることのできる距離にあるのにもかかわらず、藍乃の心はずっと遠いところにあるのかもしれない、と亮はその時思った。しかし、それは以前から彼女に対して感じていたことを再認識したという程度のことだったので、彼も驚きはしなかったが、ただ自分の知らない彼女の独特の人間関係に対してあれこれ詮索することは今までどおりしないでおこうと思い直した。そんな余裕も権利も亮のもとにはなかったということもまた事実だったのである。

「最近思うようになったのだけれど、私の父が中年になってから自分自身の将来に向かって無謀な投機を始めたとき、家族のことをただ自分の身体や財産の一部のように感じていたということは、そのままあなた自身の時間意識にも通じることではないかしら。つまり、気を悪くしないでね、……もしもあなたの身勝手のためにあなたの家族が犠牲を強いられているとしたら、たぶんあなたは家族を自分の身体の一部であるとは思っていないでしょうけれど、……だとしたら、それは私たちの関係が、間接的には私の時間病が、あなたの家族の関係をずたずたにしてしまっているということになってしまうのよ。たとえあなたが見ているのが全く後ろ向きの時間であったとしても、それはやっぱり時間の側にとらわれていることに変わりないわ。時間はあれかこれかだけれども、空間はあれもこれも感じることができるわ。……だから、あなたの行動を見て見ぬふりをしているあなたの奥さんのほうに、むしろ私は興味をひかれているのかもしれない。人間の心というものは、……もともと私たちが思っているよりもずっと広いのだと思う。私は人間関係をずたずたに切り裂いてしまうような身勝手の元締めのような『時間』の存在を認めないことで、一人でもたくさんの人と関係を持とうとしていることは、いえ、持たずにいられないことは、あなたも当然わかってくれていると思っているわ。だからこそ、あなたにはあなたの家族を引き裂くようなことはしてほしくないの」

彼女は、それまで頭の中で何だかもやもやしていたものがすっきりしたかのように、そう話した。やはり亮は何も言えなかったが、ただ、彼ら二人の関係がすでに別の局面を迎えていることを認めないわけにはいかなかった。また同時にその局面が取り立てて難しいものではないことも彼は同時に直感していた。

藍乃は、数日前に彼女の部屋をふらっと訪れた父親のことを思い出していた。

ドアを開けると、そこには、上等の背広を身に付けた上背のある一見紳士風の父親が立っていた。しかし、彼の目はいつものように真っ直ぐこちらの顔を見ることもなく、落ち着かない素振りで必死に優しい父親を演じようとしていた。

「元気にしていたかい？」

「お金はないわよ」

彼女はすかさず突っ慳貪《つっけんどん》に答えた。

「いや、どうしているかと思って。元気そうだな。今日はいい話を持ってきた、みんながうまくいく話だ。お前にだけは話してやろうと思ってな。全然危ない話じゃない。ちょっと名前を貸してくれるだけでいいんだ」

やっぱり、と彼女はあきれたが、それ以外の話で父が彼女を訪ねてくるとは考えにくかったので、心構えはできていた。

「そんなうまい話があるわけないわ。一人で訪ねてこない約束でしょう。今日はとにかく帰って！」

「そんな冷たいことを言わないでくれ。お前には世間のことが何もわかっていないから、そんなことが言えるんだよ。何でも『止めろ、止めろ』というママの影響を受けて、いつの間にかお前も臆病になっているんだ。パパにはまだまだこれから十分やることがあるし、やるべきなんだよ。協力してくれる人だってたくさんいるし、この機会をみすみす逃したくないんだ。今度こそはうまくいくし、いかせてみせるよ。あと一人だけ信用できる名前を貸してくれる人が要るだけだ。絶対に迷惑はかけない。私に一度だけ名誉挽回のチャンスを与えてくれ」

「パパ、娘の名前を借りなければならないような事業が、まともなことだと思うの？」

藍乃が、教師が生徒を諭すようにそう言うと、父親は目を逸らせて今にも泣きそうな表情になった。

藍乃は畳みかけるように言った。情に流される間《ま》を自分にも相手にも与えないためである。

「あなたのせいでママや兄さんがどんな苦労をしたと思っているの？」

「だから、お前に頼んでいるんだよ。もうパパにはお前しか頼る人がいないんだ、頼む」

藍乃は呆れてものが言えなかったが、おそらくこの訪問までに繰り返し戦略を練ってきたであろう父を説き伏せることの空しさも感じていた。そして、断れば捨て台詞を吐いて去って行くであろう父の後ろ姿も想像できた。傍目《はため》には、親不孝な娘に冷たくあしらわれる落ちぶれた哀れな父親のように見えるかもしれない。しかし、彼女にとって、それはすでに父ではない、何かに取り憑かれた別の生き物のように見えた。

「もうここには来ないで！　来たら親子の縁を切るわよ！」

少しでも肉親の情らしいものを見せたら渡りに船とばかりにそこにつけ込んでくるのが、どこで学んできたのか、父の常套手段だった。それが手管の一つとわかっていても、情にほだされていく自分の良心を押し込められなくなって、結果、取り返しのつかないことになってしまうというのが、池上家の不幸なのであった。

その夜もすごすごと廊下を引き上げていく父親の気落ちした後ろ姿に後ろ髪を引かれるものがないではなかったが、すぐに呼び止められることを誘うようなその背中の演技に何度か惑わされて結局痛い目に遭ったことが一度や二度ではなかったので、二度と肉親の情に流されるわけにはいかなかった。むしろ呼び止めないことが本当の情であると、自分に言い聞かせていたのである。

その父は果たしてどんなものに取り憑かれていたのだろうか、「お金」だろうか、それとも「欲」なのだろうか。突然彼女の頭に「時は金なり」という言葉が浮かんできた。全く別の意味で、「時」と「お金」はいずれも実体がないのに、あるように信じ込まれているという点において、実際よく似ている気がする。パンは空腹を満たすという点において、自動車は速く移動できるという点において、それぞれ価値を持っているが、お金はそれ自体でそんな価値を持っているわけではない。でも、それによってものが買えるという人間社会の約束事によってのみ、お金はその価値が決まっている。時間はお金と同じようにその量を量ることができるし、誰でも平等に使うことができる、と思われている。もしそういう約束事がなかったとしたら、お金でタクシーに乗ることはできないし、人々は何度も行き違いになって待ちぼうけを食わされることになる。例えば、日本では「元」で買い物はできないので、通貨の両替をしなければならないのと同じように、日本の平成二九年は西暦の二〇一七年に換算しなければ外国人にはわからない。これらもまた約束事である。これらの約束事がなければ人間社会は大いに混乱するに違いないし、だからといってお金のなかった物々交換の世の中に戻ることはもはや難しいことにちがいない。ひょっとしたら、お金の発生と時間の発生とはほぼ同じ頃のことだったのかもしれない。ただ、お金が約束事だということはちょっと考えれば気づくことだが、時間が単なる約束事だとはなかなか考えつかないだけだ。むしろ時間は往々にして実体、あるいは不変の法則であるかのように思われてしまう。

興味深いのは、近頃「仮想通貨」が出現し始めていることである。硬貨や紙幣のような実物を扱わなくても成り立つ社会がもうすぐそこまで来ているのである、もちろんそんな「時代」が来ているのではなく、雲が西から流れてくるように来ているのであるが。お金がやっとその本来の性格を名実ともに表すことになったのである。つまり、お金も時間と同じように触れることも見ることもできない、約束事そのものになるのである。今年は本来「仮想平成二九年」であり、「仮想西暦二〇一七年」なのである、いや、もちろん「仮想今年」は、である。

そう考えていくと、「今」というのもまた個人の頭の中に浮かんだ一つの約束事なのではないかと思えてくる。「今」は、それを思い浮かべる人の数だけ存在する、「ここ」と区別のつかない意識そのものと言っていいかもしれない。そして、なぜか「今」だけは世界中の人々と共有しているように思っている。「ここ」にはいない、ケニヤで生活している人の「今」もアラスカやシベリアに住んでいる人の「今」も共通なのである。だとしたら、江戸時代にエレキテルの実験をしている平賀源内の「今」と平成の世に隣家で洗濯物を干している主婦の「今」とが共通していないなどと、果たして言い得るのだろうか。これから生まれてくる人の「今」もまた共通した一つの「今」に違いはなく、つまり過去と未来というものは最初からどこにも、いや生きている人の心の中以外には、存在しないというのが正しい答えなのではないだろうか。

父は、儲けという「お金」を追うと同時に、成功という「時間」を追っていたのかもしれない。おそらくその両方に憑かれて、あんなに虚ろな目できょろきょろしていたのだ、そうにちがいない。だから、その惨めさを目の当たりにしてきた私は、もう「前向き」にも「後ろ向き」にもなることはないだろう。目の前にある家具や、触れることのできる壁や、心の通じ合える人との出会いなど、ここにあるものを感じていくことにしよう、と。

「どうかしたの?」

小さなソファーに座ってビールを飲んでいた亮が心配そうに尋ねた。

「ちょっと父のことを考えていたの」

藍乃には狭い自室の中をうろうろしながらものを考える癖があった。そして、突然思いついたことを半分自分に語りかけるように話し始めた。

「でも、人は往々にしてこれしかないという強迫観念のようなものに取り憑かれて周りが見えなくなり、後戻りさえもできなくなるようなの。そして、その『これしかない』は周囲の人たちをもぐいぐいとその一本道に引きずり込んでいく厄介な力を持っている。ひどい場合には、すでに奈落の底に落ち込んでいるのにもかかわらず、その事実さえ信念という曇りガラスのために見ることができずに、いつまでも『これしかない』と信じ続けるしかないのよ。それはちょうど、自転車に乗っていた人がとっくに道端に転倒しているのにもかかわらず、そのことを理解できずに倒れたまま必死で自転車のペダルをこぎ続けているようなものなのよ。彼はペダルを漕ぎ続けるために仰向けになって自転車を持ち上げているかもしれないわね。傍《はた》から見れば滑稽なことでも、本人にとっては大まじめな仕事なの。これは私の父のことだけを言っているんじゃないの。似たようなことは、もちろんあなたも私なんかよりずっと多く見てきたはずよ。逆にあなたの経験を聞いたり、そのあなたにカウンセリングをしたりすることで得た私なりの一つの結論なの。銀行員の若松君を覚えている？　一度三人でレストランに行ったわよねえ。彼はまだ銀行に勤めているのだけれど、辞めるかどうかまだ結論が出せてないみたい。不安の裏返しでしかない『これしかない』の力は、彼の中でまだまだ猛威を振るっているというわけよ。でも、彼もまたそのまま自転車を漕ぎ続ける人になるとは思えないわ。今度の土曜日に彼と会うことになっているの。また一緒に来てくれない？」

「いっそのこと黒田にも来てもらったらどうだ？　経営側の相談役として……」

いつもの唐突な誘いに翻弄されながらも、亮はとっさに浮かんだ考えを口にした。

「そうね、いい考えかもしれないわ。収拾がつかなくなるかもしれないけれど、どちらにしても対話は必要よ」

藍乃はその提案に動じることなくそう言った。驚いたのは、むしろ思いつきでそれを提案した亮のほうであった。

「本当にやるつもりか。それなら僕は行かないほうがいいと思う」

「ふうん、じゃあ私一人で行ってもいいのね」

亮はうまく返答することができずに、しばらく思案していた。彼にとって黒田はかつての友人の一人ではあったが、すでに十数年親しく話したこともなかったし、互いの生き方も考え方もおそらく大きく懸け離れてしまっていることであろう。四人で会ったときにどんなことが起こるのか、彼は想像することすらできなかったのである。おそらくその会合と対話を収拾できるのは藍乃しかいない。しかし、その藍乃でさえいつもの実験の一つと考えているだろうから、その着地点を予測することは困難なはずである。亮は一つの不安を口にすることでその場の判断から逃れようとしていた。

「その若松君は、君に何か救いのようなものを求めているんだろう。鬱に陥った僕なんかがその場にいて果たして何らかの力になれるのだろうか。逆に彼の絶望をいっそう深めるだけのような気がするのだが……」

「それなら、彼に電話で聞いてみるわ。それならいいでしょう」

藍乃ははっきりしない亮の態度に苛立ったようにそう言った。それ以上藍乃を危地に追いやることはできないと判断した亮は、内心の不安を押し込めて彼女との同行を渋々約束したのだった。すると、藍乃は予想どおり水を得た魚のように急に元気になった。

その土曜日が来るまで、当然のことながら人々はそれぞれの仕事に頭脳や体を預けなければならなかった。しかし、その預け方は人によってさまざまである。体だけを預けて頭脳には全く別の活動をさせている人。頭脳も体も注ぎ込んだにもかかわらず、不本意な結果によって感情的に傷つけられている人。

考える気力もないほど毎日疲れてしまっている人。何かに憑かれたように先頭に立って走り続けている人。人知れず高揚感を感じている人。ごく稀に、毎日が楽しくてしようがない人。人目を気にして家に閉じこもってばかりいる人。取りあえず週末だけは自由になれて、新しい出会いに胸をときめかせている人たち。そんな場合でも、やはり自分の心はどこか別のところに置いているかのようだ。

亮の場合、幼い頃からいつも五感とは別のところで何かを考えていたようだった。感じやすいがために、また、それによって傷つくことから自分を守るために、無意識のうちに現実よりも空想を好むようになっていたのかもしれない。その空想は、現実逃避である場合は時間のほうに、現実直視の場合は他人のほうに向かっていった。だから、他人の心が読めない、あるいは読みたくない場合は時間のほうに逃げるしかなかった。つまり、未来を夢見、過去を懐かしんだのである。やがて空想は肥大し、他者は遠のき、現実のほうが空想に従属し始める。実際には自分しか見ていないのに、空想を裏切り続ける現実を軽蔑し、呪い始めるのだ。そして、たいていの場合はそんな葛藤にも疲れて果て、いずれは多かれ少なかれ無気力がやってくる。そんなことの繰り返しが亮の日常であった。ただ、そんな自己分析ができるようになったのはやはり藍乃のおかげだったのだろう。

亮はそんな平日の自宅での短い夜、言葉とは裏腹に藍乃から預かった冊子をぱらぱらとめくりながら、いつものようにぼんやりと物思いに耽っていた。始めはさほど興味を感じてはいなかったが、読んでいくうちに論文の主旨が驚くほど藍乃の考えと符合していることに気づいて、ベッドに寝転びながらではあるが時の経つのも忘れてじっくりと読み続けた。しかし、亮が何かを読むということは、文字を追いながらそれをきっかけにして派生してくる空想に浸るということであった。そして、その空想がそのまま自分の内側に向かってしまうと、暗くて狭くて身動きのできない鬱という心の罠にはまり込んでしまうことが度々あった。それがものを読みたくない理由であったが、その文章はどういうわけか自分の内側に向かっていこうとはしなかった。

その論文によれば、もともと時間というものは人の心の中で起こる空間の歪みにすぎないので、百人いれば百とおりの時間があるのは当然のことであり、したがって唯一の正しい時間というものもまた存在することはない。にもかかわらず、いつの頃からか人はその正しい時間が存在していると思いこんでいるために、その一つしかないと思われる未来を互いに奪い合おうとするらしい。たとえ夫婦であってもそれは同じことだ。空間的に最も近いところにいる他人でも、互いの時間軸ははるかに離れたところを通っていて、妥協もなければもはや対話すらないこともある。口を開けば傷つけ合うだけならちょっとした会話さえ億劫になる。結果として誰かの小さな時間を整えるためにたくさん人たちの希望が潰えたりすることも起こってくる。つまり、時間は人の数だけほぼ無数にあって、しかも大方の予想に反して、互いに排除し合っているということになるから、一つの希望を実現させるためには、他の誰かがたった一つしかないその現実の空間から排除され、その希望を諦めなければならないことになる。残念ながら、時間というものが等質的で一つのものだと思い込んでいるがために、自分の思い描く未来が極めて個人的なものであるということに気づくことがないので、自分が一歩踏み出したときに起こるさまざまな軋轢や反発の理由もまた理解できないし、あるいは最初からその理解を諦めて強引な行動に出ることによって、その場を占有してしまうということがあるのかもしれない。いろんな人の間に生じる対立関係や暴力や訴訟といったものの多くは、ひょっとしたら自分の鬱病もまた、そんなところに起源を持っているのかもしれない。

また、一つの物語がその時間軸に沿って展開していくと、個人主義的で独り善がりなある種病的な時間が前に向かって拡がり、それに沿って物語を整えようとすると、物語はいつしか排他的にもなり展開の自由を限りなく狭めてしまうことになるのかもしれない。また、世の中の主義、主張というものは大方そのようにして形成され、結果としてさまざまな場で対立を生むにちがいない。それに対して、そんな時間軸を持たない人の思い描いている空間には生身の人間たちがいて、そこはまさに偶発的で相互浸透的な軋み合いの場である。つまり、偶然の出会いによって会話が成立すると、そこで彼らがそれぞれ関わっている空間が互いに軋んだり浸透し合ったりしながら、結果としてどちらの空間もさらに拡がっていくことになる。そこでは、限りあるように見えた空間が無限の展開を見せるのかもしれない。そして、藍乃の行動が一見気まぐれで場当たり的に見えるのも、そんな軋み合いを意識しているからかもしれない。つまり、亮自身を含め、自らの時間軸に囚われている人にとっては、彼女の行動が意味のない無謀な試みに見えるのである。

亮は、そんなことを考えているうちに、自分は未来へと向かう不毛な時間競争に疲れて、あるはずのなかった一つの未来という幻想をとっくに諦めて、逆に記憶の中にしか存在しないもう一つの物語を過去という方向に見出そうとしているのではないか、と思い始めた。しかし、それは未来にあるものよりもさらに狭い歪められた物語なのかもしれない。頭の中に少年時代のいくつかの限られた情景が繰り返し浮かんでくるのは、その何よりの証拠である。たとえ相互浸透していた他者の中にもう一つの別の記憶が残っていて修正されることがあったとしても、それ以上拡がることはほぼないのである。ただ、その意味だけは後から別様に解釈することができるかもしれないが、その可能性を示唆してくれたのはやはり藍乃であった。

藍乃の想定する「時間病」の存在は、亮にとっても今やほぼ確信へと変わりつつあった。そして、いつの間にか彼女の影響下にどっぷりと浸っていた亮は、自分の胸の辺りに永く居座っているどうしようもない鬱病、いや「時間病」からの恢復は彼女の風変わりな治療法に託して、いや託されていたのである。それが彼ら二人の「癒やし」であり、また「愛」の意味でもあった。いつの間にか、彼の中でも時間病的な言葉は括弧をつけて語られ始めていた。

ようやく辿り着いた週末に、彼らは結果の見えない出会いを求めてまた街に、いやその日は湖のほうに出かけていった。開け放たれた白い窓からは涼しい風が入ってきて、レストランの広いホールの真ん中でもその風は爽やかに感じられた。黒田英二は池上藍乃を、氷所亮は若松ユズルを、それぞれ自分の車でその湖畔のレストランまで乗せてきたのは、藍乃の大胆で一見気まぐれな戦略の一つであった。また、これも藍乃の提案だったが、その日彼らは野外活動のできる服装をしてくるよう申し合わせていた。彼らは飲み物だけを注文して、早速自己紹介から話を始めた。英二とユズルだけが初対面だったが、亮と英二は初対面ではないものの初対面以上にぎこちない関係だった。

「君に本当に銀行を辞める気があるのなら、僕は起業することを勧めるね。普通なら銀行は辞めないほうがいいに決まっているが、自分に合わないものを無理して続ける必要はない。僕の講座の学生たちにはいつもそう言っているよ。これからは個人で仕事を作り出していく時代だ。生活の快適さが飽和状態にあるように見える現代社会では、もう新しいものをつくっても売れなくなってきていると思いがちだが、成長分野は必ずどこかにある。それはもう物の形をしていないかもしれないが、それを嗅ぎつける力さえあれば誰にでも起業は可能だと思う」

渓流釣りでもするような服装の黒田英二は、今回こそは自分の出番だという感じで若松ユズルに向かって上機嫌に話し始めた。そこには、いずれそうなることは避けられないと思っていたことだが、図らずも同席することになった代わり映えしない普段着姿の氷所亮の存在を牽制する意味もあった。当の亮も自分の役割を自覚していたのか、その英二の言葉に対してはユズルの返答を待つことなく真っ先に反応した。

「辞めることには僕も賛成だが、彼が一から起業することには反対だ。無理にでも売りつけて誰かの犠牲の上に商売が成り立っていることに対する疑問ないし絶望が彼の精神的病の原因なのだから、おそらく起業したとしてもいずれは同じような葛藤を味わうことになると思うよ。会社的価値観は彼自身の価値観と今やずいぶんと懸け離れてしまって、どこかで折り合いのつくような話ではなさそうだからね」

氷所亮は、自分のほうが当然ユズルのことをよく理解しているということを強調するかのようにそう言った。

「君がそんな考えを持っているとはうすうす感づいていたよ。僕は君が彼を人生の敗北者としての道を歩ませようとしているように思えるのだがね。君は経済的な価値を頭から否定しておいて、さて、いったいこれからどうやって彼に生きてゆけと言うんだね。会社を辞めて引き籠もり生活を始めることでも勧めるつもりかね。それよりは自分の納得できる仕事を自分で切り開いていくことのほうが遥かに理に適っているし、現実的な選択だと思うよ」

今度は亮のほうを見つめながら、英二が言った。予想どおりの反応を得た亮のほうは露骨に不愉快な表情になった。

「予想どおり君は倫理的な価値より経済的な価値を優先するんだね」

皮肉を込めた亮の答えだった。英二の顔は見る見る紅潮して、後の出方次第では今にも亮に飛びかかりそうな勢いであった。

「あなたたちは喧嘩をしに来たの？　今日はユズル君の相談に乗ってもらうために、年長者として来てもらったのよ」

藍乃が呆れたように二人の間に割って入ったが、亮はこうなることすべてが藍乃の戦略であることを冷静に理解していた。しかし、戦略はまだその端緒についたばかりだったので、いきなりの喧嘩はやはり彼女を慌てさせた。ただ、目論んだとおりにいかないことは織り込み済みだと思い直して、彼女はそれ以上軌道修正しようとは思わなかった。喧嘩は喧嘩でそこから生まれるものもあるにちがいないのだ。ただ不機嫌な顔だけは見せておこうと思った。少しでも彼女の立場を配慮する気があるなら何とか治まるだろう。活動的な白いデニム地のズボン姿の彼女はいつものように楽天的な気分になって、その日に計画している野外活動のことだけ示唆した。

「今日はあなたたちの旧交を温める会でもあるのですからね、この後みんなでバーベキューをやる予定なのよ。まあ、それまでに好きなだけこれまでの人生の毒を吐き出しておいてください。本音のところでなければ若い人には通じないと思うから」

「私のことなら大丈夫です。今日は気分転換に来ただけだと思ってください。改まって相談と言われると構えてしまって逆に固くなってしまうかもしれません。むしろ私のことを念頭に置かないで話してもらえるほうが気は楽ですから」

いちばん若い若松ユズルは少し様子を窺いながら気後れしたように反応した。英二は間もなく冷静さを取り戻し、改めて話し始めた。

「若松君だったかな、君の言うとおりだよ。唐突だが、君たちは『リトル・ダンサー』というイギリス映画を見たことがあるかい？　貧しい家庭の少年がひょんなことからダンスを習い始め、彼がダンサーとして成功するという夢を叶えるために、労働者である彼の父親は低賃金の仕事を辞めて一緒に都会に出て行き、息子の夢を後押しするという話だ。貧しい少年が、さまざまな困難や偏見を乗り越え、日夜努力することによってダンサーとしての栄光をつかむという話だ。いわば、イングリッシュ・ドリームだよ。少年の父親が労働者仲間に別れを告げるという決断に、僕は敬意を表するよ。常識を気にして、周りに義理立てばかりしていては身動きが取れなくなり、結果として自分をだめにしてしまう。若松君が今勤めている会社に、確か銀行だったたね、見切りをつけて夢に向かって走り始めるのなら、僕は援助を惜しまないつもりだ」

黒田英二は藍乃に恩を売るつもりなのであろう、ユズルに対して積極的に関与したいという様子がありありと見て取れた。

「その映画なら見ました。最後のシーンには感動でした」

ユズルはほっとしたように明るく言った。

「君たちはあの映画の重要な視点を見逃しているよ」と、亮が藍乃の顔色をちらっと窺いながら今度も割り込むように口を挟んだ。

「その父親が息子と共に都会に出て行くときに、炭坑労働者仲間の一人が父親をストライキに参加するよう誘いかけるのだが、父親は息子のバレエ・ダンサーへの夢のためにそのストライキを破って仲間から遠ざかっていく場面がある。その映画監督は意識していたかどうか知らないが、親が組合活動などしていたら息子はダンサーになどなれない、それなら炭坑など辞めて息子の未来に自分の人生を託していこう、という現実社会を直視していると僕は感じたのだ。もちろん父親が炭坑労働をしていても息子はダンサーになれなければならないのだが、現実はそう簡単ではないということだと。その社会の可能性を表すために、僕は『リトル・ダンサー指数』を提唱してみたいくらいだよ」

氷所亮は、その映画の話題に難癖をつけることがその場にふさわしいのかどうか迷っていたが、以前から常々思っていたことでもあり、黒田英二との違いを際立たせるには格好の話題と思われたのである。

しかし、ユズルのほうは意外にもその話のやり取りを興味深く聞いていたようだった。

「そんなひねくれた見方というのもあるんだね。あの映画は、若者をターゲットにしたどう見ても単純な成功物語だぜ。よくもそんな見方ができたものだ」

揚げ足を取られたように感じた英二がやはりユズルより先に反応した。二人の様子を見較べながらユズルがゆっくりと言った。

「私はこの映画の背景までは全く考えてはいませんでしたが、確かにそのイングリッシュ・ドリームはいったい誰の夢なんでしょうか。父親なんでしょうか、それとも息子なんでしょうか。ひょっとして作者自身の夢なのかもしれませんね。穿った見方をすれば、それは誰にとって都合のいい夢なのでしょうか？　すみません、最近はメディアとして流されるものには何でも隠された意図があるように思えてしかたがないものですから。本当にその少年や家族たちの絆を描いているのでしょうか。ひょっとしたらサラリーマンたちに脇目も振らず上を目指して一生懸命頑張ってほしいと考える人たちがいて、むしろそんな人たちの希望が投影されたものなのではないでしょうか。その映画の作者がそれを意図していたかどうかは別の問題ですが。努力は必ず報われるというような希望を二つ三つぶらさげておくことにしたというか……。さっきその映画に感動したと言った私が言うのも何ですが、似たような宣伝ドラマをいくつも見せられているような気がするのは、私が今の職場でずいぶん痛めつけられ、ひねくれてしまったからだと思います」

それまで探るように話していたユズルが、日頃の鬱憤を一気に吐き出すように少し興奮しながら言った。いつか夜の電車の中で辺り構わず急に叫びだした彼のことを、藍乃と亮は思い出していた。そのことは英二もまた藍乃から聞いて知っていた。

「あなたには脇目も振らずに働く気持ちはもうないというわけね」

藍乃がユズルの気持ちに寄り添う感じで言った。

「もともとなかったのかもしれませんが……」

力なくそう呟いたユズルを励ますように、英二が言った。

「では、ユズル君は、今のその、何というか閉塞した状況から抜け出して、周囲の景色が見渡せるところまで上ってみようという気はないのかい？　社員を締め付けようとする企業にもはや将来性はないと思うよ。僕は今なら十分周りのことが見渡せるよ、おそらくここにいる氷所君よりかはね」

黒田英二が用心深く、亮に対しては皮肉っぽく言った。それにはやはり亮も黙ってはいなかった。

「できることならユズル君には、僕のように年を取ってから後悔してほしくないから、早めに幻滅を味わっておいてほしいと思うよ。僕は気がつくのが遅すぎたんだね。一時的にはひねくれ者であったとしても、君はいずれまた現実社会を肯定できるような気がする。他人の夢を応援するというのは何だか偽善的でしらじらしいものを感じるけれども、僕たちがここで出会ったのも意味のないことではないと思う。黒田の言うようにこの歳までひねくれ者を続けている身は誉められたものではないからね」

亮が落ち着いて対応できたのは、黒田に対抗するためにいつになく体の中から気力が湧いてくるのを感じていたからかもしれなかった。また同時に、若松ユズルという青年に二十代の頃の自分の姿を投影していたのかもしれない。その頃の亮にも世の中に対する反発のようなものはあったが、それも徐々に順応させていった、いや、順応せざるを得なかった。そして、その次は順応していく自分に反発を感じ始めた。その二重の反発心が徐々に萎えていった頃、抑圧されたその反発心はやがて形を変えてバネの切れたような無気力状態を誘発し、その結果として彼の鬱が始まったのであろう。逆に、おそらく英二はその反発力を世の中に積極的に順応させることで乗り切ってきたように思われた。亮は、しかしながらその僅かに蘇ってきた自分の気力を頼もしいものに感じていた。テーブルの上は花柄のある白いテーブルクロスで覆われていたが、そのクロスの皺が気になったのか、亮はその弛《ゆる》みを丁寧に指で伸ばした。相変わらず英二は話の主導権を握ろうとした。

「青年に夢を持つなというのは、いい大人のすることではないね。誰だってその努力に応じてその夢を実現することができるわけだが、才能を発揮することに応じた分だけその実現度は確実に結果となって現れる。どこかでその夢に見切りを付けて別の道を選んだとしても、それは新たな夢を見つけただけで、決して夢を否定したわけではない。だから、別の道を指し示してやることが、経験ある大人のやるべきことではないのかね。道に迷って傷ついた青年に不貞腐れた人生を歩むように促すことは、とてもいい大人のやることとは思えないね」

「不貞腐れる程度で落ち着いていられるのならいいのですけどね……」

ユズルはふとそんな言葉を誰にともなく呟いた。

「どういう意味だね？」

英二が怪訝そうに尋ねた。

「私は、ユズル君がただ単純に自分の将来のことだけを考えているわけではないと思うの。彼が悩んでいるのは、そういう個人的な夢とその幻滅に関わるような話ではないような気がするわ」

藍乃はそこで本来の自分の役割をやっと自覚できたような気がした。

「どうしても落ち着けないのですよ。いつも崖っ縁を歩いているみたいで、時々は緊張で全身がガタガタ震え、胸の辺りが苦しいのです。不貞腐れている余裕すらないのだと思います。このまま同じ仕事を続けることは、この状態に慣れることを意味するのでしょうが、慣れていいものなのでしょうか。鈍感にならなければ続けられない仕事とはいったい何なのでしょうか。これまでのように銀行員を続けていくならば、何かとんでもないことを自分からしでかしてしまいそうなんです。そして、しでかしたとしても別段何も感じないようになってしまう気がします。残念ながら、このままひねくれ続けるなんてことは本当に可能なんでしょうか？　私はいま多くを望んでいるわけではありません。ただ普通に生き続けたいだけなんです。でも、どうしても落ち着けないのです。藍乃さんだけは、そんな私を受け止めてくれたんだと思っています」

その言葉を聞いていた黒田英二は、もはや自分の忠告や助言の範囲を超えていると思わざるを得なかった。予め用意してきた勤め先も人脈も若松ユズルにとってはそれほど意味がないことを知ったのである。おそらく藍乃自身もそれはもとからわかっていたはずなのに、自分をその場に呼んだ意味はいったい何だったのだろうか。予想されたことではあったが、英二はまたまた自分が彼女に利用されている、もしくは試されているのだと理解した。

「気分転換しかないね。思い切って一年くらい海外にでも行ってくるほうがいいよ。いや、本当にそれしかないのかもしれない」

英二は明らかに氷所亮に対抗することだけに焦点を絞り始めていた。藍乃の関心を惹くためには、自分のほうが亮よりずっとおもしろい存在であることを知らしめなければならない、ということをようやく認めたのである。それは、奇妙なことだが、取りも直さず自分がある種の人たちから見れば少なからず病的であることを他人と競うことでもあった。何かにつけて競い合うことは、黒田英二の真骨頂だったのである。冷めた珈琲をすすりながら、英二はすでにその病名を思いついていた。

「実はね、僕はかつて自閉症と言われたことがあってね。こだわりが強くて考えすぎてしまうことがあるらしいのだよ。時には被害妄想に襲われたり、ぼんやりして融通が利かなかったり、幻覚に襲われたりすることもある。この間も電車の中で、突然乗客たちが自分を襲ってくるという錯覚にとらわれたことがあった。乗客たちがいつの間にか満員電車の中で座っている自分のことを口々に非難し始めて、互いに目配せまでしていたのだ。一触即発の危機だったが、幸いそこに車掌が通りかかったので小声で事情を話して、次の駅で降りることにしたのだ。体力に自信がないわけではないのだが、無駄な争いごとは避けたいものだからね。しかし、その一触即発の事態は現実だったのか、それとも妄想だったのか僕には未だにはっきりしないのだよ」

　藍乃はどこか腑に落ちないといった表情をしていた。

「例えばこんなこともあったなあ」

　英二が続けた。

「学生時代のことだ。誰もいなくなった放課後の教室で、薄暗くなるまで本を読んでいたことがあった。誰も来るはずのない教室に一人の職員らしい見覚えるある中年の男が入ってきて、僕の顔をじろじろ見るので、こちらから声をかけてみた。すると彼は真面目な顔をして『君は必ず成功して、人生の勝利者となるだろう』と言うのだ。満更でもなかったので、理由を聞くと、『君の顔には未来を見据える意志のようなものがある。その顔をずっと持ち続けることが成功への道だ。もっとも自分で顔を変えるなんてことはないがね』とまた予言者のように言ったのだ。それ以来僕は自分の将来については不安を抱いたことがない。欲しかった地位や成果を次々と手に入れることができたのだからね。何の利害もない人の一言が自分の心の支えになるというのは実際あることかもしれない。その言葉を心に留めておくことで、災難に見舞われた時にもまた道に迷いかけた時にも、それらを乗り越えることができたのだと思う。それは、その言葉を信じたというよりも自分を信じることができたということだろう。彼はその時もっと別の不吉な予言をすることができたのかもしれない。しかし、そうではなかったという偶然が重要なのだよ。僕の妄想癖はこの頃から始まったのかもしれない」

　英二は、その話をいかにも満足そうに語り終えた。あとの三人は互いに顔を見合わせたようだった。

　ユズルはやはりすまなさそうに口を開いた。

「申し訳ありませんが、私の聞きたいのは、そういうのじゃありません。信じれば道は開ける、というようなことは確かにあるとは思います。が、私の場合残念なことに、信じれば信じるほど他の人たちとの距離が離れていってしまい、頑張れば頑張るほど自分は孤独になる、というこの悪循環から逃れられないようなのです。それは銀行のような相当に狭い範囲の場合でも、また国同士のような大きな単位の問題でも起こり得るような気がしています。よくはわかりませんが、そこには何か根本的な欠陥もしくは勘違いみたいなものがあるように思えます。ですから、私は今のまま信じ続けることはできそうにありません。あなた方はすでにそのような欠陥や勘違いに気づかれているように思えたので、ここに来たというわけですが」

「それは君の信じ方が甘いからだよ」

「そう言われれば、それまでですが……」

黒田英二は少し気まずいものを感じたのか、それまでと打って変わって無関心な様子を見せた。その様子は藍乃の目論見の中には最初から織り込み済みのことだったので、彼女は慌てなかった。いつものように彼女の切れ長の目はどこか宇宙の果てを見つめているかのようだった。

「黒田さんはその勘違いの例を話してくれたのではないかしら。彼はその予言があったから頑張ったのではなくて、頑張ったから予言の話を持ち出すことができ、現在のような立ち位置を確立しているということなのよ。そもそもの勘違いはその予言のほうで、どちらが先でも結局は同じことなのよ。ユズル君は前回に会ったときよりもずいぶん身軽になったように、私には見えるわ。きっと憑き物がとれたのね」

ユズルはその時ほっとしたような、肩の力が抜けたような白い表情を見せた。

「それはどうかわかりませんが、暗い洞窟の中に薄日が射したくらいには感じています。おかげで後退することに対する後ろめたさみたいなものがなくなりましたよ。これからゆっくり後戻りしていきます。

失ったと思っていたものがまだそこにあり続けていたこと気づくことがあるかもしれません。天《あま》の邪鬼《じゃく》かもしれませんが、黒田さんや氷所さんの助言を聞いて、私にも決心がつきました。後戻りはするけれども、会社は辞めません。我慢するというのではなくて、のらりくらりと粘り続けることになるでしょう。管理職や上司にとってはやりにくい社員かもしれませんが、一人くらい後ろ向きの社員がいてもいいではありませんか、同僚たちにとっても会社そのものにとってもね。あなた方のおかげで、その内部に私のようなひねくれた抵抗分子のいる会社ほど、むしろ組織としては健全なことにちがいないと思えるようになったのですから」

藍乃は満足そうに微笑みながらユズルの話を聞いていた。

「後から言うのも何だけど、私はあなたが何となくそういう結論を出すだろうという予感がしていたわ。都会にはたくさんの官庁や企業があり、社屋があり、小売店がある。誰もがそれを捨てて旅に出たり、新たに起業したり、田舎で自給自足の生活をしたりできるわけでもないわ。大多数の人は自分の足下に立たなければならないし、そこで生活していくことになるよね。それでも耐えられなくなったら、いいえ、耐えられるとしても、人との関係は考え方次第で拡げることができるし、実際拡がるのよ。その関係が拡がれば、それがその人の目には見えない、何て言ったらいいのかしら、月並みだけれど、人間らしさになるのだと思うわ」

黒田英二は苦笑いをするほかなかったのか、そのまま亮のほうをちらっと見た。こちらもやはり苦笑いを返すほかなかったのであろう、若い二人のやり取りと英二の表情とをぼんやりと眺めていた。明らかに気力だけは勝っている英二が口を開いた。

「残念だね、もし君が会社を辞めるというのなら、今度新しく始める事業に参加してもらうことも考えていたのだが、実際、具体的なポストも考えていたのだが、どうやらそれは気に染まないようだね。だいたいだね、誰だって若いうちはいろいろと悩むものだよ。誰かが救いの手を差しのべたとしても自分で納得して乗り越えるのでなければ、何の解決にもなりはしない。われわれにできるのはせいぜい反面教師になるくらいのものだよ。こうはなりたくないという思いが、いずれ彼の進む道になるんだろう。たぶんわれわれもまたそうやって生きてきたのに違いないから」

英二は例によって通俗的な文脈のうちにその若者を位置づけようとした。当然のことながら、亮にはその言葉に反論しようという気持ちは微塵もなかった。

「ユズル君、仕事を続けるなら孤立しないように気をつけることが大事だと思うよ。職場の中には同じような違和感を感じている人は必ずいるので、その違和感を共有したり話したりできる仲間を見つけることは決して無駄なことじゃない。残念ながら僕自身はそんな仲間を見つけることはできなかったが」

亮の立場は、英二の立場とは全く異なっていたのである。

「ありがとうございます。でも、それは無理だと思います。それができていたらこんなに苦しむこともなかったでしょうから。残された方法は、たった一人でものらりくらりと細く永く続けることだけです」

「同じ会社の中が無理だったら、その外側に出てみることも可能なはずよ。人生は今歩いていると思われる道の上にあるのではなくて、その道の外側にあるのよ、きっと」

藍乃は、そう言って優しく微笑んだ。

「そうかもしれません。時間ができたら、また昔の友だちにも会ってみます。すっかり疎遠になっている人もいますが、今からでも遅くないと思っています。自分が無くしたものを彼らはまだ持っているのかもしれませんし」

「彼らはもっと激しくなくしているかもしれないわよ」

「いいんです。それならばなくしたもの同士として、むしろ気が合うかもしれませんから」

ユズルは藍乃に微笑み返した。五十代の男二人は取り残されたように互いに顔を見合わせたが、慌ててその視線を逸らせた。何のためにここに呼ばれたのかは、その二人には納得しかねるものはあったが、藍乃のやり方にはいつしか慣れていて驚くこともなくなっていた。おそらく、このおよそ不釣り合いなグループの成立こそが藍乃の意図するところであったのだろうということは、彼らも薄々感づいていたのである。まるでパッチワークのようだ、と亮は思った。同じ利害や目標があるわけでもなく、傍から見ているとただ偶然と気まぐれによって繋がったり離れたりする、完成することのない継《つ》ぎ接《は》ぎ細工。

「で、これからどうする?」

取りあえず一つ目の課題がこれで解決したとでもいうように英二が言った。

「キャンプ場へ行くのよ」

藍乃が当初からの予定であったかのように答えた。亮は始めから知っていたが、他の二人もまた驚くことはなかった。

湖畔の砂地に開かれたキャンプ場はたくさんの家族連れやグループで賑わっていた。亮の車の中からテントやバーベキューの道具などを運び出して、松林の下にちょっとした日陰の空間ができた。キャンプ経験のある亮が火を熾《おこ》しながらいろいろと指図していたが、グループはまるで子供会のキャンプにでも参加しているように楽しげに、それでいて船頭の多い船のように思い思いにその指示に対してあれこれと注釈をつけていた。白い煙が立ち昇り、しばらくして焼かれる肉の香ばしい匂いがあたりに拡がってくると、四人は折り畳み式の小さなテーブルを囲んだ。松林の間を通って湖のほうからさわやかな風が吹いてきた。夏は遊泳場にもなるキャンプ場の足下の雑草の間からはさらさらとした淡い色の砂地がのぞいている。野外バーベキューの匂いやさわやかな初秋の空気に囲まれて話すのには開放感があったのであろう、話題には極論と寛容とが入り交じっていても不自然なことではなかった。正方形の屋根型テントの支柱の間をゆっくりとした涼しい風が通り過ぎていった。テントや折り畳み式のテーブルは、もともとは自らの鬱病の治療を兼ねて亮が購入したものである。無気力と暗闇の鬱状態から逃れるために、彼はこれまでにもいろいろな方策を試みてきたのであった。ある時期には都会を脱した自然の中で過ごして野外活動と深呼吸とを心がけたことがあった。その試みは一時的な効果をもたらすこともあったが、やがて心細い秋の訪れと共にあっけなく頓挫し、その名残の道具類だけはまだ捨てられないでいたのである。思わぬところで出番を迎えたまだ新しい机や椅子は、その白い姿をどこか満足げに砂地の上に展げていた。


「で、二つ目の課題はなんですか?」

黒田英二が冷たいお茶を一口飲んでから、満を持していたように藍乃に尋ねた。

「それはね、私たちが互いに友だちになることよ。それぞれの道の外側にいる友だちに、ね!」

藍乃は、そんなことも知らなかったのとでもいうように笑いながら言った。

「友だちなんて言葉を藍乃さんから聞くとはねえ。『オトモダチ』とか、皮肉交じりに使われることはあっても、現在社会ではとっくに役割を終えたように思っていたよ」

「他に適当な言葉がなかったの。利害関係とは離れた、いつも一緒にいるわけでもないのに互いの心が満たされるような関係、かしら」

「少なくとも僕は氷所君といて心が満たされることはないがね」

「同じ言葉をそのままお前に返してやるよ」

旧友の間に一瞬緊張関係が走ったように見えたが、互いの間にはいつしか喧嘩の後のような笑顔が戻っていた。

「なら、お互いの違いを認め合えるような関係、かしら。とにかく人間関係が拡がったことだけは確かでしょう」

　英二は少なくとも藍乃との友だち関係が認められたことに気をよくしていた。そして、彼はそのまま上機嫌に語り始めた。野外キャンプの開放的な雰囲気に少しは気持ちが解き放たれたのか、他の三人もその悪乗りに仕方なくつき合っていた。

「皆それぞれとっておきの話をいたしますので、心して聞いてください、女王様！」

「女王様はやめてよ！　それなら魔女とでも呼んでくれたほうがずっといいわ！」

　藍乃が少し怒ったように言い放ったが、その目は笑っていた。そして彼女は英二の機先を制するようにそのまま続けて言った。

「私は医者だから、休みの日でもどこかに治療の方法がないか、無意識のうちに探しているようなところがあるのかもしれないわ。今日は診察室のように一対一ではないから、それぞれが何らかの役割を演じることで互いの処方箋が見つかるかもしれないわよ、もちろん私も含めてだけれども。どうかしら、それぞれいまいちばん気になることを話してみない？　そこで私からあるゲームを提案したいの。ここにちょうど四人いるからそれぞれがここにある、地、水、火、風のどれか一つになったつもりで話してみるというのはどうかしら。もちろん重なってもいいわよ」

　彼女の思いつきのような「実験」に慣れていた亮は、その後の展開にある程度の予測はついたが、同時にその実験の範囲が自分以外の人間にも拡がっていくことに、彼は一抹の不安のようなものを感じていた、その不安もまた彼の鬱症状の一つなのかもしれなかったが。いい具合に焼き目をつけた牛肉に絡んだ煙がその場の料理長である亮の目にしみた。彼はいつになくホスト役に徹しようと思ったのか、参加者それぞれの紙皿にせっせと焼き肉や野菜を載せて手渡していた。炭火が風に煽られて、網の上のヒレ肉の一つにオレンジ色の炎が上がった。

「確かエムペドクレスでしたね。では、魔女の呪いにかかったつもりで僕から一つ目の役を演じたいと思います」

英二が先刻からの勢いで素直に語り始めた。

「僕はこの湖畔を渡る風になってみせましょう。ちょっと待ってください」

そう言ってから彼はしばらく目を閉じていたが、やがて顔を空に向けながら上機嫌で語り始めた。

「毎日の忙しい生活から解き放たれて僕はいま自由に空を駆け巡っている。実に気持ちがいい、湖に波を立て、木々を揺らし、砂を巻き上げる。いつでもどこにでも飛んでいくことができるぞ。北風は旅人の外套を脱がせることはできなかったが、僕は身も心も軽くする南風にもなることができる。いや、方向など決まっていない、気圧の状態で僕はどちらにでも向かうことができるし、建物の間に通り道を見つけては街角をすり抜け、歩道橋の上で語らう若いカップルの頬を撫でることもできる。僕は空気のあるところならどこにでもいけるし、いつだって流れている、こんなものでいいのかな?」

野外にいるせいか彼は開放的な気分になっていた。

「いい感じよ」

藍乃のその言葉に気をよくしたのであろう、彼はさらに続けた。

「どこからともなくやってきて、どこへともなく去っていく。気まぐれな風は誰に操られることもなく、恵みをもたらすこともあれば、突然凶暴な嵐となって大きな樹木や建物をなぎ倒すこともある。この制御できない自由さが何よりの風の特性だとは思わないか?　僕は昔から風のように自由に生きたいと思っていた」

「いいわよ、その調子で後の方も続いてください」

少し躊躇っていたユズルが満更でもなさそうに話し始めた。

「では、これから私は水になります。黒田さんには申し訳ないが、おそらく風よりも自由です。湖になったり、水蒸気になって風に吹かれたり、流氷になって太平洋まで拡がっていきます。風が下りていくことのできない地面の中や生き物の体中にまで入り込むことができる。そのかわりいろいろなものが水の中で混じり合って、汚れたり、濁ったり、悪臭を発したりすることもあるけれど、いつかはまた蒸発してきれいになり、芸術的な雲の形を作ってやがて雨となってまた地上に恵みをもたらす。鳥は風を切って飛んでいくけれども、魚は水の中で水と共に生きていく。その意味で、水の循環は風の循環よりもよっぽど充実していると言えるのではないでしょうか。実際は細かい粒子の集まりだということですが……」

「そういうことなら、風は気圧の作用と言ってもいいかな。つまり、風は現象だが、水は物質の一つだということになる。しかし、それでも同じことだ。現象として比較しなけりゃならない。嵐なども風と水の織りなす現象には違いないし、火事は火と風の協働作用だ」

風になったつもりの英二がさっそく話の途中で横槍を入れてきた。

「どうも私たちは混じり合うと災難しかもたらさないようです。地と水なら土砂崩れだし、火と地なら噴火か地震か。私たちはそれぞれ独立しているほうが自然は比較的安定しているのかもしれませんね。しかたがないようなところはありますが、もちろん災害は少ないほうがいいですし、特に火の扱いには注意しなけりゃならない。火はもともと石や木の摩擦から起こる火花が原因ですから、できるだけ摩擦は避けたほうがいいということになるのでしょうか？」

横槍を入れられたことには嫌な顔一つせず、水になったユズルがそう言って、新たな問題を提起した。

「人間の側から見ると大きな災害でも、自然の側から見ればそれは調整作用、あるいは自浄作用かもしれないよ。たとえば、川は氾濫によって肥沃な土地をもたらし、溶岩は新しい土地や生命を育む。せっかく風や水になっているのだから、今はできるだけ自分の意識から離れて、自然の側から見るべきではないだろうか、言うならば、自然の意識のようなものから」

鬱から逃れるために、日頃から複数の視点を持つことを心がけている亮がそう言った。またそれは藍乃が提案したゲームの意図であるとほぼ確信していた。

「僕は風だとして、風の意識はどんなものかな？　一つじゃないかもしれないし、むしろ無数にあるのかもしれない。ひょっとしたら血液の循環や消化作用と同じように不随意的な意識かもしれないな。逆に風から見れば人間の意識も不随意的なものに見えているのかもしれない。つまり、人間は自分で判断して行動していると思っているけれど、大きな括りで言えば、実際には風と同じように気圧の高低か何か、例えば空腹かそうでないかで動いているだけのことかもしれないということだ。同じ動くものであれば、意識の種類に大した違いはないということかもしれない。僕はいつから唯物論者になったのだ。まあそんなことはさておいて、風はやはり山や谷を自由に吹いて回ることができる、人が街のあちこちを動き回ることができるように。水が自由に動き回れるのは、氾濫したときかあるいは人に水路を作ってもらったときだけだ。地はもちろん動けやしないし、彼が少しでも動いたら地震になってしまう。自由に動けるという点ではやはり私が一番だろうし、草花の香りや花粉、爽快感まで運ぶこともできる。私に似合わないだって？　ははは、私は本来そういう性格なんだよ。では、水の反論を聞こうじゃないか」

「困りましたね。水は地表に追いやられて、ひたすら低いところを目指して何の意志もなく流れていくというわけですね。それでもいいでしょう、でもその代わりに、その気まぐれを起こさない単純さが貴重なのではないでしょうか。水はあらゆる生命の源で、すべての植物を育て動物たちの喉を潤すのも、みな気まぐれを起こさない水の実直さのおかげです。いや、水の意識が意識されないところにこそ意味があるのかもしれない。自分のおかげとも思わなければ、自負も衒いもない。それは昔から季節や水と共に生きた弥生時代以来の定住農民たちの意識に近いものかもしれません。それに対して、これは余計なことかもしれませんが、風の意識は中央アジアの遊牧民のそれに近いのかもしれませんね」

「おもしろくなってきたわね。亮は何になってみる?」

藍乃はその場で「亮」と呼んで憚らなかった。他の二人にも促されて、亮はしばらく思案してから渋々語り始めた。

「気は進まないが、僕は地にでもなってみようかな。地は自分からは決して動こうとはしないから、さしずめ僕と同じ鬱病患者のような意識を持っているのかもしれないな、人間があれほど恐れている地震といっても単に地殻のひずみを直す程度だからね。地は大地であり、あらゆる物質の源であり、雨水を浄化し、生物の死骸を腐らせ分解する微生物の棲み家でもある。また地球上のほとんどの鉱物が生成される場所でもある。大地は水と共に風景の美しさも創造する。目に見えない風にはそんな力はないだろうが」

「そんなことはない。風になびく木々のざわめきや髪の毛のそよぎなど重い地面には想像すらできないだけだ。砂漠や湖の表面に描かれる繊細な紋様だって自由な風の仕業だ」

風の肩を持って、英二が待っていたように反論した。

「これは失敬、風もまた美の創造者の一人だったね。ただ僕は無邪気に自由を感じている風がうらやましいよ。自由なんてものはもともとどこにも存在しないのではないか、なんて思うんだ。それなのに、どこかに自由があるような気がするから僕たちは苦しまなければならない。僕たち誰もがどこかに縛られて生きているだけだから、もともと自己主張なんて意味がなかった。地上には最初から自由などという贅沢なものはない。いや、それどころか最初も終わりもなかった」

　地になった亮がそこまで言った時、ユズルがそれを受け取るように言った。

「自由というなら水のほうがむしろずっと自由ではないでしょうか。水の分子はどんな壁の中にも入り込み、場合によっては気体にも固体にもなることができます。氷になって空中に様々な影像を刻まれることもできれば、水蒸気になって鋼鉄の重い機関車さえ動かすことができます。それから氷河になって巨大な岩の塊さえ削り取ることができます。生命の源とも言えるし、あらゆる可能性の源と言ってもいいかもしれません」

「分子というなら大地には大部分の元素が存在していて、時間を超えてじっくり生成変化しているよ。それよりもこうして比べることにもともと意味などないのではないか。四つに分けて考えられるということ自体がそもそもこのゲームの意味だろう。混沌とした世界を分けて考えられることが科学や認識の始まりというものだ」

　もともと誰かと競い合うことの嫌いな亮が、ゲームの進行そのものを見直すかのように言ったので、藍乃は少し慌てたように口を挟んだ。

「ちょっと待ってよ、やっと私の出番が回ってきたのだから、ゲームは最後まで続けさせて。今亮の言った生成変化を司るのが私、つまり火の役割ということになるわ。どこにでも存在することができて、地の奥で燃え上がり、化学変化を起こし、消滅したかと思えばまた全く別のところで突然すっと現れる、自由自在の存在もしくは現象というところね。何千度というマグマの熱が、岩石を美しい原石に焼き上げ、浄化された地下水を熱い間歇泉として吹き上げたりする。時々は地上に顔を出して樹木を焼き尽くし、緑の森をごつごつした岩の大地に変え、地上に壮大なパノラマ風景を出現させるわ。ある意味、四つの要素の中いちばん厄介かもしれないわね。でも、それが私らしい気もするの。風や水のように力で物を動かせることはできないけれど、化学反応によって物を内部から変えてしまうことができるわ。見た目は同じものでも材質や成分が違えばやっぱり同じ動きはしないし、自分から動くかもしれないの。この宇宙に燃えないものなんてどこにもないわ。水だって火がなければ蒸発することはできないのではなくって？」

「火は風によって燃え広がる、ではなかったかな？」

英二がやや得意気に言った。

「火が風を起こすこともあるわ」

藍乃がすぐに反応した。

「残念ながら、火はどこにでも発生するわけではないよ。真空中など酸素のないところでは燃焼しないことは知っているだろう？」

「いいえ、火が単純な地上の火だけで語ることはできないことは、核融合などを例に挙げるまでもなくって？　地上では防火設備が整っているのに、過失や放火のせいでいつまでたっても火事はなくならないし、自然発火で森が焼け拡がったりするわ。でもその火のおかげで人類は文明を持つことができたのよ」

「ヘラクレイトスの説だったね」

「ちがうだろ！」

「どっちでもいいけれど、火は変化のもとになっているのは確かでしょ……」

議論が新しい局面を開けなくなったのか、彼らの間にしばらく沈黙が続いた。

「そろそろ終わりにしませんか。そもそも俺たちをこんな四つの要素に分ける意味なんてあったのかな？」

亮がまた早く決着をつけたいというように言った。

「分けたのは僕たちではないよ。エムペドクレス？　いや、もっと以前だ。いや、こうなればそもそも前だとか後だとかなどと決めたのはいったい誰だ？」

何かに気づいたように英二がそう反論した。

「誰と呼ばれるものなどもともと存在しない、ただの繰り返しだ、そもそも『以』がないのだから。そして『以』がないのだから、もちろん以前も以後もないことになる。これこそただの物自体だ。知覚する者もいなければ、数も法則もない。天も地も分けられることのない、混沌としか名づけられないものたちだ。電波望遠鏡なら少しは視野を拡げてくれるかもしれないが、やっぱり人の知覚の範囲を超えることはないだろう。そのこちら側に人間社会という抜き取られたものがあるだけで、そこになら『以』があってもおかしくはないが、『こちら側』も『そこ』も結局のところ作られたものにすぎないのだから」

その年齢まで心の内側を観察することに慣れすぎて、そのために永らく外に向かって働きかける力を失っていたかと思われる亮はこう言って、さらに続けた。

「鬱に陥ってからというもの、僕はずっとどうしようもない自分から離れたいと思っていた。言い換えれば、自分をもう他人と同じように扱ってみたかった。そうすれば自分という限界を突き破って風のようにもっと自由になれるような気がしたんだ。実際、意識を自分の外側に出してみようとしたり、怒りという感情そのものになってみたり、あるいは冷徹なふりをしたり、いろいろ苦心して何度かそれを試みた。しかし、それはただ自分を物に見立てているだけで、それによって一時的に見かけの上では確かに強くなれるかもしれないが、長続きはしなかったし、もちろんそれらは人としての強さではなかった。人は鉄のように強くなったりはしない、人は人であることで鉄よりも強くなったり、また真綿よりも弱くなったりする、当たり前かもしれないが、やっとそのことに気づくようになった。だから、それと同じように、風になったり水になったりしたとしても、所詮は自分自身から逃れられないし、人間社会から出ることはできないんだよ」

　亮が心の中の秘密と思われることまで吐き出したのは、彼の意に反してはいるが、先刻からの四元素の対話のおかげだったのかもしれない。

「もちろんそれはわかっているわ。でも、その人間社会の取り出し方というのを少しでも変えることができたら、その鬱もまた形を変えるかもしれないわ」

「取り出し方？」

「そうよ、人間世界の取り出し方。それを考えるために地水火風になってもらったのよ」

「そんなに簡単じゃない」

「もちろん簡単じゃないわ。大切なのはたくさんの現象の中からどれかを取り出すというのではなくて、逆に何もないところから何を取り出さないかということなんだから」

　藍乃と亮にとっては普段の対話の続きだったが、英二やユズルにとっては全く奇異なものだったのであろう、二人は互いに顔を見合わせた。

　亮はしばらく間をおいてから自分に言い聞かせるように言った。

「それならば、なおのこと地水火風はおかしいのではないか。……むしろ『空』から出発するべきじゃないか？……例えば、こういうことだ。愚かな者たちよ、どれもこれも意思ある者のように自らを主張してはいるが、どれ一つとして自立しているわけではない。いやそれぞれが一つですらないかもしれないし、他の要素とまとめて一つなのかもしれない。そういえば、万物は数でできているといった哲学者もいたっけ。いずれにせよ他のものたちと関係し合わなければ存在し得ないものばかりだ。だから、あるものだけ取り出したとしても、それはもともと何かの一部だから、あるものの背後には常に取り出されなかった不可解なものがつきまとうことになる。そして、その何かとは『空』であるものだ。つまり決して取り出されることはないし、にもかかわらずあらゆるものの根底にあるものだ」

　突然緑色のテントの上あたりからそれまで聞いたことのない声が彼らに挑むように確かにそう言った。しかし、間もなく亮は力を使い果たしたようにその場にうずくまった。

「おい、大丈夫か？　何かが乗り移ったのか？」

　先刻からあっけにとられていた英二が心配そうに声をかけた。

「たぶん大丈夫よ。しばらくしたらまた元に戻ると思うから」

　藍乃は、患者を診る医者のように落ち着いて介抱しながら言葉を続けた。

「ときどき私たちの目に見えないものが見えたり、聞こえたりすることがあるようです。鬱病にはよくあることです」

「そんなに重症なのか？」

「発作のきっかけは他人にはなかなかわからないけれど、何かの匂いであったり、言葉であったり、景色であったりするらしいわ」

「何かできることはありますか？」

　亮の助言に共感を覚えていたユズルが心配そうに言った。

「しばらくそっとしておきましょう」

　その間にも、テーブルに俯《うつぶ》せになった亮の背中が震えている様子が見て取れた。藍乃もまた何時になく不安そうな表情を見せていた。気まぐれなゲームに駆り出したことに少なからず責任を感じていたのである。しばらくは沈黙が続き、周囲のざわめきと湖を渡ってくる風と波の音とが交錯した。

「もう大丈夫だから……」

俯せになったままの亮が小さな声で言ったが、しばらくはそのままの姿勢で呼吸を整えているようだった。

「ちょっとした幽体離脱みたいなものかもしれない」

今度はしっかりと発せられたが、その言葉には誰も反応しなかった。しかし、藍乃にとっては発作そのものよりもその言葉のほうが衝撃だった。亮の鬱がむしろより重くなったように思えたのである。もちろん彼女にとっては進行も退行もある種のまやかしだったが、亮の言葉に何か承服できないものを感じていた。亮がゆっくりと顔を上げて、ぼんやりした表情で辺りを見回した。

「何だか憑き物が取れたような気分だよ。もう誰も何も僕を物陰で待ち伏せしたり後ろから追いかけてきたりはしないだろう。おかげでそろそろ鬱ともおさらばできそうだ。ありがとう、ちょっとそこらを歩いてくるよ」

それだけ言って亮は立ち上がり、浜に向かってふらふらと歩き始めた。すぐに藍乃がその後を追って、彼に付き添うように歩いた。

「大丈夫だよ、僕は今まで君に負担をかけ過ぎていた。もうそろそろ解放してあげなくちゃね。君の助けを借りなくても、僕は僕でまだまだできることはたくさんある」

「助けられていたのは私のほうよ、私は私であなたの負担だったのかもしれないわ……」

藍乃は、それ以上は何も言わなかった。亮の気力が回復していくことは彼女の望みでもあったからである。湖面は九月の風に波立ちながら眩しく光り、対岸には緑の山々がくっきりと湖に映えて見えた。彼らの足下の砂地には小さな波が寄せていた。おそらくその風景はたくさんの旅人によって切り取られ持ち帰られてきたことであろう。そして、その風景は記憶の中で継ぎ合わされ、沈み込み、またときどきは蘇ってくることであろう。亮が藍乃と共に目にした風景のいくつかもやがてはそのように頭のどこかに位置を占めるに違いない、その風景があればきっと大丈夫だ、彼はそう自分に言い聞かせていた。

「いつまでも繋ぎ止めておくことができないとはずっと思っていながら、ずるずると関係を引き延ばしてきたのは、僕の身勝手だということはわかっていた。今は何もなかったようにそれとなく別れるのがいちばんいいと思う。これまで、ありがとう」

藍乃は黙っていたが、顔にかかった黒髪の間から小さく頷いたようだった。それはあまりにもあっけないものだった。もう一度やり直そうと言い出さないとも限らない亮の柔らかな決意は、その瞬間からもはや後戻りのできない固い下り坂になったように思われた。

「今日はちょうど車で来ているから、帰りに荷物を取りに部屋まで行くよ」

そういう言葉にも二重の意味があるのではなかったか、と思いながらもやはりその坂を滑り落ちていった。

「不適切な関係もそろそろ終わりにしなくちゃね。でも、治療は続けたいからまたときどきは会ってね」

「いや、しばらくは会わないことにしよう」

亮にその自信はなかったが、医師と患者というだけの関係にはおそらくなれそうになかったのである。ここ最近いずれは清算しなければならないと思っていたことを実行に移すきっかけを探していただけのことである、足下に小さく寄せてくる透明な波の動きを見つめながら彼は自分に言い聞かせていた。同時にその後押し寄せてくるであろう計り知れない喪失感も覚悟していた。

「しばらくしたらまた会えるのね、それなら構わない……」

亮もまた曖昧に頷いていた。白い砂地や微妙にくねった松の幹、遠くの山々の姿が陽炎のように揺らめいた。彼はその時既視感を伴った眩暈に襲われたのであった。これはいつか来た道ではないか、そして自分はまた同じ過ちを繰り返そうとしているのではないだろうか、と。別れとか決意とかは、自分が思い込んでいただけで、本来そんなに択一的なものではなかったのではないか。別れや決意の背後には海を横切る地続きの砂嘴《さし》のようなものがあって、言葉ほど簡単に断ち切れるものでなかったことは何度も経験済みのことだった。もともと取り返しのつかないものなどないのに、自分でそれを決め込んでしまっていただけではないのか。藍乃が拡げてくれた世界をそのまま閉じてしまうことは、いや、容易に閉じられるものではないが、彼の心を再び暗い一本の道へと収斂させてしまうことになりはしないだろうか。

「君がそれでもいいと言うなら、僕もそれを望んでいる」

「患者と医者は仲良くなりすぎないほうがいいのよ。べったりというより、むしろ適度な緊張関係にあるほうが治療にとっては効果的なの」

「付かず離れず、というところか……」

二人は少し寂しそうに微笑み合った。彼らはそれから黙り込んでしばらく浜辺に沿って歩いた、突然触れ合うことを禁じられた人たちのようにときどきは互いの表情を覗き込みながら。キャンプ場に残されて困惑していると思われる二人の男たちのことを彼らは全くと言っていいくらい考えていなかった。

「少し忠告してもいいかしら？」

「いくらでも」

「できることなら、仕事は辞めないほうがいいと思うの。生きてゆくにはお金も必要だし、何より社会との繋がりを持っていてほしいから」

「大丈夫だよ、仕事を辞めないくらいの強さは身につけたつもりだからね」

「それから、これは医師としてのお願いなんだけれど、逆に人間関係を拡げてほしいの。特に仄田さんと、……。彼の記憶がいよいよ回復してきそうなので、それを私と一緒に支えてほしいと思っているのよ」

「わかったよ。いまの僕はむしろ誰かに利用されたいと思っているくらいだからね」

「利用と思われてもしかたがないけれど、どうしても協力してほしいの。記憶が戻ると彼の心がどうなるのか、私にも予測がつかないわ。その時はきっと亮の力が必要になると思うの。記憶を失っている人は時間の観念も同時に失っていると思うから、私との共通の領域を持つことができたのだけれど、記憶が戻ってきたとき、その戻る過程で時間を連れてくるのか、それとも空間を連れてくるのか、あるいは全く別のものなのか、それは私にもわからない。どうして今になって記憶が戻ってきたのか、その理由もわからない」

「彼のことが心配？」

「少し責任も感じているの」

「わかった。応援するよ」

亮はなぜか清々しい気持ちになった。藍乃の役に立つことが嬉しかったのかもしれないし、若い二人のことを考えると何か吹っ切れたような気がしたのかもしれない。目の前の浜辺では若い家族連れが楽しそうに水遊びをしていた。男の子がビーチボールを沖に向かって投げたが、風で砂浜のほうに飛ばされてきて、父親が慌ててそれを拾いに走った。母親と小さな妹は何か叫びながら笑っていた。道路側の木陰には亮たちと同じようにテーブル上の焼き肉やビールを囲んで楽しそうに話している四、五人の集団がいた。

「この頃目の前で他の人が話している場面に出くわすと、聞こえなくてもその会話の内容がたいてい想像できるような気がするし、実際その予想が当たったことも少なくはない。以前ならば何人かがこちらを見て話しているだけで自分に対する脅威のように感じたものだが……。たくさんある可能性の中からある種の人たちのことを表情や服装から抜き取れば会話の内容は十分類推可能ということだ。以前から君が普通にやっていたことだから、これはもちろん君からの影響だろうと思う。つまり、人間の言語の幅というものは案外狭いものだということだ」

「たぶんそれはあなたがいろんな人たちに出会って、おそらく好むと好まざるとにかかわらずその人たちを観察してきたからだと思う。私はただ、そこに一つの見方を提示しただけで、経験の豊かさという意味では私は足下にも及ばない」

　藍乃は、亮の言葉から自らの役割が一つの山を越えたように感じていた。が、同時に始めから山などなかったのだと心に但し書きすることも忘れなかった。

「今考えると、仄田君の記憶が回復してくるのと私がそんな苦い記憶のトラウマから解き放たれていくのとが、時期を同じくしているのは偶然ではないような気がするよ。僕は初めて仄田君に出会ったときから何となくこんな日を迎えるような気がしていた」

「そうかもしれないわね」

　藍乃は気を悪くしたのか、それとも説明を諦めたのか、それ以上何も言わなかった。キャンプ場を一回りしてきてから彼らはもとのテントのある場所に戻ってきた。黒田たちは後片付けをするわけでもなく、彼らの帰りを待ちながら何やら議論していた。

「つまりね、会話というものは元来第三者を招き寄せるために有効な一つの方法だったということではないかね。ましてやここは誰もが出入りできる開放的な場所だ。例えば、キューバの街角はさながら社交場のように見ず知らずの人が会話に加わってくるらしいよ」

英二が感嘆したように言った。ユズルがその説に反対しなかったのは、地水火風による会話によって亮のそばに何か別の影がちらついたように思ったからだった。ひょっとしたら藍乃はある程度その影の効果を期待してこのキャンプ場に自分たちを誘ったのかもしれない。そして、その効果がユズル自身に起こる可能性も充分あったが、むしろ藍乃はそれを期待していたのかもしれないが、今回はたまたま亮の身に起こったのだ。それは藍乃にも予測できないことだったのかもしれないと、ユズルはそう思った。

「話していれば、そこに何か欠けているものが次第にはっきりとしてくる。つまり、欠けたところに『空』がすっと登場したというわけだ。大いに議論をするべきだ。議論すれば必ずそれまで見えなかったものが見えてくる。探偵の推理や警察の尋問もまたそのような性格を持っている。黙秘とはよく言ったものだ、黙っていれば秘密は隠されたままだが、それはもともと人の心の中に隠されていたのではなく、尋問という特殊な空間の中に突然輪郭のあるものとして現れるのさ。記憶なんて曖昧なもので、記憶のための間隙ができたときに初めてそれは入り込んでくる。その間隙というのは、何もない空間だけれども、きっかけは匂いであったり色であったり、また特定の音や言葉であったりする。誰かが口を開けば、それを受け取る人がいて、そこにできた空隙に別の誰かが自然に加わってくる。そういう意味では、キューバ人の生活は貧しいけれども、人間関係としては豊かなのかもしれないね。残念なことに、今や日本ではほんの目と鼻の先に並んで立っていても他人同士が互いに言葉を交わすことなどほとんど考えつきもしない。そうではないかね？」

ユズルは、しばらく考えてから言った。

「私の職場の上司や管理職は、社員同士が互いに何か理解できないことを話していたら急に不安になるようです。もちろん彼らにとってそんな無益な会話などしてくれないほうがいいのでしょうが、それはおそらく彼ら自身にはあなたの言われるような空隙を見つけられないからでしょう。私にしてもこれか

この気分なら何とかなるだろう。亮は半ばそう自分に言い聞かせながら、少ない荷物を手早くクローゼットの中に押し込んだ。

「航《わたる》の学費、振り込み連絡があったわよ」

「わかった。振り込んでおく」

明美は振込先の書かれた請求書を亮に見せた。

「大学の授業料くらい無償にしてほしいもんだね」

「そんなこと言っても仕方ないでしょう、あなたはいつだってそうなんだから」

「そうかねえ」

互いの共感を回復するためには夫婦の間にまだまだ距離はあったが、会話らしいものが成立したのは久しぶりのことであった。大学生の長男は地方都市に下宿していたので、夫婦がそれぞれ自分の朝食を作り、コーヒーの香りと共に腹ごしらえをし、慌ただしく身支度をしてそれぞれの車で時間差をつけて出勤していく。氷所家の朝は、ときどき亮がいないことはあるが、またいつものように始まった。内向的になってしまうのが嫌で、亮はずいぶん前に電車通勤を止めていたのである。車通勤は否応なしに外に向かって注意を向けなくてはならないので、また、移動と共に窓外の風景が移り変わっていくので、しばらくは心が内側に向かって沈み込んでいくことを辛うじて免れ得たのである。

同様に仕事が忙しいとき心の内側に入り込む余裕は余りなかった。重たい心を引きずるようにしてだが、それなりに責務を果たすことはできた、もちろん何の躊躇いもなく仕事に打ち込めているというわけではなかったが。鬱症状の亮はとにかく人と関わるのが苦痛だったので、それはなんとか他の人に代わってほしかったが、冷や汗をかきながらも、また後味の悪さを残しながらも、避けられない対面を続けなければならなかった。その場を逃げ出したい気持ちが表に出てはいないかと絶えず不安に駆られ、その不安から逃れるために机に俯せてうとうとすることがあり、かえって目立ってしまうことも少なくなかった。しかし、近頃はそんな不安に襲われることもめっきり少なくなったと彼自身は感じていた。それどころか、むしろ他人のことがよく理解できるようになってきたと言ってもよかった。どうやらこだわってきた何かを脱ぎ捨てることによってそれまで見えなかったものが見えてくることもあるらしいのだ。

「氷所さんについていきます」

そう公言する奇特な若い同僚も出てきた。

「僕なんかについてくるなんて、君はもう昇進を諦めたのか？」

亮は照れ笑いしながら言ったものである。

「知らなかったのですか？　今どきの若者は昇進よりも安定を望んでいるんですよ。ボロボロになるまで会社に尽くす気なんてさらさらありませんから」

「まあ今となっては、僕なんかひねくれたやりにくい社員で、経済成長などというのからいちばん遠いところにいるんだろうからね、せいぜい目をつけられないように頑張ってくれ」

「はい、大丈夫です」

短いあごひげの間から生白い肌色の見える若者は屈託なく答えた。亮は、会社における、いや社会における自分の立ち位置というものがぼんやりと見えてきたように感じていた。当初に思い描いていたものとはまた違う、それなりの意味を見出し始めたとでも言うべきだろうか。その意味を理屈では上手く言い表せなかったが、ちょっとした言葉や仕草、時々の判断の中にそれは人柄として滲み出ているのかもしれなかった。それは会社内での政治的な力というものとはまた別の力であった。むしろ誰もが陥る可能性のある困難の中にあってもじっくりと耐えて、仲間を信じながら乗り越えてきたことが、彼に静かな信頼感のようなものを付与していたであろう。ひょっとしたら藍乃が亮に惹かれたのもその信頼感だったのかもしれない。

思い上がりを打ち消すように亮は慌てて首を振った。その困難から這い上がるために彼が犠牲にしてきたものがいかに大きかったか、それは決して忘れてはいけないことだったのである。

「できることなら、若い人にはしなくてもいい苦労はしないでほしいと思うよ」

彼はよくそんなことを言った。彼には、自分の愚かな思い込みのために自分や自分の身近な人たちを苦しめてしまったという悔恨の念があった。具体的なことは人に話したくはなかったが、もっと賢い生き方があったはずだと心底から思っていたのである。にもかかわらず、愚かな思い込みそのものは少しも傷つくことなく彼の心にいつまでも居座っていたので、つまり、何事も自分自身の浅はかな思いつきから出発するという傾向に変わりはなかったので、おそらく彼の苦労にはまだまだ際限がないような気がした、というのもまた本当であった。

「何て言うか、僕には野心なんてありませんから、大丈夫です」

「それはいいことだ」

亮にそう言わせたのは、余裕でも社交辞令でもなかった。ただ、その言葉には十分重みがあり、彼を純粋に応援したくてそう言ったのである。その若者のことが亮には逆に羨ましかったのかもしれない。

ある日の夕方、藍乃から一緒に仄田純平に会ってほしいという連絡があった。彼女の口調にはいつになく差し迫ったものがあった。

「記憶が回復してきて、彼が混乱しているみたいなの。これから彼の家に向かうわ」

彼女から家の場所を聞いて、亮は車で仕事場を兼ねた純平の家に向かった。車で行ったのは、場合によっては病院に連れて行くことになるかもしれないという彼の判断からだった。

国道沿いの古い大きな一軒家の駐車場に車を入れ終わったときに、ちょうど藍乃が自転車で到着した。大小の段ボール箱が無造作に積まれている薄暗い玄関で二人を迎えた純平は、意外にも落ち着いていた。中古品販売の仕事場になっている居間に入ると、普段は食卓にも仕事机にもなる大きめのテーブルを挟んで、彼はゆっくりと話し始めた。自炊生活をしている純平の一人の夜は長いものであろうということは傍目にも推察できた。

「すみませんでした。今夜中に誰かに話しておかないと、不安でしかたがなかったのです。真っ先に頭に浮かんだのがお二人だったので、都合も考えずに電話してしまいました。どうか許してください」

「いいのよ。心の準備はできていたから、それに氷所さんにもこのことは予め話してあったから」

亮は落ち着いた雰囲気で優しく頷いた。いつの間にか自分が悩める若者たちのよき相談相手になっていたことに奇妙な感慨も抱いていたのである。

「何から話したらいいかわからないのですが、というのも断片的に甦ってきた記憶の順序が混乱して困っています。私はドイツで会社員として働いていたようです。それからロシアを通って陸路で日本まで帰ってきたらしいということもまた確実なようです。日本海沿いの町に辿り着いたことも、ドイツ語が話せることもそれで説明はつきます。でも、それはあくまで記憶の断片をそれらしく結びつけただけで、肝心の自分が誰なのか、またどうして記憶をなくしたのか、その直接的なことがやはりはっきりとはしません。ひょっとしたら私は何かの事故で、記憶ではなく自分をなくしたのかもしれません」

普段は楽天的な純平だったが、記憶喪失のことを話しているうちにいつになく表情が曇りがちになってきた。

「そんなに急いで結論づけないでください、ばらばらでもいいから一つずつ具体的に、思い出したことを話してくれませんか？　すぐには力になれないかもしれないけれど、話を聞くことくらいはできるわ。無理矢理話の繋がりは求めないほうがいいと思うの」

純平はその言葉に気を取り直したのか、少し落ち着いて話し始めた。

「継ぎ接ぎだらけの話になると思うのですが、聞いてもらえたら嬉しいです。回復するきっかけは、例のスパイ事件のあった金沢の町ではなく、偶然砂丘で目にした蜃気楼として現れた港町でした。かつての私は海側からそんな異国の港町を眺めていたようです。そして、そこから繋がったのはオートバイで広い広いシベリアを横断している場面です。気の遠くなるような長い長いでこぼこだらけの道路が続いていました。進んでいくうちに何度か道路を見失って、草原の中を進んでいることもあり、また湿地帯に入り込んだこともあります。その度に引き返したり迂回したりして実際前に進んでいるのかいないのか、道に迷ったことも一度や二度ではありません。取りあえず東と思われるほうに向かって走っていき、数日間人っ子一人出会わなかったこともあります。不思議なことですが、そんなはっきりした光景をなぜその時まで思い出さなかったのだろうというくらい、それはごく自然に心の中に浮かんできたのです。町の名前は思い出せませんが、もうずいぶんとシベリアの真ん中くらいに来たときのことでしょうか、湖の畔で釣りをしている一人の老人に出会いました。彼はイワン・ザカロフと名乗りましたが、どうみても東洋人でした。イワンは親切に付近の案内をしてくれ、日本人だとわかると彼は日本語で話し始め、少し休んでいけと自分の小さな家に招待してくれました。家にはよく肥えたロシア人の妻が自分を迎えてくれ、その夫婦の顔には幸せな皺が刻まれていました。家の周りにはよく手入れされた畑があり、そこには様々な野菜が作られていました。話してみると、驚くべきことにイワンは日本人だったのです。

シベリアに四年間抑留されていて、解放された後もロシアに留まり、地元の娘と結婚して三人の子供を育て、その子供たちも独立して今はその田舎で夫婦水入らずの静かな老後を送っているのでした。彼は、イワンという名前は『岩雄』から、ザカロフという姓は『木崎』から、それぞれ自分の名前から取ったと、錆びついた日本語で教えてくれました。そこでも他人の名前は思い出せたのに、自分の名前も名字も何だったのか私にはいっこうに思い出せません。そのことと関係あるのかどうかもわかりませんが、世代的にはどうしてもおかしいのです。彼はシベリア抑留経験者にしては若すぎて、もし十八歳で出征したとしても、現在九十歳になっているとはとても見えないのです。ここは時間の流れ方がゆっくりなのだよ、とイワンは言いましたが、あり得ないことで納得がいきませんでした。でも、それは前夜に見た夢を思い出すようなもので、ぼんやりとして曖昧なことだらけです。思い出そうとすれば、しばしば頭痛がしてくるのですが、それも思い出せない苦痛よりはましに思えるのです。なかなか霧が晴れるようにとはいきません。忘れようとする作用と思い出そうとする作用が頭のどこかでせめぎ合いしているのでしょう。『木崎岩雄』の人生はシベリアの収容所で終わり、ロシア人『イワン・ザカロフ』としての人生が始まった、と彼は言っていました。生きる希望のない苦しい収容所生活によって精神的な死が何度も訪れ、ついには人生も名前も捨てることにした。精神的な死とはそれまでの自分の生き方を否定することでした。否定しなければ到底生きていけないほどのことをしてしまったのだから、とイワンは言いましたが、当然ながら私には何のことかわかりませんでしたし、彼もまたそれ以上話すこともありませんでした。彼は意図的にそれまでの自分の痕跡を消してしまおうとしたのでしょう、あるいは本当に忘れてしまったのかもしれません。ひょっとしたら、その人に会ったことが私の記憶喪失のきっかけになったような気がします。よく考えてみれば、ドイツからシベリアを経て一人オートバイで日本まで帰ろうなどとすることは、どこか常軌を逸しているようなところがあります。そうなんです、実際オートバイなんです。途中で命を落としたとしても不思議はありません。きっとそれまでの自分から逃げ出したいという気持ちがあったのでしょう。後ろめたいことや自暴自棄なところが何もなければ、飛行機で悠々と帰国すればよかったのですから。そうではありませんか？　コロンブスが大西洋に船出した頃は、海は西の果てで巨大な滝のように真っ逆さまに落ちているかもしれなかったのですよ。私自身も東の果てに向かってそれと同じような気持ちだったのかもしれません。いや、そこにはコロンブスが抱いていたような新航路への希望などはなく、おそらくどうしようもない絶望的な気持ちしかなかったのでしょう。そして、気の遠くなるように広い大平原の只中でイワン・ザカロフに出会って、自分を捨てる方法を学んだ、そんなところではないでしょうか。それとも、……」

純平はその時はたとまた別の考えに行き当たったかのようだった。

「それとも、私自身が本当はもっと年を取っているのかもしれません。シベリアでのことは思っていたよりもずっと以前のことで、時間がゆっくり流れていたのはイワンだけではなく私自身のことでもあったのかもしれません」

不安そうに、そして自分に言い聞かせるようにそこまで話してから、純平は一息ついた。亮はしばらく何も言わずに、その話をどこまで信じていいのか、また純平自身がそれをどこまで信じているのか、思案している様子であった。間もなく藍乃がいつものように相手のそばに寄り添いながら問いかけた。

「それで、そのイワン・ザカロフさんとはどうなったの？」

「私は宿泊していたモーテルから彼の家に移って、村で農作業を手伝ったり周辺を案内してもらったりしながら何日か一緒に過ごしました。秋色をした草が辺り一面見渡す限り茂っていました。冬までには何としても日本に帰らなければならないと思っていましたが、あたりにはもうススキの穂の焼けたような匂いがしていました。ああ、また思い出してきました。イワンは自分の信奉してきた昭和の軍国主義を悪く言うことはありませんでしたが、その代わりに、自分がなぜ戦争に参加することになり、そこで罪のない外国人を自分の手で殺すようなことになったのか、その過程や理由を何度も命懸けで自分に問いかけているようでした。明治維新と共に芽生え、急速に近代化を達成して、西洋の文明と思想とを取り入れようとひたすら前向きに生きてきた人々の考え方そのものに、彼は疑問の目を向けていたようでした。そして、近代化とその近代化によって成長してきた個人主義の思想が、やがて進歩した者には遅れをとった者を導く責任があるとする植民地主義と矛盾しなかったことが、最大の過ちだったと言いました。地図上に直線を引くような、そしてそんな線を引くために人を蹴散らすことを肯定できるようなそんな野蛮な思想が正しいはずがない、とも彼は言っていました。その時彼の表情が恐ろしく暗く歪んだように見えました。そして、その過ちは自分の中でもまだ終わっていないし、むしろ更に深まったと感じていました。思想というものは現実世界という壁にぶつかっても、それを根刮《ねこそ》ぎ否定することは容易ではなかったと感じていました。根は大地と混じり合って容易には見えないものです。彼は戦後三十年以上経って初めて終戦を知り、説得されて帰国した元日本軍兵士のことも知っていました。彼らが戦後の日本社会に同化することができたのは不思議ではないと思っていました。しかし、自分もまた日本に帰ったならすぐに同化できるだろうが、同化するつもりはないし同化してはいけないと言いました。故郷や家族が懐かしくはないのかと私が尋ねたら、彼は懐かしいと答えましたが、少し考えてから、本当に懐かしいものはもうそこにはなくて、ここにあるとはっきりと地面を指差して言いました。私にはそれが何を意味するのか、また彼の絶望と希望がどこにあるのかわかりませんでしたが、深い皺の刻まれた温和な表情からはツンドラの大地に打ち込まれた一本の杭のような芯の強さを窺うことができました。おそらく日本に残っているのは彼が育った農村での本来の生活ではなく、あるのはただの生存競争だ、ロシアに留まったのは、もう一度そんなところに戻って一から戦いを始めるよりは、戦争で引き裂かれた者同士が傷を癒やしながら手を携えて生きていくことのほうがはるかに大切だと直観的に感じたからだとも、ところどころ忘れかけた日本語を絞り出すように話してくれました。彼の絶望の深さはそれだけでも十分わかるような気がしましたが、どこか拗ねたところがあるように見えたのは私の先入観のせいだったのかもしれません。しかし、彼の訥々とした語り口、それに日に焼けて深い皺の刻まれた彼の顔には強烈な印象が残っています。奪わず、争わず、逃げ出さず、彼はそこで何十年も生きてきたのでした。後悔したこともあったのかもしれませんが、その度に彼は迷いを打ち払ってきたのだと、その皺は語っているかのようでした。敗戦は多くの人に自分を見つめ直す機会を与えてきた、これは私自身がつかみ取った答えなのだとも、彼は言っていました。そんなイワンの言葉が記憶の底からいまやありありと甦ってきました。作り話なんかではありませんよ。私は彼の家族に宛てた手紙さえ預かりました。ただ、それがどこに消えてしまったのやら、いや、それどころか自分の手もとには一切何も残っていなかったのですから。にもかかわらず、ここからは遠いシベリアの記憶だけが今も鮮明に甦ってきます。ひょっとして自分の祖父の消息をどこかで聞いて、それを探しにそこまで行ったのかもしれないとさっき考えてもみましたが、彼に日本人の子供がいたというのも不自然です。あるいは親戚だとしたら、わざわざそこまで訪ねてくることなどあり得るでしょうか。やはり偶然出くわしたと考えるのが妥当です。それよりも、先日お貸しした論文がこの経験を思い出させたきっかけだったのかもしれません。確かあの論文にはロシア語の不定動詞の話が出てきましたよね。ひたすら未来を信じ、前を向いて大陸へと渡ってきた木崎岩雄は、つまり定動詞的な木崎岩雄は、悲惨な戦争と苛酷な捕虜生活の経験を経て、不定動詞的なイワン・ザカロフという人物に取って代わられた、いや、取って代わらせた、そういうことだったのではないでしょうか……」

しばらく間を置いてから年長者らしく氷所亮が言った。

「シベリア抑留者が解放後も日本には帰らずそのまま当時のソ連に帰化したという話は、何度か新聞で読んだことがある。彼らはたいてい多くを語りたがらないそうだが、その一人に君が出会っていたとはねえ」

「信じてくれますか？」

「何年前のことかは知らないが、可能性としては十分あり得ると思うよ」

氷所亮は、大きく頷いた。

「もちろん私も信じるよ。記憶喪失の原因になった中心の出来事は、それを無意識に避けようとすることから記憶障害が起こったと考えられるから、かえってなかなか思い出せないものなのよ。でも、その原因とはあまり関係のない出来事はひょんなことから思い出す場合が多いみたい。その木崎さんという人の存在はきっと仄田さん自身の心に引っかかる何かがあったに違いないわね」

藍乃は純平の気持ちを落ち着かせようとしたのか、テーブルの上にあった純平の手をそっと握った。

「すみません。記憶がないときはただ目の前の現実生活を受け入れたらいいだけでしたが、それに比べて過去に自分が何をしてきたのかと考え始めると、やっぱり一人でいるのは不安でしかたがありません。これからどうしたらいいのでしょうか。薄暗い記憶の中を手探りで歩いていけば何か気味の悪い物に触れてしまいそうだし、記憶という路地の陰から誰かが凶器を持って飛び出してきそうな気もします」

「大丈夫よ。当たり前のことだけれど、そんな暗がりも路地も記憶の中にはもう存在しないわ。そこにあるのはすでに経験されたことばかりだから、もう一度新たに経験する必要などないことばかりだから、経験し終わった状態であなた自身のものになっていることだから、そんな心配なんて要らないわ。あなたが『今』だと思っていることには、始めから何の意味もないのよ。あなたが生きていて意識があるということ自体が『今』なのよ。だから『今』を恐れることはないわ……。私は何を言っているのかしらね、とにかく心配要らないわよ」

　純平を安心させようという気持ちが空回りして、藍乃は何時になく混乱しているように見えた。ただ、彼女の手を通じて伝わってくるその優しい気持ちが純平には何よりもありがたかった。

「ありがとう。少し気持ちが楽になりました。確かにすべては経験済みのことなんですから、今更恐れるようなことは少しもないのかもしれませんね。万一本当に大それたことをしでかしていたとしても、この間の記憶喪失によって私は相当その償いをしていたのかもしれませんから。今までと同じように自然体で生きていきます。また何か思い出したら、その時はその時です。これに懲りずにまた話を聞いてください」

「もちろん喜んで話を聞かせてもらうよ、灰田さんにはこれまで僕の話もいろいろ聞いてもらったから。いつまでも過去の経験にこだわって僕みたいに鬱病になってしまってもつまらないだろう」

　亮が微笑みながら言った。

「人生を一本の道に喩える人がいるじゃないですか。私にはどうしてもそうは思えなくて、例えばモンゴルの広い草原のように思えるのよ。何かの弾みで記憶をなくした人がいて、……気に障ったらごめんなさいね」

「構いませんよ」

「人生が一本の道だとしたら、その人には途中でその道がぷっつりと切れてしまったように思われてしまうんじゃないかしら。でも、もし人生が草原のようなものだったとしたら、その人の失った記憶は、そうねえ、窪みであったり水溜まりであったりするのではないかしら。だとしたら決して途切れてしまうことはないの。現に灰田さんは今もドイツ語が話せるわけだし、性格や趣味、また人間関係なども途切れることなく拡がり続けているわ。名前や自分が誰であるかという部分がたまたま深い窪みになっていたとしても、季節が巡って水や土がそこに流れ込み、いずれまた青い草が芽を出して、やがて何事もなかったかのように風にそよぎ始めるわ。そう考えましょうよ」

「ありがとう。少し気が楽になりました。もう少し回復した思い出の続きを、いや、続いてはいないかもしれませんが、聞いてもらっていいですか」

「もちろん喜んで」

亮と藍乃が口をそろえるように明るく承諾した。夜の静寂がその部屋を浮き上がらせ、そして包み込んでいるようだった。純平はゆっくりと立ち上がって大きな机の周りを俯き加減に歩き始めた。後ろ手に歩きながら、彼はある一点に意識を集中しようとしているのかもしれなかった。

「今も鮮やかに瞼に焼きついているのは、どこまでも果てしなく続く緑の大地です。シベリアの片田舎には、中央での政変がゆっくりとしか伝わってこないように思えました。確かにこの百年くらいロシアは激動の時代だったようですが、何百年も繰り返し続いてきた生の営みはそこでは少しも揺るいでいないと思われました。変わったのは知識人たちやその時々の支配層の意識だけで、田舎の人たちの意識は進歩したわけでも退歩したわけでもなく、自然の恵みや天災と共生しながら、単調に繰り返される日常の暮らしを送っているような感じがしました。確かに新しい産業や機械の導入などの変化がないわけではないのですが、何だかはるか昔の日本の田舎のような感じがしました」

「僕が幼い頃過ごした田舎での生活は、確かにそんなふうな感じがしましたよ。でも日本が狭かったせいでしょうか、そんな牧歌的な生活は急激な都市化の波によってとっくの昔に解体してしまったようです。ひょっとしたら、木崎さんはすでにそうなることを何となく予感していたのかもしれませんね」

亮が優しくそう言った。

「でも、それはシベリアに留まる理由にはならなかったと思います。ひょっとしたらシベリアでなくてもよかったのかもしれません。ただただ留まりたかった、もう前には進みたくなかった、ということだったのではないでしょうか。もちろん木崎さんの心の中まではわかりませんが、彼の言葉や表情からは確かにそんな感じを受けました。生まれ落ちた赤ん坊が自分の運命を受け入れて生まれた場所に留まるように、彼の第二の生が始まった場所がたまたま荒涼としたシベリアだっただけのことでしょう。生まれる場所を選べないように、生まれ変わる場所もまた選べることはできません。私が記憶を失って気がついた場所がたまたまこの近くであって、ここでいろいろな人と出会うことができました。記憶の回復を特段願わなかったのも、それほど苦しまなかったのも、今気づいたのですが、木崎さんのことがきっと頭の片隅に残っていたからなのでしょう」

意識上にぼんやりと浮かび上がってきた思い出を二人に話すことで、また結果として自分にも話すことで、純平は縺《もつ》れていた糸が少しずつ解けていくような感覚を味わっていた。

「これも聞いてもらえますか？　この記憶に関わっているうちに、一つ気になり始めたことがありました。つまり、『今』についてです。木崎さんと私はおそらく五十年以上年が離れているし、生きた時代も環境も違いますが、また実際彼はもう亡くなっているのかもしれないのですが、やはり私たちは同じ『今』を生きているのではないかということなんです。言い換えれば、『今』というのは相対的な心の中の現象であって、現実の絶対的な出来事ではないということです。だからこそ、どの時代のどの人物にも『今』は存在することができる。いまここにある『今』と木崎さんの『今』は全くの等価値であって、どんな差もない。だから、『今』は常に一つであるというわけではなかった。もともと現実の世界には、つまりこの地上には、さらに宇宙には、『今』というような儚《はかな》いものは存在しなかった。したがって『過去』も『未来』もまた存在などしなかった、ということではないか？　そんなことが気になってきたのです。藍乃さんの好きなテーマかもしれませんね、そんな心の中の『今』さえもあなたは否定しようとしているように見えますが……」

　話を聞くことに意味を感じてもらおうと思ったわけではないが、純平の関心は記憶から時間感覚へと拡がっていった。

「もちろん否定はしないけれど、『今』についての考え方は正しいと思うわ。私の研究はその『今』も含めた心的現象全般ですから。言っていなかったけれど、私、いずれは内科から精神科に移る予定をしているの。だから、申し訳ないけれども、私は仄田さんの記憶喪失にも少なからず関心があってよ」

「知っています、だからこそ安心して話ができるのですから。先ほどの続きですが、『今』が一つの心理現象だとしたら、記憶喪失に際して、それまで私の心の中に存在した『今』が失われたということも考えられるのではないでしょうか。喪失後の私には自分もなければ『今』もないということになりはしませんか。つまり、考えたくはなかったのですが、『今』と同時に私の過去も未来も失われたということなのでしょうか、言語や性格は残ったのに……」

「たぶんそうだと思います。『今』がなくなれば、それに伴って事実の前後関係もその脈絡もなくなりますから、自分の継続性もまた失われたのかもしれません。ひょっとしたらそれが記憶喪失の本質なのかもしれないわ。『今』感覚を失ってもまだ『ここ』感覚は残っていたので自分でいられるのでしょう、ただあなたの『ここ』は気を失っている間にロシアから一足飛びにこの町にやってきたので、混乱してその経路を辿ることも思い浮かべることもできなかった、ということではないでしょうか」

　藍乃にとっては何でもない考え方だったが、聞いている亮にとっては全くもって荒唐無稽な話だったので、自分も何だか立ち上がって部屋の中を歩いてみたい気持ちだった。

「ちょっと待ってくださいよ」

　そう言って亮はその場で立ち上がり、純平と同じようにテーブルのそばを行ったり来たりしたかと思うと、すぐにまた席について口を開いた。

「この場合僕の理解なんてどうでもいいことですが、少し整理させてください。いいですか、仄田さんは木崎さんのことを話していた。木崎さんは、自分のそれまでの経歴を否定することで、流されてきたシベリアの地に自分の生きる場所を見出した。そのことも間違いはないですね。そして、仄田さん自身も、それまで心の中にあった『今』とそれに連なる過去と未来とを断ち切ることで自分の記憶を見失い、流れ着いたこの町で新しい自分を見出した、と考えたらいいのですか？」

「自分を見失ったのではなく、自分を貫いていた時間という心的な現象を失ったのではないかということです。その大きな要因の一つが木崎さんとの出会いではなかったのかと思うんです」

「そんなことが可能なんですか？」

「わかりません。ただ、あり得るのかもしれないと言えるだけです。木崎さんはそれを為し得ているように私は思いました」

　薄暗い部屋の中にしばらくの沈黙が訪れた。やがて藍乃が静かに言った。

「私に言えるのは、『今』という意識を持っていない人は少なからずいるということかしら。昔を懐かしんだり、未来を思い煩ったりしない人はその傾向が強いと思うの。例えば生まれたばかりの赤ん坊をあやしている母親などは、過去を振り返ったり未来を思い描いたりするより前に、ただ目の前の赤ん坊を育てるために必死だと思うのよ。また、一攫千金を夢見ている男を諌めるのはいつも女の役割ではなくって？現実から目を逸らしたい人ほど未来や過去を持ち出すものでしょう」

「閉塞感から目を逸らしたいがために昔にこだわるのも、君に言わせれば、また時間病だったね」

　やや自嘲気味に亮が言って、さらに続けた。

「かつてナポレオンがこんなことを言ったという話だ、愚人は過去を、賢人は現在を、狂人は未来を語る、とね。さしずめ僕は愚人ということになるが、未来を語る人もまたある種の病気なのかもしれないよ」

純平は「今ここ」である自分から「今」を失って、単なる「ここ」としての自分に生まれ変わったとは考えられないだろうか、ふとそんなことが思い浮かんだ藍乃はいつものように自分に語りかけるように言った。

「むしろ『今』は自意識の一つの形じゃないのかしら、もう一つの形式が『ここ』であって、『ここ』は自分の身体と結びついているから意味があるし、また確実だけれど、『今』は何とも結びついていないし、ただ他人もまた『今』を意識しているらしいという類推によってだけ存在している、それを宇宙全体にまで拡げようとする傲慢さが『時間』の本質であるような気がするの。宇宙に『今』なんていうものはもともと存在しないし、宇宙全体から見れば、銀河系の片隅にあるほんの小さな太陽系の小さな惑星のそのまたちっぽけな存在であるところの個人の心の中に生じたその『今』という感覚に果たして、何て言うか、普遍的な意味があるのかしら。仄田さんは、何かの偶然で純粋な自意識を持つことになった稀有な存在なのかもしれないわ……」

純平はその言葉にも表情一つ変えることなく、書類や段ボール箱などが積まれて狭くなった部屋の中を相変わらず歩き回っていた。玄関に近い入り口のそばには作業机があって、その上に普段見ることのない機械部品や道具類が細かく区切られた木製の箱の中に収まっていた。机の主である技師がいなければ何の意味もないがらくたである。技師はどこからともなく製品の情報を手に入れてきて、その書類が一見乱雑に段ボール箱の中に入っていた。天井からぶら下がった旧式の蛍光灯の光はそんな家具や道具の一つひとつの形をぼんやりと浮かび上がらせていた。純平の住み込みしている家は、もともと大きな木造二階建ての民家で、二階には畳の部屋が全部で五つあったが、それらはすべて中古品の置き場になっていたので、分解された家電製品が無造作に置かれていたりして、もはや生活のための場所ではなくなっていた。純平が二階に足を踏み入れるのは、その品物を探したり整理したりするためだけであったが、その時の彼は何を思ったか、二人には何も告げずにふらっと居室を出て玄関口の階段を昇っていった。階段を上がると、中央に長い廊下が通じていてまるで下宿屋のようにその両側に五つの扉が並んでいた。一番奥の南側の部屋は比較的荷物が少なく窓まで歩いて行ける空間が残っていた。窓を開けてベランダに出ると、得体の知れない都会のざわめきと共に、夜の街の景色が目の前に飛び込んできた。遠くにはさまざまな形をした高層ビルが無造作に建ち並び、調子外れな窓の明かりは海の底に屯《たむろ》する生き物たちの発する光のようであり、黒い五線譜の上で躍る音符のようでもあり、また山上で夜ごと催されるという魔女たちの掲げる松明の灯りのようでもあった。それまでも時々そのベランダに出て外の空気を吸いに来ることはあったが、彼は別段その景色が好きだったわけではない。むしろその雑然とした都会の風景は気に入らなかった。しかし、なぜかその時はじっくりと眺めていたい気持ちになった。ここは記憶にあるロシアの平原とは大違いだ。わずかな平地の上に建物は空に向かって伸びたがっている。古い建物はその間を這うように低い瓦屋根を連ねている、いや、もはや連ねてはいなかった、あちこちに突き出したコンクリートの壁に寸断されていたのである。いつの間にかKの街が自分の居場所になっていても、そこに違和感のようなものは感じなくなっていた。当たり前のことだが、記憶はなくなっても自分の場所は常に自分と共に移動していたことに間違いはないのである。木崎さんが捕虜として連れてこられた場所を彼自身の故郷としたように、また赤ん坊が生まれてきた場所を自分の故郷と知ったように、自身もまたふらふらと流れ着いたこのごみごみした都会の片隅をそろそろ故郷と認めていいのではないか。誰かが言ったかもしれないが、故郷を失ったのではなく、逆に故郷が拡がったと考えるべきなのかもしれない。この地球上で自分の故郷が染みのように拡がって、誰かの故郷とどこかで交わっている、いや、やはり染みのように滲み合い、浸透し合っているのだろうと思う。自動車の洪水に呑み込まれて辛うじてわずか一路線だけ残っている緑の路面電車が数人の客を乗せて下の道路をガタゴト走って行った。それはまるで狭い路地ばかり選んで走っているように見え、また無数の失われた世界を結びつける亡霊のようにも見えた。重たい車体がレールの上を転がっていくガーッという音が都会の煙った空に響き渡り、やがて他の騒音と混じり合ってふっと消えていった。何とは名づけられないが、純平の心にわずかな変化が兆しているようだった。かすかに数個の星らしいものが見える灰色の空には、赤い灯火を点滅させた飛行機が夜空にぴんと張った針金にでも吊されたかのように音もなく西のほうへ滑っていった。街の東西に山並みが見え、ベランダのある南側には平野が開けていたので、その場所から空の方角を知ることは容易であったが、方角などはどうでもよかった。ただしばらくその街の空気を吸っていたかった。目を閉じてもどこにもいかない、そこにある音と匂いと肌に触れる生温かい空気とを感じていたかった。そして、空想しがちな自分の心をしばらくはそれらの感覚に委ねたいと思った。自分のいるべき場所がどこか別のところにあるのではないかという空想に苛まれることがないようにしたかったのである。

純平はふと何か思いついたように廊下まで取って返し、階下にいた藍乃たちに向かって二階まで上がってくるように呼びかけた。そして、二人にもその夜景を見せるためにベランダまで案内した。

「きれいじゃありませんか?」

「ええ、きれいね」

「僕はあまり好きじゃないが……」

「悪くはないでしょう。どなたかこの部屋に住んでくれませんか?」

唐突な誘いに藍乃と亮は顔を見合わせた。

「どういう意味ですか？」

「大した意味はありません。一人でいることが急に寂しくなってきたのです。ですから、家族のように誰かこの家で私と住みませんか。この家の管理は私に一任されているので、誰が住んでも問題はありません。ここは私にとって仮の住まいだと思っていたのですが、よく考えてみると、結局私の住むところはここしかないのですね。そう考えたら居ても立ってもいられなくなりました。この部屋なら少し片付ければすぐにでも住むことができますし、きちんと整理すればもう二、三人くらいは住むことができます」

自宅に戻る決心をしたばかりの亮には今となっては無理な相談だった。この歳になって単身生活にもどれば彼自身が本当に独りぼっちになってしまうし、ましてや藍乃が現在の快適なマンション生活を捨てるとは考えにくかった。そんな亮の気持ちを見越していたのだろうか、藍乃が大胆なことをさらりと言ってのけた。

「すぐでなければ、いいですよ。その代わり、ここを私の仕事場にしていいですか？　前からカウンセリング室を開きたかったの。もちろん家賃も払いますよ」

「ほんとうですか？」

「言ってなかったけれど、実を言うとここ何日か不動産屋回りをして適当な貸家を物色していたの」

「それは今の病院を辞めるということ？　ひょっとして黒田から逃れるために？」

「組織は人が利用するものであって、人を使うものではない、よ」

そう言いながら彼女は謎のような笑みを浮かべた。精神科に移りたいと言っていた彼女の希望は本当だったのである。その計画は純平には願ってもないことだった。また、亮にとっても何かと口実をつけて藍乃に会うためには都合のよい話だった。

しばらくは机や椅子をどこに置くとかいった診療所開設の具体的な準備についてあれこれ話した後、ようやく気持ちの落ち着いた純平に別れを告げ、二人はそれぞれの住み処へと戻っていった。

第八章　記憶潰しの旅

記憶は探せない、なぜならそれは記憶以上のものではなかったから。時間を遡ったりすることではなく、それが刻まれた土地を行き来することこそ記憶探しなのだ。

ある朝いつものように宍人が事務所に出勤してきたとき、園部《そのべ》からだといってその事務所の管理人である仄田純平のところに郵便物を持ってきた。中国にいる社長の園部が純平に何か連絡するときには必ず宍人を通じてだったことが、彼は以前から腑に落ちなかった。荷物を届けるなら直接純平のところに送っても支障はなかったはずである。信用されていないのか、それとも自分の居場所を知られたくないのか、純平には釈然としないものがあったが、単にそれまでの習慣を続けているだけなのだろうとすぐに思い直した。折り畳まれた中字新聞の間に短い手紙とパスポートが入っていた。手紙には次のようなことがしたためられていた。

「先日は義娘スジンが日本で大変お世話になり、感謝しています。貴君が彼女たちの用心棒として一緒にロシアへ行くためにはどうしてもパスポートが必要でしょうから、かねてから君が中国の国籍を取得できるように私との養子縁組を申請していましたが、このほどやっと審査が終わり、君は晴れて中国人『仄田純平』としてパスポートもビザも取得することができました。ビザの期間は一週間、記憶探しの手伝いができたらといってスジンも大変乗り気になっています。彼女から間もなく詳しいメールが来ると思うので、その時はまたよろしく頼みます。園部」

いつの間に撮られたのか、緑色のパスポートには仄田の写真もしっかり印刷されていた。本人が承諾していないにもかかわらず、そして人物が実在するかどうか確かめもせずに果たして戸籍を作ることができるものなのか、そうやって取得されたパスポートもビザも偽造ではないのか。純平はただただ呆れるほかなかった。彼の知らないところで他にもいろいろなことが進行していることはたぶん間違いないと思われ、スパイ疑惑のある園部の専行に抗議しようとも思ったが、記憶をなくしたどうしようもない自分に住むところと仕事を提供してくれ、偽装かもしれないとはいえ、養子にまでしてくれた彼に悪意があるとはやはり思えなかったので、しばらくは様子を見るほかなかった。中国の養子制度がどうなっているかは知らないけれど、日本でのスジンの案内役を自分に依頼してきたのは、もしかして「見合い」のようなものだったのではないかとまで考えたが、心で赤面しながら彼は慌ててそれを打ち消した。何よりもスジンの存在が園部への疑念を搔き消して余りあったのである。

ロシアへの旅は気の進まないものだったが、スジンや悠里にもう一度会えるのはやはり楽しみだった。向こうで落ち合うことになっているクリスチーナも若い女性だったので、正直なところ、できれば男の同伴者が一人くらいいてほしかったが、記憶を失っている彼にそんな友人がいるわけもなかった。宍人や氷所には仕事があるし、当然のことながら黒田は藍乃抜きでは純平と関わりたくもないだろう。その時ふと新聞記者の田原祐介のことが頭に浮かんだ。金沢での記憶探しにつき合ってくれた田原なら、ひょっとして今回のロシア旅行にも興味を持ってくれるかもしれなかった。早速彼の名刺を探し出して電話をしてみたところ、相手は大いに興味を示してくれたが、残念ながらスケジュールが立て込んでいて無理だということだった。その代わり、知り合いがモスクワの特派員をしているのでその人ならロシア語も堪能だし協力してくれるに違いないと言ってくれた。それは悪くない提案だった。田原はすぐに連絡を取ると言ってくれた。

「私たちの落ち合う場所はモスクワではなくて西シベリアのＯです。そこなら日本からもドイツからもほぼ等距離で、しかもあなたの思い出の地もすぐ近くだと思います。クリスチーナも一度行ってみたい町だと言っていました。旅の目的は私たちドイツ留学生の再会とあなたの記憶探しです、たとえそれが実際には記憶潰しのようになったとしても、です。あなたが記憶を失ったと思っている限りは、あなたはどこか仮の姿であるような気がして、そのために他人を受け入れられないようなところがあると思います。記憶が埋まっている場所に行って、諦めるにしろ、取り戻すにしろ、あなたは本当のあなたになってほしいと思います。目的は目的として、場所はどこであれ、やっぱり純平と再会できるのはとても楽しみです。待ち合わせ場所と予約したホテルの情報は下記の通りです。では、その時まで。リン・スジン」

スジンからそんなメールが届いた。彼女は純平が園部の養子、つまり義理の兄妹になったことを知っているのであろうか。久しぶりの彼女の言葉を受け取ったが、どこか彼の予想したものとは異なっていた。書き言葉と話し言葉の違いかもしれなかったが、理屈っぽく事務的な感じがしたのである。ともあれ次にスジンたちと会うのはＯのホテルということになるが、田原の言うモスクワの特派員は本当にそこまで来てくれるのだろうか。しばらくして田原から連絡があり、彼は日露関係の話題なら何でも興味があるからシベリアでも飛んでいくということだった。特派員の名は神吉《かみよし》と言い、大方のことは言っておいたから、記事にするかしないかなど、細かいことは直接電子メールでやり取りしてくれと言い添えて、相手のアドレスを教えてくれた。

パスポートの有効性に半信半疑のまま、純平は出発の日を迎えた。出国手続きをすれば暫定的な「仄田純平」という人物の存在はそれで確定し、記憶と共に失われたもとの自分に戻ることはもうあり得ないという気もしたが、一方でこの世に取り戻せないものなど一つもないという楽天的な気持ちもどこかにあった。

「土産は高級キャビアを頼む」

軽ワゴンの後部から荷物を下ろしながら、宍人が言った。

「一週間ほど留守にしますが、よろしくお願いします。いつも勝手なことばかりですみません」

「後のことは心配するな。スジンさんによろしく言っておいてくれ」

空港まで車で送ってくれた宍人に礼を言ってから、純平は搭乗手続きをした。待っている間も胸がどきどきしたが、手続きは嘘のようにうまくいった。搭乗口にはO市まで同行する野条悠里が待っていて、純平を見つけると明るく話しかけてきた。

「お久しぶりです。お元気そうですね」

「もう、いろいろ驚くことばかりで、元気にしているしかありませんよ」

二人は顔を見合わせて笑った。純平の事情をどのくらい知っているのかわからなかったが、悠里が敢えてそれを詮索しようとはしなかったことは、純平にはありがたかった。

「お父さんはお変わりありませんか？」

「こちらも驚くことばかりですが、元気にしています。仄田さんたちが家に来られた頃から、気難しかった父は以前に比べて明るく積極的になったような気がします。この間も旧い友人と一緒に山に登って、数カ所の擦り傷と共に若い山友だちができたと言って楽しく話してくれました。自分のことをまだまだ捨てたものではないと思い始めたのかもしれませんね。それからドイツ語の学習も再開したようで、もう一度ドイツを訪れたいと言い始めました。最近は私自身も父のことを新しくできた年配の友だちのような気がしています。仄田さんとスジンに感謝です」

「それはよかったです。またお父さんとドイツ語でお話ししたいです」

「そこは日本語でいいでしょ」

二人はまた笑った。

「Oはあなたも初めてですか？」

「初めてです。スジンもクリスチーナも初めてのようです」

「今回はどうしてOなのですか？」

純平は少し探りを入れるつもりだった。

「私はロシアの地方都市ならどこでもよかったのだけれど、スジンがシベリアに行きたいと言ったのよ」

「それはきっと私のせいですね」

純平はぽつりとそう言って、少し黙った。

「ロシアらしいものはやっぱり地方に行かなくては見られないもののようですよ」

「シベリアはロシアらしいでしょうか……。実は、私の記憶がシベリアにあるらしいことをスジンは知っているのです」

「それならよかったです、旅はいつだって人とその文化との出会いですから」

その言葉は純平の気持ちを少し軽くしてくれた。

「あなたの論文にはロシア語への言及がありましたね」

「ええ、仮説の域を出ませんけどね。日本ではあまりよく知られていないロシア語とロシア人の人生観に興味はあります」

「ロシア語はできますか？」

「初級くらいですね」

空港からバスで到着したＯの町には、冷たく乾いた空気とヨーロッパともアジアとも違う独特の風景が広がって、紅葉した樹木と緑の針葉樹とが道路とさまざまな様式の建物との境を厚く縁取っていた。いつか見た光景のようではあったが、純平にはやはり確とした記憶はなかった。停留所からホテルまでの殺風景な歩道の脇には小さな露店が一列に並んでいた。中央アジアにも近いせいか、町の人たちの民族的な特徴も肌の色も多種多様であって、日本人が歩いていてもそれほど違和感はない。考えてみれば、もともとこのあたりはさまざまな民族が自然に混じり合って生活していて、東西交易路にも近く、遊牧民や商人たちが行き交い、共通の言語があったり通訳のような人がいたりしたのであろう。国民経済や民族自決といった近代の概念からは永い間遠ざかっていた地方も、自分たちが知らないだけで、世界にはたくさんあるということだ。民族が違ったら互いに別の国を作り、その境界線を押し出すために争わなければならないというような考え方は、人類史全体からみればむしろ特異なものなのかもしれない。

「コンビニもスタバもないわね」

悠里が肯定も否定もすることなくそう言った。

「これが自然なのかもしれませんね」

記憶のない人は思い込みも偏見もまた持っていないので、ただそこで見たままを感じることができるのかもしれない、悠里はそんなことを考えていた。どこがどこより進んでいるとか遅れているとか、彼らにはどちらでもいいことだったのだろう、と。

ホテルはソ連時代の古い建物だったが、内部は最近になって改装されたようだった。フロントは外国人観光客に慣れていない事務的な応対だった。ロビーにはスジンとクリスチーナ、そして一人の若いロシア人男性が待っていて、互いに久しぶりの再会を喜んだ。純平はその時初めて知ったのだが、クリスチーナの隣にいたのは、すでに結婚してモスクワで新婚生活を送っていた彼女の夫だった。今回彼女は夫のドミートリィと一緒の旅だったのである。

「ドイツではユリヤと一緒に行くといっておいて結局一人で行かせてしまったことがあったでしょう。今回はその罪滅ぼしをさせてもらうわ」

ドミートリィを紹介した後、すぐにクリスチーナが言った。

「『青い奇跡』ね。私も気になっていたの」

スジンがすぐに言った。

「気にしなくてもいいわよ、一人で行ったからこそ体験できたこともあったから。話したと思うけれど、そこには芝居小屋の人たちが逗留していて、私は幼い頃そこへ何度も遊びに行っていたことを思い出したの。その出会いがあってから、私は初めて本当の自分を取り戻すことができたような気がするのよ」

「ことはそう単純じゃないわね。でも、そういうことならもし予定どおり私たちと一緒に行っていたらどうなっていたのかしら、気になるところね。でも、やっぱりユリヤは同じことだったような気もするけれど、私たち自身も何かを発見したかもしれないわ」

クリスチーナが懐かしそうに言った。因みに「ユリヤ」は彼女たちの間で使われている悠里の呼び方であった。それから三人は共に留学していたD市での思い出や帰国してからの近況などを話し始めた。純平はすぐにでもスジンと話したかったが、共通の話題を持たないドミートリィと顔を見合わせて互いに探るように話し始めた。

「ドイツ語は話せますか？」

「はい、少し話せます」

がっしりした体格のドミートリィは顔を赤らめて答えた。二人は互いにほっとしたものを感じた。

「クリスチーナとはどこで知り合ったのですか？」

「モスクワの大学で知り合いました。彼女がD市にいるとき、僕はウィーンで哲学を学んでいました。僕はまだ学生ですが、彼女はいま外務省で働いています」

「私はいまスジンのお父さんの会社で働いています。私も一時ドイツで働いていたことがあって、ロシアにも来たこともあるようなのですが、あまりよく覚えていません」

自分のことを具体的に話せるようになったことが、純平には意外だった。

「記憶なんてもともと曖昧なものですよ。僕にも幼年時代の記憶がたくさんあるはずですが、思い出すのはそのうちほんのわずかです。大部分の記憶はどこかに埋まっていて、いつでも取り出せるように思っているのですが、実際はめったに顔を出すことがないまま消えていくのでしょう。その逆に、記憶でも何でもないものがいつの間にか頭の片隅に忍び込んで、いや、発生している場合もありますから、それほどこだわることではありません。さっきのユリヤの話もそうやって発生した作り話かも、いいえ、作られた話かもしれないと僕は思っているのですよ」

「そうかもしれません。でも、全くの作り話なんて果たしてこの世に存在するのでしょうか？　作ったということもそれはまた事実には違いないのですから。私は、作ったことにはそれなりの理由あるいは体験があって、消えたことにもまた理由があると思っています。残念ながら、何を体験して何を作ったのか、それはわかりません。いまは手元に残ったものが大切です」

「わかりました」

ドミートリィはそう言って人懐っこい笑顔を見せた。ホテルの部屋割りも純平とドミートリィが同室の予定だったが、二人は初対面だったので取りあえず女性の三人部屋に集まることになった。その部屋は思ったより豪華で、広いリビングには応接セットとキッチンが備え付けられており、そのリビングを囲むように三つの個室と浴室に通じるドアがあった。その部屋を見渡しながら、クリスチーナが純平に向かって言った。

「あなたとドミートリィは初対面だし、私が夫の部屋に移ることにしてもいいかしら。この部屋なら男女三人でもいいでしょう」

もちろん純平に異存はなかった、久しぶりに会ったスジンと一緒に過ごすことができるのだったから。夕食は外でする予定だったが、初日はその部屋にみんなで集まってパーティーをしようということになり、五人で夕暮れの街を散策しながら夕食の食材を買いに行くことになった。

冷たい風が彼らの頬を撫でて、秋色の樹木は赤や黄色の葉っぱを広い歩道に散らし始めていた。○の街は行き交う車と市電、夕方の買い物客らで賑わっていた。純平にとっては、遠くユーラシア大陸の真ん中の異国に来たという感覚よりも、どこか懐かしい場所に戻ってきたような感じだった。オレンジ色の街灯がぼんやりと点り始めていた。純平は久しぶりにスジンの隣に並んで話しかけた。

「あれから変わりなかった？」

「ええ、相変わらず毎日絵を描いてるよ。また純平に会えることをとても楽しみにしていた」

スジンは以前と変わらず素直で、いつものように真顔で答えた。表情が固いのでドイツ人なら彼女に話しかけにくいかもしれないが、純平にはその表情がとても好ましかった。

「活動の場はずっとドイツ？」

「ええ、取りあえずはベルリンで仕事を見つけようと思っている。でも、突然気が変わって上海に帰ることになるかもしれないけど」

「自由で羨ましい」

「純平も自由な仕事だって言ってなかった？」

そんなことも確かに言ったかもしれない。彼女は純平の言葉をよく覚えていた。手紙にあった事務的な感じは全くの杞憂だった。並んで歩いているだけですでに充分幸せであったことを、彼は再確認していた。

「ここは昔流刑地だったと聞いているよ」

「そうなの」

「ソ連時代には収容所もあったようだ。僕に関わりのある日本人がかつてそこに収容されていたかもしれない。明後日からはモスクワ駐在員と一緒にその人を探しに行くことにしている」

純平は、次の日にモスクワからやってくる神吉のことを話した。

「記憶が戻るといいね」

「前にも話したように記憶はもうどちらでもいい。それよりも何がその日本人をこの地に留まらせたのか、ということのほうに興味がある」

「わかった、もちろんそれはあなたの自由だから。私はこの街をスケッチしながら純平の帰りを待っている」

「ありがとう」

純平は彼女と一緒に金沢を訪れ、川の畔で似顔絵を描いてもらったことを思い出し、胸にこみ上げてくるものがあった。はるか遠くから自分を操っているかもしれない園部に対する疑念を払拭することはできなかったが、こうしてそばにいるスジンに対して疑いを抱くことは微塵もなかった。理由を挙げればいくつかあるだろうが、何よりも初めて会ったときから彼女自身が一点の曇りもなく純平のことを信頼してくれていたからであった。

スーパーマーケットが交差点の角に派手な灯りを点《とも》していた。五人の若者たちは吸い寄せられるようにその店のガラス戸を押し開けた。派手な色のラベルが貼られた品物がところ狭しと並んで、この国が永年拒み続けてきた資本主義がその店にはすでに定着しているように思われた。ロシアの家庭料理に慣れ親しんでいるクリスチーナが先頭になって、ペリメニとボルシチのための食材をかごに入れ始め、ジンと純平は飲み物とつまみや菓子類を選び始めた。

「お店に品物は増えたけれど、その代償として失ったもののほうがはるかに大きかったと私は思うわ」

クリスチーナが誰にともなくそう言った。

「君は昔を知らないだろう」

道々三人で議論してきた続きで、ドミートリィが言った。

「知らなくてもそれくらいわかるわよ。これは哲学上の問題でもあるわ」

「家計の哲学？」

「もちろん。哲学はいちばん身近なものでなくっちゃ」

およそ新婚夫婦の会話らしくはなかったが、そこには普段からそんな調子であろうと思わせるものがあった。

「私ね、やっぱり時代はもとに戻すことができると思っているの」

悠里が遠慮せずにその話題にも加わってきた。

「D市みたいに？……でもあれは破綻したのではなかったかしら」

「そう、彼らは時間に沿って戻ろうとしたからね」

「じゃあ、どうやって戻ったらいいの？」

「捜すのよ、時間に縛られない人を捜して、その人たちと連帯するの。『青い奇跡』の橋のほとりで会った人はそんな人だったわ。彼は一瞬で二十年前に戻ることができたし、すぐにまた現在に帰ってくることもできた。そして、その振幅は拡がり続けていた」

「それは例の芸術家のことを言っているの？　それとも、あの芝居小屋のジプシーたちのこと？」

「その両方かもしれないし、ひょっとした町全体かもしれない。でも、そこでしかないというものでもないから、この町で突然出くわすかもしれない」

「少なくともD市にはそんな人たちがたくさんいたというわけね。相変わらずユリヤはおもしろいわね。再会できてよかった」

クリスチーナはいかにも楽しそうに笑ったが、ドミートリィは野菜や肉の入った買い物籠を持ったままいかにも哲学者らしく難しい顔で考え込んでいた。

「つまり、それは……、時間の共存という問題でしょうか？　過去も現在も未来も全部ここに、つまり一人の人間の中で常に意識されているというようなことでしょうか？」

「ユリヤの言っているのは、たぶん一人の人間の中じゃないわ」

クリスチーナがすぐに代わって答え、そして付け加えた。

「彼女はね、過去から未来へと続く通俗的な時間の流れそのものに懐疑的なのよ。D市での社会的な実験が彼女をそうさせたのだと思う」

「その話なら知っているよ。ウィーンにいた頃風の便りに聞こえてきたし、興味は持っていた。D市はもともと保守的な町だし、比較的他の町から独立していて、時間を戻すための好都合な条件が揃っていたようだね。それにドイツ再統一で、三十年近く別々の発展をしていた文化が急速に融合した町でもあるからね。そこに時間的なずれが生じたことがこの社会実験のきっかけだったと思うよ。これは別の話だけど、僕は常々、ドイツ語圏がスラブ語圏と接しているところではいつも何かが起こる、と思っている。プラハやウィーンもまた例外じゃない」

「ウィーンでも何か特別なことが起こったの？　そんなこと今まで言ったことなかったじゃない」

クリスチーナがやや不満そうに尋ねた。ドミートリィは立ち止まって、しばらく話すべきかどうか迷っていたが、ちょうどそこへ飲み物と菓子類を籠一杯にして純平とスジンが楽しげに合流してきたので、

「今夜はいろいろ話そう」と彼は言って、五人揃ってレジのほうに向かった。

外はいつの間にかすっかり暗くなって、オレンジ色の街灯の明かりが樹木の色を鮮やかに浮かび上がらせていた。また、街自体の光の総量が少ないからであろう、広い夜空には満天の星たちがきらびやかな模様をくっきりと描いていた。


「それで、ウィーンでは何があったの？」

クリスチーナはスーパーマーケットでの約束を忘れていなかった。それまで夕食の準備をしながら賑やかに雑談をしていた五人が料理をテーブルに並べ終わってやっとソファーで一息ついた瞬間のことだった。ホテルの三人用特別室は急に一点に集中したように静かになった。ドミートリィは口を滑らせたことを半ば後悔しながら、観念したかのように渋々話し始めた。

「正確にはウィーンの近郊、スロバキア国境付近の町の話だけれど、時間の凍りついたような町があった。オーストリアの町であるにもかかわらず住民の大多数はスロバキア語を話し、ドイツ語しか話せない人は昔から余所者のようなところがあった。陸続きのヨーロッパではそんな町は珍しくないのだが、言葉の壁と強い自治権のせいで、大戦後もペレストロイカ以後もなかなか外部企業の投資が進まなかっ

た。交通の要衝でもあり発展が見込まれていたが、独立志向の強い町は頑なに伝統的な文化と産業を守ろうとしたんだ。町の人々にとってもともと国境よりも町を囲む城壁のほうに意味があったのだけれど、皮肉なことにEUの拡大のおかげで国境というものの意味が希薄になってくると、その傾向はますます加速されたんだね。ドイツやオーストリアの企業が辛うじて町の中に支店や出張所を開設しても、役所をたらい回しにされるだけでなかなか仕事をさせてもらえなくて結局撤退せざるを得なくなった例がたくさんあるらしい。

僕自身そんな町に興味があって日帰りだがその町を訪れたことがあった。駅の看板もスロバキア語で、ドイツ語は併記されてもいなかった。僕はその時なぜか共通の言語を奪われて建設を阻まれたバベルの塔のことを思い出したよ。自分の言葉で理解しようとすればするほど互いの心が離れていく状況とでも言ったらいいのだろうか。そこにはやっぱり頑迷な人たちがいて、ウィーンからやってきた外国人である僕もそこでは警戒され、余所者扱いされるのではないかと内心身構えていたが、町を散策しながら道を尋ねたり、お店に入って民芸品を手にとってみたりしていても、意外にも町の人たちは僕に対して親切に接してくれ、ウィーンの町で出会う人たちとそんなに違ってはいなかった。自分は同じスラブ系の人間だからおそらく共感されやすいのかもしれないなどと思ったが、そういうわけでもなさそうだった。やはり言葉の壁がそうさせるのかもしれないと思ったりしていた。何の変哲もない古い町並みにも慣れ、やがて歩き疲れて大衆食堂のようなお店に入った。疎らに客がいることはいたが、流行っているという感じではなかった。

『このお店のおすすめ料理は何ですか?』

僕は若いウエイトレスにドイツ語で尋ねた。

『魚料理です』

『何の魚ですか?』

『鱒です』

顔に似合わず彼女の応対は突っ慳貪だったが、僕はなんとなくおすすめだというその魚料理が食べたくなった。

『それにしてください』

『わかりました』

しばらくドイツ語新聞を読みながら待っていたが、いくら待っても料理はいっこうに出てこなかった。やがて厨房のほうから何か言い争っている声が聞こえてきた。どうやらドイツ語ではなさそうだったので、内容までわからなかったが、口調はだんだん激しくなってきた。声が止んだと思うと、さっきのウエイトレスが紅潮した顔で再び席までやってきて、困ったような顔をして、鱒はできないから他の物を注文してくれと言うのだった。

『そんなこと最初からわからなかったのか。もうずいぶん待っている』

『わかっていたらその時言っていました。今やっとわかったのです』

そんなことを言うから、すぐに席を立って僕は出ていこうと思ったが、彼女の真剣な表情を見ていると何だか気の毒になってきて、どうにか自分の感情を抑えた。

『それなら何ができるのですか?』

彼女はメニューを覗き込んでしばらく考えていたが、急に方向を変えて厨房のほうにとって返した。僕はもう怒るのも食べるのも諦めたくなったが、今さら他の店を見つけるのももっと面倒な気がして、心はただもうぼんやりと佇んでいた。すると、やはり厨房で話し声が聞こえてきたかと思うと、ほどなく彼女は慌ててこちらのテーブルまで戻ってきた。そして、今度はうれしそうにこう言うのだった。

『豚の揚げ物ならできます』

『じゃあそれでいいです』

僕はあまり考えもせずにそう返答した。客も少ないし、早く食事を済ませて店を出るのが得策と思ったが、退屈そうな僕を見て、ウエイトレスが話しかけたいような素振りをしていた。ぼんやりと視線を合わせると、彼女は足早に近づいてきた。

『あなたロシア人?』

『そうだけど』

『どこに住んでいるの?』

『ウィーンに留学で来ている』

『ふうん、私もウィーンには列車で何度も行ったわ。でも、ドイツ語は冠詞が面倒くさいから嫌いよ』

暇潰しに、なぜかドイツ語の練習を兼ねて相手をからかってみようという気になった。

『この町はどうして「時間の凍りついた町」と呼ぶんだろうか?』

『誰がそんな呼び方をしたの?』

『それは知らないけれど、君は聞いたことないの?』

『知らないわ』

彼女は明らかにそれを話題にしたくない様子だった。そして奇妙なことを言い始めた。

『私は生まれてからこの町を出たことがないの。ドイツ語を話さない頑固な両親がどうしても手放したがらないからよ。私が高校を出てからずっとこの店で働かせているの。誰か親切な人が私をどこかへ連れていってくれないかといつも思っている。さっきも私があなたに対してそんな気持ちを持たないかと心配になって、急に父が私を罵り始めたのよ。いつもそう』

『君はさっきウィーンには何度も行ったと言った』

『高校がウィーンにあったのよ。ドイツ語はそこで習ったわ。でも、ここで働くだけなら何のために勉強したのかわからないわ』

『それはこういうことだよ。このお店にはドイツ語を話すお客さんがたくさん来るようになったので、家族経営のお店にはドイツ語を話せる人がどうしても必要だった。ご両親は君にその役目を託したんだと思うよ。でも、だからといって君が外の世界に憧れて出て行ってしまったら困るので、必死で引き止めているんだろう』

『両親ともその気になればドイツ語は話せるわ。表向き話せないふりをしているだけよ。これは親のエゴだとは思わない？』

『僕もいずれはロシアに戻って働き口を見つけるよ。それを親のエゴだとは思わない』

厨房のほうから注がれている視線が気になって、いつの間にか僕は娘を納得させようとしていたのかもしれない。あるいはその田舎娘に興味が湧いていたのかもしれない。彼女は急に厨房に取って返し、注文の豚料理を持ってやってきた。

『お待たせしました』

目の前に大きなフライが出されてきて、その隣には野菜やピロシキのようなものまで付いている。心配したが、食べてみると意外にも美味しかった。食事が終わって、食器を下げに来たとき、また娘が奇妙なことを言った。

『この町には動かない時計台があるの。それが噂になって時間が凍っているとか言われるようになったのかもしれないわ。一度見に行きますか？　案内します』

さっきは知らないと言ったではないか。それでも異文化との接触とはもともとこんなふうなのだと思い直して、何が飛び出してくるかわからない彼女の言葉の真意を探るように言った。

『お父さんが許さないだろう』

『さっき許可してくれたわ、すぐそこだし、今日は客が少ないからって』

娘は半ば強引に僕を連れ出して、旧市街の中心部にいる石畳の敷き詰められた広場まで歩いていった。広場には農作物の市が立って人々が行き交い、観光目的と思われる旅行者も少なくなかった。ヨーロッパではよく目にする光景である。しかし、彼女の案内してくれた時計塔を見上げてから僕は気がついた。大きくて立派なきらきらした金色の文字盤はあるが、そこには時計の針が一本もないのである。

『これは？』

娘は少しにんまりとして、今まで何度も人に話したであろう、動かない時計の由来を得意げに話し始めた。

『昔まだ国境線がはっきりとは引かれていなかった頃、オーストリア軍がこの町に攻め込んできたことがあったの。そのとき市民の一人がどさくさ紛れに時計塔の大きな針を取り外してどこかに隠してしまったらしいのよ。広場を占領したオーストリア軍は、始めは何とも思わなかったけれども、次第に針のない時計の不気味な姿と正確な時間がわからなくなったこととで、少なからず混乱を来たして動揺し始めた。ここで耳をすますと、微かに機械時計の動いている音がするでしょう。音だけして文字盤だけの時計はどこか不気味な感じがしませんか？　夜空にぼんやりと浮かび上がった、のっぺらぼうのような針のない文字盤、時は進まないのにそれを刻む輪唱するようにずれた音だけが広場のしじまのどこからともなく兵士の心に聞こえてくる。言葉が通じないので町の人から正確な情報を得ることもできない。占領したはずの町のあちこちから何かが迫ってくる得体の知れない恐怖。一人ひとりの兵士は恐怖を感じてはいても口には出せないので、互いの会話はちぐはぐになり、気持ちを共有することのできなくなった軍隊はいずれ統制がつかなくなって混乱するのではないかという不安に襲われ始めた。占領が何日か続いたある夜、もともと時計など必要のなかった町の人たちが闇に乗じて反撃を始め、あっという間に広場で四散したオーストリア軍をすっかり町から追い出してしまった。それからまもなく和睦が結ばれることになり、この町は以来二度と外から攻められることはなくなった、という伝説があるのよ』

　確かに微妙にずれたカチカチという機械音が響いていた。娘の笑顔が不気味に輝いた。

『それでその針はまだ見つかっていないの？』

『もちろん見つかったわ。でも、町を救った針のない時計台とスロバキア語はそのまま永遠に残すことになったの』

『おかげで君はこの町から出られなくなったというわけだ』

『そうかしら？』

『少なくとも君のご両親が頑固なのはその伝説のせいだ』

『でも、姉のギーザは他の町で就職しているのよ』

『何か別の事情でもあるのだろう、何年かしたら必ず故郷に帰ってくるとか』

『帰ってくるもんですか！　私にはそんな条件さえ示されないのよ』

　娘は僕のほうをじろじろ見ていたが、もともと自分には関係のないことだったので、僕は目を合わせなかった。むしろ関わり合いになったことを後悔し始めていた。

『僕はこの後お城のほうへ行ってみるよ。ありがとう、……』

『案内するわ』

　彼女は返事を聞く間も置かずに、坂のほうに向かってうつむき加減に歩き始めた。僕はしかたなくその後に従った。坂を上っていくと中世以来の美しい町の姿を見下ろすことができ、遠くにはウィーンの町とゆったりとしたドナウの流れがぼんやりと霞んで見えた。何度か近道らしいものはあったが、彼女の案内にしたがって道は上ったり下ったりした。僕は彼女と並んで歩きながら話しかけた。

『ご両親は君のことが可愛くてしょうがないんだよ。いつか君の気持ちもわかってくれるさ』

しかし、彼女の口にしたのは返答ではなく、全く意外なことだった。

『お城なんてないわよ』

『え、取り壊されたの？　廃墟くらいは残っていないの？』

『最初からなかったのよ』

『だって、君は案内するって……』

『城を案内するとは言ってないわ』

『じゃあ、この道は？』

『ただの迷路よ、城だと思って攻め上ってきた兵隊たちを誘い込むための迷路。一度入り込んだらなかなか出られないわ。だから案内すると言ったのよ』

娘の寂しそうな笑顔がまた不気味に輝いた。……」


「あなたがこの話をしたがらなかった理由がよくわかったわ」

クリスチーナが皮肉っぽく笑いながら言った。ドミートリィは言い訳することもなく、真顔で続けた。

「あると信じ込んでいるから、もしあるはずのものが目の前になかったとしても、それをいつまでも追い求めることで不安から逃れようとするんだよ」

「そしてますます人は不安になるというわけね。この伝説はたぶん機械時計がようやく普及し始めた頃の話ね」

悠里が興味深そうに言った。そして、ゆっくりと言葉を句切りながら自分に言い聞かせるように、その伝説の真相を究明しようと試みた。

「時計を見ることに慣れ始めると、今という特別な瞬間を誰もが同時に感じていると信じてしまうのよ。ところが時計を見なくなれば、『自分の感じている今』と『他人の感じている今』とが同時刻だという確信が持てなくなる、だってすべてが無数に存在する『今』だからよ。『今』が個人的なものだということを知らずに、共通の『今』があるにちがいないと思いこんでいる兵隊たちの心は、ありもしない共通の『今』に乗り遅れまいとして焦り、闇の中から突然襲ってくる敵の影に怯える。文字盤だけあって針のない機械時計のカチカチという音が闇にこだまするのを聞きながら、自分の『今』しか見えない寄せ集めの兵隊たちの心はてんでばらばらになってしまい、一匹の蝙蝠の羽ばたきを聞いただけでも慌てふためいて逃げるしかなくなった、きっとそんなところでしょう」

「よくそこまで想像できますねえ」

ドミートリィは数百年前の戦を見てきたような悠里の見解に驚いた。

「ユリヤは辺りを彷徨っている亡霊だって見ることができるのよ。怖かったけれど、本当に楽しかったわ」

スジンがD市時代のことを懐かしみながら言った。

「あら、亡霊は三人ともその目で見たでしょう」と、悠里が言った。

「いや、私たちはユリヤの想像力に巻き込まれていたようなところがあるかもしれないわね。あの時も暗くて、一帯に霧のようなものが漂っていたもの」

クリスチーナが現実主義者らしくそう言った。

「でも、想像力で片付けてしまうには惜しいなかなか興味深い説ですね。現代人の孤独の問題を示唆しているようなところがあります。思い切って話してみてよかったです。でも、少し疑問があります。時計台の時計を毎日見ていたのは村の人たちでしょう。それなのに、村人たちはどうして不安に陥らなかったのでしょうか？」

哲学志望のドミートリィが自分の話したことについて尋ねるのは奇妙なことだったが、他人がその話にどう反応するのかにはとても興味があった。

「おそらく普段から時計を見ていなかったのでしょう。時計がなくても日々の仕事や出会いに何の支障もなかったのだと思います。例えば、地面に落ちた日陰の位置がそろそろ仕事を終える目印だったりしたのでしょう。彼らにとって時間はまだまだ空間的なものだったのです。つまり、内面的なものではなかったということが言えます」

「それが言語の問題とも繋がるというわけですね」

「ええ」

「了解しました」

ドミートリィが得心したように言った。

「それからその娘はどうなったのよ？」

クリスチーナが気になっていることをしつこく尋ねた。

「もちろん山を下りてから食堂に戻ったよ。それだけさ」

たじたじとなったドミートリィの様子に、一同は下を向いてくすくす笑った。

「その、ギーザという名前はよくあるの？」

それまで考え込んでいたせいで、口数の少なかった純平が探るように訊いた。

「ロシアではあまり聞かないけれど、東欧ではよくある名前よ。それがどうかしたの？」

クリスチーナが答えた。

「昔どこかでよく聞いたような……。それに、自分もその近辺で似たような経験をした気がする」

純平はすぐ手の届くところまで失われた記憶が迫ってきていると感じていたが、もはやそのことは驚きではなくなっていた。

「同じように奇妙な町で仕事をしていた、いや、仕事らしい仕事をしていなかった苦い記憶があります。そのときの同僚の名前が確かギーザだったと思います」

それはまだスジンにも話していないことだったが、記憶という網の綻びが少しずつ繋がっていくようだった。

「その町にお城はありましたか？」

ドミートリィが純平の記憶との共通点を探るように尋ねた。

「ドイツやオーストリアのような城山はなかったと思います、迷路のような道路はありましたが。古い建物の壁がところどころ剝がれて、煉瓦が剝き出しになっているところがたくさんありました。おそらく私は何か仕事で失敗をしでかしてそんな荒《さ》びれた町に左遷されていたのでしょう。そこでは毎日ギーザにドイツ語を教えることくらいしか仕事がなかったのです」

「ギーザの特徴は覚えていませんか？」

またドミートリィが尋ねた。

「少し斜視でした。髪の色は……、亜麻色というのでしょうか。中肉中背で、いつもジーンズを穿いていました」

純平の脳裏にその時ギーザの姿がぼんやりと浮かび上がっていた。

「食堂の娘は亜麻色じゃなく、もっと濃い色だったから、たぶん姉妹ではないだろう。ただ、あなたのいたその町もやはりドイツ語圏とスラブ語圏との交錯する町だったようですね。当時あなたがドイツ語側から見ていたのか日本語側から見ていたのか私にはとても興味がありますが」

「たぶんドイツ語側からだと思います。ひょっとしたら三つの言語が交錯して混乱していたのかもしれません。それはちょうど『時間の凍りついた町』に入り込んで、身も心もへとへとになったオーストリア軍兵士のようなものだったのかもしれませんね。当然そこにあるはずのものがなく、ないはずのものがある、そういう混乱が私をロシアに向かわせるきっかけになったのでしょう」

しばらくその意味がとれなかったのか、一座にちょっとした間が生じた。

「純平はかつてオートバイに乗ってこの辺りを横断しながら日本に帰ったらしいのよ」

スジンが純平の話を補足するようにそう言った。その時ドミートリィが感動してヒューッと口笛を吹いた。

「ロシアのツーリングは最高です！　純平、かっこいいね」

「その頃私は半分自棄《やけ》っぱちになってオートバイを飛ばしていた、しかも、まだ純平という名前ではなかった自分自身ですが……」

ドミートリィはすぐに真顔になって、かねてから気になっていたことを口に出した。

「ウィーン出身の哲学者ヴィトゲンシュタインは主著の結びで『語り得ぬものについては、沈黙せねばならない』と言っていますが、彼はその晩年ロシア語を学びたいと思っていたそうです。そこから果たして何を読み取るべきだったのでしょう？　語り得ぬものの限界というものは、ひょっとしたら言語によってちがっていたのではないのか。ドイツ語や英語で語り得ぬものが他の言語では語れるとしたら、沈黙は解かれるのかもしれません。逆に言えば、君の記憶喪失はひょっとして自分の言葉で語りえぬものを経験したことに因るのではないでしょうか」

それは純平にも説得力のある解釈に思えた。

「でも、記憶が戻り始めたきっかけは日本である蜃気楼の町を見たことなのよ。その風景から純平は確かにその港町の名前を思い出したの。言葉よりも視覚的な像のほうが記憶の形成には重要な役割があるのではないかしら」

スジンがドミートリィの説に疑問をはさむかのようにそう言った。

純平はちらっと悠里のほうを見た。彼女ならドミートリィの見解に通じるところがありそうだったからである。悠里はその気持ちを察したのであろう、静かに口を開いた。

「確かに記憶に関しても言葉の役割は重要だと思うわ、純平が自分の名前を思い出せないのもその証拠かもしれないし。でも、感覚的な像が結べないから言葉で表すことができないのか、言葉で表せないから像が結べないのかは判断が難しいところね。蜃気楼によって記憶が戻り始めたのなら、そこには何か決定的な記憶に繋がるものがあったのでしょう。逆に考えれば、その繋がりを可能にさせる言語的な変化が頭の中で準備されていたということかもしれないわ。私がD市で幼い頃の記憶を再び見いだしたのも、それと無関係ではないと思うの。何かを発見するのはいつも、いいえ、再発見も含めて、いつだって心の枷《かせ》のようなものを外すことによってよ」

「僕はどこかで心に枷をはめてしまったのかもしれませんね」

悠里の話に思い当たることがあったのか、純平がぽつんとそう言ったあと、しばらくその場に沈黙が訪れた。

ドミートリィは話をしんみりさせてしまった責任が自分にもあると感じたのか、突然立ち上がってロシアの愛唱歌「カリンカ」を朗々と力強く歌い始めた。すると、それに自然に呼応するようにクリスチーナが立ち上がり、歌声に合わせて足踏みしながら巧みに踊り始めたのである。あとの三人は最初手拍子でリズムを取っていたが、いつしか釣られるように立ち上がり、見様見真似で一緒に足踏みをし始め、いつしかその広いリビングはロシアのダンスホールと化していった。ロシアの曲が何曲か続いた後、純平に促されてスジンが中国の歌を歌うことになった。かつて悠里の家で微かに耳にして、ぜひもう一度聴きたいと思っていた美しい歌声のことを彼はしっかりと覚えていたのである。

スジンは少し恥ずかしそうに一人で立って、曲名を美しい響きの中国語で紹介した。彼女が歌い始めると、その声はもうこの世のものとは思えないくらいに繊細で、それでいて悠久の大地のように力強く、滔々と流れるような歌詞の美しさは日本語でもドイツ語でもとうてい表すことができないと思われ、旧いホテルの一室をしばらくは夢の中にいるような気分にしてくれた。

明くる日はレンタカーに乗って郊外の自然保護区に行くことになった。保護区とはいっても看板や柵があるというわけではなく、ただただ広く、水量の豊かな川が大きく蛇行し、川を覆うように一面に広がった丈の高い草は遮るもののない風に吹かれて波のようにざわめいていた。辺りに人家は見えず、わずかに自然の一部としか思えないような小さな木造の家が点在していた。純平の頭の中では、昨夜のスジンの歌声が心の琴線に触れるように今なおもの悲しく美しく響いていた。そこに置き忘れた厄介な記憶を探すことよりも、彼はそのままスジンと共にロシアの旅を続けていたかった。

「この辺りに集落があるはずよ」

地図を見ていたクリスチーナが言った。車は緩やかな坂を上っていた。しかし、「この辺り」の範囲は彼らの想像よりも遥かに広いものだった。坂を下って草むらの間を走りながら地平線まで広がる同じような風景が続いていたのである。どこまでが川の一部で、どこまでが湿地帯なのか、もしくは人の歩ける硬い地面であるのか、全く見当がつかなかった。氾濫を繰り返す川は、その大きく蛇行する川筋も周辺の地形をも永年にわたってさまざまに造りかえてきたのであろう。風になびく丈高い草に覆われた大河の岸辺まではとうてい到達することができないだろうと思われた。そんな風景の中をどれほど走ったのだろうか、舗装されているとはいえ振動の多くなった道路から左側に逸れて、さらにでこぼこな土の道が川と思われるほうに向かって続いていた。ドミートリィの運転は慎重になり、車はクリスチーナの言う集落に近づいたかと思われた。轍にはところどころに大きな水溜まりがあって、その度に車体は前後左右に傾いた。

しばらく苦労してそんな道を辿っていったその先に、辺りが明るくなって急に開けた場所が現れた。それまでとは打って変わって短い草地が小高い丘の上まで続き、高台には十数軒の家が点在し、真ん中辺りには金色に輝く玉葱形の丸屋根のある教会らしいものまで見えた。丘の中腹まで来ると、そこから大河が一望できるようになり、遠くには緑豊かなロシアの大地が果てしなく広がっていた。広い、とにかく広かった。その村で伝統的な田舎の生活が見られるということを、彼らは聞いていた。ほとんどモスクワで生活してきたクリスチーナとドミートリィにしてもその村は興味深いものだったし、またロシアの友人二人が共にいるおかげでアジア出身の純平たちも違和感なく村を散策することができた。空き地に車を駐めて、彼らは村の小道を歩いていった。家の周りの畑には野菜と花とが隣り合って育っていた。

「何にも珍しいものなんてないけれど、休んでいかないか?」

畑の花を見ていた彼らに声をかけてきた老人がいた。言葉とは裏腹にどこか気難しそうな顔をして、あいそ笑いすら見せてはいなかった。

「ありがとうございます。この村では伝統的なロシアの暮らしが体験できると聞いて見学に来たのですが、お邪魔していいですか?」

ドミートリィが持ち前の屈託なさで素直にそう答えると、老人は少し笑顔を見せて、こちらに来いというふうに合図をし、先に立って歩き始めた。村の真ん中にあるなだらかな坂道を歩きながら彼らはその左右に建っている家々の様子を興味深く眺めていた。昔のままの佇まいを残しながら壁は彩り豊かに塗り替えられ、屋根もきれいに葺き替えられて快適な感じがして、とても百五十年以上前の建物とは思えなかった。家の玄関や窓には花が飾られていて、住む人の心の余裕さえ感じられた。ひょっとしたら老人は彼らの到着を見越してむしろ村の入り口まで迎えに来たのかもしれなかった。それらは、悠里やクリスチーナ夫婦にとってはやや拍子抜けするものだったが、彼らと少し離れて歩いていたスジンと純平はそれぞれが自然に絵の着想と記憶の痕跡とを追い求めていた。スジンはある民家のそばに置かれていた農具に興味をそそられたようで、しばらく立ち止まって写真を撮っていた。

「道具っておもしろいわね。それ自体では完結していなくて、人間が使うことで初めてその役割がわかるというか、何だか想像力を刺激するの。中国にあるのと似ているけれどもまた違っていて、その違いがまたおもしろいわ」

「大量生産じゃなくて、一つひとつ手作りだから微妙な風合いみたいなものがあるのかもしれないね」

「見覚えのあるものは見つかった？」

「いや」

二人の会話には互いに相手を思いやりすぎるようなぎこちなさがあったのを、彼ら自身も感じていた。先を歩いていく他の四人との距離がしだいに開いていった時、純平がスジンにそっと耳打ちした。

「別行動しないか？」

スジンはちょっと驚いたがすぐににこりとしてうなずき、二人は横道に逸れて村の中まで入っていった。やはり表通りほどには整備されていなかったが、そこにはより自然な農家のたたずまいがあった。

純平は気になってはいたが、真実を知るのが怖くて口に出せなかったことを思い切って尋ねた。

「お義父さんが僕を養子にしたことは知っていた？」

「知っているよ」

「どういうことかも？」

「私たちは兄妹になったということね。一人っ子だったから私とても嬉しいわ」

「でも、もし僕の記憶が戻ったら当然養子縁組は無効になるはずだよ」

「ええ、そうね。でも、そうなったとしても私たちの関係は何も変わらないわ」

「本当に？」

「本当よ」

彼の表情にはどこか安堵したものがあったが、それ以上確かめようとすれば大事なものが壊れてしまいそうな気がして、彼はすぐに話題を変えた。

「あれなんかおもしろくないかい？」

彼が指差したのは軒下に無造作に立てかけられた櫂《かい》のようなものだった。小舟を漕いでいって漁でもするのだろうか、それとも川を横断するのだろうか、独特の微妙な曲線が美しいと言えなくはなかった。

「きっとこの村に櫂を作る職人がいたのね、川と共に生活してきた人たちだから、ひょっとしたらどの家の住人もそれくらいの技術は持っていたのかもしれないわ。あれなんかもおもしろいわ」

スジンが指差したのは、何の変哲もない柄のない鍬のようなものだったが、また全く別のものかもしれなかった。すでに農具としての役割を終えているようだったが、家主がなにか別の用途に使うのか、それとも魔除けのお守りにでもするつもりなのか、ひっそりと壁に吊されていたのである。

「少し待って」

スジンはスナップ用のカメラは持っていたが、この時だけはそれに頼らず鉛筆でスケッチを始めた。

「祖母の家で目にしたものとよく似ているわ。案外まだ現役として使われているのかもしれないわね、新しいものはすぐに古くなるけど､古いものは決して古くならないからいつまでも使い続けられるのよ」

古い記憶は決して古くならないからいつまでも記憶であり続ける、記憶は失われているということでそこにあり続けている、純平はもうそんなふうに考えていた。一度世界に刻まれた出来事は誰かの意識から消えることはあっても、別の誰かの記憶や無意識、物質に刻まれた記録の中で生きているかもしれないし、総体としては決して消え去ることはない。あるいは思い出したくないという無意識の働きが、思い出への入り口を目立たない隅のほうにそっと隠しておくことで、当人の心をその崩壊から守っているのかもしれない。もしそういう無意識の働きがもう隠しておく必要がないと判断すれば、いや、そんな信号が送られてくれば、彼の記憶は自然に回復してくるのに違いない、隠そうとする信号があるのなら、もう隠さないでもいいという信号もどこかで発せられるに違いないのだから。

「物が持っている形や性質を正確に表現することができれば、その物が背後に持っている生活や思想まで浮かび上がらせることができるのかもしれないね」

純平が独り言のように言ったので、スジンはスケッチに没頭していたのか、それについては何も言及はしなかったが、しばらくして全く別のことを言った。

「あなたのパスポート見せてくれない？」

純平は躊躇わずにパスポートを取り出して彼女に手渡した。彼女はしばらくそれを見ていたが、すぐに純平に返した。

「私ね、義父は黙っているけど、ずっと以前からあなたのことを知っていたのではないかと思うの。パスポートの話を聞いたときから、なんとなくそう思っていた。養子縁組みはすでにその時から申請されていたのではないかしら。いま発行の日付を確認してみたけれど、かなり前の日付だったわ。あなたはその時すでに義父と知り合っていたかしら？」

純平はもう一度パスポートの日付を確認してみた。確かにそれは園部と狭い路地裏のジャズ喫茶でたまたま知り合った時より前の日付のようであった。純平の頭の中で園部と出会った場面が眩暈のように甦ってきた。吸い寄せられるようにしてドアを開けて中に入ると、煙草の煙とレコード針の拾ってくる微妙な雑音があたりに漂い、薄暗い室内でうごめく怪しい人影が彼の孤独な心を見透かしたかのように語りかけてきたのだった。それが始まりだったのか、それとも何かの終わりだったのか、今となってはただ必然的な出会いとしか思えなかった。

「これはやはり偽造パスポートだ。もしも偽造でないとしたら、私は騙されていたことになるし、もう何もかもわからなくなる」

純平は何度もそのパスポートを触りながら本物かどうか突き止めようとしたが、パスポート・コントロールを通過した以上、このパスポートには効力があるに違いなかった。スジンを不安にさせないようにそれ以上取り乱すことは避けなければならないと思った。

「ごめんなさい。私はいつもあなたを混乱させてしまうみたいね」

日本でも同じように後悔したことを思い出したのであろう、スジンはまた少し悲しそうな表情をした。そして、純平の次のような言葉が返ってくるまでは不安でたまらない様子だった。

「大丈夫だよ。こうやって一緒に旅に出られたことも、何もかも園部さん、いや、お義父さんがいなければ始まらなかったことばかりだから、彼に感謝こそすれ何も気にはしていないよ」

「いずれ一度上海にも来てよ。何かわかることがあるかもしれないから」

彼女はほっとしたようにその時の素直な気持ちを口にした。

「ぜひそうしたいよ。でも、今は先のことを考える気にはなれない。このロシアの旅に僕なりの決着をつけなくてはならないので」

スジンはただこっくりと頷くだけだった。

そうこうしているうちに、二人は坂を上って村の中心部の広場のようなところに出た。その中央には車窓からも見えたロシア正教の教会があり、信心深い人たちがその前で十字を切っていた。広場の隅のほうで人集りができていたので近づいてみると、そこには先ほどの老人が悠里たちや他の観光客に向かって何やら話をしていた。彼はボランティアでガイドの仕事をしていたのだろう。話はもちろんロシア語だったので純平たちがその場で理解できたというわけではないが、その声と話し方が力強く自信に満ちていたのは傍目にもよくわかった。

「この村は、約千年の間脈々と受け継いできた伝統的な生活様式を当然のことのようにして守り続けてきました。伝統的と言っても何も特別なものではなく、おそらくどの民族でもいくらかは伝統的なものが残っているに違いありません。ただ、幸いなことにこの村には新しい生活様式にすぐに飛びつくことを許さない保守的な力が働いていた。この間こんなにも世界が変化し進歩しているのに、なぜそんなことができたのか？　それは簡単なことです。神から授かった言葉のおかげですよ。我々の使っている言語の持つある特質が、あるいは我々の文学と言ってもいいかもしれないですが、外から押し寄せてくる進歩という名の物質文明の洪水から私たちの生活を守ってくれたのです。おお、それにしても何という繊細で辛抱強い手続きであったことか。心地よい修飾語の仮面の背後にある真実を一気につかみ取る言葉によって、村人たちにその判断を委ねなければならない。何となれば、判断するのはやはり村人たち自身でなければならないからね。だから、よくご覧になってください、その結果この村で使われている住居や道具には余計なものを削ぎ落とした単純な美しさがあるではありませんか」

　老人が一息ついたところで、一人の若い観光客が彼に質問をした。

「その言葉とはロシア語と考えればいいのですね？」

「もちろん」

「だとしたら、ロシア語の使われているのはこの村だけじゃないはずですね。それなのに同じロシア語を使う他の町や村はどんどん発展して、便利になっているのはどう考えたらいいのでしょうか？」

　間近でよく見ると、老人は意外にも顔の色艶がよく、むしろ壮年と呼んだほうがいいのかもしれなかった。彼はその質問がとっくに予定されていたものであるかのようにすぐにこう答えた。

「それはその地方の人たちの判断によっていくらか程度の差があるだけで、見かけの進歩とは裏腹に一歩家の中に入れば、あるいは住人と話せば、多かれ少なかれ生活の伝統は生き続けている。新しいものを取り入れることは、言葉と同じでそぐわないと思われればそのうちに廃れていくことになる。ただ言葉そのものまでそっくり入れ替えてしまうなら、それは全く別の結果が待っていることになる。賢明にも彼らもまたそんなことはしなかった。それぞれの民族の生き方が反映されている言葉まで捨てるのは実際嘆かわしいことではないかね。大型のショッピングセンターや空港ターミナルができても、それは見かけ上の差に過ぎなくて、一歩その中に足を踏み入れたら、そこで話される会話も人間関係も相変わらず百年前と少しも変わってはいません。そして次に捨てるものが、ショッピングセンターなのかそれとも人間関係なのか、いずれそのうちわかることでしょう」

　質問した若者は納得したのか、それ以上問い質そうとはしなかったが、しばらくして体格のがっしりした別の若者が手を挙げて質問した。ドミートリィだった。

「それは固有の語彙と考えたらいいのでしょうか、それとも文法構造と考えたらいいのでしょうか？

あるいはもっと別のものですか？　というのは、私は異なった言語の接する部分で何か新しいものが生まれるのではないかと常々思っています。あなたの考えによると、言語が異なれば、互いの文化は決して交わることがないように思えるのですが、どうでしょうか？」

するとと、老人はまたも予め予想していたかのように落ち着き払って答えた。

「異なる構造を持った言語に触れることによって文化的な刺激を受けることは確かにあるでしょうし、またそのことによってもともとの言語の表現が豊かになったり、より広い表現の可能性が開かれたりすることもやはりあるでしょう。しかし、ある言語が時代遅れだとか煩雑だとかいう理由で単純化されたり、別の言語によって取って代わられるようなことでもあれば、それはもはや文化的刺激どころではなく、ある意味武器を必要としない侵略と言ってもいいでしょう。歴史上でもそれと似たような混乱と諍いが果てしなく続いてきたのではないでしょうか。かつて人々の言葉を混乱させることによってバベルの塔が崩壊への道を辿ったように、ひょっとしたら固有の言語を持つ文化のいくつかはいつの間にか内側から侵略されて文化としては消滅してしまうのかもしれません。しかし、その言語が細々とであってもどこかに残っている限り、決してその文化もまた消滅することはないでしょう。この村を含めていくつかの地域がそれを証明していると言えなくはないでしょうか。別の言語を持つ人がこの村に来て、それまでの自分の言語にはない文法に出会って、表現がより深まったり複雑化するのであれば、そこに新しい文化や科学が生まれるかもしれませんね」

「しかし、例えば、機械文明という強力な効率化、理論化によって、ある民族が生き残るために固有の言語を捨てざるを得ないことが避けられない場合もあるのではないでしょうか。役に立たなくなった言語はラテン語のように学問の対象としてだけ残ることになってもそれはしかたのないことだと私は思うのですが」

「それはそのとおりです。しかし、ラテン語は単なる過去の遺物ではなく、形を変えてまだ生活の中に生きていることはヨーロッパでは周知の事実ですよ。それは幸福な例です。私たちは誰でもその伝統の上で生きているし、だからこそ新しい文化に乗り換えることもできるのです。どちらを選ぶのか、またどちらも選ぶのか、それは個人の自由であって、強制できるものではないというだけです。ただそういう判断をするための材料をこの村で体験してもらえたらと思っています。ひょっとしたらラテン語はすでにどこかで見直されて、復活しているかもしれませんよ」

「わかりました」

ドミートリィは満足そうに老人の顔を見つめた。彼の一とおりの説明が終わって旅行者たちはそれぞれ自由に村の中を散策し始めた。再び合流した五人の若者たちだったが、やはりそれぞれの関心に引き摺られて思い思いに見学し始めた。

悠里は老人の話に、もちろんドミートリィの通訳を介してだが、ひどく感銘を受けていた。ロシア人たちはもともと、そして今も、欧米人たちの「進歩的な」考え方にどこか違和感を持っているのではないだろうか。さっきの一見反動的で頑固な老人は歴史に関して独特の考え方をしているように悠里には思えた。おそらく彼は歴史というものを時間軸上では捉えていない。歴史上ロシアに侵入してきた者たちは紛れもなく空間的に入り込んできたのである。モンゴル、イスラム、フランス、ドイツそして社会主義までも懐深く誘い込んで、そしてはね返していった。それらの名残はあちこちに刻まれてはいるが、やはりロシアはどこまでもロシアであるというようなことなのかもしれない。そしてそういう感じ方は村人たちの庶民的な感覚に一番近いものなのだろう。それはちょうどテレビに映る天気図上でシベリア寒気団が南へ大きく張り出したり、北に萎んでいったりする画像に喩えられるかもしれない。農民たちのいちばんの関心事はいつだって天気なのだから。

悠里はいつのころからか、時間よりも空間を、未来よりも他人を、理想よりも現実を目指したいと思うようになっていた。したがって、一見つまらないように見えることでも、さまざまな人との出会いは彼女にとって大きな関心事だったのである。けれども、村人たちとは違って、意識的にそうしなければ実行できないというのが自分の弱点かもしれないと思っていた。すぐに人と比べてしまうのもまた彼女の弱点かもしれないが、むしろ純平やスジンにはそういうことが自然にできているように思えた。しかし、背後に何十億の人口と何千年の歴史を背負っているスジンと自分の記憶すら背負っていない純平との間に共通点を見出そうとするのは大それたことではないだろうか。あるいは、中国人である彼女の背負っているものがあまりにも厖大すぎて、始めからそれらを背負う気もその必要も感じなかったということにおいて純平と共通していたのかもしれない。少し若い彼らが自然に親しくなっていることは、悠里にとって羨ましくもあり、同時に好ましいことでもあった。そうだ、もともと時間には測れるような重みなどないのだから、……むしろ時間は悠里の中でだんだん軽くなってきているように思われた。それが果てしなくゼロに近づいたとき初めて彼女も自然に振る舞えるようになるのかもしれない、と。

悠里には実はもう一つ気になっていることがあった。それは昨夜の会話の中で知った、純平がオートバイでロシアを横断して日本に帰ったらしいという話である。彼女がD市で知り合って一時期親しくしていた久保翔馬というベルリン在住の会社員が、知り合いにツーリングして日本に帰ったすごいやつがいるということを話していたのを、彼女は思い出したからである。ほぼ同時期にオートバイでドイツからシベリア経由で帰った人は何人もいるわけではないので、その知り合いが純平である可能性は限りなく高かった。翔馬に連絡を取れば純平についてもっと詳しいことがわかるかもしれなかった。まず純平にこの話をすべきなのか、それとも先に翔馬に確認をとっておくべきなのか、連絡帳にある翔馬の電話番号は変わっているかもしれないが、メールアドレスはまだ生きていて、まれにメールのやり取りをすることはあった。はたまた記憶探しにあまり積極的でない純平が自分でそこに辿り着くまでそっとしておくべきなのか、悠里は結論が出せないでいた。この場合自然な振る舞いとはその三つの選択肢うちどれなのだろうか。しかし、彼女ははたと立ち止まった。よく考えてみればそんな選択肢があると思っているのは自分だけで、ただ自分自身で頭の中に描いた進路を見ているだけなのではないだろうか。それまでの人生をいくつもの分岐点のある後戻りできない道のようなものだと考えてきたことの不毛さを改めて思い返したのである。この場合目の前で繋がりつつある関係を明らかにすることが包括的で唯一の選択肢だと思えるようになった。

「私ね、以前ある人から大陸を横断してオートバイで日本に帰ったという人の話を聞いたことがあるのよ」

悠里は純平と並んで歩きながらさり気なく話しかけた。純平はその時それほど驚いたふうもなく彼女の顔をちらっと見つめた。

「一度確認してみることにするわね、いいかしら？」

「はい、ありがとうございます」

観念していたのか、純平の反応は意外にも素直なものだった。そして、彼はふと思い浮かんだように悠里に問いかけた。

「何かで聞いたのですが、記憶が一日しか持続しない人がいるというのは本当でしょうか？　朝起きれば全部忘れてしまっているので、前の日のうちに自分の名前やその日やるべきことを掌に書いておくというのですが。どんな感じなのでしょうか？」

「専門的なことはわからないけれども、朝起きたときにその夜見た夢がどうしても思い出せないことがあるじゃない。確かに長くて鮮明な夢を見ていたはずなのに、目覚めてしばらくすると記憶からすっかり消えてしまっていて何にも思い出せない、そんな感じじゃないかしら。目覚めてすぐにメモにでも取っておいたら、それが糸口になってもう一度夢の中には入れるかもしれないけれど、たいていは何かがあったらしいというだけでほとんど何も覚えていない、そんな感じかしら」

「その場合、夢は言葉なのでしょうか、それとも映像なのでしょうか？」

「そうねえ、寝覚めのまどろみの中でははっきりと覚えているから、映像かもしれないわね、残っていたはずの夢は朝の現実と共にすっかり消えてしまうから。でも、なぜそんなことを訊くの？」

悠里は少し困ったように問い返した。

「記憶っていったいどんなものなのでしょうか？　人の顔写真や名前の文字は視覚的な映像としていつでも取り出すことができますが、取り出せないものもあるのは、単に体験したことと記憶したこととの違いなのでしょうか。体験はしたけれどももはや取り出すことのできない映像はいくつもあって、それはどのような形で残るのでしょうか、ひょっとしたら日記などの記録かもしれませんし写真や絵かもしれません。逆に言えば文字や写真などの記録によって記憶が補完されているということなのではないでしょうか。だとしたら、文法の違う言語もしくは語彙の少ない言語では表現できない体験、つまり結果として記憶にすらなれないものがあるのかもしれないという想像をしてみただけです。でも、これはあなたの論文の影響ですよ」

「文法の違う言語では表現できない記憶……、ですか？」

「おそらくあなたはすでにそんな体験をされていたのではないでしょうか」

言葉にできないような重い体験が取り出せることなくただなんとなく身体の中に燻《くすぶ》っている、というのなら悠里にも身に覚えがないわけではなかった。しかし、純平の背負っている重さはどうやら彼女には未知のものだったので、それ以上は推し量るしかなかった。

「言葉にできないということ自体がその人の苦しみにもまた重しにもなっているのかもしれません。つまり、心の中のどこかにあるはずなのに、それがどこにも見当たらないという苦しみというか、充たされない思いがあるのではないかしら」

悠里は、純平が失われた記憶を解明するための言葉を探しているのか、それともその記憶を封じ込めてしまう言葉を探しているのか、判断しかねていた。おそらく彼自身も迷っているのかもしれないと思った。しかし、迷ったら選ぶのではなく両方を求めたらいいという、彼女のモットーをさりげなく伝えるほかないように思われた。先に純平がまた問いかけた。

「言葉で言い表そうとしても、どうしても伝えられないものがあるとは思いませんか？」

「ありますが、伝えようとは努力しますよ」

「そうですか……。この広いロシアの大地を言葉にしたいとか？」

「そうですね、うまくいくかどうかわからないけれども」

「残念なことに、私はこの景色を見ても何とも思いません。心が風景を拒絶しているような感じがします」

「気にかかっていることが多いからでしょう。何にも思い出せなくてもいいじゃない、焦らずにいきましょう。スジンもそれを願っているはずよ」

その言葉のおかげで、純平は少し前を歩いているスジンのしなやかな後ろ姿をしばらく眺めることができた。

「彼女は……自然です。ユーラシアの広い大地が似合っています。想像ですが、かつて私がオートバイで大陸を横断しようとしたのは、この大地の広さを感じたかったからではないでしょうか。大昔コロンブスが大西洋を西へ西へと進んでいけば本当にインドに到達できるのか試したかったように、ヨーロッパから東へ東へと陸地を伝っていけば本当に日本に帰れるのか、失意の私は半ば自棄になって確かめてみようとしたのでしょう。でも、実際のところ、コロンブスはインドに到達する代わりにアメリカ大陸に到達して、それをインドと思い込んだ。私は私で日本に到達する前に何かに阻まれて記憶の繋がりを失ってしまい、本当に自力で陸伝いに帰れたのかどうか思い出せない。そんなところでしょう」

純平がそう吐き捨てるように言ったので、悠里は少し自分が頼られているような気がしたのか、滔々と流れる大河のほうを眺めながら優しく包み込むように言った。

「この広い大地も、もともとここで育った人たちにとっては退屈で単調な風景でしかないのかもしれないわ。あなたが思い出せないとしても、この風景はすでにあなたの心の中にあるのよ。それにあなたは自力と言ったけれど、コロンブスだってたくさんの協力者のおかげでアメリカまで行くことができたのよ。誰かに助けてもらうことは、決して弱いことでも恥ずかしいことでもないわ」

「ありがとうございます。答えにくいことばかり、それに、自分のことばかり言ってすみませんでした。せっかくロシアまで来られたのですから、……それに、ここでしかできないこともあるのでしょうから、あまり考えすぎないようにします。悠里さんも楽しんでください」

純平は少し落ち着いた様子で答えた。

歩いていくうちに土の道はいくつにも分かれ、それぞれの民家へと通じていた。彼らが目指していたのは村のいちばん高いところにある博物館だった。そこからは大平原のもっと遠いところまで一望できたし、大きく蛇行する大河の姿も見渡すことができた。その大平原に定規を当てたように真っ直ぐな道路が東西に引かれていた。

博物館は旧い小学校の校舎を転用したのではないかと思われ、お世辞にも立派なものだとは言えなかった。いくつかの狭い展示室に古い道具や動物の剥製や民族衣装が脈絡もなく無造作に置かれていた。

中にはソ連時代の宇宙船の模型まで展示されていた。

「ここには学芸員などいないのだろうか？」

通訳をするつもりでいたドミートリィが呟いたが、何人かの中年女が鋭い目つきで手持ち無沙汰に椅子に腰掛けているだけで何の説明もしなかった。おそらくその場から見学者がいなくなれば、彼女たちはお互いに井戸端会議の続きでも始めるのだろうと思われた。豪華な装飾品からどう見てもただのがらくたにしか見えないものまで同列に置かれて、分類や整理などはとっくに諦めたかのようだった。説明を期待するのはやめにして、しばらくそれぞれ思い思いに館内を見学して回ることにした。

古い生活用品の展示物の中に、ふと純平の心に引っかかるものがあった。それは独特の形をした鉄製の黒い火搔き棒のようなものであった。途中で微妙に曲がったその棒の形にどこか見覚えがあったのだ。いつだったか、招待された家の暖炉のそばに置いてあったような気がする。そこには温かい家庭と別世界のようにゆったりとした雰囲気があった。そして蜜のような甘い匂い。もう少しでその場の映像まで記憶に蘇ってきそうになったが、微妙なところで行ったり来たりしていた。純平はもう一度じっくりとその火搔き棒を見つめ、そして目を閉じた。数人が火を囲んで談笑しているらしいが、その空間は全体的に質素な感じだ。隣には白い髭を生やした国籍不明の老人が穏やかな目でこちらを見ている。その顔には深い皺が刻まれているが、目は鋭く人の心の奥のほうまで見つめているような感じがする。イワン・ザカロフ？　それともウラジーミル？　初めてのその人の顔を思い浮かべることができた。そうやって何日かその家で語らっていたような気がする。その家族はたまたま迷い込んできた遠来の客である自分を歓待してくれていた。

「どこから来たのだ？」

「ドイツです」

「ドイツか、収容所で何人かのドイツ人と知り合った。ドイツ人の中には優れた技術や知識を持っている人も多かったが、我々よりも待遇が悪かったのは、思想矯正のいちばんの対象だったからだろう。いつ終わりがやってくるのかわからない劣悪な環境と苛酷な労働は、収容者の希望や反抗心を奪うにはいちばん効果的だったのかもしれない。果たして彼らは故郷の家族のもとに無事帰れたのだろうか？」

目を閉じれば自分の経験してきた数々の無残な出来事がまぶたに今なお浮かんでくるのであろうか、老人は皺の畳まれた目を見開いて静かに暖炉の赤い火を見つめていた。

「ドイツ人たちとは仲良くなったのですか？」

「言葉もわからないし、宿舎も違ったなあ。労働中はほとんど無言だったから話をする機会はあまりなかったが、長い間一緒に過ごす機会は多かったのでいつからともなく顔見知りだったたし、目を合わせたり、会釈したりしているうちに、片言のロシア語とはいえ心が通じ合えるようになった気がしたよ。それは地元のロシア人たちについても同じことが言えた。それにロシアに留まったドイツ人もいることはいたからね。そのドイツ人たちも、私と同じで故郷は恋しかったが、どんな顔をしてどんな姿勢で祖国に帰ればいいのかわからない人たちだったのだろう。収容所生活は良きにつけ悪しきにつけ、人を根本から変えてしまった。言葉では簡単には言えないよ……」

老人は顔を火照らせる暖炉の炎を見つめながら、しばらく苦しかった時代の追想に耽っているようだった。

『お爺ちゃん、昔のことをもっと聞かせて』

純平はその老人の孫になったような気分であった。おそらく純平にも祖父がいてそうやって火を囲みながら幼い頃よく話をすることが多かったのかもしれない。

「子供の頃、近くの神社でよく遊んだものだ。大きな岩の上に神体を奉った本堂があり、石段の下には舞台のようなものさえあった。森に入っては木に登ったり、戦争ごっこをしたり、相撲を取ったり、昆虫採集をしたり、……今思えば、あの頃が人生の中でいちばん良かったのかもしれない。漠とした将来への不安や希望はあったのかもしれないが、毎日その日にする遊びのことだけを考えていればよかった。言い換えれば、未来のために今を犠牲にする必要など少しもなかったからな。いつまでも続くように思われたそんな時期も、今から考えれば、あっという間に過ぎていった。いつの頃からか心配と苦労ばかりが増えていった。食べるものがなくなり、敵の存在を教えられ、自分に言い聞かせ、目標が定められると、そのためには、臥薪嘗胆、毎日辛抱しなければならなくなった。そして、いつしか私はその目標のために手段を選ばない人間になっていた。その罰は死ぬまで引き受けなければならない。そんな人間がいたことだけはそっと覚えておいてくれたらいい……」

「今は幸せですか？」

「私にそんな資格はない」

「すみません。でも何だか穏やかな感じがします」

「これだけは覚えておいてくれ。今という感じは誰もが持っているわけではない、私のようにこという感じしか持っていない人間もいるということを」

「はい、きっとそうなのでしょう。でも、どうしたらそんな境地になれるのですか？」

「罰を受け入れることだよ。そうすることによって初めて記憶からも自由になれる」

「罰、ですか？」

「そうだ、記憶を消すのは誰にとっても容易なことではない。記憶が消えれば自分ではなくなるのだからね。自分が自分ではなく、今が今ではなくなったとき、初めて記憶は脱け落ちていく。そして、ここがここではなくなるのは私が死ぬときだ。私はまだまだだが、その道の端緒には着いたと思う」

確かにそんなことを言っていた。つくづく奇妙な老人だったが、老人が苛酷な経験から導き出した人生観に異を唱える気はさらさらなかった。地図の切れ端が次々と繋がっていくように純平の記憶は再びその像を結び始めていた。その顔の皺、白髪、赤々と燃える火と特徴的な火掻き棒、彼はその暖炉のある家で数日間過ごしたことはほぼ間違いないと確信した。そして、自分の心と身体につきまとうそれまでの忌まわしい記憶を忘れたいためにそこまでやってきたことも。


「何か珍しいものでもあった？」

ぼんやりと火掻き棒を眺めている純平の背後からクリスチーナが声をかけてきた。

「この火掻き棒はこのあたりのものか訊いてくれないか」

「形が変わっているわね。訊いてみるわ」

質問されたのがうれしかったのか、先ほどの係員が近づいてきた。

「これは主に収容所で使われていた道具よ。最近は暖炉を使わなくなったから必要がなくなったけれど、当時の極寒の収容所では必需品だったのよ」

予想どおりだったが、そのことは口に出さなかった。

「何か思い出したの？」

クリスチーナが尋ねた。

「うん」

純平はうなずいただけで、それ以上は説明しなかった。ただ、曖昧な記憶の地図がゆっくり繋がっていくのを待っていた。

「ソビエト時代を懐かしむ声が今も多いのよ。教育、医療、労働など、よかったところばかりを懐かしんでいるの。この博物館もほとんどソビエト時代への郷愁でできているようなものだわ」

「いずれその記憶は薄れていくからね。記録は残ったとしても、それが記憶となることはまずあり得ないよ」

「忘れることはしかたがないのね」

「でも、記憶は記録することができるよ」

「記録したいの？」

「まさか」

「でも知りたいんでしょ。自分が何者か」

「記憶があるうちに思い出したいというのはあるね」

「積極的じゃないのね」

「うん、自分が関わった人にまた会ってみたいというのはある、たとえそれが苦い思い出であったとしても」

「怖くはないの？」

純平は、あっさりした性格のクリスチーナにも好感を抱いていた。

「少し怖いけれど、こうやって無事に生きているのだから、あまり心配はしていない。記憶が戻ったら、今日までの新しい記憶のほうを忘れてしまうのではという不安も大きかったけれど、その心配もどうやらなくなったよ」

「よかった。この後ドミートリィが近くの工場跡に行くと言っていたわよ。廃墟はロシアの風景にぴったりよ」

彼女は少し皮肉を込めながら言って微笑んだ。純平は少し間を置いてから、さっき思い出した老人の言葉についてロシア人である彼女に聞いてみたくなった。

「今という感じがなくなったとしたら、人間の心はいったいどうなってしまうのだろう？　今を生きている感覚がないということは当然過去も未来もなくなってしまうことだから、かつて会った人とこれから会う人と自分の存在とがごちゃごちゃに入り交じって区別できなくなり、互いを隔てていた壁みたいなものがなくなってしまうような気がするのだけれど。クリスチーナ、君はどう思う？」

突然議論を吹きかけられることに慣れていたクリスチーナは、少しも慌てなかった。

「そうねえ、この世から今がなくなったら、きっと楽しいと思うわ。差し迫っていないから判断を焦らなくてもいいし、いつだって過去と未来を生きていることになるでしょう。今がなくなれば、確かに自分を離れられるかもしれないわね。……それに、きっと人生が賑やかになるわね」

「そんなことは可能だろうか？」

「ロシアにはそんな焦らない人がたくさんいるわよ。過去も未来も関係なく、ただその日が幸せだったらいいというような人ね。私の父もそうだったわ、毎日ウォツカを飲んでばかりいるどうしようもない人だったけれど。母がそんな飲んだくれの父を非難するのに隣の真面目な旦那さんを引き合いに出しても、父は全く動じなかったわ。俺がここにいてあいつはあそこにいる、全く別の人間なのに比べてどうする、なんてことを言っていたような……」

彼女はそう言ってまた笑ったので、純平は苦笑いするしかなかった。

「お父さんはわざとそうしていたんだろうか。つまり、何か深刻な体験をしたとか、大きな絶望を経験したとかがあって、自分の人生哲学としてそういう生き方をするようになったのかな、と思ったのだけれど」

「そんなものあるわけないわ。ただ欲望のおもむくままに生きてきただけよ。隣のおじさんだって似たようなものだったから」

「クリスチーナ、君はそんなお父さんが嫌いだったの？」

「いいえ、もちろん好きだったわ、真面目に働いていたし、何より優しかったもの」

「それはいい」

「純平には、そういう記憶もないのね」

　クリスチーナはふと純平を気づかうように言った。

「記憶はなくても、きっと身体のどこかに覚えているよ」

「きっとそうね」

　彼女は笑顔でそう言った。

「だから記憶がなくても寂しくはないよ。それより君のお父さんが今という感覚がないというのはおもしろい考え方だ。しかも、政治家を目指す君が、そんなお父さんの生き方に共感しているというのもまたおもしろいと思う」

「笑わないでね、私はそういう父を尊敬できる人こそ政治をやるべきだと思うの」

　お互い母国語でないことで微妙な駆け引きをする必要がなく、かえって率直に本心を語り合えるのかもしれないと、純平は思った。飲んだくれた父親が幼い娘に頬ずりをしようとして、その娘が声を上げて逃げまわっている場面が目に浮かんだ。それはどこにでもあるような光景であり、またどこかで見たことのあるような光景でもあった。そこは労働者アパートの小さな台所兼食堂でのことかもしれない。

母親は、暖かい室内から窓の曇りを手で拭いて、雪で真っ白になった外の景色をしばらく眺めている。いつもと変わらない冬の景色だが、彼女は一時ささやかな幸せを感じ、またそれを振り払うようにブルッと身体を震わせてすぐに食事の後片付けをする。いつものように急いで作った弁当を子供たちと夫に渡し、自分もまたその日の仕事に出る支度を始めていちばん後から出かけていくのだ。当たり前のように毎日繰り返される平凡な生活のありがたみを何かに感謝しながら、道路に積もった雪を踏みしめていく。どんな美しい仮面をかぶっていようとも、それがこの平穏な生活を引き裂くようなものであったのならば、間違いに違いないと純平は思った。しかし、その間違いの仮面の正体をなかなか見破ることができないというのも本当だ。自分もかつてはそんな仮面をかぶっていたのかもしれないと思ったら、いてもたってもいられなくなってきて、是が非でもこのロシア旅行の目的を果たさなければと思い始めた。

「君はクリリオンという地名を聞いたことがある?」

しばらく考えていたクリスチーナが首を横に振った。

「サハリンの南側の岬の名前だよ」

近くにいた先程の年配の博物館員が教えてくれた。

「やはりそうでしたか。私はそこから日本へ渡ったことがあります」

「そうかい。昔そこには日本のソウヤ岬との間に長い橋を架ける計画があったの。それでよく覚えていたのよ」

「大昔大陸と日本列島は地続きだったらしいので、その名残の岬なのでしょう。この間からクリリオンという言葉がずっと気になっていたのですが、ずいぶんはっきりしてきました。私はそこから無謀な密航を企てたが、日本の巡視艇に捕まりそうになって夜の海に放り出された。そして、何日間か海を漂流してまもなく富山辺りの浜辺に漂着したが、その時にはすでに日本海の荒波にそれまでの記憶を洗い流されていた。たぶんそれで間違いないでしょう」

博物館員は、ドイツ語でぶつぶつしゃべり始めた純平から遠ざかっていった。

「クリリオンという地名はそのときから脳にすり込まれた言葉だったのかもしれない」

「純平、あなたは本当に何か思い出したの？　それとも、言葉や物から推測しているだけなの？」

クリスチーナが少し心配になって尋ねた。

「わからない。ひょっとしたら都合のいいように創作しているのかもしれない。けれども記憶というものはもともとそういうものではなかったろうか。いつの間にかその人の流儀で、あるいはその人の時間という軸に沿って作り変えられているというような……。とりわけ認めたくないものがある場合にはなおさら……」

「記憶って四六時中意識しているものではないから、いつの間にか変化してしまうことはあるかもしれないし、もともと自分の見聞きしたことがすべて残っているわけでもないから、曖昧なものであることは確かよ。でも、普通はその気になれば記憶を遡ったり、ふとしたことから必要な部分だけ抽出したりできるのだから、やっぱりどこかにもともとの知覚のようなものが残っているはずよ。たぶん記憶を失った人は、そこに至る入り口を見失っているだけなのではないかしら。私は昨日純平に出会ったばかりだけれど、あなたはこのロシアでその入り口の一つに行き当たったのだと思うわ」

「いろんな人に心配をかけてしまって申し訳ないし、恥ずかしい。本当にそうだといいのだけれど、自分で無理矢理記憶の扉をこじ開けようとしているような気もするので、真実に近づけば近づくほどかえって不安になる」

純平は黒く錆び付いた道具類の展示を仔細に眺めながら、そこに記憶への糸口がないかぼんやりと探しているようだった。

「焦らないでゆっくり探せばいいのよ。日本人は何でも計画を立ててから行動するのが好きだから、ロシア人みたいな行き当たりばったりの性格には我慢できないかもしれないけれど」

彼女の言葉に純平は苦笑いするしかなかったが、また一人自分を受け入れてくれる人に出会ったような気がした。

悠里はその合間に久保翔馬にメールを送った。オートバイで大陸を横断して日本まで帰ったという人物のことを訊くためである。翔馬は数年間の海外勤務を経て日本に帰ってきていて、その間もメールのやり取りは続いていたが、二人が直接会うことはなかった。普段の翔馬の文面にはやはり自分の手柄話やキャリアアップのことばかりで埋められていたので、うんざりしている悠里はメールのやり取りにあまり熱心ではなかったが、たまにこういう時には頼りになった。純平の状況はある程度伝えたので、間もなく返信はあるはずだった。その博物館に滞在している間に返信があった。

「野条悠里さま。ご無沙汰しています。僕でお役に立てるかどうかわかりませんが、知っている範囲のことをお伝えします。ベルリンの日本人会の集まりで聞いたことですが、ドイツの大手企業に勤めていた小野田という人が、上司と喧嘩して会社を辞め、その腹いせにオートバイをぶっ飛ばしてロシア方面に向かっていったということでした。喧嘩の理由はよくわかりませんが、待遇面で我慢できないことがあったようです。ただ、日本とは違って、ドイツの会社ではよくあることらしく、それで自棄になったというわけではないようです。僕はその人物と直接面識があったわけではないので、詳しいことはまた正確なことは知りません。話してくれた人はまだドイツにいるのかもしれませんが、連絡先も聞いていないので、現状では確認しようがありません。でも、また何か新しいことがわかったら、連絡します。今となってはあなたと出会ったドイツの町がすごく懐かしいです。よかったら一度お会いしませんか。

久保翔馬」

少しは考え方も変わったのかしらと思いながら、悠里は翔馬のメールを読んだ。当座は短い御礼の言葉だけ返信したが、気になったのは、『小野田』と『仄田』の類似であった。文字で確認したのでなかったら、『ほのだ』を『おのだ』と聞き間違えたのかもしれないし、逆に『おのだ』という自身の姓の響きが何となく耳に残っており、記憶喪失後の彼がたまたま看板か何かで見つけた『仄田』を無意識に自分の姓に当てたのかもしれないのだ。明日モスクワ特派員と共に収容所に向かう前には、この情報を純平に伝えておくべきだと考えた。それにしても人物を特定する情報は少なすぎた。ドイツ企業の名前も、年齢も、働いていた場所もわからない。写真もしくは日本人会の名簿でもあればいいのだが、個人情報に関するものはガードが固く、部外者が容易に入手できるものではなかった。営利目的や犯罪から個人の権利を守るという意味ではもちろん必要なことだったが、悠里にはなぜか納得できないものがあった。匿名の情報は無数に溢れているのに、その陰で本当に繋がっていなければならない人が繋がれないというのは何か腑に落ちないものがあったのである。むしろ生身の人間同士が繋がることのないように、真偽のわからない情報が無理矢理流し続けられているように彼女には思えた。

悠里はふと純平の後見人でありスジンの義父であるところの園部という人物のことが気になってきた。まだ実際会ったことはないが、純平たちから断片的に聞いた話を総合すると、彼は法律や国境を平気で跳び越え、時間さえ平気で超えているような気がしてきたのである。確証があるわけではないが、超えるというよりも全くその価値を認めていないというような気がするのである。何となく純平は園部の掌の中で転がされているようなところがあったが、そこに悪意のようなものがあるとは思われなかった。それなら、摑んでいる情報をもっと純平に提供してもいいようなものだったが、それをしないのは何か意図があってか、それとももともと何も知らないのか。もし後者のほうだったとしたら、もちろん彼女の興味はますます深まることだろう。いずれにしても、園部はつかみどころのない茫洋とした人物のように思われたのである。

純平たちが午後に訪れたソビエト時代の巨大な廃工場は、O市の南の外れの草原の中に建っていた。すぐそばまで車で近づくことができたが、そこから見上げた工場跡は半分崩れかけた巨大なコンクリートと鉄の容れ物と言ってもよかった。ただ、三本の大きな煙突のうちの一つからはまだ煙が立ち上っていた。

「ここは大型機械の組立工場だったが、何かの事情で突然閉鎖されたらしい。今はわずかにボイラーが稼働していて、町の暖房に利用されている」

先に立って工場内に足を踏み入れたドミートリィが言った。そういえば、工場から町のほうに続いている太い送水管のようなものだけが銀色に輝いていた。それは、この町が遠大で人工的な理想よりも身近で現実的な生活へ舵を取ったということを意味していたのだろうか。そのボイラーを管理していると思われるわずかな人が敷地内を行き来していた。

彼らはいちばん大きな棟の中に足を踏み入れた。そこはまさに暗黒のがらんどうだったが、隙間から陽の光が何本か入ってきて、空気中の小さな埃を浮かび上がらせていた。おそらくその中ではかつて何百人という工員たちが弛《たゆ》まず働いていて、ひっきりなしに機械音が鳴り響いていたに違いなかった。取り残された錆びた鉄材や大きなタイヤがコンクリートの地面に横たわっていたし、外部とも繋がっていたのであろう、そこには引き込み線の鉄道の跡も残っていた。まるで時間が止まってしまったかのようにしいんとしていたので、彼らの話し声は広い構内にこだました。

「廃墟を好んで描く画家はたくさんいるけれど、彼らが廃墟に惹きつけられる気持ちが少しわかった気がするわ。道具が持つ美しさと同じように、それを知覚した人の心を動かす何かがあるのね」

廃工場に来ることを密かに楽しみにしていたスジンが言った。

「そういえば、映画の舞台にもよく使われるわね」

「よく言えば、ノスタルジーかな」

「悪く言えば？」

「悪く言えば、怖いもの見たさ……」

クリスチーナとドミートリィがそう言ったことに承服できなかったのであろうか、スジンが早口で言った。

「私はそのどちらでもないわ」

スジンはじっと耳を澄ませ、仰向きながらそのがらんとした巨大な空間を身体ごと感じようとしているようだった。他の四人も釣られるように仰向きながらところどころ穴の空いた天井を見渡した。赤黒い鉄筋のざらざらした感触、ひんやりした空気の流れ、錆びついて動かなくなった工作機械の残骸、油の染みついた黒い枕木、擦り切れた金属とゴムの匂い。遮るもののない草原を渡ってくる風がめくれ上がったトタン板を打ちつける音がどこからともなく聞こえていた。決して心地よいものとは言えないが、それらはいわば不協和音のように特異な調和を感じさせるのだろうか。むしろ今ここに自分が立っているということさえ忘れさせ、知覚そのものにしてしまうような何かがあったのである。物を製作したり、絵を描いたりすることに夢中になっているとき、自分がいつどこで何をしているのかということさえ全く忘れてしまっていることがある。その時物や絵は自分の意識そのものと重なり合ってもう区別がつかなくなっているようにさえ感じていることがあるという。スジンの心はすでにそんな状態になっているのかもしれなかった。

「紛れもなく私たちが物の世界に生きていることを感じさせるということではないかしら。例えば、この工場が稼働していたとしたら、それは何かの役に立っていたり価値を持っていたりするけれど、ここはいま何の役にも立たないし、資産としての価値もない、けれどもここにあるということだけはしっかり主張しているように思えるの。周囲数キロ四方には草地以外に何もない、ただ大きいだけの黒い鉄の残骸がぽつんと立っている、ただそれだけのことだけれど……」

暗かったせいもあるのだろうが、いつもはせっせとスケッチするスジンもこの時はスケッチ帳を取り出すこともなく、ただその場所の醸し出す空気感と一体になろうとして、目を閉じたり、身体の向きを変えて歩いたりしながら、画用紙ではなく自分の全身にその形や音、匂いまでも刻み込もうとでもしているかのようであった。例えば、人が漢字を覚えているのは目で見た形を覚えているということもあろうが、多くの場合その漢字を日常的に紙に書いていた手がその感覚を覚えているからであろう。スジンは本能的にそういう作用を信じていたのかもしれない。

「あそこに階段がある」

ドミートリィが遠慮がちに言った。半分錆びついていたがまだしっかりとその役割を果たしているようだった。

「二人で昇ってみないか」

彼は純平だけを誘ったので、純平は頷いてそちらに向かって歩き始めた。

「崩れはしないと思うけど、気をつけてね。私たちは外で待っているわ」

クリスチーナが他の二人と顔を見合わせながら言った。

「わかった。すぐにもどってくるから」

ドミートリィが先に立って二人は壁沿いの階段を昇り始めた。内部の吹き抜けの空間に沿うようにして五階ほどの作業台のような床が設えてあったので、その作業台に通じる階段のようであった。階段はまだ堅牢さを保っていたが、用心しながらゆっくり段を踏みしめていった。各階には広い空間があり、やはり作業台を制御していたと思われる機械類の痕跡が残っていたが、もはやその意味も機能も想像することすらできない鉄の塊であった。一番上の階まで昇ると、そこでは明かり採りと思われる小さな窓から外の単調な景色を見渡すことができた。気の遠くなるほど広い大地と地平線が続いていた。

「見覚えのある風景ですか？」

「オートバイに乗りながら何日もこんな風景を見ていたと思います。強い向かい風で身体が吹き飛ばされそうな感覚が蘇ってきます。いつ転倒して頭をぶつけるかわからない、死と隣り合わせになっていたような感覚さえ覚えています。きっと後ろから迫ってくる秋の足音を振り切るように走っていたのだと思います」

「秋が深まってくるとオートバイでは走れなくなる道も多いですからね」

「ギーザ、火掻き棒、クリリオン……、すでにここでいくつかの記憶の断片を手に入れることができました。もう記憶が回復することへの不安はありません。明日でほぼはっきりするでしょう。皆さんにはとても感謝しています」

それは強がりのようにも、また社交辞令のようにも聞こえたが、廃工場の下を見下ろす不安に比べたら純平の不安は確かにはるかに小さいものになっていたことは、ドミートリィには間違いないことのように思えた。はるか下にいる女性三人はしばらく心配そうに見上げていたが、やがて純平たちの無事な姿を確認すると、安心したのか屋外へと場所を移していった。

それにしても、すっかり解体してしまうことができないほどの費用と危険が伴うのだろうか、あるいはいつか産業遺産のようなものになることを見越しているのだろうか、それでも町の暖房を供給するという大事な役割はあり、たまに訪れる物好きな旅行者の来訪を受けながら、季節によって彩りを変えていく広い草原の中で、そんなことにはお構いなしに当分はこのままのごつごつとした黒い姿をそこに留めていくのであろう。
そろそろ地上に下りようかという段になって、純平はふとその最上階のコンクリートの壁に釘か何かで引っ掻いたような落書きがいくらかされているのに気がついた。何気なく近寄ってそれらの文字をなぞってみると、大部分はキリル文字だったが、ドイツ語の詩のようなものもあり、中には日本語もいくつか混じっていた。純平は一瞬身震いを覚えた。

『ボウキョウノトキハナガレズトウドトトモニ　キザキ』

偶然か必然か説明することはできないが、「キザキ」はほぼ純平の記憶の中の「木崎」と同一人物で、現実の彼の言葉が目の前の壁面から浮かび上がってきたのである。記憶の中で聞いたような気のする言葉であったが、壁を引っ掻くように書かれた文字は逆に軽い眩暈のようなものさえ引き起こした。指でなぞるようにして気持ちを落ち着けながら『望郷の時は流れず凍土と共に　木崎』という俳句らしいものを読み取った。彼がかつてここで働いていたことはほぼ確実だったし、わずかな休息時間に自分の信念のようなものをここに書きつけずにはいられなかったのかもしれない。いつか誰かが読むであろうことをやはり彼は期待していたのだろうか。そして、廃工場が完全に解体される前に純平が奇跡的に読むことになったのである。同時に、そのあまりにも誂え向きな偶然の発見は誰かに仕組まれたものだったのではないかという疑念もまた生じさせることになった。ここに来ることになったのは、誰の意図だったのか。廃工場を見学することを提案したのはドミートリィであり、それを楽しみにしていたスジン。階段を昇ることになったのは紛れもなくドミートリィの気まぐれだった。遡ってシベリア旅行を提案したのはスジン、そのお膳立てをしたのは義父の園部。どの段階で仕組まれたのか。ドミートリィは純平がその文字を見ることを想定していたのか。それともやはり偶然だったのか。敢えて言うなら、すでに亡くなっていると思われる木崎の執念とも考えられる。あるいは、記憶の片隅から必死で自分を取り戻そうとしている純平自身の執念かもしれなかった。そう考えることで、それまでのらしくない疑念はまるで嘘のように霧散していった。

『望郷の時は流れず凍土と共に』

念仏のように唱えながら、ドミートリィにも説明せず、用心に一人ずつ階段を下りてスジンたちの待つ地上へと戻っていった。

「神吉と言います。出身は北海道です。今日はよろしくお願いします」

重そうなカメラバッグを肩にかけてモスクワからやってきた特派員は、日本語とロシア語で丁寧に自己紹介をした。収容所跡のある村を尋ねる神吉と純平以外は、その日О市街の観光と買い物に出かけることになっていた。

「ロシアは広すぎて移動も大変ですね」

「ええ、でも、実際はモスクワ周辺を取材して回るのがほとんどです。本社もロシアといえば政治的な話題にしか興味がないようですから」

「そうですか。個人の事情につき合ってもらって申し訳ないですね」

「いいえ、通訳なら引き受けましたよ。何でも言ってください」

神吉は屈託がなく、気さくな感じがした。レンタカーは純平が借りて、神吉が運転した。まずは幹線道路沿いの目印になる白いモーテルと教会のある村を見つけることだった。その情景が単なる自分の妄想なのか、それとも確かな記憶なのか、純平にはまだ確信が持てなかった。

「田原さんは私のことを何と言っていましたか?」

「ユニークな考え方をする人だからきっと勉強になる、と言っていました」

「少し人よりひねくれているだけですよ」

「私はひねくれている人が大好きです」

無粋なガードレールのない真っ直ぐな道路をかなりの速度で走る車の中で、二人は笑った。純平は前日の廃工場で見つけた俳句のことを話した。

「もしその木崎さんという人に会えたら、私自身もぜひ話を聞かせてほしいです。何が彼をそうさせたのか」

「でも、彼が生きているとしたら九十歳は優に超えていることになります。果たして実際に会えるかどうか……」

広い平原のあちこちに森や林が濃い緑色の島を作っていた。時々車は何台かのオートバイを追い越していた。後ろに大きな荷物を積んでいることが多いので、適当な木陰を見つけてキャンプしながら旅しているのかもしれなかった。彼らの姿は純平にとってわくわくするような懐かしさがあった。

合羽を着ながらヘルメットの風防に雨粒が音を立てながら吹き付けた雨の中をひたすら走り続けたことまで思い出した。何よりも次のねぐらを確保することを気にしていなければならなかったが、遠くの山々が近づいてきて、人家や林が次々と後ろに飛んでいくのはとても爽快で気持ちのいいものだった。休憩した小さな町では少年が二人珍しそうに彼に近づいてきて、バイクを眺めてははにかみながら話しかけてきたので、片言のロシア語で当たり障りのないことをしゃべってみると、にこにこ笑って応じてくれた。一人旅はやはり孤独だったが、自分が何であるのかが改めて意識され、他人のありがた味がひしひしと感じられた。後ろ髪を引かれる思いでベルリンを後にしたことが、いつの間にか遥か遠くのとても小さな出来事のように感じられていた。

「どこまで行くの？」

「日本まで」

「どこから？」

「ドイツから」

「……」

それ以上は言葉がわからないので会話にならない。けれども、少年たちは打ち解けた様子で「これは何？」といった感じで純平の持ち物を指差してきたので、あとは身振りで説明するだけだ。その出会いによって、自分にとってはその町は通過点となる辺境の地に過ぎないが、少年たちにとってはおそらくこの町が世界の中心であるというごく当たり前のことが実感できたことはとても新鮮な体験だった。

そのうちに少年の一人が「メールアドレス」と言い始めたので、純平は小さな紙にアドレスを書いて渡したのだった。共有できる単語はそれ以上なさそうだったので、後はメールでということなのだろうか。メールはロシア語で書かれるのかそれとも日本語なのか。どちらにしても実現性は薄かったが、ここだけでは終わらない一筋の糸のようなものが繋がったことはありがたかった。


「何か思い出しましたか？」

神吉が尋ねた。

「テントやシュラフを積んだオートバイを見ると懐かしさがこみ上げてきました。なんだか過去も未来も同じく現実という大きな舞台の上の出来事であるような気がしてきました。説明しにくいのですが、そこはもう自分という意識の舞台からすでに離れているような気がするのです。つまり、人間の記憶は意識という敷居の下なんかに潜んでいたのではなくて、その人の訪れた土地が、あるいはその土地の物や人物かもしれませんが、それらがじっとその人の記憶を留めているということではないでしょうか」

神吉は運転しながらしばらく考えていたのは、その話題に興味があったからである。

「かなり複雑ですね。関係ないかもしれませんが、ロシアの場合その土地に行けば必ずと言っていいほどその土地で育まれた文学があって、土地の風景はその文学と切っても切れないような関係があるような気がするのですが、それと似たようなことでしょうか？」

「似ているような気がします。土地は平面でも三次元でもなく、それぞれの土地には時間とは呼べないもう一つの次元があるのかもしれません、かなり乱暴な推論ですが。逆に言えば、乱暴に扱ってはいけない、扱えない領域のようなものがある、とは思いませんか？　たまたまその土地に人と天気と光とがある割合で重なり合ったときに突然そこに化学反応のようなものが起こって、その領域への入り口が開かれるというような、そんな稀有な瞬間があるのかもしれない……」

神吉にはそれ以上言葉が出てこなかった。ハンドルを握り続けながら考えられるような領域ではなかったからである。しばらく運転席に沈黙が続いて、ロシア製のＲＶ車はその間に何台かの車を追い越したり、また追い抜かれたりした。舗装道路だったが、永年の使用によってところどころにへこんだ部分や盛り上がった部分もあって、大きなタイヤもそのでこぼこを吸収しきれなくて車体は左右に揺れ、地平線が時々傾いた。そのうちに純平の見慣れた風景が右側の窓の外に現れた。いよいよ探していた村に近づいたかと思って期待と不安で胸は高鳴ったが、スピードが緩んで近くでよく見ると、やっぱりそれは何の記憶の目印もない、見ず知らずの村であったりした。距離の物差しが違うことは承知していたが、いくらなんでもこれはＯ市から離れすぎていると感じ始めて、とうとうＵターンしてもう一度ゆっくり探してみようということになった。

今度は運転席側の窓から白いモーテルを重点的に探すことになったが、やはり簡単には見つからなかったし、早くUターンしすぎたのではないかという後ろ髪を引かれる思いもあったので、運転してもらっている純平は少なからず焦り始めていた。そして焦れば焦るほど記憶が曖昧になってきて、本当にここまで来たことがあったのかさえ疑わしくなってきた。もしその村を見つけることができなかったら、ここまでお膳立てをしてくれた少なくない人たちの厚意が全く無駄になってしまうのではないかと、純平は気が気ではなかった。道路脇の建物や家並みに見覚えのあるものがないか、目を皿のようにして探していたが、ひょっとしたら道路の反対側だったかもしれないとふと思って何気なく右側の風景に目をやった。すると、しばらくして白い建物の上に赤字で「ＭＯＣＴ」と書かれたモーテルの看板がだんだん大きくなりながら目に飛び込んできた。記憶というものは総じて思い込みと紙一重なのかもしれなかった。

運転の次は通訳だった。神吉は献身的にモーテルの支配人に話しかけ、湖のことや村に暮らす日本人の話を聞いてくれた。

「彼を覚えていますか？　何年か前にここに滞在したことがあるようなのですが」

「そう言えば、見たような気もするね、名前は？」

「オノダ……です」

純平は前の晩悠里からその情報を得ていたが、確証はなかったので、半分賭けのようなものだった。

「日本語は読めないからね……」

彼女は何やらぶつぶつ言いながら、宿帳のようなものをめくっていた。

「それを見せてもらえませんか」

その言葉に対して、彼女の表情は突然険しくなった
「それはだめ！」

その態度を見た彼らは宿帳を見せてもらうのは諦めて、別の方向から訊くことにした。

「この近くに日本人が住んでいると聞いてきたのですが」

彼女はもう一度不審の眼を純平たちに注いだが、少し間を置いてから小さな声で呟いた。

「名前は知っているかい？」

「確かザカロフという名前の人だと思います」

しばらく考えてから、彼女は支障がないと思ったのか、次のように答えた。

「その人なら、うちの横の道を一キロほど行ったところに住んでいるよ。並木道を過ぎた辺りの左側に青い家がある。日本人かどうかは知らないけどね」

支配人兼フロント係の女性がやっと笑みらしいものを浮かべて親切に教えてくれた。純平はその笑顔にどこか懐かしいものを感じ始めていた。モーテルの駐車場に車を置かせてもらって歩いていくことにした。土の道はやはり懐かしく、ところどころ水溜まりの跡が窪んで道の真ん中には短い草が生えていた。両側に白樺の並んだ道と両側に畑の広がる風景にもなじみがあった。もう間違いないと思いながら、純平は青い大きな家の前に立った。

玄関を出てきたのは九十歳の老人ではなく、丸顔の若いロシア人女性だった。彼女はしばらく訝《いぶか》しそうに純平の顔を見つめていたが、何かを思い出したのだろうかその表情は見る見る明るくなった。

「ジュンペイ、ジュンペイよね。きっとまた会えると思っていたわ」

彼女はそう言って手を差しのべてきた。純平は思わずその手を握ったが、そのことより「ジュンペイ」という現在の名前を呼ばれたことが衝撃だった。その名は彼が記憶を失ってから自分自身でつけたもの

だと思いこんでいたからである。周りの風景が音のない地震のように大きく揺らいだ。青く塗られた壁と白い扉、彼女の赤い顔とが、純平の目の前でシーソーのようにしばらく左右に揺れていた。やがてその揺らぎが収まってくると、純平自身も彼女の顔と「クセーニャ」という名前を思い出した。

「皆さんはお元気ですか？」

「ええ、皆元気よ」

「お祖父さんも？」

「もちろん、今も昔の話を聞いていたところよ」

純平はもう一度周りが揺らめくのを感じた。神吉が満足そうに脇から二人の橋渡しをしながら自己紹介をして、そこに訪ねてきた理由をかいつまんで説明した。彼女は少し心配そうな様子で聞いていたが、すぐにまた陽気で柔和な顔つきになった。

「少し待っていてください」

クセーニャは来訪者のことを告げに一度家の中に入り、すぐにまた戻ってきた。

「どうぞ」

今度は少しばかり神妙な顔つきだったが、純平は気にせず中まで入っていった。暖炉のそばの揺り椅子に座りながら、老人は身動き一つしなかった。頬は痩せこけ、少なくなった白髪の下から眼だけがギヨロっという感じで鋭く光っていた。しかし、純平にはその顔の記憶は甦ってはこなかった。

「こんにちは、木崎さんですね。近くの廃工場であなたの名前のある落書きを見てきました。苦労なされたのですね」

老人はこの人は何を言っているんだというような感じで、クセーニャのほうを見た。しかし、クセーニャには日本語がわからないし、ひょっとしたら老人もまた高齢のため日本語を忘れているのかもしれなかった。

「私は何年か前にここに来たことのある日本人です。記憶が正しければ、その時日本語でいろいろ昔のことを話してもらいました」

老人は純平の顔をしっかり見てはいたが、何も言わなかったし、何の感情も表さなかった。見かねた神吉がロシア語で言った。

「私は日本語もロシア語も両方できるので、何ならロシア語で話してもらえませんか。通訳を引き受けたいと思います」

木崎老人の唇はぴくりと動きかけたようだったが、やはり言葉は出てこなかった。心配したクセーニャが老人のそばに寄り添って助け船を出した。

「時々こうなることがあるの。さっきまでいろいろ話してくれたのだけれど、突然のことで戸惑っているのだと思います。もうすぐ父も帰ってくるので、それからゆっくりお話ししてもらったらと思います」

老人は座ったままそのクセーニャを遮るように左手で彼女の肩の辺りを制して、彼女に部屋を出て行くように優しく促した。クセーニャは大人しく「あとはよろしく」という感じでドアを開けて出ていった。

「すみませんでした。見慣れない者がいきなり家に入りこんで、昔のことをしゃべってくれなんて常識外れですね。こうして会ってもらえるだけで私は本当にありがたいです」

純平は話を聞くことは諦めて、ただもうしばらく一緒にいるだけでいいと思った。そのうちにこの家族のことも老人のことも思い出すに違いない、いや、たとえ思い出さなくてもこれで充分目的は果たしたような気がしたのである。何よりも目の前の暖炉のそばに博物館で見た例の古い火掻き棒が紛れもなく置かれていたことで、記憶が戻ってきたことはほぼ確信できたからである。老人は徐にパイプを取り出して煙草に火をつけた。あたりに甘いような煙草の匂いが漂った。

「永いこと故郷の言葉は話していないから、うまく伝わる自信はないが、……ずいぶん変わってしまったかもしれないが、……独り言だと思って聞いてほしいのだが、……おぞましいことが多すぎて……できるなら一生黙っていることがいいのだが、……いつでもまだおぞましさは付きまとって……、白い鳥が湖面を滑るように飛んでいった冬の凪……、その夏までの血を洗うように真っ白な翼の輝き……、光が一面の雪原をきらきらと渡っていき……、見せかけの信頼はもろくも敗走し……、積み上げられた時間の山は幻となり……、東から来た高気圧はその勢いでそのまま西に向かっただけで……、水鳥はいつの間にか自分の姿を見失い……、死にきれなくてふらふらと湖面を渡り飛び……」

老人の言葉は訥々と始まって、次第に独特の口調で連想が繋がるようになり、何度も心の中で繰り返されてきた問いや意味らしいものが比喩の形を取って語られ始めた。純平らはメモを取ったりする余裕もなく、ただ老人の存在からこぼれ落ちてくる稲穂を拾うように耳を傾けた。

「論理は肉を削り、血を辺りにまき散らし……、退くときも進むときのように真っ先に……、ただただ前ばかり見て雑音には耳を塞いで……、先の見えない凍傷と悔恨……、それは私を私から引き剝がした……、兵舎の暖房の中で見る夢まで私から私を引き剝がそうとした……、つま先のほうからただの物質に変化していく……、今ここにいるという意識はだんだん薄れて……、過去と未来がシベリアの平原にもなる……、後ろも前もない世界で……、幽霊のようにあたりをいくつかの想念が漂う……、覚醒した物体としての私は石炭を掘り……、いつの間にか裏と表が入れ替わって……、今を失った私はトラックの荷台で揺られている……、揺られている……、揺られ続けている……、揺られていた……、揺られたりしていた……、昨日と今日に何の区別もなくなって……、希望と絶望とが交錯し……、自由と束縛とが入れ替わってもおかしくはない……、論理は敵を炙り出し、互いの時間はずれながら対立を煽り始め……、個人的な信念が諍いを誘発し……、諍いは新たな信念を生み出して……、平穏な家庭さえも非情に引き裂いていく……、凍土は果てしなく広がり、どこまで行っても言い切ることがない……」

労苦の果ての悟りなのか、なお続く葛藤なのか、ここまで引き摺ってきた経験なのか、これまで何度も頭の中で繰り返された完了することのない文がどこまでも続いていくように思われた。遮ることも問い質すこともできないまままただ茫然と嗄《しゃが》れた声調が訥々と続いていた。

「凍土は果てしなく広がり、どれが村なのか林なのか、川はいったいどちらに向かって流れているのか……、鳥は飛び立ってはまた帰ってくるし……、同じ鳥でなくてもまた帰ってくるし……、帰ってきたものはまた飛び去っていき、帰りがどちらなのかも知ったことではないだろう……、文脈をなくした言葉が一人歩きし……、人の心を蝕んでいく……、言葉をなくした文脈が一人歩いて……、狂ったように暴れながら爪が地上に激突する……、狂ったように走りながら……、走りながら狂って……、進んで進んで……、一定の割合で進んで……、進みながら割合で……、邪魔な草木が、泥が邪魔で、さらに邪魔で……、昨日は終わらないし、明日も来ることはない……、ただ石ころのように雨や風に晒され……、自分がどこにいるのかさえ定かでなく……、闇の静寂も突撃の恐怖と重なり……、鍬を持つ手がかさかさになり、石炭を掘る顔は真っ黒になり……、ただ黙々と働くことだけがなにがしかの償いのような気がして……、延々と続いていくことが自らに許されない微かな希望で……、自らに許されない断定が戻ってくることはあるのか知らず……、焦ってもなかなか述語には辿り着かないものがあり……、進んでも進んでもしばらくしたらまた帰ってくるし、しゃべってもしゃべってもなおしゃべり足りない……」

しゃべり足りないと言っている割に老人はますます苦しそうであった。誰かが止めないと彼が壊れてしまいそうな気がしたのは、純平だけではなかった。神吉も心配そうに老人と純平の顔を見較べるようにしていた。

「少し休んでくださいい、私たちはここにいますので」

「いや……」

そうひと言言っただけで、老人はようやく口を噤んだ。そして、しばらくして今度はおちついてポツンと言った。

「日本語はもう難しくなっ……」

「ちゃんと理解できますよ」

純平はそう言ってはみたものの、老人の困難は感じられていた。何かを言い切ってしまったら、とんでもないことをしでかしてしまいそうな恐怖を感じていたのではないか。そして、そんな時耳に入ってきたロシア語という別のものさしが彼の心を軽くしていたのかもしれない。

「よかったらロシア語でもいいですよ、通訳できますから」

もう一度神吉が仲介を申し出、続けてロシア語で付け加えた。

「この人の顔を覚えていますか？」

老人は純平の顔をじっくりと見つめた。

「若い日本人が訪ねてきたことは覚えているが……、この人だったかどうか……、ずいぶん視力が弱っているので……」

老人はそれでも頑なに日本語で話そうとしていた。

「私はオノダ・ジュンペイと言います。あなたは木崎さんですね」

「木崎は死んだ。私はイワン・ザカロフだ！」

老人はそこで初めて怒ったように断言した。純平は確かめたかった記憶のほとんどが証明されたことに満足していた。それ以上老人に負担をかけることは望まなかった。

「今日は本当にいろいろありがとうございました。お体を大切にこれからも長生きしてください」

純平は神吉に合図して椅子から立ち上がろうとした。

「もう少し話を聞いてくれ、この機会にもう少し日本語でしゃべっておきたいのだ。録音してくれてもいい」

老人は二人を引き止めたが、もう怒っているようには見えなかった。神吉は録音機のスイッチを入れて小さなテーブルの上に置いた。

「尻尾に火がついて前のめりに走り出した狐のように……、風景に溶けこんでいた無常観の世の中に黒い船は……、いつしか前のめりの世界観に取り込まれ……、無常観を尻目に突っ走り始め……、先兵となって海を越え、また山を越え……、目の前の物欲や栄達を餌にして……、前のめりはさらなる前のめりを産み……、極寒の最果ての地まで流されてきて……、すべてを失い、絶望的な労働の日々が果てしなく繰り返され……、ようやくこの世の無常さに気がついて……、いずれ消えゆく生命に一条の光が射し込み……、持たざる者の自由さに目覚め……、愚かな狐を嫌悪する日々……、ただ新しい狐は海を越えて新しい虎を見つけ出し……、虎は仮面をかぶって羊に近づいて……、狐は分け前にあずかってむさぼり食い……、狡く賢く立ち回り……、藪の中を擦り抜けて……、自らの嘘をどこまでも信じ込み……、地面を見ることもまた一枚の葉っぱを見ることもなく……、空を渡る天狗にすらなれずに田畑を荒らし続け……、道徳という仮面をかぶった者たちの無表情……、まるで未来にこそ道徳が実現されるごとく……、引き裂かれた者たちが元に戻るためのはるかな道のり……、何もなかったかのように川だけは流れて……、恐怖に凍りついた顔つきは何度も枕もとに現れ……、これが歴史的現在というものなのか……、亡霊たちはここにいるのか……、亡霊たちが水を求めて川に入っていく……、一人ひとりの亡霊の顔には見覚えがなく……、いつまでも変わらない姿で……、罪はいつまでも漂い続ける罰となり……、草原はどこまでも青く……、水色の空はどこまでも澄みきって……、胸の内には血の色が流れて……、その色を知ろうともしない人たちがいて……」

そして老人は苦しそうではなかったが、またしばらく沈黙した。五分ほど間をおいてから純平は静かに質問した。

「狐とは誰のことを指しているのですか？」

老人は言葉を探している様子だったが、突然意を決したように言った。

「もう終わりだ！」

そしてすぐにクセーニャを呼び、次のようなことをロシア語で言った。

「お客さんを食堂まで案内して、お茶を出してあげてくれ」

彼女は二人を隣の食堂まで案内した。

「久しぶりに日本語で話したので疲れたのでしょう。父も日本語は話せますが、家の中ではほとんどロシア語ですましていますから」

クセーニャが申し訳なさそうに言った。

「お父さんの名はウラジーミルですか？」

「はい、そうです。実際には血のつながりはありませんが、私が物心ついたときからずっと家族として一緒に暮らしています」

「養子ということですか？」

「そうだと思います」

彼女は自信なさそうに答えた。

「立ち入ったことを訊いてすみません。おかげで失っていた記憶が戻ってきて、いろいろ思い出すことができました。ありがとうございます」

「またお会いすることができて、とてもうれしいです。ゆっくりしていってください」

通訳を介して、クセーニャと純平はしばらくこの村での共通の思い出を確認しながら語り合った。

「クセーニャ！」

隣の部屋から老人の嗄れた声がしたので、クセーニャが返事をしてすぐに老人のところまで行った。そして、しばらくして腑に落ちない面持ちで彼女が戻ってくると、老人が神吉と二人だけで話したがっていることを告げた。

「ロシア語ならもっとよく伝わるということでしょう、お願いします」

純平がそう言ったので、神吉は一人で隣の部屋に入り、しばらくしてロシア語で話しているらしい声が微かに聞こえてきた。純平はその内容が確かに気にはなったが、耳をそばだてるわけにもいかず、かといって日本語の通じないクセーニャとはちょっと複雑な思い出話を続けるというわけにもいかなかった。よく見ると、彼女は以前の子供っぽい顔に比べるとずいぶん大人っぽくなっていた。

「今は学生ですか？」

「O市の大学の看護学科で勉強をしています」

「モスクワで働くのですか？」

「いいえ」

「私がここに来たのは何年前でしたか？」

「四年前の夏だったと思います」

身振りを交えても、その程度の会話がやっとだった。四年前たまたまこの村に滞在したのがいかに幸運なことだったか思い知らされた。話すことがなくなったので、一度家の外に出て庭や畑を見せてもらうことにした。裏の畑には色とりどりの花や季節の野菜がよく手入れされて育っていた。祖父は野菜を育てるのが上手だと彼女は言っていた。畑の向こうには果樹園らしい木々も見えた。この家族はおそらくもう何十年と同じことを繰り返してきたように思えた。

「そろそろお暇《いとま》しましょう」

明るく振る舞いながらもやや複雑な表情で老人の部屋から出てきた神吉が、純平にそう促した。せめてウラジーミルに会ってからと思っていた純平だったが、その言葉に特別な意味があるように思えて、それ以上居座るべきでないと判断した。日を改めて訪ねたほうがいいこともあるのだ、と。クセーニャも残念そうにしていたが、家で収穫したリンゴだと言って純平たちに紙包みを手渡した。純平はもう一度老人に直接礼を言って、ザカロフ家に別れを告げた。

「どんな話でしたか？」

車を駐めた場所に戻る道すがら、純平が気になっていたことを尋ねた。

「車の中で話します、ちょっと整理してから」

もったいぶった言い方はますます純平の気を持たせたが、顔には出さずに黙々と白樺の並木道を歩いた。

車はO市街に向かって往きと同じようにほぼ真っ直ぐな道路を走っていた。スジンたちに会う前に回復してきた記憶とその日の出来事とを照合しながら整理しておきたいと思ったが、老人の最後の言葉を聞くまではその整理が整理にはならないことは純平も承知していた。記事にできるかどうかもわからないのにここまで支援してくれている神吉に、自分からせがむようなことはできなかった。

「ザカロフさんは、二つのことを私に言いました。一つ目は彼が日本語を話しにくくなった理由。二つ目は三年前にあなたがここを訪ねたときのことです」

突然神吉がハンドルを持ちながら落ち着いて話し始めた。

「三年前？」

「そう、確かに三年前と言いました。二つ目はあなたに話すべきかどうか迷ったのですが、むしろ一つ目の話をする前にしておいたほうがいいのかもしれません。彼自身も二つ目を話すかどうかは、私が判断してほしいということだったのです。どうか落ち着いて聞いてほしいのですが、三年前彼はあなたのことを強い調子で叱責したそうです。久しぶりに聞く日本語だったので、故郷のことが懐かしくていろいろ質問したり、あなたの質問に答えたりしたそうです。あなたは三日ほどこの村に滞在されたそうですね。最初のうちは日本がめざましく復興したことや技術が進歩して生活が豊かになったことなど、感心することばかりだったのですが、彼はしだいに、よくはわからないが、あなたの話にいらいらし始めたらしいのです。そして、三日目にはとうとう我慢できなくなって、大きな声であなたを責め始めるようになったというのです。敢えて理由を言うなら、大切なことがわかっていないのに、あなたの態度がどこか傲慢で不遜であり、いや、実際そうだったのではなく、彼があなたの態度からそんな感じを受け取ったからだったらしいのですが、したがってどの言葉に引っかかったというわけではなく、言葉の端々に何となく感じた不愉快なものだとも言っていました。そこにかつての自分の姿を重ね合わせていたのかもしれない、とも……」

「そうですか」

純平は落ち着いて聞いてはいたが、ひょっとしてそこに自分が記憶を失ったきっかけがあるのかもしれないと思った、実際はそれが知りたくてここまで来たのだとも。

「その時私はどうしたのでしょうか?……」

「やっぱり憶えていないのですね。あなたはびっくりしたように立ち上がり、何かひどい言葉で言い返したそうです」

「私はその時何て言ったのでしょうか?」

「内容まで教えてくれませんでしたが、売り言葉に買い言葉になってしまったから、そこはお互い様だろうと言っていました。ただ、今回会ったときのあなたのことを、まるで全く別人に出会ったように感じたと言っていましたよ」

「それは、現在の私が体験の記憶だけでなくかつての人格までも失っているということなのでしょうか?」

「さあ、それは私にはわかりませんが、これだけは言えると思います。当時のあなたにとってごく普通であったことが、木崎老人にしてみれば、長い苦労の末にやっと克服してきたものがまたぞろあなたの姿を借りて遠くからわざわざやってきた、そういうふうに思えたのかもしれませんね」

純平は少し考え込んだ。そして気になったことを尋ねた。

「私たちは四年前、いや三年前、和解できないまま別れたのでしょうか?」

「そのようです」

純平の気持ちはさらに落ち込んだが、これを知ることがこの旅の目的だったことを思い出して、気を取り直して尋ねた。

「もう一つの日本語が話しにくくなった理由はどうでしたか?」

「これもまた意外な答えでした」

神吉は続けた。

「日本語では一つの動詞がロシア語には二つの体《たい》があって、おそらく完了体と不完了体のことだと思うのですが、その一方の体で日本語として言い表そうとすると、どうしても言葉が詰まってしまって言い淀んでしまう、とザカロフさんは言うのです。自分の学んだ日本語ではその不完了体の感じを表す言葉が簡単には見つからない、日本語の『た』でも『ている』でもないような気がすると。それを使ってしまうと、それまでの文の意味が消えてしまうようで、使えないのだ、とも」

「でも、これまでもロシア語の作品がたくさん日本語で翻訳されているのではないですか?」

「確かにそうですが、小説などは完了体を使うことが多いですし、また専門家の意訳によるところも多いですから、日常言語とは事情が違うのかもしれません。それに加えて木崎老人自身の事情が大きく関係しているのでしょう。私はそう感じました」

純平の表情に一条の光が差し込んできたかのように見えた。

「ということは、私の人格の変化ではなく、私の言葉遣いにある変化が起こっていたということかもしれませんね。肯定的にとらえることにします。黙っていてもよかったのに、敢えて話してくれて嬉しいです」

もし神吉がこの場にいなかったとしたらと思うと、純平には彼の存在が言葉にできないくらいありがたかった。そして、三年前ザカロフの家を後にしてからの自分がどんな気持ちでその後のツーリングを続けたのか想像してみたが、瞼の裏にはどんな像も結ばれることはなかった。いまや大部分の記憶が検証されたが、そこに実感が伴ってないのはしかたがなかった。

「私はこれで確かにほとんどの記憶を取り戻したのかもしれませんが、何だか実感が湧いてきません。これが果たして記憶というものなのかどうか、私のたどってきた足跡を踏みしめれば、それにつれて記憶も回復すると思っていましたが、どうもそうではないようです。そこには私とは別のもう一人の私がいただけで、その私との断絶が深まっただけのような気がします。ここまで私のために力を尽くしてもらったのに、これは本当に申し訳ないことです」

神吉は運転していることもあってか、落ち着いて答えた。

「今頃こんなことを言ってはなんですが、私はあなたが本当に記憶を取り戻そうとしていたのかどうかもともと懐疑的でしたから、私のことは気にしないでください。結果はどうあれ、ここまで来ることに意味があったのだと思っています、それに、ザカロフ家への訪問は私にとっても非常に刺激的な体験でしたからね。まだ言っていませんでしたが、写真も撮らせてもらったし、条件付きで記事にすることの了解も得ました」

「それは意外でした。気難しい老人に見えましたが……」

「本名と出身地は伏せておいてほしいということでしたから。死を目前にして、こんな人間がいたことを知ってもらう機会ができたのは何かの縁だろう、とも」

純平は改めて木崎老人の生涯に思いを馳せた。彼が日本に戻らなかったのは、抑留生活で苦しみながら生き抜いた事実を残しておきたかったからなのだろうか。日本に帰ったら、失われてしまうものがそこにあったということである。それは望郷の想いよりも強く、日本人であるオノダの話したことが不愉快になってしまうほど強い思いだった。そして、ひょっとしたらその日の突然の再会がそのまま彼の遺言になったのではないかとも思った。三年前通じ合えなかった木崎老人と自分がなぜ今になって通じ合えたのか。どちらが変わって、どちらが変わらなかったのか。老人が三年前と違って日本語が話せなくなっていたためなのか、それとも純平の人格が失われてしまったためだったのか。そもそも三年前にここまでやってきたのは自分だったのか、名前の似た別の人物だったのではないか。いや、九十歳の老人だけでなく孫娘のクセーニャも自分を覚えていた。しかし、確か彼女はオノダが来たのは四年前と言っていた。別のことなのか単なる間違いなのか。別のことであったとして、それで何かが変わるというのだろうか。木崎老人が存在したということ、そして不完全ではあったが実際に目の前で話を聞けたこと、それだけで純平にとっては充分意味のあることに違いなかったのだから。

後ろに向かって飛んでいくハイウエー周辺の植物やそれに溶け込んだ人間の営みの風景を黙って眺めながら、純平の心は想像から回想へ、そしていつしかスジンのもとへと飛んでいった。

「神吉さん、今日はありがとうございました。おかげで記憶探しにも一区切りをつけることができました。木崎さんが問題ないということであれば、私のことは仮名なら記事にしてもらっても構いませんので、よろしくお願いします。それでもひょっとしたら家族か友人が新聞社に連絡を取ってくるかもしれませんが、それも自然の成り行きですから私が拒む理由はありません。その時は連絡してください」

純平はいつまでも過去に囚われていたくはなかったので、ここで腹を括るつもりだった。それは、木崎老人のようにどこであれ自分のおかれた場所に留まっている覚悟ができたということかもしれなかった。偶然の仕業とはいえ、少なくとも老人にはこの純平に共感できるものがあったのだから。

「了解しました。以後連絡はK支局の田原さんを通じてさせてもらうことになると思いますが、仄田さんにはまたどこかでお会いできるような気がします」

その夜はスジンたち一行と共に食事するよう誘ったので、別れの挨拶を告げるにはまだ早かった。

「それで記憶探しはもう終了というわけね」

神吉を加えたホテルの一室での夕食時に悠里が明るく言った。彼女はむしろそれを歓迎しているように見えた。調理設備とソファーのあるリビングは六人が会食するために充分な広さがあり、部屋の簡素な調度品も彼らは気に入っていたので、外食するよりもくつろげそうだったのである。

「そうです。木崎老人が言っていたように、記憶を失っていた間に私の生き方や考え方が明らかに変化していたということがわかりました。つまり、記憶はなくてもその期間に体験も学習もしたということですから、だとすれば、記憶そのものは必ずしも必要ではなくなったのです。私がそこで生きていたという事実は今もここに厳然と存在しているということになるからです」

そう言いながら純平は自分の胸の辺りを指し示し、さらに続けた。

「一般に記憶が戻るということは本来の自分に戻るということになりますが、記憶を亡くしてからのこの一年間の記憶がなくなるというわけではありません。つまり、本来の自分というものがあったとしても、それらはこの一年間の間にすでにここに形を変えて引き継がれていたということです。それがわかっただけでも今回の旅は充分収穫があったと言えます。おそらくもう記憶に煩わされることはないと思います」

彼ら六人の間には共通の言語があるので、互いに通訳しながらたいていのことは通じ合うことができたのである。容易に割り切れるような問題でないことは理解していたが、純平自身が結論づけたことをそれ以上蒸し返す理由はもうどこにもなかった。

「それから、……」

純平は少し言い淀んだが、すぐに決意したように続けた。

「木崎老人との出会いによって、もう一つ気づいたことがあります。木崎老人は一回目に私に会ったときは不快な思いをして、今日二回目に私に会ったときはそれを感じなかった。それが木崎さんの意識の中での体験の順序です。ところが、私にしてみると、同じ二回目の出会いは今日の午前のことであり、一回目の出会いのことは同日の昼頃帰りの車の中で知ったことです。私の記憶がすっかり戻っていたとしたらこういうことにはもちろんなりませんが、二つの出来事を体験する順序が木崎老人と私とでは全く逆だったということになるわけです。ならば、さまざまな出来事の起こる順序というものに果たして意味があるのでしょうか。結論を言えばこういうことです、私がある記憶を取り戻したとしても、私の中で単に出来事の順序が入れ替わっただけで何も変わらない、現に何も変わりはしなかった。これから何かを思い出したとしてもやはり何も変わりはしない、と。もう一人の自分などどこにも存在しません」

悠里以外の者がそんな話に関心を示したとは考えにくかった。ただ何となく純平が半ば強引に今回の旅の目的を果たしたに違いないということがぼんやりと理解できただけである。これまでいろいろ純平のことを気にかけてきたスジンにしても、彼が納得するまで記憶を探すことがいちばん大切と感じていたので、もはやそれ以上言うことはなかった。砂丘の上から一緒に見た儚い蜃気楼がようやく彼をここまで連れてきてくれたと感じるだけで、彼女はもう満足していたのである。そして、もう二度と自分の知らない別人になってしまうことはないと確信することもできた。

「では、改めて記憶探しの完了とこの六人の出会いに乾杯しましょうよ」

悠里の音頭で彼らは二度目の乾杯をし、いつ果てるともなく陽気に、時には激しく語らい続けた。

最後の一日はそれぞれ自由に過ごすことになり、前夜神吉と意気投合した悠里がO市で取材を続ける彼に同行することを告げ、クリスチーナ夫妻が新婚旅行の続きだと言ってドライブに出かけ、それらを見送った後、純平はスジンに誘われて前日にできなかった町歩きと買い物につき合うことになった。翌日にはまたそれぞれ西と東に遠く離れなければならない二人は、互いの気持ちをそこで確かめたいと願っているようだった。

北の国に秋の訪れは早く、街路樹や公園の木々は赤や黄色に鮮やかに色づき始めていた。そこは確かに現在社会ではあるが、もう一つの世界とでも名づけたいような不思議な光景が広がっていた。何もなかったところに短期間で造られた一画はどこか無機的で、閉じられた窓の奥に人々は息を潜めて暮らしているように思われた。道路の真ん中を一昔前の市電が行き交い、労働者風の服装の人々が彩りのない広い歩道を歩き、時々その歩道には原色の貼り紙のある売店があり、新聞や雑誌、煙草などを売っていた。両側の建物は色も形も画一的で、通りに向かって灰色のコンクリートの壁を並べていた。明らかに日本にあるものがなく、日本にないものがあった。しかし、スジンにはそれが特別驚きではないようだった。留学生活が続いているせいか、彼女は初めて訪れる町にいちいち違和感を感じるというよりもむしろ違いを楽しむようなところがあって、訪れた町の雰囲気にすぐにとけこむことができたのであろう。

「行きたいところがあるの。つき合ってくれない？　それとも、何か計画があるの？」

彼女は秘めていた思いを明かすように思いきって提案した。

「別にないよ」

「昨日遠くから目にしたところだけれど、できたら今日純平と行ってみたかったの」

「もちろん喜んで。今回の僕の旅の目的はほぼ達成できたから、今度はスジンの行きたいところにつき合うよ」

「ありがとう。確かに一緒に金沢に行ったときとは違って、何だかすっきりしたように見えるわね」

純平は不安な、そして幸せな金沢旅行のことを懐かしく思い出していた。

「考えてみれば、あの旅行で蜃気楼を見たことから今日という日があったんだね」

そんな話をしながら彼らは旧式の市電を待っていた。

「昨日は何気なく遠くから眺めただけだったけれど、川の畔の丘の上にイスラム寺院とロシア正教会が隣接しているところがあったの。ドイツではあまり見かけないし、ひょっとしてそこでしか見られないものがあるかもしれないと思ったの。船に乗って大きな川を渡るのよ」

彼女は夢見るような笑顔でそう言った。

「なるほどね。僕も興味があるよ。ただ言葉が通じないから、あまり期待はできないが」

「大丈夫。私、高校生の頃少しロシア語を勉強したから」

純平には意外な答えだったが、もともと隣国の言葉なのだからそれは充分ありそうなことであった。同時に、自分の知らない高校生の頃のスジンの姿を想像して、何故か幸せな気持ちになった。そして、その頃はまだはっきりとはしていなかった漠然とした希望が、いま確実に彼女の旅と芸術とを後押ししているように思われた。

深緑の水の流れが丘の上の回教のドームと正教会の金色の丸屋根を映し出していた。船はゆっくりと岸を離れ、エンジンの音が辺りを包んで、静かな水面を滑るように渡っていった。船内に旅行者らしい人は少なく、スカーフをした女性など参拝に来た人たちで占められていた。スジンと純平は船端《ふなばた》に肘をつきながら、近づいてくる岸辺を眺め、その上の建物を眩しそうに見上げた。対岸には参拝を終えたのであろう、船を待つ簡素な服装の人たちが集まってきていた。ずっと昔から変わらずに繰り返されてきた光景のようだった。船はいかにもゆっくりと自然に岸に近づいた。

「この川は運河かしら」

「そうかもしれない。この辺りは水上交通が発達しているからね」

「ずいぶん深そうね」

水面にはさざ波が立ち、流れがどちらを向いているのか容易にはわからなかった。

「中国には大きな川があるから珍しくはないだろうなあ……」

「ウサギ一匹！」

「え？」

「日本ではウサギを一匹二匹と数えることがあるでしょう。でも、中国では匹は牛や馬を数えるときにしか使わないのよ」

「では、ウサギはどんな言葉で数えるの？」

「ウサギは鳥と同じ一羽二羽よ……」

スジンはずっとそれを言いたかったのかもしれない。おそらく日本人が動物なら何でも一匹二匹と言うことが気になってしかたがなかったのだろう。

「確かに、日本人はネズミが一匹、ウナギが一匹、コオロギが一匹だ。いつの間にか区別しなくなったのかもしれない。そう言えば、ドイツ語にはそんな数詞はもともと存在しないみたいだね」

スジンはその言葉に満足した様子でにこにこした。純平が記憶に絡めて言語のことを話すのが彼女なりに気になっていたのかもしれない。

「ということは、日本語は西欧化しているということかな？」

彼女はやはりにこにこして、その質問には答えなかった。

そのうちに船は対岸の桟橋に接岸して、乗客たちが移動を始め、ロシア語で捲《まく》し立てる人たちの元気な声が丘の上から近づいてきた。その先頭には、赤いスカーフをかぶった正教会の女性とブルカで顔を覆ったムスリムの女性とが並んで歩きながら何やら熱心に話をしていた。彼らは普段から近所づきあいがあるのであろう、いつものように親しげに遠慮なく話しているようだった。そんなグループはいくつもあって、違う教会から出てきても、また身なりや年齢は違っても、宗教の違いなど関係なくあちらでもこちらでもロシア語らしい会話が聞こえてきた。それは新しいことでも何でもないようにごく自然だった。遠くを見やると土の坂道がいくつかの白い教会の建っているところまで続き、疎らな人の列がゆっくりと弛まず移動していた。なんだか天上への道のようだ、と純平は思った。

「思ったとおりね。私はこんな当たり前の光景が見たかったの」

「あの丘の上まで行ってみる?」

「ええ、ゆっくりね」

宗教には縁のなさそうな二人は、周りの人たちと同じように並んで話をしながら緩やかな曲線を描いている坂道を登っていた。誰も知った人のいない、初めての道だったが、不思議と違和感はない。教会の建物の位置は歩くにしたがって左や右に移動する。

「あそこに墓地はあるのかなあ?」

「きっとあるはずよ」

「霊魂の不滅を信じる人たちがその存在する場所を象徴するために雰囲気のある教会を建てるのかもしれないね」

「普段はほとんど気にしていないものね。この空間が魂に出会う場所を提供してくれているのかもしれないね」

スジンはいつものように彼の話を耳に自然に受け入れる。

「木崎さんの心の中ではきっと何も、つまり、自分のしたこともされたことも何も終わっていないんだと思う。自分と同じように、死んだ人の『今』にも終わりがないことを直感的に自覚しているのかもしれない」

それはイワン・ザカロフと再会してから彼がずっと考え続けていたことだった。一度目の純平は愚かにもザカロフにその終わりを要求したのかもしれない。いずれも滅びゆく存在であるならば、いずれも不滅の存在でなければならなかった。『今』は、この地上のここにもあそこにも、またあちら側にも、生きる人の数だけあるにちがいない。そしてその無数の『今』がなお存在することをあの丘の上の墓地や教会が教えてくれる。それこそ宗派の違いを超えた教会や寺院の意味である。『ここ』や『今』から離れられない言葉では、ザカロフの経験したことや幾度も反芻した思いをもはや表現することができないのだろう。

「純平、木崎さんに会えてよかった？」

スジンはずっと気になっていたことを口に出した。

「どう言えばいいのか、……この世には主語のない話もあるんだということ、それを彼に教えてもらったような気がする。それから、終わらない述語というものも……」

よかったことには間違いないが、その出会いには予期しなかったことがありすぎた。失われた記憶には辿り着いたのかもしれないが、謎は深まるばかりだったのである。むしろ抱えきれない謎からしばらく遠ざかるために自分の記憶に空白が作られたのではないかとさえ彼は思っていた。

「ああ、日本語では述語が最後にくるものね。でも、きっとそれでよかったのよ」

いつものように彼女の反応は純平に好意的だった。その言葉を聞いたら、彼にはそれ以上説明することはなかった。

その間にも一仕事終えたように互いに笑顔で語り合いながら下ってくる巡礼者たちと行き違った。中には敬虔にお辞儀する人たちもいたので、二人は思わず頭を下げた。山で行き違った他人同士がどちらからともなく互いに挨拶を交わすように、彼らの間には自然な連帯感のようなものがあった。

「ロシアの風土は気に入ったかい？」

今度はスジンの話を聞きたかった。

「私たちの祖先たちもこの地に来たのかもしれないと思うと何だか嬉しくなる。決して悲しいことばかりじゃなかったはずよ。昨日町で会った地元の人たちと話していると、いがみ合ったり憎み合ったりしたことはほんのわずかの間で、その間にも人々は平和に交流し合っていたんだなって思った。だからこそ、木崎さんも戦争で荒んだ心をこの地で癒やされたんじゃないかしら。そしてこの場所を離れがたくなった。人々の何気ない表情の中に、生活の中に、また言葉の端々に、そんな人たちの遠い記憶まで刻まれているような気がするの。何人かの似顔絵も描かせてもらったわ」

彼は最初スジンが何のことを言っているのかわからなかったが、よく考えてみると、純平の言ったことについて彼女なりに感じたことを言い表そうとしているのではないかと思えてきた。自分より遥かに人生経験が浅いように思える彼女ではあったが、彼の稀有な経験から紡ぎ出された言葉の意味、あるいはその背後にある精神状態までも直観的に了解しているように思えたのである。

「その似顔絵を見せてくれる？」

「いいわよ」

彼女は近くのベンチに腰かけて、少し恥ずかしそうにいつものスケッチ帳を開いた。そこには鉛筆で走り描きした、市井の人たちの素朴な笑顔があった。人物の特徴だけを素早く写しとったような素描である。風景も人物も彼女にとっては常に観察の対象であり、常に造形を意識させるものだったのだろう、自分なら見落としてしまうであろうものまで彼女は見逃さなかった。純平ならすぐに物語を想像してしまうものに対しても揺るがず、彼女は細やかな観察に徹しているようだった。

そう言えば、かつて彼女が日本人はロマンチストだと言ったのも、単なる褒め言葉ではなく、はっきりとした根拠があってのことだったのかもしれない。日本人の狂信的なロマンが誰に何をもたらしたかということをいちばんよく知っているのは、やはり日本人ではないということははっきりしていた。彼女を前にしてどこかにそんな意識があることを、彼は認めないわけにはいかなかった。

「認めないわけにはいかなかった」の「た」はもちろん自分自身からみた判断であるが、少し前の「何をもたらしたか」の「た」は自分自身の判断だけではなく、事実の確認でもあるし、また状態の記述でもあるはずだ。ということは、木崎さんの現在の心的状態の記述でもあるにちがいない。完了の「た」ではない、継続を表す別の言葉があるはずなのだが、やはりこちらの側である木崎さんは現在もそれを探しあぐねているのである。自分が記憶を回復するということは、そういう意味でのどこかに浮遊し続ける終わらない言葉を探し続けること、そしてそこに相応しい語尾をつけることであるのかもしれない。しかし、木崎さんが何十年かかってもできないでいることを自分ができるとはとても思えなかった。せいぜい切れ切れの記憶の断片を必要なときに取り出せるように繋ぎ止めておくことだけである。

　スジンの素描はそんなことまで純平に考えさせた。

「一種の心霊写真よ」

　突然彼女が言った。

「見たまま描いているつもりでも、どうしても自分の思い込みが映り込むのね」

「機械じゃないから、しかたがないよ」

「そうね。カメラは気配まで感じないからね」

「君自身のやさしい人柄まで映り込んでいて、いい作品だと僕は思うよ」

「ありがとう。でも、自分の人柄が出るようではまだまだね。モデルの個性や人生まで表現できなければ」

純平は言葉がなかった。スケッチ帳を閉じて、二人はまたゆっくりと歩き始めた。建物群は近くで見るとかなり規模の大きなものだった。白い塀で囲まれた宗教地区の入り口から他の人たちと共に中に入ろうとすると、明らかに信徒ではない二人は、係員に呼び止められて入場券を買うように促された。アーチ型の門をくぐると、内部は芝生や花壇、野菜畑まである庭園が広がっていた。その庭園を囲むように、教会、修道院、聖職者の住居、シナゴーグ、モスクとミナレットなどの伝統的な様式の新しい建築物が不思議な調和を保って並び立ち、その間を固い土の道が網の目のように繋いでいた。

「容れ物は立派だけれど、まだどこか人工的な感じがするね」

「宗教施設というよりも、ここはまだ一種のテーマパークなのよ。でも、ここはかつて異教徒同士で激しい戦闘が行われたところらしいから、こういう異なる信仰を持った人たち同士の交流が深まる場ができたことはいいと思うわ」

スジンは最初から目的地を決めていたかのようにどんどん奥のほうまで歩いていった。畑を越え修道院の背後の住居も越えてとうとう広い裏庭のようなところに出た。

「やっぱりここにあったわ」

緑の草原のあちらこちらに、無数の十字架や石碑などさまざまな形の墓標が広がっていた。それは教会のある区画よりも十倍以上は広く、白い塀は両側で途切れ、遥か向こうには濃い緑の森林地帯が続いていた。墓地は森林と塀とに囲まれた草原の果てまで続いているように見えた。白樺などの樹木や黒い石碑のようなものもあちこちに散見され、それぞれの墓地に続く道はあるようでもあり、ないようでもあった。歩く人が多いところが参道になっていたのである。色も形も大きさもまちまちで、朽ち果てた木の墓標や錆びたヘルメットの残骸、単なる石が目印の墓もあり、時代を跨いで重なり合っている墓所もあった。スジンがテーマパークと呼んだのはこの巨大な墓地の窓口として建てられた教会群だったからだろう。本当の聖地は宗派も無神論者も差別なく葬られたこの丘の上の大きな墓地のことだったのである。

「この墓地がいろいろな教会やミナレットを呼び寄せたんだね」

「そうね」

スジンはふらふらと吸い寄せられるように墓地にできた一本の細い道を辿っていった。丈の高い草が風に揺れて、青い空がきらきらしていた。純平はその時、その細い両肩をしっかりと抱きとめて何があっても一生かけてこの人を守らなければならないと思った。

第九章　希望潰し

池上藍乃が診療所を開設したのは、勤めていた公立病院が経営コンサルタントの黒田英二らによって民営化される直前だった。開設によって病院での彼女の勤務は非常勤となり、空いた曜日にその個人診療所で精神科と内科の外来を受け付けた。収入は一時的に減ることにはなったが、診療所開設は彼女の前からの強い希望であった。ただ、診療所とはいってもかつての下宿屋の一室を改装しただけの狭い空間であり、基本的な医療器具以外は設置されることはなく、聴診器と触診だけの前世紀の医者とあまり変わらなかった。もちろん病院の先輩医師たちは思いとどまるように何度も説得したが、彼女の決意は思いのほか強かった。

「看板に『鬱病』とは書いていますが、私は『時間病』と呼んでいます。そのほうが複雑な病気の原因を特定しやすいので」

彼女は精神科の患者に対しては必ず始めにそう言った。例えばAという患者は永年鬱病を患っていた。Aは優秀な成績で大学を卒業して、入社当時は次々と仕事で成果を上げ、将来的にも前途洋々としていたが、半年ほどしてちょっとした行き違いから会社での人間関係が拗《こじ》れ、見る間に職場で孤立し始め、坂を転げ落ちるように隅のほうの部署に追いやられ、木の枝がポキンと折れるようにいつしか反発心も萎えて、全くの無気力状態に陥ってしまうまでそんなに時間はかからなかった。どんなに足掻《あが》いても蟻地獄のような穴の中から這い上がれないような気がした、と休職中のAは言った。

「あなたの人生を図形で喩えるとどんな形ですか？」

彼女はたいてい最初にそんな質問をした。

「図形ですか……、そうですね、蟻地獄のような漏斗状の形でしょうか」

「わかりました。では、入社当初はどんな形でしたか？」

「漏斗をひっくり返したような形、つまり円錐形だったような気がします」

Aは、今度は迷わず答えた。

「自分はその時までいろんな山を乗り越えてきました。次の円錐形の山も例によって粘り強くしっかり大地を踏みしめて登るつもりでした」

「その形は今どうなっていますか？」

「そんな頂上へと続く峠道がいつの間にか反転して、深い谷底へと続く険しい崖に辛うじてへばりついている脆い吊り橋になってしまったようなものです」

当然のことながら、Aのような人たちはごく親しい人にも話せないことを藍乃には話してしまうのだった。鬱病の人たちはたいてい藁にもすがる思いでこの場末の民家の一室のドアをノックした。小さな看板であればあるほど、あるいはネットでの案内などの個人的な情報であればあるほど、このような医院は入りやすかったのである。普通の民家に入るように玄関で靴を脱いでスリッパに履き替えて、階段を昇るとそのいちばん奥まった部屋に「池上クリニック」とだけ書かれたドアがある。ドアを開ければいきなりクリーム色の壁紙が貼られた診察室である。

一階で中古品販売の仕事している仄田純平にインターホンでコーヒーを依頼したり、また時には助けを呼んだりすることもある。実はそんなサービスを家賃に含むこともその部屋の賃貸契約には明記されているのだった。

「まず、今ここで流れている時間はあなた自身の時間であることと、それはどこかの過去や未来で流れる誰かの時間とはまったく等しいものだということを考えなければなりません」

藍乃がこんなことを言えば、依頼者はほとんどぽかんとするだけだったが、彼女は構わずに続けた。

「そして、その時間は地球上にも宇宙にも流れてはいません。流れているのはあなたが感じている時間で、実際には何も感じていません。思い込みです」

患者はやはりこんなところに来なければよかったと思い始める。

「その証拠に私たちはいつか死に、未来人もいつかは死ぬ。そして、過去人もいつかは死ぬ。死んだわけではない。この世界には人の数だけ無数の今がある」

来談者はひょっとしてこの医者は狂っているのではないかと思い、椅子から立ち上がろうとして尻を浮かせ始める。

「ちょっとした頭の体操をしてみました。気分はどうですか？」

彼は浮かせた腰を再び椅子の上にゆっくりと下ろし始める。

「よくはありません」

「そうですか？　では、カウンセリングに戻りましょう。いまあなたの目の前には漏斗状の図形がありますね。それはあなたの感じている時間の形です。そこにはある方向に向かう力が働いていますね。それはどちらを向いていますか？」

「はい、下向きに引っ張る力です」

「そうですね。しかし、あなたの感じる時間があなたを引っ張るはずはありません。もともと時間には力もエネルギーもありません。あなた自身が時間という容れ物を下向けに傾けているだけではないですか？」

「わかりません」

　クライアントは少し考えてから正直に答えた。

「それなのにあなたはその引っ張る力が街の通りにも建物の中や間にもあるように思っているのではないですか？」

「わかりません」

「もう一つ気づいてほしいのですが、あなたが病気だからといって、他の人が健康だと思ってはいけません。いいですか。あなたが病的なのは、あなたに心を開かず、自分の時間の形だけを信じている周りの人たちが病的だからです」

　俄《にわか》には信じがたいことだったが、それはクライアントの気持ちを少なからず揺さぶることになった。伝染病などを除いては、人はたいてい病気を個人的なものと考える。精神的な病についてはなおさらである。しかし、それが周囲の他人もまた病気だったとすれば、何かにつけて他人と比較することで落ち込んだり平安を得たりするほとんどの来談者は気持ちが楽になったのである。そして、すぐにそれが単なる医師の気休めだと思って、今度はそれが怒りに変わることもある。

「先生は自分の考えを言いすぎです。カウンセラーは患者の話を聞くことに徹するべきではないですか」

「私は気休めを言っているわけではありません。本当のことなんですから」

「証拠はないでしょう」

　Ａは半分失望し始める。

「人生に希望など持っている人は皆病気です、不安を持っている人と同様に。希望も不安も偽装された自由の形です」

「何を言っているのか、さっぱりわかりません」

Aの失望は彼女に対する反感へと変わり始める。

「本物の自由は希望も不安も必要としません。そうではありませんか。あなたの不安を話してください」

来談者Aは、池上クリニックに来た本来の目的にようやく立ち帰れたように思った。

こんな調子であったから、途中で診察料も払わず怒ったように帰っていく人もあって、彼女のクリニックは繁盛するというわけにはいかなかった。それでも、話が独特で、何かが起こりそうな気がして、続けて通うようになった奇特な人も何人かはいた。

その中の一人に、かつて彼女と恋愛関係にあったが、いまや医師と患者という単純な関係に戻っていた氷所亮もいた。しかし、彼らの間にはまるで何ごともなかったかのように淡々とカウンセリングが講じられたいいた。所定のカウンセリング時間が終われば、二人は次の診療日時を確認するだけで、一緒に食事に行くわけでもドライブするわけでもなかった。むしろ元恋人としての義務とでも思っているのか、いわゆる客寄せのさくらを演じているつもりなのか、あるいはマラソン大会のペースメーカーとして雇われたランナーにでもなったつもりなのか、彼はほぼ規則的にそのクリニックに通ってきていた。それでいて誰か共通の知り合いが、例えば純平が二人を誘ってきたときなどには、途中から一緒に待ち合わせ場所に行ったりしたのである。

「気分はどうですか?」

「まあまあです」

痩せぎすな亮は弱い声でつぶやくように言った。

「そうですか。最近どんな夢を見ましたか?」

「よく見る、若い頃の夢です。卒業試験に失敗したために、もう一度試験を受けなければならないので、一度勉強した範囲をもう一度一から始めなければならなくなって、もう以前のような思考力も意欲もないのに、遅れた分だけ試験はますます難しくなり、また大きな山を登らなければないことにすっかり意気消沈して、やっぱりこのまま卒業せずにいるほうがいいのかと思われ、ずるずると坂道を滑り落ちるように、後悔しながら日常生活を送っていて、それでもお腹だけはすいて、駄菓子屋を探しながらあちこちの狭い路地をうろつき回っている、そんな夢です」

「出口のある夢なんてまずありませんから、悲観的になる必要はありません。カフカもイシグロも出口に辿り着けないまま作品は終わります、いえ、終わりません。出口に辿り着いたときにはすでに目覚めていて、夢ではなくなっています。ですから、出口のないことよりも、出口のない理由や付随する細かい部分が夢判断の材料になります。この場合は卒業試験や思考力や駄菓子屋ですね。そこにある後ろめたさがあるに違いありません」

　できるだけ感情を抑えながら藍乃は言った。

「後ろめたさですか……」

「多かれ少なかれ人は誰かを犠牲にして生きていますから。誰を犠牲にしたかは本人が、いえ、本人だけがいちばんよく知っています」

「受験で人を蹴落としたことや駄菓子屋で万引きしたこととかですかね……。でも、それは誰かを犠牲にしたこととはちょっと違うような気もしますが……」

「たぶんそんなところだろうと思います。自分が前に進むためには誰かを置き去りにしているはずです。それがこの社会の原動力のようなものですから。でも、夢の中ではその前に進まなければならないという建前、つまり時間関係は消えてしまっていますから、付随していた後悔や後ろめたさだけがいろんな形象となって残っているというわけです」

　それまでの親密な関係の中ではなおざりになっていた医者と患者という関係が独立してくると、治療の効果が出やすくなることはよく知られていた。別れてみてかえって互いのことがよく理解できるようなことがあるように、彼らもまた鬱病と具体的に向き合えるようになっていたのであろう。二人の会話はぎこちない事務的なものだった。

「時間関係は消えてしまうということですが、時間に追われているような夢をよく見るのはどういうことでしょう?」

「時間感覚はあるかもしれませんが、時間秩序は崩れています。もともとそれが意識的なものだからだと思いますが。言い換えれば、夢の中では時間意識は未来に向かっていく直線ではなくむしろ空間的な図形になっています」

「つまり、後ろめたさというものはその線の上を前に進むために犠牲にしてきたものだということですか?」

「そうです。前に進めなくなったときに人は絶望しやすくなりますし、鬱ぎ込んでしまいがちになります」

「前に進むな、つまり、絶望しないために希望は持つなということですか?」

「そうです、口で言うほど容易なことではありませんが……。希望に動機づけられたことに碌《ろく》なものはありませんから」

藍乃は無表情にそう言って、亮の反応を窺っているようだった。これでは実験台にされているようなものではないかと亮は思わないではなかったが、今更改まって文句をつけるようなことでもなかった。

「希望でなければいったい何を目指して生きればいいのでしょうか?」

「目指さないでください」

亮はなぜか微笑んだ。同時に藍乃もまた微笑み返した。

「予想どおりでした。最近の私は何かを目指しているとは言いにくいです」

亮はいつしか自分のことを「僕」とは呼ばなくなっていた。

「でも何かこだわりのようなものがあるでしょう、見えにくくはなっていますが」

亮は誘導尋問にかかったかのようにセラピストが満足できる答えを探していた。答えが彼の捏造であったとしても、そのように捏造する心の動きもまたセラピーの対象には違いないだろうという信頼感が彼を自由な気分にしていた。

「長い間疎遠になっていた人との信頼回復ですね。それから新しい人との出会い、それもなるべく遠い人がいいですね。しいて言うなら、それが今のこだわりです」

「今からでも遅くないと思います。逆に今だからできるのかもしれませんが、でもその目的が人を追い越してしまうようなことにならないように気をつけてください。長い間個人主義で生きてきたのですから」

「個人主義ですか？」

「ええ、もちろんです」

亮は、そのように冷静に相談して冷静に受け止められることを以前と比較して寂しく感じる反面、その新しい関係をまた好ましいとも感じていた。そして、藍乃が精神病理学に傾斜することになった「時間病」という考え方も、かつてはただ若い女性の気まぐれな思いつきに振り回されていると感じていたのが、最近ようやく客観的にとらえられるようになったと思っていた。

「どうでしょう？　私はだいぶよくなったのでしょうか？」

「簡単ではありませんが、私の見立てではかなり治癒しているはずです」

「ありがとう。確かに、最近は鬱に襲われる回数がずいぶん少なくなったようです」

「しばらくは一進一退でしょうが、そんな成句に惑わされないことです」

藍乃は独特のひねったような言い回しでそう言った。

「よくわかりました」

たいてい謎のような言葉を残して診察は終わる習わしだったが、亮はそんな言葉も冷静に受け止められるようになっていた。その言葉は次の診察までの日常生活に対する宿題としての意味を持っていたのかもしれない。そういうこともあって、その宿題を受け取った後は彼女を食事やちょっとした散歩に誘ったりすることもなくなっていたのである。その代わりに、亮は一階の事務所に立ち寄って純平の業務に支障がない程度にそこでコーヒーを飲みながらしゃべることがあった。そこがクリニックの待合室代わりに使われることは、純平にとって気分転換になりこそすれ、少しも煩わしいことではなかった。むしろいろんなクライアントと気楽に話すことは興味深いものだった。作業机に向かってほぼ無言で機械修理をしたり部品を探しに階段を行ったり来たりしている技術担当の宍人にとってもそれは同じことだったのであろう、彼もまた時々背中を向けたまま皮肉っぽい感想を述べることもあった。

「失った記憶が戻ってきたと聞いていますが、本当ですか？」

亮が純平に尋ねた。

「ええ、記憶が判明したと言ったほうがいいのかもしれませんが、それでも過去の自分に対する不安のようなものはなくなったし、それは結局未来への不安がなくなったということなのでしょう」

「これからは何でも来い、という感じですか？」

不安だらけの亮が少し羨ましそうに言ったので、純平は苦笑いしながら首を振った。

「相変わらずわからないことばかりですが、まあどうってことない、という感じですかね」

「それはよかった。僕もそうなれたらいいのですが」

亮は、純平に対して心に傷を持つ者同士としての親近感を感じていた。

「スジンさんは元気ですか？」

スジンは純平のパートナーと言ってもいい存在だった。

「はい、いまもD市で絵の勉強をしています。彼女は不思議な人です。どこにでもいるような人なのに、どこにもいない人ですね」

亮も何となくわかったような気がして微笑んだ。

「僕にとっては一昔前の人のようでもあり、これからの人のようでもあります」

「氷所さんらしいですね」

何の嫌味でもなく純平はそう言った。

「僕の場合、いつまでも過去の記憶にこだわっているのがだめなんでしょうね。傷つくのが怖くてたまらない自分の心の狭さというか、この歳になってもいつも自分の殻に閉じこもっているのが情けないです」

純平は少し間をおいてから徐に言った。

「記憶が傷つくことはないと思うんですね。記憶は増えるだけで、すでに起きたことが後から傷つくことはありません。むしろ私は記憶そのものが消えることのほうが怖いです」

それは純平がロシア旅行の経験から得た教訓でもあったので、年下の自分が言うのはおこがましいとは思ったけれども、亮にもそれを共有してもらいたいという気持ちが敢えてその場で口に出させたのであった。純平はしばらく亮の反応を窺っていたが、彼らの間にはすでに世代を超えた共感ができ上がっていることを確信した。もちろんその場で手作業をしている宍人の背中はここでも耳にもなっていたが、二人とは気心が通じていたので聞かれてまずいようなことはなかったし、彼自身もこの話に口を挟む気は毛頭なかった。

「たぶん藍乃さんもそういうことが言いたいのでしょうが、僕がなかなか頑固なので周りから固めていくようにじわじわ遠巻きにしながら核心を突いてくるのでしょう、それが僕にとって心地よいことを彼女は知っているのかもしれませんが」

「藍乃さんの場合は、病気を治すというより、病気というものの定義を見直そうとしているようなところがあります。例えば、世の中全体がいわゆる『時間病』に罹っているのだとしたら、鬱病はむしろ健康な証拠なのだとでも言いたいのではないでしょうか。でも、鬱病のほうがやはり苦しいので、それを敢えて健康だとは言わないけれども、鬱病の原因を患者自身が特定することで、その苦痛を和らげたいと思っているように見えます」

「それは僕もよくわかっているつもりです。ただ、彼女はこの小さな診療所のガラス窓からもっともっと広い世界を見ているような気がする。敢えて言うなら、世界全体が陥っている例の『時間病』を治したいと思っているのかもしれません、あの華奢な身体からは想像することは困難ですが」

　確かに彼女の見た目は華奢で、物腰はいかにも儚げではあったが、一度彼女が言葉を発すると、世界のどこかでいまも苦しんでいる人の心にもしなやかに語りかけているような気がするのは、純平も同じだった。三十歳にもまだ満たない彼女がどうやってそんな力を身につけたのかはわからなかったが、彼女の遠く夢見るような眼差しは決して上の空だからではなく、こちらの瞳の奥まで見透かしているようだったのである。それはただ単に個人の才能の問題なのではなく、誰にでも修得可能な技能の一つだったのかもしれないし、そのこと自体がまた彼女の広さなのかもしれなかった。

「彼女自身は自分の治療法を広めたいなどと思っているわけではないのでしょうが、拡がっていく可能性は持っていると思います。現に似たような考えの人を少なくとも私はもう一人は知っていますから」

「ここで話すべきことではありませんが、彼女はさっき希望を持つなと言っていました。カウンセリングの流れの中で、ですが……、希望を持つから絶望があるというようなことだったと思います」

「なかなかできないことですよね、希望を持たないなんて」

純平はそれ以上のことを尋ねようとはしなかった。いずれにしても、カウンセリングの内容は個人の秘密だったからである。話題を変えようとしたのか、純平は亮の出身地のことを尋ねた。

「出身地はここから車で二時間ほど行ったところの田舎町です。想像できないでしょうが、田んぼと山以外には何もありませんでしたよ。過去を振り返るのが嫌で、もうかれこれ三十年ほどそこには帰っていませんが、なぜか夢の中に出てくるのは大部分がその故郷の美しい風景です。いま美しいとは言いましたが、ただ当時は美しいと感じたことはほとんどありませんでした。いつでもどこまでもそこにある、ありきたりの退屈な風景でした。それにあまりいい思い出もありませんでしたから」

「夢の中に記憶に残っている懐かしい風景が現れてくるだけでも、私には羨ましいです。私の場合、確かに記憶の再確認はできたのですが、だからといって氷所さんのように子供の頃の懐かしい風景が甦ってくるわけではありません。どう言ったらいいか、断片的な場面の記憶としてはもどってきたけれども、前後の関係やつながりはまだまだぼんやりとしています」

その話を聞いて何か発見でもしたかのように、亮の表情が急に明るくなった。

「それですよ、おそらくあなたは自分という一本の道としての記憶を永く失っているから、時の流れも絶望も、ひいてはかつての希望も味わうことがないのではないでしょうか。僕たち地方出身者には、いや当時としては都会出身者であっても、時間という目盛りの付いた一本の坂道みたいなものが心の中にあって、その坂道をよじ登ったり転げ落ちたりしているような気がします。人々の行き交う都会の街中を歩いていると、現実はそんな坂道の見える眼鏡をしているようなものなので、無意識にずり落ちないようにとあくせくしてしまいます。夢の中でもよく坂道は出てきますが、もともと心の中の道ですからもちろん行き止まりも距離もなくて、風景はいつも一つところに留まっている、しかもそれはたいてい幼い頃に見た懐かしい風景で、水色の青空の下で木々の緑が匂って、真っ白な入道雲が次々と湧き上がってきます。僕はその空を見上げながら乾いた赤土の上に佇んで、その日の課題を必死でこなそうと足掻いています。不思議とその課題は毎回違うものですが。現実ではなんとか誤魔化せているのですが、夢の中でははっきりとノートであったり鉛筆であったり、あるいは沈みかけた筏であったりします。夢を分析すればそういうことではないでしょうか。しかし、どうやらあなたにはそういう坂道みたいなものがないようだ。精神分析には詳しくありませんが、長い間心の中を覗きこむことに慣れているので、素人ながらついつい他人の心の分析までしてしまったようです。申し訳ありません」

「普段意識していないだけで、多かれ少なかれ誰でも心の中にそんな道を持っていると思います。でも、その道がどうやら一筋縄でいかないことは皆薄々感づいているのでしょうが、その原因まではなかなか考えようとしない。氷所さんはひょっとしたらどこにも存在しないかもしれない原因を強く求めすぎてしまったために、それは気の遠くなる回り道のようなもので、傍から見れば全く無気力で傷つきやすい状態に陥ってしまったのではないでしょうか。私自身はというと、今回のロシア旅行での体験を通して、心の中をいくら覗いたとしても記憶はどこからも出てこないし、心のもやもやも解消されるわけではない、ということを実感させられました。生意気なことを言っているのは重々承知していますが、何かのきっかけになればと思いました。すみません」

少しでも亮の治療の役に立てればという思いで、その言葉に対して純平なりに控え目に意見を述べた。

「大丈夫です、僕自身も薄々感じていることですから。それにしても、藍乃さんがあなたに興味を持つ理由がよくわかったような気がしますよ。記憶を無理矢理繋げる必要はないと思います。これからもよろしくお願いします」

それ以上仕事の邪魔をすることが憚られたのか、また別の理由があったのか、亮はすっと立ち上がって純平と宍人に別れを告げた。


亮が向かったのは元同級生の黒田英二のところであった。学生時代は全くそりの合わない二人であったが、藍乃を介した湖畔でのバーベキュー・パーティーの後はどういうわけかちょくちょく二人で昼食を共にする間柄になっていたのである。亮が藍乃と別れたらしいという推測を確実にするために英二のほうから亮を食事に誘うようになったのであったが、いろいろ話をしていくうちに互いのことが気になりだしたのであった。その日彼らはもと市立病院の近くの明るいカフェで落ち合うことになっていた。ガラス越しにビジネス街を早足で行き来する通行人の姿を眺めることができた。髪の毛の薄くなり始めた恰幅のいい英二が、痩せ型の亮のふさふさした黒髪を恨めしそうに見上げながら言った。

「この頃俺は人間の幸福というものについてときどき考えるようになったよ。病院の買収もうまくいったし、それによって経営者としての地位も財産も手に入れることができたが、ふと周りを見たら自分が全く独りぼっちであることに気がついた。地位と金を手に入れたら自然に人が近づいてくると思っていたが、そうではなかったようだ。別れた妻子も自分のもとに帰っては来ないし、新しい友人も今さらできるわけがない。こう言ってはなんだが、お前は大したことはしていないのに何も失ってはいないような気がする、仕事も家庭も友人もお前にはまだ残っている。なぜだ？　俺にはそれがわからん」

亮に対する英二の態度は明らかに変化していた。買収騒ぎの中でみすみす藍乃を逃してしまったことに対する自信喪失がそうさせているのかもしれなかった。藍乃の独立を陰で手引きした仄田純平を忌々しく思うことはあっても、藍乃自身や、その藍乃と手を切ったらしい亮に対しては恨む理由はなかったのであろう。見かけはぼんやりとした亮に対して、英二はもともと気安いものを感じていたのかもしれない。二人だけになると、学生時代の話し方に戻ってしまうのが不思議だった。

「変な気分だよ。もともと俺なんか眼中になかったくせに、今になってどういう風の吹き回しなんだ。よっぽど困っているのか、それとも暇つぶしなのか、そのどちらかだろうが。もっとも本気で当てにされたら困るから、俺にすれば暇つぶしのほうがいいのだけれどね。そのつもりで話すが、いまも俺にはお前のような余裕が全くないんだよ。いつも墜落して谷底に落ちてしまいそうな不安にさいなまれていて、大した高さではないが、それでも少し足を滑らせれば二度と這い上がってくることのできないところまで落ちてしまいそうな気がしている。他人のことまで心配する余裕はない。かといってお前に助けを求める気にはならないけどね、自分自身の問題だから」

亮は今更のようにそう言った。

「その不安定さが不思議にも人を惹きつけているんだろう。そうにちがいないと俺はもとから思っているよ」

「そんなに不安定に見えるのか？」

「ああ、何を考えているのかわからんところもな」

「その場合人はむしろ寄りつかない理由にはなる」

「それがまたわからんところさ」

それまで彼らはお互いの自身のことを語り合ったことはなかったが、藍乃という利害関係がなくなったことで、かえって二人の間には遠慮がなくなったのかもしれなかった。もともと彼女がいなければ再開するはずのない人間関係ではあったので、気まずくなっても構わないという気楽さもあったのかもしれない。英二が続けた。

「自分で言うのも何だが、わかりすぎる人間がのさばっているのもあまり気持ちのいいものではない。人間にはいろんな面があるからおもしろいのさ」

「少しは人間らしくなったようだね。俺は昔からお前の単純さがある意味羨ましかったよ。でも、俺と同じ病名までは望まないだろうが……」

　亮はそう言って笑った。

「やっぱりお前も俺のことを例の『時間病』と思っているのか？」

「もちろん、それもかなりの重症だ」

「ふん、まあそれも一つの解釈だからね」

「俺もそう思っているよ。ただそういう解釈のできる人は少なくて、たいていは何となく違和感や不安感を持っているだけだ、お前には気に食わないかもしれんが」

　英二は窓の外に何度か視線を走らせながら、亮の話を聞いていた。

「ところで、お前はクリニック以外では藍乃さんと会うことはないのか？」

「ほとんどないね」

　その言葉が英二を嬉しがらせることになっても、それは糠喜びにすぎないだろうと亮は思っていた、いやそのことすらもうどちらでもよかった。

「そうか。俺もいまは彼女のクリニックが順調にいくことを願っているよ」

「いい傾向だと思う。俺自身もそうだけれど、大人の思考というものは結局自分のところに行き着くものだからたいていつまらないが、お前が他人のことをまともに考えられるようになったのはいい傾向だよ」

「褒めているのか？」

「褒めてはいないが、いい感じだとは思うよ。少しはお互いの話が噛み合ってきたようだからな」

亮はいつの間にか黒田英二という人間を好意的に見始めている自分に気づいた。

「俺はやっぱりお前のことを胡散臭い奴だと思っているよ」

そう言いながらも、英二は満更でもなさそうに笑った。

「ところで、病院経営はおもしろいか？」

「おもしろいが、コンサルタントとは全く仕事の種類が違うということが今になってわかったよ。コンサルタントは数字相手だが、経営は人間相手だ。当たり前だが、人間は数字のようには計算できないからね。おもしろさがわかるのはこれからだと思うが、予想とはかなり違うというのが俺の感想だ」

「もっと早く知るべきだったな」

「心配するな、人間関係は俺のほうが一枚上手だからな。うまくやるよ」

亮はそれについては返答しなかった。ただ、彼のことより藍乃が非常勤で働いている病院そのものが心配だった。いわゆる『時間病』は病院でも会社でも世の中全体に走り始めているように感じていたのである。そして、彼には世の中の出来事や事件の大本の原因がいまやかなりはっきりと理解できるように思った。そして、そのことを英二が理解するためにはまだまだ機は熟していないとも思った。

「藍乃さんのカウンセリングには行っているのか？」

「もちろん。次の予約も取ってある」

「いいことだと思うよ」

英二の表情が急に明るくなった。「いいこと」という言葉は英二にとっては待ち焦がれていたものだったのである。つまり、藍乃との恋愛関係における亮の放棄と自分への承認とも受け取れたのである。

しかし、亮は表情から読み取れた英二の誤解を敢えて正そうとはしなかった。彼女が亮から立ち去ったのではなく、より広くなっただけだなどとどう伝えればいいのだろうか。自分以外の人間は利用できる者か邪魔者かのどちらかだとしか考えられなかったような者がそれをすぐに理解できるとは、亮には思えなかったのである。それは英二に対する優越感などとは全く別のものだった。

「藍乃さんは自分のことはあまり話したがらないが、彼女の家族はどこに住んでいるんだろうか？」

「俺もあまり知らないが、いろいろ複雑なものがあるようだ」

「そうか、聞かないほうがいいかもしれんな。支援できることがあればいいのだが」

「そのほうがいいだろう」

　昼休みが終わって、人通りはやや疎らになり、持ち物や服装も微妙に変化していた。彼らはそれぞれの職場へと戻らなければならなくなったが、それは同時に二人が、約束したわけではないが、それからもまたちょくちょく会うことを意味していた。別れ際に英二が言った。

「今度四人でゴルフでもしないか？」

「四人？」

「湖畔でバーベキューをした時の四人だ」

「遠慮しておくよ」

　亮はとっさに返事した。何となくその場面が想像できなかったので断ったが、おそらく自分がいなければ他の三人でゴルフをすることはないだろうとも思った。

「残念だねえ。じゃあまた別の機会に」

　英二が苦笑いしながらそう言って、二人は店の前で別れた。

　亮は会社に戻ってからもぼんやりと午後の仕事をこなし、ぼんやりと同僚と短い会話をしてから、いちばん苦痛であるところの外回りに出た。あれこれ神経をつかって考えすぎるよりぼんやりしているほうが結果として上手くいくことを経験から知っていたのだが、他人の行動は予測がつかないので、外に出ると自分が全く無防備になってしまったような気がするのである。絶えず新しいものを開発しながら、新しい販路を開拓するために足を運ぶ。無駄足になることも多いが、それを理由に立ち止まることはできない。少しでも相手の購入意欲をそそるような話をしなければならないので、詐欺にならないぎりぎりのところで綱渡りをしているようなところもある。永年続けていると仕事に対する慣れというものはあるが、やはり上手くいかなくて気分が滅入ることはある。ほとんど自分のすべてを仕事に賭けなければ生きていけないのは、わかっていても腑に落ちない。だからといって、生活のことを考えれば簡単に会社を辞めるわけにはいかない。一から他の仕事をやるにはすでに年を取り過ぎているような気がするし、それを確かめるためには、一旦その会社を辞めなければならない。辞めれば再び戻ってくることはできないだろうし、結局は今より良い条件で働けるようなことところはないと思ってしまうのがいつもの落ちだった。

『自分が機械だったらどんなに楽なことだろうか』

何度も独り言でそう呟くことがある。一喜一憂することのない機械ならもっと効率は上がるはずだ。現に人間のままでも機械のように仕事をしているような同僚もいる。亮も何度かその真似をしてできるだけ冷徹に事務的に仕事をこなそうとしたことはあるが、どうしても上手くいかない。他人のちょっとした仕草に傷つくこともあれば、優しい言葉に勇気づけられることもあるのは、人間らしい弱さでもあり、また強さでもある。人間として生きている限りそんな感情まで捨て去るというわけにはいかないのだろう。そうやって自分の鬱は膨れたり凋《しぼ》んだりしながらもまだまだ続くのである。そして、そんな気持ちの浮き沈みに疲れた夜であっても、藍乃のマンションを訪ねることはもはやできなくなっていた。

予想していたことだが、改めて藍乃の不在とも向き合わなければならなかったのである。それでも彼女との別れを受け容れられたのは、鬱からの帰還への見取り図を自ら思い描けるようになったからである。それに、どうしようもないときには開設されたクリニックで彼女のカウンセリングを受けることもできた。逆に言えば、彼女はクリニックを開設するために、つまり治療の対象を拡げるために故意に亮から離れたのかもしれないのだ。

『もはや黒田も俺も似たようなものだし、それで十分だ』

亮は改めて自分に言い聞かせた。そのせいか、その夜の通勤列車の中ではいつもの眩暈や吐き気を催すこともなかった。都市の地底に張り巡らされたチューブの中を列車は働く者たちを全速力でその住処まで運んでいく。彼らの沈黙の中には敵意に似た疲れが澱《おり》のように溜まっている。駅に停まるとそのチューブは開閉弁のような穴からその滓を吐き出し、そしてまた新たな敵意を吸い込んでいく。乗り換えを急ぐために上下で交差する人の流れは、まるで都市という巨大生物の生息に奉仕している血液の循環ででもあるかのようだ。速歩の動脈と静脈が地下鉄駅で立体に交差して、地底都市という未来はもうすぐそこまで来ているような気にさえさせる。鮮やかな森の緑と透き通った水の碧さを見ながら成人になるまで育ってきた亮は、ここまで懸命に、いやそれなりに走り続けて、自分の行き着いたところがこんなに閉ざされた地下都市であることに愕然としなければならなかった。

考えてみれば、今日まで我が身からいろいろなものを脱ぎ捨てるように生きてきた。故郷、友人、家族、土地、習俗など、もう取り返しのつかないことばかりである。ただ、時の流れは藍乃が言うように自分が作っているにすぎないものだとしたら、この世に取り返しのつかないものなど果たしてあるのだろうか。ひょっとしたら死んだ人さえまだそこにいるのではないだろうか、そして、いずれは自分自身も取り返しのつかないものになるのだとしたら。現在と過去を自分の中で繋ぐように、自分の外で都市と田舎を繋ぐことができるのかもしれない。「今」というものはただそこに生きているということの一つの証明にすぎないのではないか。「今」は存在する人の数だけ無数に存在して、死も生もその「今」の一つである「私」を基準にして存在しているだけで、「私」を基準にしなければ、生も死も同じように前後関係のないこの世界での出来事なのではないか。つまり、死んだ人は生きている。……、俺は何を血迷っているのだろうか、どん詰まりの鬱はとんでもないこと考え出してしまう。しかし、藍乃もまたいずれ幼年時代にまで遡る、いや、行ってみるべきだというようなことを言っていた。その時は当然二人一緒に行くように思っていたが、それはもはや叶いそうにはなく、行くのなら一人でということになるのだが。

通勤電車が郊外で地上に頭を出し、街の明かりがしだいに低く広くなっていった。相変わらず列車の中には疲れ切った沈黙が支配し、そこで何かよくないことが起こったときに果たして自分たちは連携して適切な行動がとれるだろうかなどと、亮はひとり、いやおそらく何人かは不安になっていた。掌から砂がぽろぽろとこぼれ落ちていくように、ある日突然この列車に乗れなくなった者が一人また一人と出ていたとしても、そしてそれをほとんどの乗客が知らないとしても、それはしかたのないことにちがいない、電車はとにかく前に進まなければならないのだから。この列車が前に進んでくれているおかげでみんなは自分のねぐらに早く帰ることができ、次の日も朝早く勤務先へと出てこられるのだ。この便利さを手放すことなどもはや考えられもしないし、ましてや鉄道会社のストライキなどはもってのほかである。誰だって自分の神経に余計な負担はかけたくないのだ。

駅に着いてからしばらくバスを待たねばならないが、その長蛇の一列は乗り場にバスが来る度に二手に分かれる。バスの行き先によって乗らない人は左側に避けて、乗る人は右側のバスの入り口へと自然に分枝していくのである。たまに間違えて別の列に並んでしまう人はいるが、概ね順序よく良好にそれも機能している。自分の行く道はこうやって開かれているし、少し帰る時間が遅くなるだけで、何も余計なことを考えなければ順調に一日一日を終えることができるのだ。少しでもその順調な行程を妨害する者がいれば、その人に冷たい視線を浴びせかけるだけで充分である。あと二十分もすれば我が家に帰ることができるのだ。

ただ問題はその我が家である。冷たい視線を浴びせられるのは亮の側であり、しかもそれで全く充分というわけではない。

「帰ってこなくてもよかったのに」

冗談とも本気とも区別がつかない言い方で第一声が妻の明美から返ってくる。

「夕飯食べるの？」

「いいよ、自分で何か作るから」

妻も仕事をしていて、結婚当初から早く帰れたほうが夕食の支度をすることになっていたので、賄いは負担ではなかった。ただ、亮はこれまで用意された夕飯を何度無駄にしてきたかわからないのだ。

「できてるわよ！」

「ああ」

こちらも素直に反応するのが癪なので、短く曖昧に返すだけである。夫婦の間には口に出せない深淵のようなものがあって、それを互いに避けながら話しているのだが、感情的なわだかまりは抑えきれないので言葉に皮肉や嫌味が出てしまうのであろう。亮は覚悟していたためなのか、なんとなくそれに耐えられそうな気がしていた。恋愛と婚姻とが重なり合わないものであることは互いに知っているのだから地面はいずれ固まるものである、という都合のいい解釈がその根底にあったのかもしれない。

「食べるの？」

亮が頷くと、彼女は黙って台所から食卓に夕食を並べ始め、ひょっとしたら彼の帰りを待っていたのかもしれないが、そこには彼女自身の分も並べられたのである。どうやらその夜は二人向かい合ってそこに座らなければならないようだった。

「ずいぶん自分勝手な人ね、前からわかっていたけれど」

これもまた本気とも冗談ともとれる言葉だったので、亮は少し苦笑しただけで何も答えなかった。

「あなたはもともと自分のことしか考えていないのよ」

彼女は返答や反論を期待しているようには見えなかった。むしろ、聞くだけにしていてほしいのではと思わせるものがあったので、亮はそれについて異論や言い訳をしようとはしなかった。

「航は今度いつ帰ってくるの？」

下宿して地方大学に通っている長男のことを話題にするのがいちばん無難だったのかもしれない。

「たまには自分で直接聞いてみたらどうなの？」

「ああ、そうするよ」

そのあと少し間をおいてから、彼は何かの序でのように言った。

「今度の土曜日には田舎へ墓参りに行こうと思っている」

そこは彼が少年時代を過ごしたところではあったが、親の代で都会に出てきた氷所家にもう郷里の家はなく、わずかな親戚と古い墓だけが残っていた。親戚や隣人とのつき合いを大切にしていた母親が亡くなってからというもの、すっかり田舎とは縁遠くなっていたのである。亮が気になっているのは、その少年時代と以後の都会生活との断絶のようなものであった。今なお繋がっているのだとすれば、いったいそこで何が継続されて何が切り離されたのか。妻の言うように、その意味では全く自分のことばかりが気になっていた。やむを得ないことだったのか、それとも大きな間違いを犯していたのか、そもそも故郷とは何の関係もないことなのか、それならそれで気持ちに決着をつける必要がある。いや、決着をつけられないならないで、それを確認することだけでもしなくてはならない。亮はそう感じていた。それに、藍乃の言うように、この世に「今」も「過去」も「未来」も存在しないのだとしたら、時間より確実なその土地の性質や人間関係をこそもう一度見極めなければならないような気がしたのである。

「私は行かないわよ？」

「いいよ、大した用事があるわけじゃないから」

それからしばらく沈黙の食事が続いた。亮の言葉の端々に明美はまだ他人の影を見ているに違いなかった。人が他人の影を持っているのは当然のことなのだが、その他人が特定されるのはいずれにしても愉快なことではないのだろう。

「庭木の手入れはいつしてくれるの？」

「ああ、近いうちに？」

「近いうち？　枝が道路にはみ出して迷惑なのよ、すぐやって」

「今度の土曜日に……」

妻の責めるような口調が延々と続くようだったので、亮は席を立って食器だけ片付け、自分の部屋に戻ろうとした。自分の思うようにならない夫に苛立って、いつもは屈服するまで追及をやめない彼女だったが、その時はそれ以上何も言わずに彼のこわばった後ろ姿を見送っていた。亮自身もその時それ以上追及されることはできるだけ避けたかったのである。

川に沿った道路が何度か湾曲して、車窓は斜め下に白い河原ときれいな水とを見せて、向かいの急斜面の山の常緑樹の間にはわずかに秋色に染まり始めた落葉樹が顔を出していた。その川と道路を鉄橋が跨いで、線路はそのまま故郷へ続くトンネルに呑み込まれる。かつてその列車に乗って毎日通っていたことが亮の記憶をよぎった。いつまでも続くと思っていたその風景と生活とがいつしか自分の目の前からふっと消え去って、慌ただしい都会生活の波に洗われて切れかけていた記憶の細い糸が、母の死と共にそれを注意深くたぐり始めた亮の前に少しずつ太く甦ってきていた。用事があるわけでも、誰かに会うわけでも、そこに何かがあるという確信があるわけでもない。ただ、どこかで切れることになった、あるいは変質してしまった日常の形を少しでも取り戻せたらと思っていたのか、感じていたのか、いずれにせよ漠然としていた。

最後の湾曲を左に曲がると開けた土地に着く。道は以前に比べて広くなり、家々の屋根は新しくなって、田んぼの形は幾何学的に整えられたが、紛れもなくそこは故郷の風景だった。かつて永遠に続くかと思われた日常のささやかな営みの徴《しるし》がそこかしこに残っているはずだ。その頃は、やっと一日が終わって一晩横になって新しい朝を迎えても、やはり変わることのない同じ人間関係がそこにあった、次の日もまた次の日も。だから、苦痛のある人は来る日も来る日も苦痛で、何でもない人は毎日何でもなかった。やがて身体の成長と共にとうとう前の日と全く別の一日がやってくる。つまり、新しい生活への希望がツクシの芽のように地面から顔を出し始める。個人差はあるが、多かれ少なかれ希望は土地に縛られた生活からの離脱と解放を意味していたのかもしれない。そんな希望にようやく人並みに辿り着いた一人が、亮自身であった。希望という時間が、いや、それは時間という希望かもしれないが、それが彼の心を蝕み始めたのである。

かつての生家には他の人が住んでいたので、そこから少し離れた空き地に車を駐めた。爽やかな秋の風が彼の頬や腕を優しく撫でて、どこからともなく懐かしい土の匂いを運んできた。水と植物と生き物との混じり合ったような匂いだった。それはまた懐かしい母の匂いとも重なっていた。いつでも戻れると思いながら、忙しさにかまけてすでに三十年以上が経過していた。道端の草の一つひとつまで、なぜか得がたい貴重なもののように感じられた。いつでもいつまでもあると思っていたものが、もはやそうではなくなったことを心底思い知らされなければならないのだろうか。

細い土の道を踏んで水路のある石垣の間を通り抜けると、そこから墓地に向かうやや広い道は、自家用車やトラクターが通るためであろうか、アスファルト舗装されている。慣れ親しんだ道のはずだが、黒い舗装が取って付けたようで妙に落ち着かない。墓地への入り口はしきたりどおりさすがに昔のままで、車も自転車も通れない細くて急な坂道になっている。かつての棺を担いで歩く葬列は険しすぎてその道を通れないので、全く別の南側にあるややなだらかな道を通ることになっていた。そういえば、土葬の廃止される直前だったのだろうか、彼は親戚の老人の葬儀の際に白装束に身を包み、重たい棺を肩に担いで墓地まで運んだことがあった。そんなことを思い出してきたのは、それまで忘れていたというわけではなく、ただ彼がそこに注目することがなかったからである。だとすれば、頭の中でいつでも取り出せるように待機している注目されない記憶というものはおそらく膨大な数に違いない。郷里の村を巡ることは、そんな頭の中を巡っているだけだったのかもしれないが、記憶の外にある事実にも出会えるかもしれないという淡い期待だけは持っていた。

「亮ちゃん、久しぶりね。お墓参り？」

遠い親戚に当たる年配の女が彼に話しかけてきた。

「ええ、母の月命日なので……」

「お母さん気の毒なことしたねえ」

彼はいまだにその共同体の一員であることに改めて気づかされることになった。三十年も一瞬もここでは全く違いなどないのだろう。若者たちは村を出て、何年か働いてまた帰ってくる。数年であろうと数十年であろうと、手にするものが鍬からスマートフォンに変わっていようと同じことで、何度もまたどの家でも繰り返されてきたことだ。

「ええ、生きていたらまた話し相手になってもらえたのですが……」

「そうねえ。でも、亮ちゃんが立派になって、お母さんも喜ばれているよ」

ヨーロッパの町や村に必ず教会があるように、この村には例に漏れず神社と寺が一つずつあった。寺はたいてい高台にあり、神社は水田に近い低地に位置している。寺は人の死後にまつわることを司り、神社は祭礼と子供の遊び場という役割を担っていた。資本主義経済の発達の中で辛うじて均衡を保っていた共同体の生活も、いまや人口減少と生活の都会化とでいよいよ危うくなっているかのように見えた。

亮の息子の世代が故郷でもないこの墓地や寺を訪れることは最早ないだろうと思わなければならなかった。狭くて急な坂道を用心深く下って、小さな沢まで下りるとちょろちょろと流れる水を跨いで、今度は急な上り坂になる。その先もまだ横に並んで歩けるような道ではなく、湿った杉の葉の積もった茶色い斜面をかつて何度も母と前後になって歩いたことを思い出した。しかし、その思い出にはなぜか父の姿がなかった。そういえば、父が村の寄り合いにも顔を出さないことをよく母に咎められていたことまで思い出した。そして、母がそんな父を私のための反面教師にしようとしていたことまでも。そこには農業を基盤とした共同体を支えていきたいという母と資本主義の発達という流れに乗り遅れまいとする父との対立と葛藤があったのかもしれない。ただ、同じ屋根の下で暮らす家族のことである、そんな対立は単純に図式化できるようなものではなかったはずだが。

雑木林に囲まれたがらんとした墓地の傾斜地を亮は一人で歩いていた。亡き母の比較的新しい白い墓標からは墨字の名前がしっかり読み取れた。その上のほうには戦没者の立派な石碑や新しく設置された墓石が並び、それら墓石に見下ろされたような草地はかつての土葬場所で、そこにはまだ新旧の木の墓標が並んでいた。古いものは倒れたり朽ちたりしていたので、目印として花筒や食器が置かれているだけの墓もあった。永年の間に土の下で棺が腐食して陥没した跡なのであろうか、草の生い茂った小さな窪みがなだらかな斜面のあちこちにある。風に揺れる木々のざわめきの下で、亮は母の墓標の前で静かに手を合わせた。目を閉じると俄に風の音が大きくなり、枝葉の触れ合う音や鳥の声が耳元まで下りてきた。無数の「今」がこの地面の下に眠っていた。いや、この「今」もまた無数の彼らが直面している「今」の一つに過ぎないことを感じさせてくれる場所である。ここでは「生」と「死」の間に区別はなく、その生命の重さにも近さにも違いなど存在しないのだ。おそらく自意識の「今」を中心とした時間観にも、いずれコペルニクス的転回がなされることだろう。そこから立ち上ってくる空気感や、そこに降り注いでくるさまざまな音は、亮にそんなことを感じさせた。

しばらくして亮が通ってきた道から一組の家族が墓参りにやってきた。亮よりは少し若い夫婦と小学生らしい子供二人が花を携えて、何かしゃべりながら六地蔵のある真ん中の通路を上ってきた。亮は知っている人かもしれないと思いながら、少し離れたところから頭を下げたが、彼らには見覚えがないらしく、同じように頭を下げて亮の前を通り過ぎた。彼らは上段の新しい墓石の一つのところまで上がっていき、そこでしめやかにまた賑やかに墓参りの儀式を行っていた。その見知らぬ家族は自らの属する共同体の足場を、かつて亮の家族が暮らしていたこの地に見出したのであろうと思われた。亮は長男ではあったが、とうとうこの村に納骨できるような墓を建てることはできなかったし、故郷喪失者で、自分で選んだことではあるが、根無し草のように都会の人波に流されて溺れそうになっているだけである。いずれは風雪に朽ちていくことになる白木の母の墓標はいま何を感じているのであろうか。その眼差しはいつまでも、間違いなく彼の心の中に生きていた。それはこれからも彼がこの地を訪れることになる理由でもあった。自分は自分の身近な人たちにどんな眼差しを残すことになるのであろうか、いや、それよりも自分の眼差しを心に留めてくれる身近な人たちは本当にいるのだろうか。それは結果であり、いま望むべきことではないのかもしれないが……。

亡霊たちのざわめきに親しみを感じながら、がらんとした墓地を後にした亮は、予定どおりそこから彼の母がかつていちばん親しくしていて、葬儀の際にも都会の式場まで遙々足を運んでくれた人の家を訪ねた。彼女は子供の頃の亮と彼が生まれる前のこともよく知っている人物でもあった。自動車など必要なかった頃からの細い道を通って、小さな花が色とりどりに咲き誇っている庭のある古い家の前に立った。その佇まいは彼の幼い頃とほとんど変わっていないようだった。南向きの斜面がくり抜かれたようにしてできたわずかな平地にその家は建っていた。家の横には草の間をチョロチョロと水が流れ、周りには野菜畑があった。幼い日の記憶が静かに蘇ってきた。

家屋は伝統的な茅葺き農家だったが、屋根は茶色いトタン板で覆われ、内部も今風に改築されていた。それが都会であれば庭付き一戸建ての豪邸と言ってもいい大きさであることを子供の頃の亮は知らなかった。母の友人は七十歳を過ぎたくらい、夫を亡くし息子は近くに都会風の家を新築して家族を構えているので、彼女が一人暮らしであることは知っていた。

「よう来ちゃったな。まあ上がって」

彼女は懐かしそうに迎えてくれた。その歓迎が果たして社交辞令なのか素朴な感情なのか、亮にはよくわからなかったが、居心地の悪いものでなかったことは確かである。

「突然で申し訳ないのですが、僕が生まれる前のことを少し訊きたいと思っています。思い出せる範囲でいいですから、うちの家族のことや村の雰囲気を教えてもらえませんか。悪いことでも構いません」

お互い相応の年齢に達していたせいであろうか、理由を求めたり説明したりすることは省くことができた。

「あんたのお祖父さんは、それはもう真面目を絵に描いたような人やった。無口やったけど、誰よりも堅実で毎日コツコツと働いていなさったよ。それに比べると、これは言いにくいことやけど、あんたのお父さんは農業や村のつき合いを嫌っていて、農業や家のことは全部お祖父さんやお母さんに任せて、町に出て事業を始めようとしていたんよ。そのことでお祖父さんとお父さんはよく喧嘩をしていたようね。間に入ったお母さんはずいぶん苦労をされていたようだったけど、お祖父さんが亡くなってからは、お母さんが一人で家のことを切り盛りしてなさったよ。それはあなたも知っているわね」

「確かにその頃父は車で仕事に出かけて、夜遅くまで帰ってきませんでした。それはこの村では普通じゃなかったのかもしれませんね。車でも何でも電気製品はどこより早く買い揃えていたような気がしますが」

「でも、お母さんはそんなお父さんの性格に不安を抱いていたようなところがあってね。地に足がついていないとそっとこぼしていたわ。だから、あなたにはお祖父さんと同じように堅実な生活をしてほしかったんやと思うわ。口には出さなかったかもしれないけど、長男のあなたにはできれば近くの学校の先生か公務員のような仕事について、休みの日には農業や地元とのつき合いも引き継いでもらいたかったのだと思うわ。でも、結局はお父さんについて村を出て、一緒に都会暮らしをするようになったのね。考えようによっては、それで良かったのかもしれないわ。実際田舎にいてもなかなかいい仕事はないし、農業を続けるにもあれもこれも新しい機械を高いローンで買わなくちゃならないし、収穫しても元は取れないから借金が増えるだけ、いずれは土地を手放す運命だったんよ。手放さなくても、農地は売ろうにも売れないし、お荷物になっただけなんよ。それを見越して土地を売り切ったお父さんには先見の明があったのかもしれないわ。そのおかげであなただって大学を出してもらい、今ではいい給料をもらっているのでしょう。でも、そのころ周囲の目からすれば、村を捨てたように思われ、よくは言われていなかったわね。お母さんもそれは感じていたから、何かにつけて村に足を運んでつき合いを続けようとしていたのよ」

「僕もそれはよく覚えています。家の中で父と母がよく口喧嘩をしていたことを今更ながら思い出します。僕は両親の期待通りの道を進んでいると思っていましたが、母の本当の望みとは違っていたのですね」

「お母さんの理想は、やっぱりお祖父さんだったのかもしれないわ。慎ましい生活、勤勉と実直。お父さんは、口には出さなかったけれど、お母さんが理想としていたお祖父さんの生き方に反発していたのかもしれないわね。そんな両親の間に生まれた長男であるあなたがどんな道を歩むのか、村の人には少なからず興味があったのかもしれないね」

亮は初めて聞く話ではなかったが、今になってみるとそういう関係性がはっきりと理解できるような気がした。彼は思いきって尋ねた。

「父は、近所の人たちから嫌われていたのでしょうか?」

彼女は少し考えてから言った。

「そんなことはないよ。ただ、何て言ったらいいか、仲間には入れなかったみたいだね。お父さんが村から出たがっていることはみんな薄々感づいていたからね」

亮は幼い頃から、自分が何かにつけて意識的なので、他の人のように本能的に行動することができないという気がしていた。他の子供たちは反射的に怒ったり笑ったり泣いたりできるのに、自分はいつも怒れないし、自然に笑ったりすることができないし、人前で泣くこともほとんどなかった。意識してからでないと笑うことも話すことすらできないので、どうしても表情がわざとらしくなってしまった。自然に振る舞っているように見える人たちが羨ましかったので、いつしか彼は一種の劣等感のようなものさえ抱いていたのである。人の心の動きがわかったというわけではないけれど、どこか人と違っていて、人に遅れをとっているように感じていたのかもしれない。だからといって、そのことが彼女の話してくれたような近所の人たちのちょっとした特別視のせいだとは思えなかった。

「他に思い出すことはありませんか？　当時のちょっとした事件とか？」

　老女は首を捻って少し考えているふうだったが、しばらくして何か思い出したようだった。

「これは戦争前の話だけど、あなたの家と私の家の両方の本家に当たる家が、新天地で成功を収めるという希望を持って、家財を全部売り払い、満州開拓団の一員として一家で大陸へ渡ったのよ。でも、間もなくあのとおり戦争で負けて満州があんなことになり、その後一家がどうなったのか、一家の誰一人として村に帰ってこなかったので、何もわからなかったようね。風の便りではシベリアのほうに連れていかれたとか、九州のほうに子孫の一人が移り住んだとかいう話は聞いたことがあるけれど、本家の屋敷跡には相続人のいない広い空き地だけが残ったの。同時に氷所家の〈かぶうち〉は主を失って、一族の勢いは急速に衰えてしまったらしいのよ。今から思えば、あなたのお祖父さんが真面目で頑固一徹だったのは、残された氷所かぶの後継者として一族を守っていかなければという使命感のようなものからだったのかもしれないわ。いまはそんな家制度なんてないけれど、まだまだ田舎では大切なんよ。お祖父さんにすれば、それは本家が村を捨てた結果没落していったことに対する反動だったんよね、きっと。ひょっとしたら、あなたのお父さんはその逆で、本家の隔世遺伝っていうの、新天地で自由に羽ばたいて名を上げたかった、それだったのかもしれないわねえ」

　彼女はそんな使い慣れない言葉を使ったことに、少し戸惑っているようだった。

「それで、僕はその祖父の隔世遺伝だったというわけですか？」

「いいえ、事件って言うからふと思いついただけよ、そういうことじゃないわ、御免なさいね」

あながちそれは思いつきではなく、むしろ村の噂になっていたことかもしれなかった。単なる噂ではあっても、きわめて意識的だった自分の心性を理解するにはこちらのほうが興味深いことだった。遺伝などの縦の関係で推測するにしろ、人間関係など横の関係で理解するにしろ、どちらにしても、それは彼がわざわざ村を訪れた意味であったから。昔の知り合いとはいえ、そんな推測を要求する来訪者はやはり迷惑に違いなかったし、このことがまた噂になるかもしれない狭い村のことである、それ以上長居すべきではいと、亮は判断した。

「いろいろありがとうございました。久しぶりで母のことを偲ぶことができました」

亮は心の片隅にあった満州の話を改めて思い出した、そして当時そこで共有されていた本家の不在の話も。屋敷跡には長い雑草が生い茂って、その一画を後から畑にしたのであろう、祖母と母が野菜や花を育て、かつての庭石や泉水の跡が子供たちの遊び場になっていた。大きな柿の木は毎年たくさんの甘い実をつけ、その一帯は竹や草の溢れんばかりの緑に覆われた場所であった。高台に位置していた屋敷の白い苔の生えた石垣跡に腰を下ろして集落の南東側を見渡すと、眼下には水田の鮮やかな稲穂の色とその間を流れゆく川、向こうには青い山並みと澄み切った空が果てしなく広がっていた。その住人たちの「今」がそこから見たものは希望だったのか、それとも絶望だったのか。絶望的な希望と言うべきだったのかもしれない。あるいは、新天地という言葉だけが一人歩きしていたのかもしれない。

亮はそれ以上のことを聞いて回りたいとも調べたいとも思わなかった。ただ、少なくとも日本の近代化の波がこの村とも無縁ではなかったこと、そしてその近代化の継続がそこに精神的な副産物をもたらしていたことも確認できたように思った。その場で解決しておかなければならないいろいろなことを後回しにして、ただ未来に描かれた薔薇色の希望の道に向かって個人として逃げるように飛び出していった人たちがいたということである。藍乃の言うように、この宇宙に時間というものが存在せず、個人的な幻影の一つに過ぎないのだとしたら、希望と絶望との間に区別などはなく、いずれも自分の前にあると思われる幻影の一種に過ぎないのであろう。そして、その幻影によって見落とされているものがいかに多いことか。つまり、何という空間の欠落、そして恐ろしいほどの、何という他者の欠落であろうか。

亮もまたいろいろなことを後回しにして都会に出てきたので、いま鬱病としてそのつけを払わされているようなものだろうと思うことができた。それなら、つけを踏み倒してそのまま何もなかったかのように生きていることよりはいいだろうと、鬱を肯定的にとらえることもできた。あとはまた大型のＲＶ車に乗って好きな音楽を聴きながら都会の生活に戻るだけである。

「亮ちゃんじゃないか？」

車に乗ろうとしたとき、振り向くと見知らぬ顔が彼の後ろに迫っていた。

「やっぱり亮ちゃんだ、ちっとも変わっていないなあ」

なかなか思い出せなかったのは、日に焼けた顔が痩せて見えたせいなのか、名前を聞くまでそれが誰なのかわからなかった。

「俺だ、篤史《あつし》だよ」

そういえば一年年上に氷所篤史というのがいたことを亮は思い出した。幼なじみと言えないことはないが、残念ながら篤史に対してはいい思い出がなかった。

「母の墓参りに来たよ。いま何をしているの？」

「役所勤めだよ。休みの日には農業もしている」

「そうか、偉いよなあ。家業を継いで……」

「役所では次長をやっているよ、忙しくてなかなかだけどね」

訊いてもいないことをしゃべり始めたので、亮は早く切り上げたいと思った。話題にしなくてもいいことまで話さなければならないかもしれないからである。

「亮ちゃんはK市にいるらしいね、何をやっているんだ？」

「平凡なサラリーマンさ」

「そうか、人に使われる身はなかなか辛いよね」

篤史は満足げにそう言った。まだ何か言いたそうだったので、亮は早々に車に乗りこんで話を切り上げようとした。

「相変わらずだなあ。愛想がないのは昔からだったが」

「愛想がない？」

それまで言われた言葉に奇異なものを感じて、亮はもう一度篤史のほうを振り返った。

「ああ、昔からそうだったじゃないか。誘われても返事はしない、聞いているのかどうかもわからない、何も言わないのに後からついてくるし、変な子供だったからね。だいたいこちらが話しかけているときでもいつも上の空で何か別のことを考えていたろう」

不思議なことだが、亮はいきなりのその指摘に不快なものは感じなかった。遠慮のないのは昔からの篤史の性格だった。

「相変わらずだなあ」

亮は少し不機嫌になって短く言った。

「俺は昔からそんなところは嫌いじゃなかったんだ。今ではよく思い出せないが、なんとなく構いたくてしようがなかった。そばで黙っていられると、こっちが落ち着かなくなってね、何か意地の悪いことを言って反応を見たかったんだよ。辛く当たったように見えたかもしれないけれど、ただそれだけなんだ」

「今頃そんな話を聞かされたくてもこっちは嬉しくも何ともないね。それより、一つ聞きたいことがある。あんたの父親から僕の父のことで何か聞かされていたことはあるかね？　いいことでも悪いことでも」

「ああ、そういえば酒を飲んだときよく悪口を言っていた、つき合いが悪いとか、よそ者だとか、村の恥だとか……。待てよ、俺がお前に辛く当たったのもそのせいかな。いや、おいおい、今頃その復讐なんて考えるなよ、ずいぶん昔の、子供の頃の話なんだからな」

「やっぱりそうか。実際単純なことだったんだな、そうか……」

亮はばつの悪そうにしている篤史を見て少し笑顔を見せたので、ようやく相手のほうもにやっとした。

「一度俺の家までお出でよ。昔よく来たろう」

狭いT字路での立ち話だったので、篤史も居心地が悪かったのだろう。早くその場を離れたかった亮は、全く自然に言いにくいことを言った。

「僕はずっとあんたのことが嫌いだったよ。口には出さなかったけれど、いつもそう思っていたよ、いまようやくそれがどうでもよくなった、あきれるほど遅すぎるよね。今度会えたら必ずあんたの家に行くよ、お父さんともお話ししたいからね。じゃあ、今日はこれで」

亮は自分でも予想外のことが口をついて出てきたことに満足していた。相手は気まずいような、微妙な表情をしていたが、興奮しているようには見えなかった。亮はその表情の意味もいまやすっかり理解できるような気がした。ずっと遠回りしてやっとここに辿り着いたのだろう、未来への不安も過去に対する後ろめたさももはや空しいものだったのだ。次に会うときは、わだかまりも含めてもっと懐かしい話もできるだろうというような気がした。ディーゼルエンジンの吹き上げる音が小さな集落に低く鳴り渡った。

玉蜀黍《とうもろこし》畑、せせらぎ、茶の木、石垣のある坂道、集落のここかしこにある懐かしい場所が皆半分くらいに小さくなっていた。自分の視線が高くなったせいだろうか、あるいはかつてちょっとやそっとでは動かせない堅固な関係に見えたものがもうどうでもよくなったからであろうか。しかし、墓地に立つ母の墓標だけは心の中でますます大きくなっていった。「生きていた」という事実と「生きている」という事実の間には全く区別がなく、等価であると確信できたからかもしれない。そして「今ここに」見ている世界も、一人ひとりにとってはかけがえのない夢のようなものかもしれないとさえ……。だから、夢を包んでいる膜を破ってくれる他人との出会いこそが、本当の現実世界との出会いなのに違いないと、彼は思った。少年時代の亮はそんな膜を突き破って入ってくる他人を無意識に避けてきたのかもしれない。それはいつ頃まで続いたのかわからないが、おそらく夢の膜はその間にこの鬱病の種子を播いていたのだろう。

言わないでもいいことを言ったのではないかという反省を伴う苦い気持ちにいつものように苛まれながら、亮は軽い音楽のシャワーを浴びながら自分の車を走らせ、一時間余りして家に帰ってきた。こんな時でも帰るところはここしかないのだということに今更ながら思い知らされねばならなかったが、ただ以前ほどは鬱に沈み込まなくなったことも事実である。このまま治療を続けながら徐々に恢復していくことを願うようになった。そして、恢復の過程をなんとか記録しておいて他の人とも共有することが藍乃への恩返しであると思えるようになった。多忙な彼女がいちいち記録しているとは思えなかったのである。

その夜彼は奇妙な夢を見た。いつものように一人でススキの穂が風に揺らめく川の畔を歩いていた。

仕事に出かけている母を除いて、誰からも見離されているような気がしていたが、ただ川の流れや河原の石、岸に生える植物に淋しい心を癒やされているような気がしていた。

「天狗の森に行かないか」

後ろから聴き慣れた声が響いた。振り向くとそこには本家の息子が立っていて、その陰で篤史が亮を見下すようににやにやしていた。いつものように誘われるがままに曖昧に頷いて、二人の後ろからとぼとぼと歩いていった。「天狗の森」とは、神社の背後にある鬱蒼とした森のことであるが、どこか神秘的な村の子供たちの遊び場であった。真っ直ぐな石段を上がって社の横にある細い道を登っていくと「天狗の森」に着いた。篤史らは大きな木の股の上に木の枝で屋根のようなものを作り、それを自分たちの隠れ家にしていた。亮は時々その隠れ家に上がらせてもらったが、引っ込み思案の彼はお愛想もお世辞も言えなかったせいか、隠れ家の住人としての資格は与えられていなかった。しかし、いつの間にか亮は少年の頃の祖父に入れ替わっており、木の上であれこれ指図する二人を見据えながら、その情況に対してどこか胡散臭いものを感じていた。

「罰が当たっても知らんぞ」

質素な身なりをしたくそ真面目な祖父が言った。木の上の二人はなぜかこぎれいな服装をしていた。

「悔しかったらここまで上がってこい」

本家の息子がはっきりとそう言った。すぐに篤史がそれに輪をかけたようなことを馬鹿にしたように言った。祖父がその木に登ろうとすると、二人は上から団栗の実を投げてきた。隠れ家には山で集めたそんな武器が大量に保管されていたのである。中には木の枝の切れ端や砂のようなものまで混じっていた。粘り強い祖父はそれでも果敢にボルダリングのようにしてその大きな樫の木によじ登ろうとしていたが、砂が目に入って余儀なく退却することにした。すると木の上では二人が日露戦争の勝利をもじったようなしり取り歌を歌って、囃し立てた。祖父は悔しくてこぼれそうな涙をこらえながら、神社のほうに下りて何か木の上に対抗できる武器を探すことにした。乾いた竹の棒が小屋の横に積まれていたので、それを一本持って彼はまた樫の木の下まで来た。二人は休んでいたが、彼の姿を見つけるとまた上からいろいろ投げ始めた。ずっと木の上にいればいつかは団栗も砂も尽きることを予測していた彼は、少し離れたところから竹の棒で突く真似をしては、攻撃されると何度も木陰に隠れる作戦に出た。予想どおり団栗も砂も尽きてきて、砦の住人は木の枝を探し始めたが、これにはどうしても時間がかかった。今度は祖父の休みない攻撃が始まり、木の上で不安定な格好で木の枝を千切る二人と地面の上で軽くて長い竹の棒を操る祖父との戦いがだらだらと続いた。祖父の側もずっと見上げながらままならない竹を操作するのにだんだん疲れてきて、木の上の悪童たちも無理な体勢を続けるのに疲れてきて、日も陰ってきたことだし、結局どちらからともなくその戦争を止めようということになった。

習い事に行く時間だといって篤史が帰った後、本家の息子と祖父とは神社の石段に並んで腰かけながら沈んでいく夕陽を眺めていた。

「本当に満州に行くのか？」

「ああ、家族でもう決めたことだ」

いつの間にか二人はもう大人になっていた。本家の息子が続けた。

「向こうに行けば、広い土地が安く手に入るらしい。俺は狭い田舎でこのままみじめな生活を送り続けるのは嫌だ。広い世界に出て自分の才覚で成功したいんだ」

「うまくいくとは限らないぜ」

「お前は世界情勢を知らないからそう思うだけだ。俺は町の上級学校で地理や歴史、経済まで学んだ。

今日本が世界に向かって乗り出さなければ、アジアは欧米列強に蹂躙されてしまう。鎖国はとっくに終わったんだ。俺もその流れに乗り遅れるわけにはいかない」

なぜか祖父は日本と彼の行く末が目に見えるような気がした。確かに祖父に学はなかったが、直観的に本家の息子に危ういものを感じていたのである。危険は何事につけて勝ち負けにこだわる彼の姿勢にあると思っていた。確かに本家は昔から村でいちばんの金持ちでたくさんの田畑も山も所有していた。しかし、近隣の人たちの間でも手堅い商売を始めて、財をなす者が徐々に増えてきて、すでに本家の特権的な地位を脅かすところまで来ていた。本家の焦りが息子にも影響していたのであろう、高等教育を修めたという自信を持っていた息子は本家を立て直す起死回生の方策として家財を売り払って資金を作り、それを元手にして満州で大きな商売を始めようと考えていたのである。本家がなくなれば祖父の家も村での後ろ盾を失うことになって心細いのはもちろんだったが、祖父は何より幼なじみの行く末を心配していた。うまく説明はできなかったが、欲を出して勝負すれば負けるに違いないと思われたのである。昔から長らく村で営まれてきた農業は、人や自然と勝負して勝ち取られたようなものではなく、自然に逆らわず、人と争わず、持ちつ持たれつ、いわば自然との引き分けを積み重ねて、その恩恵にあずかってきたものである。しかし、これから本家の跡取りがやろうとしていることは、その積み重ねを根こそぎ放棄してしまうように思えたのである。

「どんな商売を考えているの？」

「お前にだけはそっと教えておいてやろう。林業だよ。うまくいったらお前も後から来いよ。これからの満州は必ず人口が増える。人口が増えれば住む家や企業の建物が必要になってくる。そこで人を雇って製材所を稼働させ、満州中に建築用の資材を供給するんだ。それに紙だってたくさん必要になるから、樺太みたいに製紙工場に原材料を供給することだってできる。見ていろよ、そこには必ず莫大な利益があるはずだ」

「思ったようにうまくいくかなあ?」

「大丈夫だよ。すでに軍人も役人もたくさん現地に入っているし、政府も開拓団を奨励している。力になってくれそうな人も何人か知っている」

息子は自分に言い聞かせるように瞳を輝かせて希望を語った。

祖父はなぜかその後起こる悲惨な出来事を知っているのだけれども、そのことは規則で言えないことになっていると思っていた。悲惨な出来事が起こるかもしれない理由を同じ石段に座っている幼なじみに説得できなければ意味がなかったからだ。予言だけなら、それはもともと意味がないのだ。祖父は友人の心の中にもう一人の自分を見ているような気がしていたのかもしれない。であれば、なおさら本家の息子自身が希望という病に気づくのでなければならなかった。

もちろんこれが夢であることは亮もわかっている。しかし、夢に現れてくるということは、おそらくその場面が少しも完結していないからだ。そういう場面は想像できる、しかしそれは完結しないで、いつまでもどこかで問いを発し続けているのではなかろうか。過去の出来事と現在の出来事にもともと繋がりなどはない、それを繋いでいるものがあるとすれば、個人の心、つまり、その一つが夢であるところの想像力の働きであって、言ってみれば、どちらも現在しているのではないだろうか。

「後退か前進か、停滞か進歩か、束縛か自由かと考えれば、若者は当然後者の道を選ぶだろう。目先の損得に一喜一憂するこの村の人たちに俺はもう堪えられないんだ」

本家の息子はこれから自分が成功させなければならないと信じている事業にますます陶酔しているようだった。

「誰かの前進は誰かの後退になり、誰かの自由は誰かの束縛になる、そんな気がするのだけれど……」

祖父は、つまり夢の中の亮は、それまでもやもやしていた気持ちを思い切って口にした。すると、本家の息子は顔を赤くして、その疑問に対する答えを前から用意していたかのように言った。その時の青年の顔は亮にはどこかに見覚えのあるような気がしたが、名前は出てこなかった。

「わかっているよ。でも、俺は恥じることなくこのまま前を向いていく。いずれお前もそうするときが来るさ。こんな生活がいつまでも続くわけがない」

「こんな生活？」

「お前は本当にこれから誰も傷つけず、人から何も奪わずに生きていくつもりなのか？　奪わなければ奪われるし、傷つけなければ傷つけられる、残念だが、もうお人好しだけでは生きていけない時代になったんだよ」

「黒船の縛りだね」

「黒船？　いつの話をしているんだ？」

「いつの話だって？」

亮はその夢の中で誰が誰といつ話をしているのか曖昧になり、それらがいつものように次々と移り変わっていくことに驚きはしなかった。

「黒船はいまも浦賀に停泊しているよ。いや、もっと近くに来ているかもしれない」

亮がそんな皮肉を言うと、さっきから隣に座っていた黒田英二がいかにももったいぶった口調で言った。

「ふん、俺がお前のことを気に入らなかった理由が今になってはっきりしてきたよ。まああまり聞きたくはないだろうが、いい機会だ、聞いてくれ」

左手から流れてくる川の流れを見ながら英二は続けた。

「あれは大学三回生の夏のことだったと思う。確か同じゼミで合宿に行ったときのことだ」

亮はむしろ自分のほうが相手を気に入らない理由をここで言うべきだったのに、いつの間にか先を越されていたことに苛立ち始めていた。

「俺はそんなことがあったことさえ覚えていないよ」

「まあ聞けよ。思い出させてやるから」

亮はますます苛立ってきた。英二はさらに続けようとしたので、思わず亮がそれを遮った。

「俺が覚えてもいないことをいきなり持ち出すのは、卑怯じゃないか」

「聞きたくないのは覚えているからじゃないのか?」

英二は唇に不敵な笑みを浮かべた。亮は観念して黙るほかなかった。

「理由はよくわからないが、合宿中に一人の後輩が同級生をしつこくいじめていたことがあった。これは見過ごせないということになって、その時三回生は三人だったが、何とかみんなでそれを止めようということになった。その方法として、その後輩に一発ずつ自分たちの頬を殴らせて、それで人の心の痛みに気づかせようとしたんだ。つまり被害者の代わりに殴らせてやろうというわけだった。言い出したのはお前だったが、みんなもそこまで言って態度で示せば、加害者の後輩も当然反省していじめるのを止めるだろうという目算だった。ところが、その後輩というのがとんでもない頑固な奴で、本当に俺たちを一人ずつ殴ろうとした。俺たちも言い出した手前、先輩の意地もあって後には引けなくなり、殴られるのも覚悟しなければならなかった。一人目は思いっきり殴られ、少しよろけたが、相手をカッと睨みつけ、『気が済んだか?』と言った。後輩はそれに怯むことなく、二人目の俺を意地になって殴りつけた。大人の拳骨はかなり応えたが、辛うじて上体を支えながら表情一つ変えずに『これで気が済んだか?』と、俺も睨みつけた。最後はお前の番だったが、殴られる直前にお前は目をしばたたかせながらこう言ったんだ、『本当にそれでいいのか?』と。すると後輩はその言葉を待っていたかのように、急に握りしめていた拳を下ろして、背中を見せながらとぼとぼと歩き出した。結果的にいじめは解決したのだが、俺ともう一人の三回生は何か腑に落ちないものを感じていた。頬骨まで沁みた痛みがなかなか引かなかった」

英二はその時の痛みを思い出すかのように頬を撫でてにやにや笑っていた。

「それは人違いだ。俺は合宿など一度も行っていない、適当なことを言うな」

亮は必死で否定したが、そんなことがあったような気がするのを覚えて身体全体が熱くなるのを覚えた。

「忘れていると思ったよ」

英二は同情するように言ったが、皮肉のようではなかったのが亮には余計に応えた。もう取り返しがつかないような気がしたのである。

「うまいなあ、実にうまい」

感嘆とも皮肉ともつかないそんな言葉がどこからともなく聞こえてきた。前にもそんなことを言われた気がするが、なかなかそこから先へは進めないし、否定もできない。

「頬を殴られても、やるときはやらなければならない。そう思うんだよなあ」

今度は相変わらず隣で石段に腰かけている本家の息子はそんなことを言い始めた。

「だから、何と言われてもお前にこれは止められない。村のつき合いのことも墓のことも、後のことは全部お前に任せた。その代わり、俺が向こうで成功した暁には必ずお前の家族も呼んでやるよ」

そう言って本家の息子は力なく微笑んだ。今こそ彼を思い止まらせなければならないと思ったが、なぜか自分の言葉に説得力がなく、ただ口をぱくぱくさせているだけで、相手には何も伝わっていなかった。

　そうだった、もともと俺の言葉に力などなかったのだ、亮は今更ながらにそのことを自覚したのである。心ない言葉に傷つくことの多かった亮は、その反動が怖くて、いつの間にか当たり障りのない言葉しか発することができなくなっていたのかもしれない。今ならコミュニケーション能力の欠如として簡単に片付けられるのかもしれないが、亮にとっては確かに毎日の心と心の間に存在する壁のようなものだった。だから、昨日と今日の間に何の違いも変化もなかったのである。

　しかし、成人してから過ごした都会生活はこのような壁はかえって都合がよかったのだろう。昨日が今日と同じでも、毎日出会う人と言葉を交わさなくても、すれ違うだけで勝手に時間が流れていく都会の生活は彼には心地よかったのかもしれない。そして、生活の足下がしっかりしているときは順調に流れ、またそれで良かったのだろう。ところが、ある日突然何かの弾みで足下の地面がずるずると崩落していき、手を伸ばし、足をばたつかせて四囲の固い壁に縋りつかなければならない状態に陥ったのである。過去も未来も目の前からふっと消え去り、子供の頃と同じように、時間がもはや勝手には流れなくなったのである。自分が直面している鬱とはそんな状況になったことを意味しているのではないだろうか。

　夢の中で、そしてすぐに入れ替わり消えていく記憶の中で、亮はそんなことを思い、また感じ、うなされていた。まるで小学生の時にやりそびれた厄介な宿題が大人になってから再び目の前の壁となって躍り出てきたようなものである。夢は象徴的に時々その宿題を見せてくれるのだが、目覚めたときにはまたきれいさっぱり忘れ去られ、ただその言葉にできない後味の悪さが鬱という形を取って重くしつこく残っているのかもしれない。藍乃のような人は、いわば、たまたま出会った哀れな男にその宿題が自力でやり遂げられるように手助けをしてくれているのだった。

いや、自力でやり遂げるというのは語弊がある。宿題なら怠けなければ自力でこなすことはできるが、鬱は個人的な課題でもなければおそらく資質の問題でもないのだから、自力という言い方は誤解を招くかもしれない。鬱は病院に行けば、一人の患者の心の問題としてとらえられ、聴き慣れぬ病名を与えられ、カタカナ名の薬が処方され、カウンセリングからいくらかの原因が徐々に特定されていくことになるだろう。そして、病名が与えられることで患者としての市民権が与えられ、周りはほっと一息つくことができるのだ。しかし、それは病の治療というレールの上に載せられただけで、本当の原因から目を逸らせる役割を担っているのである。いや、原因から結果へというお決まりの枠の中に収めて、その原因を取り除こうとする心の傾向に流されているだけのことかもしれない。だが、鬱に陥るのは、ビリヤードの球のように外から加わった力が順番に伝えられてポケットに入ったというようなわけではない。言うなれば、複数の他人をも含んだ人間関係の在り方そのものがその原因、いやその状況ではないだろうか。亮が自分の幼年期を訪ね歩いて探し出したものは、彼を取り巻く人たちであり、世の中の状況であった。心地よい夢は長くは続かないものだが、亮が探しにきた材料はその荒唐無稽な夢の中にも入れ替わり立ち替わり登場してきた。おそらく藍乃が示唆していたのもそういうことだったのだろう。彼女は、個人を越えたところにある鬱病という構造をもっと広いものさしでとらえようとして、例の「時間病」を定義したのに違いない。

「今」というのは、特別な時間ではなくて特別な空間であり、「ここにいる」ということに文法的な修飾語をつけて別の言葉にしただけのものなのだ。「今」と「ここ」との大きな違いは、「今」が普遍的なものであることに対して、「ここ」が個別的だということだ。つまり、「今」は個別的なものの普遍的なものへのすり替えそのものなのだろう。言い換えれば、「ここに生きている」ということがそのまま「今」という名詞あるいは副詞の意味なのであり、それ以上でも以下でもない。つまり、祖父はここもしくはどこかで確実に「今」生きているのだ。

自分は今夢を見ているが、ひょっとして、この夢が覚めた後の現実そのものがいつまでも覚めることのない夢なのかもしれない。だとしたら逆に、今見ている夢こそつかみどころのない普遍的な回路とときどきは繋がっているのではないだろうか。

自由に漂っていた部屋、それはしかし、それだけが海底につながる島であったのかもしれない。漂っていると見えたものが実は島であって、堅固に見えた街の界隈は、実は底のない海洋であったのかもしれない。その逆転が信じられないまま亮は無駄な時間を街の中で過ごすことになったのである。道路が裏向けに反転して、亮はいつしかもといた所に帰っている。彼は前に向かって歩いているつもりであったのに、道は歪み、斜めになり、湾曲し、彼の体も回転する。彼はごみごみした路地裏を歩くのが好きであったが、行く当てはなく、かといって留まるところも知らない。裏道には生活のにおいのする道具や容れ物などが乱雑に置かれている。半分錆びた洗濯機が回り、漬物のにおいがし、白菜など野菜の積んである棚があったりする。家の内部で生じる音や声が窓や隙間から顔を出している。ああ、しかし、ここは街ではないのかもしれない。作られた場所、誰かの夢によって彼の前に作られた場所ではないだろうか。誰かの頭の中を彼は歩いているのである。誰かの脳髄が構成した街角を彼はいつだって歩いている。その道は某《だれそれ》の道であり、その角は某の角である。が、そのことはほとんど常に彼に忘れられている街角である。石畳が続く道もあり、急な坂道もある。街路樹の広がった枝々が緑の葉っぱを街のそこここに散らしている。街角の中華料理店が赤い看板を見せている。そのまま変わらない街の顔を街路に向かって見せてはいるが、その顔の様相が変わるときは必ず来るのである、誰かがどこかで無造作に作りかえることができるから。だが、ここでしか把握できないものもあるのかもしれない。

いくつかの建物が右側に崩れそうになっている、胸が音を立てて動いている、胸の振動が街に伝わり始めたのである。胸が建物の色を変える。中華料理店の看板の色はその時黄色になり、街路樹はいつしか枯れ葉となる。胸の中で季節が往き来する。秋であっても夏である。夢のシステムは常にどこかで稼働しているのだが、その動きはほとんど意識されてはいない。意識されていないときのほうが普通なのであるが、それは必ずやって来る。秋風のように吹いてきて、木の葉の色を変えるように、目に映る街の形を変えていくのである。どうして街が右側に崩れるのかはわからないが、やはりそれは右側であるような気がする。彼は歩いているうちに身体が左側に傾いていっていた。知らず知らずのうちに彼はそのシステムの周辺を歩いていることになるのである。もう少しで彼は神経の穴の中に入りそうである。気分は制御不能な地帯にある。建物の一部が崩れて欠けるように、彼の気分も崩れていく。崩れる流れに入れば、その外からは自らを見つめることができなくなる。そのとき彼は暗い表情を街路に投げかけるのである。

石畳の舗道がふとどこかにあった。それがどこかわからないが、彼は毎日くらいその道を歩いていたような気がする。信じていたものは今とは違う何か別のものであったが、彼はもうそれを忘れている。忘れたまま彼は歪んだ世界にいつしか入ってしまうのである。歪んだ街にはやはり歪んだ人々がいる。彼らはかたまって何かを話している。噂話であるが、何を目標にしているというわけではない。ただ話したいので話しているのである。話したからといってそれが楽しいわけではない。それなのに彼には聞かれたくないのか、彼が近づくと話を止めてしまう。それが彼に関係のあるというわけでもないのであろうが、彼が近づくとその話は止まってしまうのである。そして、彼らはどこへともなく去っていき、彼の噂話はまた別のところでなされているような気がする。そのようにして彼の視線はまた街の人々に吸い寄せられていく。さらに、彼を背後から見つめる視線を感じるようになった。背後には墓地があり、前には畑もある。丘が幾重にも連なり、太陽の光を浴びて輝いているのに、彼の心の中はどろどろに濁っている。

彼の身体の中には鉛が詰まっていて、重くてなかなか歩くことができない。しかし、その鉛が見えるのは彼だけであり、いや、それの見える者たちは必ず他にいて、その鉛を隠したい彼の心を見透かして、彼らはまた噂話を始めるのであった。それは果てしなく続いて、彼が抵抗すればするほど続いて、彼が浮き上がってしまって、言葉にならなくなるまで彼が浮き上がってしまうのを待っている。浮き上がったら、彼は方向を見失い、風に漂って身を削りながら地面に向かってたたき付けられるのを待つのみである。

墓地の墓石が彼の目に映るのであり、映るだけであり、ひとつずつ眺める余裕さえなく、墓に対しては生きているという優位さだけを頼りに、その前を通り過ぎるのである。どこかの島から切り出されて磨かれた灰色の墓石はどれも低すぎるけれども、丘の上から眼下に広がる南側の街の景色を見下ろしている。それら墓石は普段は隠れているのだが、気になるときはいつも気になった。いや、そこにそれはあるのだが、いつもは誰も気にしていなくて、墓は墓として、その時になればそれなりの顔をして現われ出てくるのである。彼はそこに普通の顔をして行きたかったという事実だけが残っている。そうだ、彼は普通に墓に行くべきなのである。しかし、そのことを彼は考える余裕もなく、鉛の腹を抱えて街をさまようことしかできないでいる。

墓の上には畑地が斜めに続いている。畑の上を人々は歩いていく。彼はその人を遠くで眺めているだけだ。その丘の上を健康そうな女の人が歩いていく。彼はその人が誰か知っているのだが、彼はその人に声を掛けることができない。いつでもその丘は朝日を浴びている。その朝日を浴びながら、その女性は白っぽい服を着て歩いている。その畑は家々が途切れたところに開けていた。だからこそ太陽をいっぱい浴びて彼女たちは歩いているのであった。しかし、亮はその丘に登ってみたことがない。彼には登ることが許されない丘なのである。彼は道路から見上げられることがあってはならないのであろう。だから、その風景を彼はいつも下から見上げている。その丘は西北に向かってせり上がっている。その傾斜の途中に白墨のような墓地と横線を引いたような道路があるのである。

道路から丘を見上げるとそれは空に通じている。畑の向こうは家並みであり、その向こうはもうすっかり青い空なのである。そこに雲が浮かんでいる。その丘に上る坂道にはいつしか女の子たちの寂しげな後ろ姿がある。その坂道を後にして彼女たちは当てのない家路を急ぐのであった。一度転べば、彼女たちは滑るようにもと来た道を転げ落ちていくに違いなかった。どんどんどん彼女たちの一団がつかまるところのない坂道を転げ落ちてくる。白や青や茶色の少女たちの服である。陽光に反射しながら転げ落ちている。一度踏み外したら彼女たちはただ土埃を上げて滑り落ちてくるのである。その時まで少女たちは引力に逆らって歩いていたのだ。それなのに彼にはそれを止める力も権利も与えられてはいない。痛いほどの乾いた陽光である。

そして、そのうち少女たちは坂道を折れて家並みの間に消えていった。その時たくさんの墜落は嘘のように消えていた。後には数人の女性が丘の畑の間を横切っているだけである。その姿はまるで背後の墓地に罪滅ぼしをさせているようであった。時間がゆっくりその歩みを見守っていた。彼は意を決してその坂を登り始めた。その坂の入り口までは何度も訪れた場所である。けれどもその坂を登るのは初めてであった。いつでも登ろうと思えば登れたのであるが、どういうわけか登る機会を失ったまま、ついにその日が来たのであった。独りで彼はその坂道に差しかかった。予想以上に急な坂道である。うっかりするとずるずると後退してしまいそうである。誰がこんなものを造ったのか、疑いが湧いてこないでもなかった。しかし、ずるずるという靴音を立てながら彼は登っていった。振り向くと、丘の下の道路や墓地や家並みがはるか下に鳥瞰できた。遂に彼もその坂の住人になれたのである。とても妙な気分である。畑は意外に狭くて土もよほど乾燥していて埃っぽいものであった。その畑には小さな葱のような野菜の芽が頭を出していたが、いつ収穫できるのか心許ないものであった。その狭い畑の畦のあいだの溝のようなところを女性たちは歩いていたのだ。彼女たちはそんな窮屈なところしか通ることができなかったのだろうか。しかし、彼がそこに着いたときには彼女たちの姿は跡形もなく消えていた。その時少しがっかりしたのを彼は覚えていた。

彼の本当の目的はしかし、畑の女性たちではなく、その坂道の奥にふっと消えた少女たちである。その少女たちのうちの誰でもよかったが、よく独りで俯いて淋しげに歩いていた少女であればなおいい。やっとの思いで坂道を登りきると、それから道は二方に斜めに分かれ、その先は曲がりくねって、どこに通じているのかまるでわからない。そうして、彼は丘の上の新興住宅地の中に入っていった。その家の一つに俯く少女の淋しげな家庭があるのに違いない。一つ角を曲がっても少女の姿は見えない。少女どころか人影一つ見えることがない。まるで人々が津波か何かのために緊急非難してもぬけの殼になったときの街のようである。似たような曲がり角をもう一つ曲がってもやはり人影はない。また道は二方向に分かれるが、どの道がどうなのかわかるはずもなかった。その電信柱はさっき一度見たことのあるコンクリートの電柱のようでもある。道はだんだん狭くなり、しかも入り組んでくる。下の道路から見るほど単純な家並みではないということがわかった。いつの間にか彼は家の裏口に通じる下水溝の羽目板の上を歩いていた。そして、家の裏庭に捨ててあるのか置いてあるのかわからないがらくたの類いを跳ぶようにして歩いていかなければならなかった。その少女の後ろ姿をもう忘れなければならないほど雑然として、途方に暮れてしまう町並みであった。丘の上の陽に当たる明るい家々はその時どこに消えたのであろうか。考える間もなくまた道は二方向に分かれ、彼の足の接地面はますます狭くなった。

突然賑やかな声がして、彼が飛び出したのは商店街のど真ん中であった。通りも十分広くなって、自動車も何台か通っている。彼は狭い坂のある通りを下ってきたような気がした。その低い所に商店街は急に開けていた。最初に目に飛び込んだのは運動具店である。店の屋根から向かいの店の屋根に渡した紐には三角形の旗まで何枚かまばらに付いている。その店の前では遠慮なく近所の人らしい者同士がしゃべっている。その中には彼を知っている人もいるようであって、遠くからでもどこかよそよそしげにではあるが、彼に目礼をする人かいた。しかし、彼にはそれが誰であるのか思い出せない。思い出すことが辛いような気がする。相手はそれほどでもないようなのに。あんなに静かだった街の中にある商店街に買い物に来る人は十分いるのか心配なほどであった。それは、広い田圃の中に突然出現したサーカス小屋のように唐突であった。

そこには道路から見た丘の上の家並みの人々とはまた別の世界から集まって来た人々ではないだろうかと思わせるものがあったが、やはり彼にはまた馴染みのないものであった。親しげに交わされる主婦たちの会話の中に、彼が触れてはいけない何かがある。主婦だけではない、店主もまた奥歯に物が挟まっている。彼には知らせるべきではない秘密がその商店街にはあって、それを感づかれないようにわざと明るく振る舞っているのが近所の人々である。何となくそんな気がするのである。いや、彼自身がそれを気にしているであろうということを気遣って、何げないふうを装っているというほうが正しいのであろうか。

電信柱に渡した紐にぶら下がった原色の旗が少し風に揺れ、店先には色とりどりの商品が顔を揃えている。道路にはみ出した八百屋の店先にも人集りがしている。だが、彼らの声もまた抑え気味である。そして、その商店街の奥にはさらに横丁があって、小さな商店が他にも軒を並べているのであった。その人込みの間から不意に誰かが飛び出してきて理由もなく糾弾してくるような気がして、彼はそれらの賑わいから逃れるようにして足早に通り過ぎようとした。

　そこには彼が求めていたような対話も邂逅もありはしないのである。丘の上の淋しげな少女の姿はここにはなく、振り返るとそこには夕食前の薄明かりに包まれたささやかな賑わいだけがあった。商店街の人々には彼は知られた人であり、それも良からぬ噂で知られた人物であるようなのである。ひそひそ話が彼の遠ざかった後に発生した。あるいは彼にはそのような気がした。いずれにせよ、彼には何かが気がかりな街であった。運動具店の男は、いやに愛想がよかったが、その言葉は心がここにはなかったのである。

「何かお探しですか」

「いや、……、近くに来たもので」

「そうですか。何か買っていきませんか」

「そうですね」

「ここには何でもありますよ」

「ありがとう」

　どうしてだかわからないが、彼は尻込みしていた。会話がそれ以上深まることを恐れていた。深まれば、知らなくてもよいことまで知ることになる。聞かなくてもいいことまで聞かねばならなくなるのである。予感が的中するときの不快感を他人の前で迎えたくはない。彼は立ち去るきっかけを探している。けれども、そんな単純なことさえ時機を逸してしまっている。

「皆さんお元気ですか」

「おかげさまで……」

　会話は続いているのだが、彼の耳にはそれが入っていない。「やっぱり」という運動具店の男のつぶやきが聞こえたような気がした。

「それでは……」

会話にならない曖昧な態度を残して、彼はそこを立ち去らなければならなかった。周りの景色がまたわからなくなった。

丘の上にいるはずだったが、周りの景色はいつしか深い谷あいに入り込んでいた。道路には緑色の樹木の葉が横から張り出していて、自動車が辛うじて通れる広さになっていた。地表はコンクリートで固められてはいたが、急な下り坂なのでそこには洗濯板のような横向きの段差が付いていて、いかにも歩きにくい。一歩踏み外せば谷底まで転げ落ちてしまいそうであった。どこからその坂道に入るのか初めて来た人にはわからないと思われるほど、その道のありさまは付近の風景とかけ離れていた。街から突然山深い谷間に変わってしまったのであった。緑の木々の間から時々見える谷川にはきれいな水が音を立てて流れていた。その谷に向かって彼は注意深く歩いていた。脚に力をいれないと坂の下に向かって走り出してしまいそうなのである。急に辺りが暗くなり、風も幾分冷たくなっていた。商店街の賑わいとは別世界であった。街は丘の上に置いてきたようである。陽の光はその谷間までは入り込んでこられないようであった。それだけではなく、実際に夕暮れが近づいていたのであった。右手の岸には丈の長い草が密生しており、その間からはどこかで見たことのある青い実が顔を出していた。彼には懐かしいものではあったが、それを語る相手もそこにはいなかった。ぎざぎざした坂道を下りている間、彼は後戻りできないのではないかという不安に襲われた。長く伸びた細い草を手にしても、彼をそこに留める手段にはならなかった。何かに導かれるようにして彼はその坂道を下りていった。

不安ではあるがどこか心地よい気分が途切れそうになっていた。しばらく続いていた彼の気分が絶ち切られたのである。物語が創れなくなったとき気分は破綻するのであろうか。彼は夢の中で自分の考えている物語が進行していないことを感じている。丘の上の街という流れがなぜか中断したのである。沈没した船が、その潰れた船体を晒しながらもしばらく海の上を漂流しているようなものであった。木立の間から小さな寺が見えてきたことも彼にはどうでもよいことに思われていた。道はその寺で行き止まりになっていた。木の葉の散り敷いた古びた寺である。その門から雫が落ちていた。それが谷川の水と区別できないほどその寺は川に近いところにあった。暗く湿った寺の佇まいであった。

山門といっても入ってみればそこは一昔前の民家と大差はなかった。しかし、いかにもその建物は古めかしく、人の気配に乏しく、地面には緑の苔が密生していた。大昔に戻ったような錯覚にさえ襲われた。かつてそこには隠者が籠っていたのかもしれなかった。ひっそりとして、人の気配が感じられなかった。彼は入り口の戸を叩いた。中から返事がした。はっきりした声である。彼には意外であった。戻ろうかと思った。誰とも関わりたくなかったのなら戸を叩かなければよかったのだと思ったときにはもう遅かった。住職らしい人が奥の部屋から現われた。その人は別に袈裟を着ているわけではなかった。

住職は、黙って彼を寺の内部に通した。住職は彼のことをもともと知っているようであった。彼のほうは住職を知らなかった。しかし、彼は誘われるままに住職についていった。その部屋は冷たく光る板間であった。よく磨かれた、うかうかしていると滑って転倒してしまいそうで、しっかり踏み締めることのできない床であった。しかし、その部屋はどこか懐かしいものであった。何回も彼はそんな板間に生きていたことがあるのである。板間はどこまでも滑ってそのまま遠いところまで彼を連れていってくれそうな気がした。

窓の外には谷間の美しい風景が映し出されていた。緑の木々からは冷たい雫が垂れ、霧のような白いものがぼんやりと庭を覆っていた。この谷の上にあの乾燥した丘の上の街があるとはどうしても想像できなかった。しかし、その二つはどこか調和していた。住職は、彼に対してもどこか冷たいところがあって、あの運動具店の男の態度とそう変わりはなかったのである。彼の胸のつかえはますます膨らんでいった。不定な形の空洞が彼の中にできていた。彼はぼんやりとして、住職のなすがままについていった。住職が言っていたのは、何であるのか彼はほとんどわからなかった。木々の雫がしっとりと落ちてきた。外の風景と静かな部屋との区別はないかのようであった。住職の言葉は彼のところまで届いてこないようであった。住職は自分の身の上を説明することで、信仰を基礎づけようとしているようには見えたが、彼には興味のないことであった。ただ、彼の言葉の背後にある不信感のようなものの正体を知りたいだけであった。彼はその寺の中でも足掻き続けていて、その足掻きは絶頂にあった。しかし、彼はそれを感づかれまいとしていた。そして、自分がその板の間に倒れてしまうのではないかと思うほど緊張していた。住職の細い顔が目の前にちらついた。住職は眼鏡を掛けている。だから、本当の表情はその背後に隠れていた。

そのまま、彼はその谷間の寺で暮らすことになっても不思議はないのだが、そのためにはこの住職ともっと心を通わせておくべきであった。木々の葉が彼を懐かしげに迎えてくれるのではあったが、彼にはそれを聴き取る余裕がなかった。不思議な時が流れた。また複雑な地形で歪んだ風が吹いてきた。季節は夏のはずであるが、彼らはそれをもう忘れている。早く逃げたいが、そこにいなければならない理由がどこかにあった。誰かに見張られているような気がしながら彼はその場所にいるのである。自分の物語ではないものの上を不安げに踏みながら歩いているのである。物語がないときに、気分は途切れる。気分が途切れれば、糸の切れた凧のように漂うしかない。漂いながら彼はこの寺に辿り着いたのである。底のない穴に入り込んで、気分を壊しながら歩いていく。帰る場所がどこなのか、彼はもう見失っている。ただ帰らなければならないということを知っているだけだ。

入り込みすぎたのか、ここは一時的に作られた空間の中であることを彼はもう忘れている。電源が切れないかぎり彼はその中を泳ぎ続ける。電源スイッチを入れたときだけ読み込まれるコンピュータの空間のようなものであろうか。その中には、見慣れない動物たちが棲んでいる。例えば、耳の大きい、口の尖った、兎くらいの大きさの獣、それは家の陰から陰へ駆けていく。追いかけても追いかけてもそれを捕まえることはできない。その動物はどこから出てきたのだろうか。あの坂にあった墓地から出てきたのかもしれない。緩やかな斜面に開けた乾いた墓地がまた目の前に現われた。コンクリートの塀の中にそれは見えたのである。塀の高いところからはその墓地が見えるわけではないから、そこに墓地があることさえ知らない人が近所にいてもおかしくはなかった。明るい住宅地には似つかわしくないものであったかもしれない。その付近に寺はなかったので、宗派と無関係な墓地であったのだろう。あの谷間の湿った寺にはあまり似つかわしくない墓地であった。そこは南東に向かって開けた斜面であったから、天気の良い日には朝陽に映えたのである。その乾いた草の間を、その動物はちょこまかと駆け抜けていく。そして、墓石の間から時々ふっと顔を出しては、またどこかへ逃げていく。

彼はそれを目で追いながら、いつしか彼の足もその墓場の中央に向かっている。そして、そのきつね色をした動物はある墓標の後ろに隠れたのである。それは小さな薄汚れた墓石であった。そこに彼が見たのは自身の墓標であった。刻まれた文字は長い風雪に曝されたのであろう、今はただぼんやりとその字が読めるだけである。彼はそのことが意外ではなかった。ただそんな発見が遅すぎたと思っただけである。そうなることが自然なのであり、あの坂の上に少女を見たときから、彼の墓は準備されていたのである。彼が坂を登り始めたとき、その下で既に彼の墓穴は掘られていたのである。短い草に塗《まみ》れて、その墓石はひっそりと立っていた。何年もそれは準備されていた、奇妙な小動物に見守られながら。墓と同時に彼は成長したのかもしれない。冷たい風が吹いてきて、周りの草木がその風に揺れた。実は自分はあの坂を登っていなかったのではないか。もともとこの場所にいて、動かなくなっている身体で坂の上を見上げ、白い少女たちの日常を眺めていただけかもしれないのである。いや、むしろ彼は墓そのものではなかったろうか。いつもコンクリートの塀に囲まれて、人知れず空想している動かない石。石の見ている夢が彼なのかもしれなかった。夢である彼は坂の下から坂の上の日常を眺めている。朝陽にきらきらと輝く淡黄色の斜面のことが彼は妙に気に懸かるのであった。

石はそうやって石であることに甘んじているのだ。夢でも見なければ石はその存在の軽さに耐えられないのである。石はその坂の上には行くことのできなかったという記憶だけを残しているのかもしれない。坂の上には彼の恐れる魔物が棲んでいるのである。登ることが躊躇われた理由がそう石の中に刻まれている。しかし、その刻まれた記憶だけが石を遊離して坂を登りだしたのであろう。坂を登るとそこにはいくつもの曲がり角や小さな坂道があり、草の道や土の道を通って、柿の木や杉の木の間を擦り抜けるのである。中には畑の間を通り抜けなければならないところもあり、細い畦の間をバランス良く歩いていくのである。そして、そこにはさらに竹藪があり、その竹藪にできた道をするりと抜けていく。そして、その畑には顔見知りの老女がうずくまっていたりするのだ。彼女は好意的に彼の歩行を見ている。その場合、その丘の上の村全体が彼の意識の遊歩場であった。その地形は彼によって繰り返し記憶された形状を持っていた。

しかし、今回の遊離はその隅々に未知の部分が多すぎたのである。そして、その未知の部分が互いに彼に見えないところで繋がっていたのが不幸である。底まで行かなければ解決できない感情というものがある。そのままでは耐えきれない気分というものがあるのである。そんなときは自己破壊の衝動に駆られる。人は神話を語らなければ自分を維持していくことはできないのであろう。この場合、神話とは気分である。彼の信じているものはいつだって彼に現われない。底の底の砂の間から見たことのない肌色の蟹でも掘り当てたとき、彼はとうとう狂い始める。しかし、彼が狂っていることを外から見抜くことなどできはしない。そのまま彼はさまよっていく。それ以上登ることのできない坂を下るしか、彼の行く道はない。そして、彼は見慣れた門の中に入っていく。門の中からは首を締めるような日常が迫ってくる。

いつものように胸苦しい夢からようやく目覚めて、薄暗い寝室の天井を見上げると、白いはずの円形の照明器具が闇の中でぼうっとした黒い染みのような影を作っていた。いつもこんな影があったのだろうか、その夜は特別な感じがした。今回の夢はずいぶん久しぶりに見たような、どこかで進行しているいつまでも完了しない夢のようだった。疲れが鉛の錘《おもり》のようにずっとりと身体の中に溜まっていた。ただ、その疲れは、理由ははっきりしないが不思議に充実した疲れだった。その夢が亮のそれまでの人間関係を感覚として象徴するものだったからかもしれない。身体の中に膿のように溜まっていたものがゆっくり出てきたような、重くて軽い不思議な充実感だった。

明らかに彼の生活が変わってきたことを妻の明美は夫の表情や言葉から感じていた。今回の墓参りにかこつけた遠出もおそらく一人で行ったであろうことも、彼女も直観的に感じ取っていた。亮も波風を立てずに家庭生活の場に軟着陸できることを願っていたので、余計な言い訳などせず、敢えて多くは語らなかった。

「昨日何かあったの?」

朝食のテーブルに着きながら、明美が返事を期待していないふうに尋ねた。

「どうして?」

「疲れたような様子だったから」

「別に何もないよ」

「そう」

そこに暗黙の了解でもあったかのように、会話はすぐに途切れた。気まずさの峠はもう越えたのかもしれないと亮は感じた。それがいいことであるかどうかは別にして、あとは軟着陸まで烏など不意の来訪者や気流の乱れに何時間も我慢強く対処するだけである。

「次の休みに航のところに行かないか？」

「車で？」

「ああ、久しぶりに三人で食事でもしよう」

「……」

返事はなかったが、その提案が何かを意図しているわけでも無理しているわけでもないことを亮は感じていた。だからこそ返事はどちらでもよかったし、どちらにも落ち着いて対応できるような気がした。人間の関心がどちらに向かっていこうとその人たちの関係は広がっていくのだという楽天的な気持ちが彼の意識を支配していた。むしろ一定方向の目標など持たないほうがよほど人間的で生産的なことなのだろう。希望はできるだけ早く潰しておいたほうがいいのだ、おそらく希望というものがあるとすれば、それは後からゆっくり目立たないようについてくるものだから。

「じゃあ今度の土曜日ね、航に連絡しておくわ」

明美があまり期待するというわけでもなく承諾した。

また戻ってくる旅は、行ったきりとは違い、その人の世界を広げる働きがある。たとえその旅が仕事の延長であったとしても、見知らぬ街角や何も変化のない片田舎に寄り道したり道草を食うことがあったりするほうが、必ず世界は広がるに違いない。目的のある人は、その目的に囚われて逆に路傍の草に心を開く余裕がなく、かえって自分の世界を狭めてしまうことにもなりかねない。結局は心の持ち方次第なのだ。たとえ旅の記憶は失われたとしても、そこで身についたものは記憶以外の場所に広い領域を形成しているに違いなかった。そして、希望や目的の存在と鬱病との間には密接な関係があると思われた。前を向くことにこだわらなくなったら、未来にこだわらなくなったら、そして走ることを止めたら、世界は人を存在として受け容れてくれるのだろう。

明美の落ち着いた素顔をぼんやりと眺めながら、亮はそんなことを思っていた。彼女は鬱に対する対処の仕方をだんだん身につけてきたのかもしれないと、彼は自分に都合のいい解釈をしていた。しかし、明美は長い葛藤の末に、亮に関することはもうほとんど諦めていただけであった。そして、皮肉なことに、彼女が諦め始めたころになってようやく彼は家に戻ってきたのである。つまり、彼に対して希望を抱かなくなったときに初めてその希望は形となったのであった。だからといって、希望をしっかり籠の中に繋ぎ止めておこうなどと考えれば、たちまち希望という気まぐれな鳥は隙を見てどこへともなく羽ばたいていくのである。二人に関係というものがあるとしても、それはどちらかの心の中にあるというわけではないのだから。

「最近嫌な事件が多いわねえ……、昔からそうだったのかもしれないけれど」

新聞を畳みながら、明美は誰にともなく言った。家族二人だから当然話し相手は決まっているのだが、独り言ととらえられても構わないくらいの言い方である。彼女は夫に否定されるのが嫌で、家庭では自分から何かを提案することはほとんどなくなっていた。提案したとしても、すぐに自分からそれを否定する理由を続けるようにしていた。したがって、同意を得ようとする言葉もあまり言わなかった。提案することと同意を要求することとができなくなると、もともとしゃべるのが好きな彼女は黙っているのが苦痛になって、つい口が滑って同意を求めようとしてしまうものだから、その時のように独り言のような中途半端な言い方になるのだった。

「世の中に余裕がなくなってしまったんだよ」

一呼吸おいて亮が悟りきったように反応した。彼のほうでも単純に同意するだけでよかったのだが、ひと言批判めいたことを言わなければ気が済まないようなところがあって、当然それは明美の期待していたような言葉ではなかったのである。彼女はただ少しでも自分の立場や良識の側に立ってくれるだけでよかったのだが。そうやって短い朝の対話は空しく終わり、二人はそれぞれにバスや満員電車に揺られながら余裕のない職場へと出かけていった。


仕事が終わったら、藍乃のクリニックをもう一度訪れて週末の故郷での体験をその後に見た夢も含めて報告したいと亮は思っていた。そのことによってずるずると続いていた鬱病治療に一定の区切りができそうな気がしていたのである、いや、お互いのためにも実際的な区切りをつけるつもりだった。そう決意すると、苦痛でしかなかった残された会社勤めがなんとなく楽しみになってきた。いつものようにその気分の変化のメカニズムは自分ではよくわからなかったが、藍乃の治療の成果だと思うことにした。もちろん「メカニズム」などという言葉は彼女が嫌うであろうことはよくわかっていたが。


「気分の揺れには必ず反動があることは覚悟していてください。でも、その揺れ幅は確かに小さくなっているようですね」

夕方のクリニックで、赤いミニスカートの上から白衣を羽織った藍乃が言った。

「長い間胸の中に錘のように溜まっていたものが流れ始めたような気がします」

言葉も通常の患者らしい言葉遣いになって、彼はもはや指で触れることさえできなくなった藍乃との距離を感じていた。

「目の前に広がっているのは未来なんかではなく、モンゴルかどこかの草原であってほしいですね」

「それは先生自身の願望でもあるのですね」

「ええ、でもそれも幻想ですよ、実際に目の前にあるのは退屈な日常ですから」

「退屈くらいのほうがいいですよ、適当に羽目を外せるくらいの……。退屈に耐えられるならば、それにこしたことはないです」

藍乃は少し微笑んでその言葉に頷いた。

「で、郷里ではどんなことがあったの？」

「敢えて言うなら、退屈さに耐えられなかった人が身の回りにいたということです。いやいや、僕自身が退屈な生活に馴染めない子供だったというわけです」

「それは確かに厄介な性格ね」

「ええ、そうなんです。退屈さはもともと個人の感じ方の問題なのに、生活の質のように感じたのですね。いや、ちがうな」

亮はもっと適切な言葉を探していたが、その間も藍乃は辛抱強く彼を見つめながら次の言葉を待っていた。

「毎年毎月毎日同じように繰り返される共同体の営みに対する疎外感のようなものを、潜在的ではあるけれどいつも感じていたということでしょうか。自分がそこに受け容れられていないという孤独感があって、そこから弾かれてしまうのではないかという不安が絶えず付きまとっていたのかもしれない。その共同体と自分とをつないでおくパイプ役が唯一母親だった気がする。だからこそ、母を亡くしたときの喪失感は僕の場合半端ではなかったのでしょう。つまり、恥ずかしいことですが、実際この歳になるまで親離れできていなかったということです」

彼が半ば自嘲的にそう言った時、藍乃の蒼白い顔には微かな笑みが浮かんでいた。

「あなたは時間的にも距離的にもその共同体からできるだけ遠いところに行きたかったのでしょうね。でも、孫悟空と同じようにどんなに遠くへ飛んだつもりでも、お釈迦様の手の中だったというわけです」

「そう言われてもしかたがないです。かといって自分の周りに新しい共同体を作ることなんてできなかったのですから」

「ひょっとしたらもうできているのかもしれませんよ」

「どういう意味ですか?」

後は自分で考えてとばかりに彼女は微笑んで、それ以上言及しなかった。その代わりに全く別のことを言った。

「私ね、お母様が病床で言っていらしたことを思い出したの。自分の息子はお祖父さんに似ているって。そのお祖父さんは口数が少なかったけれど、本当に曲がったことが大嫌いで、真面目にコツコツと働く人で、村の誰からも一目置かれていたと」

「どうしてあなたにそんなことを言ったのでしょうか?」

「わかりませんが、どうしても誰かに伝えておきたかったのでしょう。ひょっとして苦しんでいるあなたへの激励だったのかもしれませんせん」

亮は少し言葉に詰まったようだった。

「その話は初めて聞きましたが、あなたはこんなに親身になって母のことを診ていてくれたんですね。考えてみれば、母が亡くなったとき私はあなたにとてもひどいことを言いました、本当に申し訳ありません」

「いいえ、私もまだ未熟で患者の家族とどう向き合っていったらいいのかわからなかった頃で、事務的な冷たい印象を与えたのかもしれません」

まるで当時と現在との間にあった親密な関係は飛び越したかのように、二人は普通にしゃべっていた。

「僕はもっと未熟でした。母のことにしても、僕が冷静に対処していれば、結果はもっと違ったものになっていたかもしれません。振り返ればただ後悔ばかりです」

遥かに年上の亮はやはり藍乃の助言を必要としていた。

「あなたが自分で幼い頃に戻って鬱の原因を突き止めようとしたのは、よかったと思いますよ。私はあなたの幼児期に一種のＰＴＳＤ、いわゆる『心的外傷後ストレス障害』を引き起こすような体験があったのではないかと、以前から考えていました。その頃あなたが感じていた一種のストレスが心の底に鬱積していて、成人になってから似たような事象があなたの身の回りで起こったことによって再び発症したのではないか、ということです。一般には戦争や事故などの強烈な体験のことを指しますが、あなたの話からすると、もっと日常的な精神的ストレスだったように思えます。ただ、自分でもわかりにくいし、言葉にもできなかったので、誰にも相談もできなかったのでしょう。多かれ少なかれ誰でも似たような経験をしているのですが、幸いにも永久に再発しなかった人もたくさんいるのでしょう。でも、今回の帰郷でそういうストレスの原因となる事実があなたにも把握できたのではないでしょうか。そして、あなたのストレスを軽減してくれるようなキーワードをいくつか拾い上げることができたのだと思います。つまり、過去はここでも終わっていないということですね」

藍乃は以前から研究していた精神医学の知識を応用して話をした。

「完治することはあるのでしょうか？」

「完治したいですか？」

「よくわかりません」

「終わらない過去を引きずっているほうがずっと人間らしいですよ。曖昧な言い方ですが、あとはほどほどくらいならいいではないでしょうか。不定期でいいので、カウンセリングを受けに来てください。性質は違いますが、私自身のカウンセリングにもなるので」

藍乃はそう言いながら明るく微笑み、亮はどこかほっとしたものを感じた。

次回の診察日を決めることなくクリニックを後にした亮はそのまま地下鉄に乗って職場に戻った。会社には適当な理由を付けて一時間だけ外出していたのである。当然家族にも同僚にも治療に通っていることは知られていなかった、そもそも治療と呼んでいいのかどうかは疑わしいものであったが。地上に出てしばらく見慣れた風景を眺めながら、彼はいつまで経ってもオフィス街を歩くのはどうも苦手であると思った。広くて高い空間に囲まれているのに、なぜか狭い空間に閉じ込められていて息が詰まりそうな気がしたのである。おそらく田舎育ちの彼の体が自然の水と空気とを求めていたからであろうが、彼の心は風景の中に透明な檻のようなものを感じていた。その檻は入社後間もなくドイツで働いていた頃はそれほど意識してはいなかった。言葉や文化の壁はあったが、むしろ解放されたような気分だったのである。それは当時彼自身が若かったということもあるし、ベルリンの町には土も緑も水もすぐ近くにあったからかもしれない。あれからずいぶん月日が経って、彼の心はすっかり疲れてしまっていた。

「ベルリン支社で主任と同僚だったという方が見えています」

社に戻ると同じ部署の若い社員が待っていたようにそう言った。来訪者は八田というベルリン時代の同僚であったが、その男はすでに東京本社で重要なポストに就いているらしいということは亮も知っていた。赴任地が海外であったこともあり、同世代なのと趣味が共通していたこともあって、彼らは何度か一緒に食事をしたり遊びに出かけたりし、また現地での労働組合の催しにも何度か共に参加したことがあった。しかし、帰国してからの二人の立場や経歴はすっかり懸け離れてしまっていたので、会うとしたらほぼ二十年ぶりだった。

応接室に入ってすぐに亮は懐かしさを感じると同時に相手の予想以上の変貌ぶりに驚かなければならなかった。

「久しぶり」

「久しぶり」

亮は、差し出された手をやや照れくさそうに握った。

「かれこれ二十年ぶりか、いまはどんな部署で仕事しているんだ？」

「さっき見たろ、相変わらず営業畑だよ」

「俺はいまこれでも本社の総務部長という、一応役員を任されているよ、責任の重い仕事だけれどやり甲斐はある」

そう言った八田稔は恰幅よく太って、額や頰は脂ぎり、かつてころころとよく笑ったその表情は固まったように動かなかった。おそらく彼の下には大勢の社員たちがいて、いつでもこの彼の顔色を窺いながら仕事をしているのであろうという想像をさせた。しかし、彼の唐突な来訪は、純粋に懐かしくて亮の顔を見に来たもののようには見えなかった。気まぐれに立ち寄ったのか、それとも特別な任務を帯びてわざわざ個人的な関係をつてに訪ねてきたのか、亮ははかりかねていた。どちらにしても、ベルリン時代の思い出を懐かしく語り合えるような雰囲気ではなかった。

「実は、今日はお前に話したいことがあってきたんだ」

やはり何かありそうであった、しかもよくないことが。少し身構えたようだったが、耐えきれないことに慣れていた亮には、たいていのことに耐えられる自信はあった。

「何だ？　遠慮なく言ってみろよ」

稔は旧友のぞんざいな言葉遣いに不愉快そうな顔つきをした。

「お前はまだ組合活動をしているらしいな」

「ああ、ずっと組合員だ」

稔は半分馬鹿にしたような優越感に浸ったような顔つきでにやっとした。

「言いにくいことだが、組合活動はほどほどにしたほうがいいと思ってね。賢明なお前さんのことだからわかると思うが、ドイツやフランスの例を持ち出すまでもなく、組合はいまやどう見ても経済成長の足枷以外の何ものでもないんじゃないか」

亮の不愉快はすぐに軽蔑に変わった。

「わざわざ東京からそんなことを言いに来るくらいだから、そざかし足枷以上の意味があるんだろうね」

一瞬緊張感が走ったが、ひねくれ者はどちらかはっきりさせるためであったのだろう、稔はすぐに常識の内側へと戻った。

「まあ、そんなに興奮するなよ。この後少し飲みに行かないか」

「社交辞令じゃないのなら行ってもいいよ」

「相変わらずひねくれているよなあ。まあいい、昔のよしみだ」

懐かしい話ができるなら実際のところ会食は嫌でもなかった亮は、いつになく妻に了解を得てから応諾した。

夕暮れが迫ってくる頃、二人は稔の泊まっているホテルの近くにある亮行きつけのアイリッシュ・パブで待ち合わせることになった。店にはライブ演奏のできる小さな舞台があり、やはり小さな書架には左翼系の雑誌や本が置かれていた。二人は窓際の木のテーブルに向かい合って座った。窓の外には街の灯があちこちで点り始めて、亮はふとベルリンの街のシュプレー川沿いの夜景を思い浮かべた。瞼の裏の黒い河面には街灯や建物の光がほのかに揺らめいていた。彼らは約二十年前何度もそんな夜景を目にしていたはずだ。食事が始まってしばらくすると、彼はこれから常識から逸脱すると宣言してから稔にくだを巻き始めた。

「俺たちがこうやって時間に追われながら経済活動にいそしんでいることで、まあ俺がいそしんでいるとは思わないだろうが、目の前にあるわずかな希望に飛びついて一喜一憂している間に失ったものがいかに多いか、お前は感じないか？」

「俺は結果として得たもののほうがきっと多いに違いないよ、家族、人脈、経済的余裕、名誉など……」

稔は余裕を持ってその巻かれたくだを受け止めていた。亮はその余裕に対しても一歩踏み込んでみたくなった。

「へえ、果たしてそれはお前が本当に望んでいたものなのか？　あの頃八田が求めていたものとは別ものじゃないのか？　聞きたくないかもしれないが、少なくともベルリンにいた頃のお前は名誉なんてことは言わなかったよ。資本主義の社会に生きている以上ある程度の競争はしかたがないとしても、少なくとも競争から弾き出された者が人間としての尊厳がきちんと守られるような社会の仕組みは必要だと考えていたろう。貧困や過度な競争が遠因で誰かが引きこもりや犯罪、果ては自殺に至ったとしても、それらは単に個人の問題として処理されるだけで、組織の責任はうやむやにされて、逆に権力者が忖度されているような奇妙な世の中だ。それなら、いろんな規制はあっても社会主義という体制の網の中で守られているほうがましだと考える人がいておかしくはない。お前はいったい誰を忖度してここまで来たんだ？」

「お前はいまだに社会主義を信奉していたのか？　それとも、東独出身のあの老人たちのようにオスタルギーにでも浸っているのか？　いいか、一度でも豊かさを体験した人たちは、あんな効率の悪い硬直した社会体制には二度と戻ろうとはしないさ」

「最初はそう考えていたが、イデオロギーはもうどうでもいい、それよりは俺にとってはこの現実社会が問題だ。一社会主義体制が崩壊したからといって、現実社会の問題を何でもかんでも資本主義的イデオロギーで解決しようとするほうがよっぽど問題だと思うよ。例を挙げたらきりはないが、資金繰りに困っている人たちが多くなると、借りやすくなるという名目で法定金利を上げて高利のローンのコマーシャルを流すことで垣根を低くし、その返済で苦労している人が増えだしたら、今度は過払い金返還請求専門の弁護士事務所のコマーシャルを流す。子供の学力低下が叫ばれたら、いや叫ぶことで、駅前には学習塾が建ち並び、『いじめ』の問題が深刻化すると、ＳＯＳの相談窓口アプリを推奨してスマートフォン普及を促したりする。社会問題を新たなビジネスチャンスとしかとらえられない連中がいる。それは戦争が起きれば石油や武器で商売ができると考える連中とそれほど変わらない。そこではもうどちらが原因でどちらが結果なのかわからなくなり、目的などは宙ぶらりんになり、ただただ前に向かって進んでいく恐ろしい世界だ。それに、その『前』がいったいどっちなのか、わかったような気がしているだけで、誰もちっともわかっちゃいない。もちろん俺だってわからないが、どこかおかしいということだけはわかる。健康ビジネス、スポーツビジネス、環境ビジネス、離婚ビジネス、難民ビジネス、……数え上げたらきりがない。うちの社の製品だって、本当に必要なのかどうか俺にはわからない。意味はわからないけれど、売り上げを伸ばそうと日々あくせくしている。わかっているのは、売れれば給料が上がり、売れなければ給料は下がり、何カ月も売れなければ転職するか、肩を叩かれるか。ひょっとして俺はいま体よく肩を叩かれているのか？」

稔はしばらく呆気にとられながらその話を聞いていたが、亮が問いかけて一息つくと、ようやく口を開いた。

「お前、ひょっとしたら病気じゃないか?」

「ああ、ずっと鬱にさいなまれているよ。でも、休養なんかするつもりはない」

「そんな役目で来たものか!」

「まあ、似たようなものだろう」

「俺はただ昔のよしみで声をかけてくれと言われてきただけだ。お前の不満とはいったい何なのだ?」

「不満はいっぱいある、まず賃上げ、それから超過勤務の是正、福利厚生の充実、休みの取りやすい職場、そのための労使の話し合い。すべて当たり前のことだし、会社のためにも世の中のためにもいいことばかりだ。一人だと黙ってしまうことも、組合のおかげで口に出せる」

「慈善事業じゃないのだから、いちいち組合の言うことを聞いていたら、企業としての競争力が落ちかねないんだ。それくらいわかるだろう。本当にそれらを実現したいなら自分でトップに進言できる立場に昇りつめるほうが手っ取り早いと思うがね」

「俺はそんなくだらない成功談を聞きたいためにわざわざ企業トップに近いお前と会っているんじゃない。俺には役所であれ企業であれ、組織のトップに近い友人なんかお前のほかには一人もいないんだ、まあ聞けよ。企業は消費者の鼻の先に希望をちらつかせることで破綻を先延ばしにしている。営業マンは消費者が欲しがりそうな目新しいものをちらつかせる嗅覚のようなものが必要だが、もともと魅力のない製品には誇大宣伝とその嗅覚を発揮するしかないわけで、つまりそれを上手くやれる者はやり手になれるが、ためらう者にはいずれリストラが待っているというわけだ。政治家の人気取りや宣伝文句もまたこれとよく似たようなもので、誠実さはむしろ邪魔でしかない。視聴率や支持率がよければ信用するし、ここにもまた原因と結果と目的との混濁がはびこっている。心の中に希望のふくらし粉でもばらまかれたかのように、乗り遅れまいとして我先に駅のホームへと殺到する。もともと一握りしかない希望の定員が自動的に増えるとでも思っているのか、あるいは何となくそう思わせられているのか」

亮はだんだん早口になっていくのを自分でも感じていた。いつもは訥々と話す彼のことであったから立て板に水というわけにはいかなかったが、それでも言葉が数珠つなぎに出てきたのは、鬱状態の時に繰り返し自問していたことであったからなのか、あるいは飲み慣れないウイスキーのせいであったのだろうか。

「誤解しないでほしいのだが、俺は資本主義社会が悪で、だから社会主義を目指さなければなんて思っているんじゃないぜ。社会主義も共産主義も希望のふくらし粉という意味では資本主義と似たようなものなんだからな。大切なのは、希望から現実を見るのではなく、かといって現実から希望を見るのでもなく、ただ現実から現実を見るということだよ。つまり、過去も未来もいつだってここにあるということさ。だから、異なる未来を描く者同士がいがみ合ったりぶつかり合ったりするなんてことは全く馬鹿げているぞ。少なくともそれは俺たち一消費者、一庶民、一市民にとっては全く意味のないことだ。お前は庶民ではないと思っているかもしれないが、庶民としては日々平和に普通に破綻することなく暮らせればそれでいいのだよ。これが長い鬱病の闇の中でやっと辿り着いた俺の境地だ」

八田稔はそれがよく知っている氷所亮だとはにわかに信じることができなかった。ベルリン時代の前途洋々たる潑剌とした亮の面影はそこには微塵も見られなかったのである。そこには疲れ切ったような皮肉屋の中年男がいた。

「少なくとも就職した当時のお前はいわゆる希望というものに溢れていたような気がするのに、いつからそんなネガティヴな考え方をするようになった？　一度尋ねてみたかったのだが、何か大きな挫折でも経験したのか、それとも、誰かに強く影響されたか？」

亮は自分の言葉に空しさを感じて大きなため息をついたが、しばらく何か思案してからまた口を開いた。

「いいか、よく聞いてくれ。確かに現状の俺の考え方はネガティヴかもしれない、でもそんなネガティヴな俺とポジティヴなお前がこのアイリッシュ・パブで話していることはネガティヴかポジティヴかどちらだと思う？」

「このお店にとっては経済的にポジティヴだろうね」

稔は冗談めかしてそう答えた。

「臨時の出費をすることになった俺たちの財布にとっては確かにネガティヴなことかもしれないが、世界は少し広がった気がしないか。前に一歩踏み出したわけでも、俺を首尾よく懐柔できたわけでもないけれど、こんな人もいたんだという発見があるだろう。それに前を見たら暗澹たる気持ちになる人も少なくないが、そんな人も誰かとわかり合えれば救われたような気のすることもある。俺たちはまあ簡単にはわかり合えそうにないが、それでもまだ友人同士だったと再確認できたのは楽しいよ」

「楽しいどころか、俺はとんでもない役目を負わされたと思っているよ。このまま話を続けていけば、ミイラ取りがかえってミイラになってしまいそうだ。俺だっていろいろあって、かろうじていまのポジションに落ち着いたと思っていたのに、お前のおかげで俺の微妙な立場がまた脅かされそうだよ。そういう哲学的な論議はここだけのことにしておいてくれ、まさか思想調査として幹部に報告するわけにもいかないだろう」

そう言いながらも、稔の気分はだんだん打ち解けたものになっていた。

「俺はいっこうに構わないぜ。機会があればいつだって組合名で投書でも内部告発でもしたいくらいだからな」

「残念ながら、そんな具体性のないものは内部告発にはならないがね。君の言うように昔なじみの友人同士の会話としてなら俺の体面も保てるというものだ。俺だって聞く耳は持っているつもりだし、会社に洗脳されているわけでもない。当然自分の意見だって持っている」

　八田は亮と話しているうちに若い頃の気持ちが蘇ってくるような気がしたのであろう、少し興奮気味だった。そして、彼は不思議にも周りの食事客やウエイトレスが何を耳にしようと自分たちのことをどう思おうと全く気にならなくなっていた。亮は調子に乗って話を続けた。

「この世界にある希望というものは、見る方向を変えれば、すべて他の何ものかによって作られ予定されたものだと俺は思う。これは卑近な例だが、一人の少年が野球選手になりたいという希望を持ったとしよう。彼の家族はグローブやバットを揃え、野球教室にまで通わせる。高等学校へのスポーツ推薦を得るための実績づくりとして、遠いところまで高い交通費をかけて家族共々試合に出かける。高校に入れば野球づけの生活が待っていて、疲れて授業中は居眠りばかり。それでも彼の甲子園への夢がその居眠りを正当化してくれるし、しかも苦しい受験勉強さえ免除してくれる。なんてったって甲子園だから、遠征費だって授業料だってユニフォーム代だって輝ける未来への投資だと思えば何でもない。つまり、一少年の夢はたくさんの経済効果のために一役買っているのだ。しかし、残念ながら一握りの幸運な者を除いて、ほとんどの野球少年の夢は経済活性化にいくらか貢献して、全体としては大いに貢献しながら、必ずどこかで潰える。彼の商品としての価値が落ちたとき彼の挫折と本当の人生が始まるんだ。しかし、果たして彼のもとに何が残ったのだろうか。よき思い出か？　スポーツと同じように、芸術も、いや科学だってこの世界では単なる商品に成り下がっているとは思わないか。よく売れるということがいつの間にか芸術や科学の評価基準になってしまっていて、いつまでも売れない芸術家は別の収入源のために時間を取られることになり、結果としてその道を断念せざるを得なくなるのがほとんどだ。それは、スランプに陥って解雇されたスポーツ選手が慣れない商売を始めるのとよく似ている。大学でさえ商品化できそうにない研究にいつまでも予算をつけるわけにはいかない。だからといって消費者に媚びるような作品を制作するためにはプライドが高すぎるのがほとんどの芸術家だ。研究者もまたしかりだが、それでも引き続き大学に奉職できるのは恵まれているかもしれない。その代わり研究内容まであれこれ指図されることは覚悟しなければならない。すべての夢や希望はあれよあれよという間に魂を奪われ、商品化されてしまっていくのが現実だ。商品そのものであるプロ・スポーツ選手は絶えず成績という数字に脅かされて引退後にもスポーツで食べていけるように無理をしなければならない。それまでそのスポーツ以外ほとんど何も身につけてこなかった人は、故障してしまったら別の生き方をなかなか見つけ出せなくて、売れなくなった商品と同じようにしばらく在庫処分状態となってしまう。だから、若い人もそうでない人も希望など持つものではない、と俺は言いたい、それよりも、幅広い知識を身につけなさい、いろいろな人と関わり合いを持ちなさい、芸術もスポーツもその一つとしてやりなさい、でないと、君の真っ直ぐな夢も巨大な獏に丸ごと飲み込まれてしまって出られなくなるよ、とね」

亮はそこまで一気に話し終えたあと、また少しため息をついて、しばらくは相手の手応えのある反応を期待しているようだった。

「何だか俺は負け犬の遠吠えを聞かされているような気がするよ。確かに世の中で成功するやつは一握りだが、それに向かって努力することは意味のないことじゃない。多くの人が参加すれば当然競技レベルは上がり、その成果も大きい。ランクが上がれば上がるほど収入も増えて、そのことが彼を更に強くし、それに続く者がまたたくさん出てくるという社会の好循環を作っている。報酬が同じなら誰が苦しい思いをしてまで練習するものか。適度な差異というものは活力を生むんだよ。一度贅沢の味を知った者は決して後戻りしたくないから、他人を蹴落としてでも必死で自分の地位を守ろうとするし、当然そのための努力を惜しむこともない。お前はその好循環を無理矢理止めようとしているように見えるぜ」

「いやあ、実におもしろい。やはり持つべきは友だ。確かに俺は本気で止めようと思っているよ、もちろんそれが好循環とは思っていなくて、むしろ悪循環だと思っているがね。というのは、その循環がただただ人間を人間として消耗させているだけだからだ。いずれこの世には燃え尽きた人間が街をさまよい歩くことになるだろう。この循環を止めるのはもちろんたやすくはないが、俺自身はそれまでにできるだけ消耗しないようにして着々と準備しているというわけだ。これは経営側が懸念しているような業務妨害でも背任でも何でもないだろう？」

　まともに議論できそうな相手をやっと見出したように亮はむしろ上機嫌であった。しかし、稔のほうは半ば憐れむような視線を亮に投げかけながら言った。

「そんな非現実的なことが実際できるわけがない。お前、やっぱりまだその病気は回復していないんじゃないのか。遠慮なく言うが、その鬱が昂じて妄想癖まで併発しているように俺には見える。あまり一人で深く考えこまないほうがいいのではないか、今さら哲学者になろうというわけでもあるまいし」

　稔には、亮の上機嫌に何かしら不自然なものがあるように感じられたのである。

「お前には残念だろうが、俺は長い堂々巡りの暗いトンネルをようやく抜け出たような気がしているよ。八田、お前もそろそろ本音で話したらどうだ。ドイツで過ごした経験を共有するお前なら、泡のように膨らんでいくこの世の中や企業のあり方に疑問を感じているに違いない。希望というものがただの現実からの目くらましだと大きな声で言ってやれよ。無理矢理希望を売っているのか、とね。でなければ経済は生き延びることができないかのように。運転手の誤操作による交通事故が増えれば自動運転という希望が語られ、そのための新しい市場が開拓される。誤操作では止まってしまう手強いミッション車に戻すといった後ろ向きの、いや後戻りの議論がなされることは決してない。現代莫大な利益を生み出している企業は、インターネットというまさに泡そのもののような世界で庶民の希望を食いものにしている。つまり、無くても困らないものを売り続けることで、結局それがなくてはまるでまともな生活ができないかのように人々に見せかけてしまう。そして、それらが積もり積もって、身の回りには修理不能の奇妙な道具類が溢れかえり、解体困難な大量のゴミをつくり出していくというわけだ。今日欧米との不平等条約はほぼ撤廃できたのだから、もうそろそろ鹿鳴館時代以前にそうであったような健康で文化的でそして簡素な生活に戻るべきだと俺は本気で考えているよ」

稔はにやりとしたようだった。

「以前からそれとよく似たような考えに共鳴した人たちが各地でコミューンを作って暮らした例はいくつもあるよ。だが、残念ながらどの試みも長続きはしなかった。それこそ一つの希望の徒花にすぎなくて、間もなく資本主義の多様性の中の一つとして位置づけられ、吸収されてしまったよ。それから、ソ連が崩壊した時点で今日のグローバリズムの到来が確定し、世界はそれらを乗り越えて、今もダイナミックに動いている。しかし、お前の考えによれば、その動きを調整したり修正したりしようとする個人の努力や工夫までもすべて意味がないことになりはしないか？　個人は、確かに大きな将棋盤の上の一つの駒のような存在かもしれないが、それぞれが意味を担っているさ。個人の自由と多様性こそ、この資本主義社会のいいところだ」

「もちろんヒッピーやエコロジー運動のことくらいは俺だって知っている。しかし、お前が将棋の駒と言う時、どこかでその駒を操っている棋士、つまり、神でもＡＩでもない生身の人間が前提されてはいないか。ということは、その『ダイナミックな』動きも人間次第でどうとでもなるということになりはしないか？　この世界の仕組みを難しく考えすぎているのは、むしろお前のほうだろう。俺はもっと単純な結論に達することができた、人には二種類あるとね。時間を考える人間と時間を考えない人間だよ。時間を考えない人間はまず何よりも人間関係のことを考える。そのためには他人の存在を認めて理解しようとし、また自分を理解してもらおうとする。そこでは、争いや競争よりも互いに力を合わせていくことのほうが理に適っている。単純なことだが、それがすべての人間関係の基本である。だから俺が考えているのは、人里離れたところで営まれるコミューンとか自給自足の共同体とかそんなのとは違って、ここ、この場所ですぐ始められる、いや、すでに世界のどこかで始まったり終わったりしている人間関係のことだ。昔から権力を手にしてそれを手放したくない者たちは、個人個人が互いに牽制し合ったり、時にはいがみ合ったりしてくれるほうが自分たちには都合がいいと思っている。そういう都合のいい関係をいつまでも続けてくれるようにばらまかれるのが、お金であり、宣伝であり、偶像であり、栄誉であり、また地位であったりするのだが、それらはたいてい『希望』や『未来』という輝かしい抽象名詞にくるまれている。つまり、時間を考える人間が飛びつきやすいものたちだ。逆説的だが、人から人を引き離すという意味ではスマートフォンなどの情報端末もひと役買っている。その小さな画面の中に希望の細い糸がいっぱい詰まっているが、その先を辿っていくと希望の底なし沼が待っていて、どこまで行っても求めている他者に出会うことはないというわけだ。ひょっとしたらそんな駒をどこかで操っている棋士は時間など信じていない人間かもしれないぜ。しかし、そういう条件の下でも、いや、そういった条件下であるからこそ、ここで始まった人間関係がたちまち地球の反対側まで伝わる潜在的な可能性がある。賢明なお前のことだ、そのことは薄々感づいているだろう」

稔は、しばらく相手の考えを自分なりに解釈しようとしているようだった。そして、亮の病の原因の一つは、ひょっとしたら自分が影響したものかもしれないと思ったりした。

「お前の言うことには一理あると思っているが、俺はもっと楽観的だよ。確かにネットの世界では、輝かしいものや煽情的なものは容易に拡散しやすいが、理性に訴えるものや退屈なものはなかなか人々の共感を得にくいものだ。ただ、ひととおりネット世界の情報に振り回されたあげく、いずれそれだけでは飽き足らなくなって、本や新聞の世界の確かさに戻ってくると思うよ。つまり、ネットはいまでも異なる世界への入り口としての役割を担っているだけだ。だからそれほど深刻には考えていないよ。この世界に出現したものはどれもいずれ淘汰されて価値のあるものだけが残ることになる。お前のことだから、その価値とは何だ、とでもまた問題提起するかもしれないが、ここではそんな説明などするつもりはない。その淘汰されたものがいずれ雄弁に説明してくれることになるだろうから」

稔は、ある時はベンチに座りながら、またある時は地下のカフェの古びた木のテーブルを囲みながら、果てしなく議論を交わし合っていた四半世紀前の学生時代のことを思い出していた。しかし、その自由な時代と就職してからの仕事に追われる時代との間に何とか折り合いをつけてここまで着実に生きてきた自信は簡単に揺らぐようなものではないと思っていた。ましてや相手は、組合の活動家とはいえ、鬱病を患って時々顔を歪めることのある一介のサラリーマンにすぎないのである。その一介のサラリーマンが、折り合いをつけられずに、いやそんな折り合いを拒否し続けて、結果として長らく鬱に悩まされている。このパブはおそらく亮の病をしばし癒やしてくれる場所なのかもしれない。稔は、店の安っぽい内装、手垢の付いた書籍、読み込まれた雑誌、そして一癖ありそうなカウンターの男を見回しながら、自分がかすかに身震いするのを覚えた。

これからライブ演奏をするらしい楽器を背負った若者たちがいつとはなしに店に入ってきていた。音大の学生だろうか、バイオリンの女性二人とギターの男性一人が小さな舞台に上がって調律を始めた。亮は顔見知りだったのか、彼らと親しげに二、三の言葉を交わした。やがて軽快な音楽が始まった。バイオリンの鳴き声がぐるぐると室内を回り続けて、ギターの乾いたリズムがそれを追いかける。聴く者たちはどこか見知らぬ異国の街をさまよい始め、出会いの予感に胸をざわつかせた。亮と稔はしばらくその楽曲に耳を傾け、それまでの対話から距離をおいた。一曲目の演奏が終わって拍手を送った後、亮が懐かしそうに口を開いた。

「昔ベルリンの地下のパブでジャズの生演奏を聴いたことがあったなあ」

「ああ、あれは確か頭文字に『Z』のつく店だった」

「ZEIT（ツァイト）なんとかいう店だった。薄暗いところだったが、毎晩いろんな国から来た人たちで賑わっていて、そこでは知らない人とも自然に親しくなれたものだ。ドイツ再統一直後で、対立の時代が終わったとみんな感じていたからだろう」

それは、今となっては懐かしいものではあったが、気負いと未熟さとが自分の中で同居していたようで、稔にとってはあまり思い出したくない時代だった。

「もう過ぎ去った話さ。俺はいつまでも過去の感傷に浸っている余裕はないよ」

「いや、過ぎ去ったものなど一つもないよ。俺の中では何も終わっていなくて、いまだにあの頃かけられた問いが継続している。おそらくそれは俺だけじゃない。過ぎ去ったと思っている者にしても、おそらくいつまでも答えが見つからないので、問いそのものがぼんやりとして見えなくなってしまっただけだ。その時ドイツでは一年先輩だったお前が俺にいろんなことを教えてくれたし、当時の、いやつい最近まで長らくお前は俺の指針だったと思っているよ。俺のような田舎者は簡単には気持ちの切り替えができないのかもしれない。遊びでも仕事でも俺が気後れしてぐずぐずしていたとき、お前はそこに決然と飛び込んでいって、次々と新しい人間関係を作っていった。俺は羨望の眼差しを送りながらもいつもお前の後からためらいがちについていったものだ」

稔の顔に複雑な感情の色が浮かんでいた。自分は亮を説得しにK市まで来たはずなのに、いつの間にか逆にここまで説得されに来ているような錯覚に襲われていたのだ。薄暗い店内には相変わらずギターとバイオリンの切ないような、それでいて弾むような旋律が流れていた。稔の心のどこかに昔なじみの気のおけない間柄という油断があったのだろう、しかし亮は予想以上に頑なで、しかも何かわけのわからない図太さがあった。音楽によって間の抜けたように作られた沈黙が続けば続くほどそんな感じはいや増した。

「昔のことを話して俺から何かを引き出そうとしても何も期待しないほうがいい。もう過去のことは忘れたたし、いまは全く別の人間と思ってくれ」

稔は振り払うように言った。

「期待なんかしていないよ。ただ自分の足下を見てほしいだけだ、ほんとに二十何年か前と別の人間なのかどうか。お前はこの世界に出現したものは淘汰されると言うけれど、それは未来を前提として、ある目的に対して余計なものが削ぎ落とされるとお前が感じているだけで、現実に生活している者にとって危ういものは依然として危ういままだ。お前の価値観はおそらくいろんなものをその身から削ぎ落としてきたのだろう。それで、いったい何が削ぎ落とされなかったのだろうか……。それにしても、俺はどこかで誰かに削ぎ落とされたものの一つであることを誇りに思っているよ」

「心外だ、いったいお前は何のことを言っているんだ。俺はお前を裏切ったわけでも、権力側に寝返ったわけでもない。そう考えているのだったら、これ以上何を話しても無駄だ」

稔はそう言って、いまにも席を立ちそうになった。

「そう怒らないでくれ。俺の言い方がまずかった。俺はいまでも、目的はどうであれ、わざわざ遠くまで会いに来てくれたお前に感謝しているんだ。だから、できるだけ腹を割ってもっと話していたいんだよ。さっきも言ったように、この世には時間を考える人間と考えない人間がいて、傾向としては知識人や資本家は前者で、労働者や老人は後者に属すると思っている。もちろん資本家のように考える老人もいれば、労働者のように考える知識人もいるから、その区別はむしろ四次元的思考と三次元的思考の区別と言っていいのかもしれない。そして、俺はその最後の四次元目が一つ増える分だけ、大方の予想に反して、心は貧しく孤独になっていくと思っている」

亮の話し方から斜に構えたようなところが消え、謙虚にしかも率直に話の穂を繋ぎ始めた。稔は面倒臭そうに浮いた腰をゆっくりと座席に戻し、もう一度亮の話に耳を傾けた。哀愁を帯びたアイルランドの旋律はまだ室内の空気を潤していて、それでは音楽は何次元目であったのかなどとふと誰かに尋ねてみたいものだという気持ちが彼の頭のどこかを掠めていった。

「それで、さしずめ俺はつき合う相手を淘汰してきて、その結果心は孤独で貧しいとでもいうわけなんだな。何とでも言ってくれ、俺は自分の人生を後悔していないし、このとおり孤独でもない。ただ、お前が病に苦しみながら一つの、何というか、一つの解釈に辿り着いたことは否定しないよ、そして、その解釈を裏付けるような事実のいくつかを経験していることもな。しかし、それを俺や他の人たちにまで当てはめるにはずいぶん無理があるし、強引な議論だ」

「ありがとう。それで十分だよ、やはり若い頃一緒に過ごしただけのことはある。帰国してこちらで働き始めてからは同僚らとこんな話はなかなかできなかったからな。あまり話したいことではないが、生活のためとはいえ、毎日当たり障りのない話ばかりしてきて、上手く演技のできない俺は幾度となく自尊心を傷つけられてきた。抱いていたはずの希望もずたずたに引きちぎられてきた。そんな心の傷も度重なっていくと、その人の表情や行動、それに言葉まで蝕んでいくようだった。気がついたらここに立派な皮肉屋が出来上がっていたというわけさ。そこで……」

亮がそう言いかけて、少し息を継いだときだった。

「悪いが、外に出ないか。俺にはここはちょっと息苦しい」

気分を変えたくなったのか、澱んだ空気を振り払おうとでもするように突然亮の耳元で稔が言った。さっきから居心地悪そうにしていたのは亮も知っていたので、引き留めることはしなかった。

彼らは涼しい秋風を求めて、大通りから人通りの疎らになった川沿いの土の道へと斜めに下っていった。坂を下ると川岸の植物と水の匂いがぷうんと風に運ばれて漂ってきた。対岸の古い建物の小さな窓の明かりがぼんやりと浮かび上がり、その上には円い月の明かりが川面の細かな波をちらつかせていた。比較的浅い川には上流にある山々の間から休みなくきれいな水が流れてきて清々しい音を立てていた。その川はベルリンで二人がよく目にしていた低地特有の澱んだ川とはかなり様子が違っていた。稔はやっと生き返ったかのように深く息を吸いこんだ。脂ぎった彼の顔から光が消え、かなり青ざめていた。

「大丈夫か？」

亮は自分のせいではないかと思って気を遣っていた。

「なぜかわからないが、快い音楽が急に楽しめなくなって逆に息苦しくなった。狭いクローゼットの中に閉じ込められたような感覚だ。どうもこの街は何もかも俺にとってはゆっくりすぎる。新幹線や高速道路に馴れた人間が下駄を履いたまま石畳の上を歩かされているようなものだ。一分一秒を争って商品やお金を動かしている我々にはとうてい我慢できない世界だ。そう言えば、お昼にK支店に滞在していたときから何となく違和感を感じていたなあ。このことは誰にも言わないでいてくれよ、すぐ治まるから……」

稔は咳き込んだようだった。

「こんなことはよくあるのか？」

亮は自分も仕事中や帰り道に何度か似たような症状に陥ったことを思い出していた。

「いや、めったにない。心配しないでくれ」

　亮は素直な気持ちで種明かしでもするようにこんなことを言った。

「実はな、さっき俺は鬱病を患っているとは言ったけれど、正式にそんな診断が下されたことは一度もないんだよ。これは最近ある精神科医から指摘を受けたことなんだが、敢えて言うなら、『時間病』という病名だそうだ。まだ血気盛んなドイツ滞在時から俺はすでにその病に罹患していたようだ。いや、あるいは、もっと前からかもしれん。南米の奥地や日本の江戸時代なんかにはなかった一種の精神分裂症らしい。言うならば、近代文明の発達と都会生活の孤独とが引き金になって発症した病気というわけだ。目の前の現実に感じる閉塞感から過度に時間を意識する人がかかるらしいのだ。つまり、自分の未来に理想の見取り図を描くのだ。俺の場合は、どうやら幼少期から他人との距離がうまく取れなくて、普通の会話を上手く成立させることができずに、しばしば現実の人間関係から逃げ出したいと思うことがあった。明日に希望を持ちはするけれども今日の現実に裏切られ続け、期待する未来はいつまでもやってこない。そんな人たちに思うようにならない現実はじわじわと精神的な負荷をかけ続ける。その負荷の繰り返しが身体的なものにまで及んで、鬱病と似た症状を誘発するというわけだ」

　稔はまた奇妙なことを言い始めたと思ったが、ここまで連れ出した手前無視するわけにもいかず、まだ氷所亮の懐柔というそもそもの目的もまだ達してはいなかったので、清涼な外気を呼吸して少し落ち着きを取り戻しながら何となく聞いていた。その気持ちをようやく察したのか、亮は話題を換えようと思った。

「いや、申し訳ない。昔なじみの気やすさからついつい心理カウンセリングの内容までしゃべってしまったようだ。しばらく川縁を歩いていよう」

「そうしてくれ、お前の話に興味がないわけではないが、センシティヴな話は別の機会にとっておくことにしよう。今はただ二十年ぶりの再会と懐かしい夜の散歩を楽しみたいよ」

「わかった」

二人はしばらく黙って歩きながら、道に敷かれた砂利の鳴る音を聴いていた。白っぽい地面の上に月の光でできた二つの黒い影が一足先を歩いていた。亮は、稔が学生時代をこの町で過ごしたことを思い出した。前方から若い恋人同士が体を寄せ合いながら歩いてきて、声を潜めて二人のそばを通り過ぎた。

「もう少し上流に行けば飛び石伝いに向こう岸まで歩いて渡れるところがある。月の下で川を渡るのも風情があるよ、中年男二人では全く色気はないがな」

隣で稔が苦笑いしているのは亮にもわかった。右岸が高層ビルの建て込んだ商業地であるのに対して、区分けされていたわけではないが、左岸は住宅地や伝統産業の工房などがあって低層の木造建築が多く、その奥のほうにはなだらかな山々と丘の上の五重塔が月の光に映えて見えた。

「あの五重塔のあたりに行ってみようか」

何を思ったか、稔が息を吹き返したかのように言った。

「往復五キロくらいはあるが、大丈夫か?」

「まあなんとかなるだろう」

亮が先になって飛び石を身軽に渡っていき、やや肥満気味の稔が石の間の速くなった水の流れを一つずつ跨ぎながら後に従った。飛び石を渡りながら、いつの間にか二人はベルリンで共に過ごした頃とそれほど変わっていないような気がしてきた、ただあの頃はたいてい稔が先に渡っていたという些細な点を除いては。稔は、少し平衡を崩して左足が水に濡れたと言いながら、川から上がってきた。ネクタイを外しているとはいえ、背広と革靴スタイルの稔には夜の飛び石伝いには少し無理があった。しばらくベンチに腰かけて靴下を少し乾かしてから、彼らは静かな住宅地の中を歩き始めた。
　古い家並みの間をしばらく歩いていると、道の左側に民家が途切れて、彼らは鬱蒼と樹木の茂ってい
る塀で囲まれた細長い二階建ての建物の前にさしかかった。門らしきところには疎らに人が出入りして
いて、そこだけ煌々と明かりがついていた。何事かと思って中を覗いていたら、二、三人の若者が彼ら
に向かって声をかけてきた。
「学生寮存続のためのカンパをお願いします。大学当局は一方的に寮の取り壊しを画策し、話し合いに
も応じようとしません。ぜひ市民の皆さんのご支援をお願いします」
　亮は関わるまいとしてそのまま通り過ぎようとしたが、稔が立ち止まって彼らの話に耳を傾け始めた。
少し酔っ払っていたのと川に落ちた左足のせいで少々投げやりになっていたのであろうか、彼は一人の
学生に話しかけた。
「大学はなぜ寮を取り壊そうとしているのか？　教えてくれないか」
「地震で倒れるかもしれないから危険だという名目ですが、実際には当局は立ち退きを通告するだけで
話し合いに応じようとはしません」
　いかにもめったに外出したことのないような青白い顔をした細身で長髪の学生がそう答えると、稔は
その言葉にすぐ反論した。
「見たところこの建物はいかにも古くて今にも崩れてしまいそうではないか。大学側が解体しようとす
るのももっともではないのか？」
「おい、こんなところで絡むのはやめておけよ、これから五重塔まで行くんだろ」
　奇妙なことだが、先に進むことを促したのは亮のほうだった。
「いや、俺は知りたいんだよ、なぜ反対するのか。君たち寮生のエゴじゃないのか」

「もちろんエゴです。それは、お宅が知りたいというのがエゴであるのと同じです」

今度はもう少しがっしりとした無精髭の学生が近寄ってきて話に加わってきて、話を続けた。

「地震対策なら、今の建物のまま耐震工事をすればいいだけですが、その話し合いに取り合わないのは何か都合の悪い理由があるからでしょう」

「そうだ、君たちにはわからない大人の都合というものがあるんだよ」

「お宅も認めるんですね。何かを伏せるのは、公表できない恥ずかしい理由があるからでしょう。だから彼らは最初に結論ありきで、話し合いから逃げて、一方で力ずくで立ち退かせようとしているんです」

「だったら背後にどんな理由があると考えるんだね?」

「わかりません。だから、話し合いをしたいんです」

「想像くらいできるだろう」

「想像はやっぱり想像ですから、否定されたらそこで終わってしまいます。直接話してそこで明らかにすることがいちばんです」

「変わってるね。俺が教えてやろうか。木造より鉄筋、古いものより新しいもの、汚いものよりきれいなもの、雑木林より庭園、相部屋より個室、出入り自由な寄宿舎よりオートロック付きの学生マンション、学生自治より管理組合、ついでに家賃値上げ、それが大学側の意図だよ。カンパをするぜ、頑張ってくれ」

そう言いながら稔は財布から一万円札を出した。学生たちはあっけに取られたようにその一万円を受け取った。

「あ、ありがとうございます」

「ところで、寮の内部を少し見学させてもらえないか。昭和のノスタルジーを感じてみたいんだよ」

「プライバシーを侵害しないなら、どうぞ」

「氷所、お前も入ってみたいだろう、行こうぜ」

亮はしぶしぶ従ったが、稔が最初から見学を意図していたのかと思うと何か複雑な気持ちであった。がっしりしたほうの寮生が案内兼見張り役として二人に同行した。

恐る恐る靴のまま一歩中に足を踏み入れると、そこには「カオス」としか言えないような空間が広がった、いや口を開けていた。木造二階建てとはいえ、寮は百人以上が生活している場所である、玄関にはソファーだけでなくいろいろなものが乱雑に置かれていた。まず目に付くのは手書きの貼り紙の多さである。「下着を盗むな」「借りたものは返すこと」等々。亮は藍乃のクリニックとガラクタの積まれた中古品販売会社の入っている民家を思い出したが、その比ではなかった。廊下も窓枠も扉もすべて木製であり、おそらく自分たちで修繕したのであろう、ところどころ羽目板が継ぎ足してあったので内部の色にもまったく統一感がない。独特の油の臭いがしたのは、おそらく手入れのために何度も塗られた油のせいで渋く黒光りしていた床板のせいだった。玄関を左に曲がってしばらく行くと左側の短い階段を下ったところに広い食堂があり、カレーの匂いがぷんとした。食堂もやはり木の床が敷かれて、隅に猫が二匹、一匹は欠伸をしながら前足で顔を撫でていた。もう一匹は歩いてどこへともなく歩いていった。

「昼の献立はほぼ毎日カレーライスです。安くて美味しいです」

無精髭の学生が得意そうに説明して、またすぐに真顔になった。

「ここは百年前と少しも変わっていないような気がする」

意外にも稔のほうがそう呟いた。また玄関のところまで戻ってギシギシと音を立てながら二階に足を踏み入れると、長い廊下が続いていた。廊下には部屋側に木製の棚のようなものがあり、そこには寮生が共通に使用するものなのだろうか、生活用品、本、テニス・ラケットなどが乱雑に置かれていた。相部屋らしく入り口には履き慣れた靴が何足か置かれていた。そういえば稔はここが相部屋だということを最初から知っているようだった。彼にも寮生活の経験があるのだろうか、亮にとっては意外なことだった。窓の外にはもう一棟同じような建物があった。玄関を入ったところの真ん中の棟に上がってきたのだから、反対側にあと一棟あるに違いなかった。つまり上空から見れば寮全体はカタカナの「ヨ」のような形をしていて、玄関のある「ヨ」の縦棒の部分だけが平屋になっていることになる。

「俺はこの部屋に四年間住んでいた」

稔が奥のほうの部屋の前で何でもなさそうにそう呟いた。

「どうして変わっていないんだ？」

続けて自問するように呟いたが、監視役の寮生は無反応だった。

「中に入れてもらっていいか？」

求めに応じて監視役がドアをノックすると、中から返答があった。

「見学者がいるが、通していいか？」

「いいですよ」

ドアを開けると、学生寮のカオスはいや増して、足の踏み場もなかった。靴を脱いで二人の中年男が中に入ってきても、稔が濡れた靴下に申し訳なさそうにしても、住人の二人は少しも動揺していなかった。監視役の学生もいつの間にかいなくなった。

「寮生活はどんなものですか？」

「最高です」

机に向かいながら一人の住人が答えた。

「失礼だが、こんな乱雑なところでしっかり勉強ができるのかね？」

「では尋ねますが、勉強って何ですか？」

「そんな答えのないことを問いかけて何になるんだ」

「これがあなたの質問に対する答えです」

稔は呆れたように、今度は畳にゆったり寝そべっているもう一人の学生に尋ねた。

「最高と言うからには、よっぽどいいことがあるんだろうね」

「ええ、この建物にはたくさんの素敵な幽霊たちがいますからね。あんまり片付けたり触ったりしたくないんですよ」

「どんな幽霊かな？」

そう言いながらも、稔はおもしろがっているようには見えなかった。

「例えば、この本棚には古い本がたくさんありますが、それぞれの本の周辺にはそれを読んで考えた人の幽霊がさまよっています。それに、家具の配置を変えてもなぜかいつの間にか結局元の位置に戻っていますよ」

亮は彼らの不遜な態度に違和感を感じたが、突然の来訪者に対して虚勢を張っているとは思えなかった。あくまでも彼らの普段の応対なのであろう。

「他にはどんな幽霊がいるのですか？」

気分を損ねたような稔に代わって、亮が尋ねた。

「真夜中の廊下には隅のほうにしゃがみ込んだ人が見えたり、片足を引きずったような足音が聞こえたりします。さっきもあなたたちの来る前にその足音がしていましたよ。みんな懐かしい素敵な幽霊たちです」

「ははあ、それでトイレで女の泣き声がしたり、廊下で濡れた足音が聞こえるというわけだね。君、漫画の読み過ぎじゃないのか」

　稔が半ば馬鹿にしたように言うと、

「いや、そういうのは幽霊じゃなくて、実際の寮生の日常生活に近いですね」

　寝そべって漫画を読んでいたその学生が生真面目に答えた。来訪者がきょとんとしているのを尻目に彼は続けた。

「幽霊というのは、何というか、物を介した交感のようなものですね。大学側はそういう交感を発する物を建物ごと撤去したいんでしょう。そうに決まっています。いまでも押し入れやガラクタの間からとんでもない物が出てくることがありますから、ある意味常に新しい幽霊との出会いがあります。歴史的建造物として残すという話もありますが、それでは意味がありません、入れ替わり立ち替わり人が住んでいることで幽霊もまた棲みつくことができるのですから。ほら、そこの壁にも青い帽子が掛かっているでしょう。それは時々勝手に部屋を抜け出して、二、三日してから必ずまたこの部屋に戻ってきます」

　彼の指差したところには周りにつばのあるよれよれの帽子が引っかかっていた。稔の顔色が急に青ざめた。

「これは、……確か俺の帽子だった」

「そんなはずないだろう、三十年くらい前だぜ」

　亮が言った。

「三十年くらい普通ですよ」

　机に向かっていた学生が振り返って言った。

「三十年前だとしても、住人が入れ替わるのは一人ずつですから、幽霊は途切れることなく引き継がれていきます。つまり、ここはおよそ百年間少しも変わっていないということです。一度見学に来たくらいでは幽霊たちは来てくれませんが、しばらくここに住んでみればそれは実感できます」

「何だか宗教みたいだね。先輩として忠告しておくよ、そんな宗教も卒業して世間に出れば自ずと改宗しなければならなくなる、とね」

　稔のそんな言葉にその学生は少し微笑んだようだった。

「では、あなたはどうして舞い戻ってきたのですか？」

　稔はすぐには返答できなかった。

第十章　冷たい革命

国際免許証を取得した東アジア人ソンは、スペインまでオートバイを輸送してもらい、ヨーロッパから東アジアまでのユーラシア大陸横断ツーリングを単独で敢行中であった。自分のことを東アジア人と答えるのには、国名ではなく地域名で呼びたいという彼自身のこだわりがあった。二十代の彼は定職には就かず、アルバイトで貯めたお金を旅行に費やしていた。一年間働いたら、その次の一年間は旅をして暮らしたいと思っていた。就職や結婚といったありきたりの人生を歩む気はなかったので、先のことはほとんど考えてはいなかった。ただ移りゆく異国の風景に身を任せて、風に吹かれながら生きていきたいと、ある意味羨ましいような生活を送っていた。気に入った町あるいは村があればそのままそこに永住しても構わないとも思っていたのである。学生時代に定員と成績の都合で第三希望のクラスに回されて、週三時間みっちり学ばされるはめになったドイツ語だけが、今となっては彼が履歴書に書けるただ一つの特技だった。スペインでもフランスでも好い加減な英語で何とかやってこられたことに気をよくして、ドイツではもっとゆっくり腰を落ち着けて旅情に浸りたいと思っていた。実際ドイツでは古い城址やよく保存された中世の町並みを歩きながら町の人たちとも親しく言葉を交わしながら、ユースホステルを利用することで長期間滞在することができた。そして、約一カ月のドイツ周遊にもようやく飽きてきて、チェコとの国境にある山岳地帯を越える手前の町、D市が彼のドイツ最後の宿泊地になるはずだった。広い平原の向こうから、数本の黒っぽい塔の形がだんだん大きく見えてきた。チェコ、オーストリア、ハンガリー、バルカン半島から中央アジアへと、その先に続くまだ見ぬ人々とシルクロードの歴史ロマンがすでに青年の心を強く魅了していた。しかし、D市の尖塔が大きく見えるにつれて、なぜか道路の舗装は古くなり、ひび割れたところには水溜まりができて、ついには土が剝き出しになった。地面にぬかるみができ、まばらに砂利が敷かれて、オートバイの車輪が右へ左へと揺さぶられ、町に近づくのは容易でないように思われた。まるで馬車の行き交っていた中世の街道のようであった。そんなことは他のドイツの町ではあり得ないことだったが、彼はそれでも何かの工事の途中でもあるのだろうと思い直して、根気強く跳び出しそうなハンドルを握りしめて塔のある場所を目指していた。

ようやくエルベ川の川岸の道路を走り始めて、道路はやっときれいに舗装され、川の向こうに例の尖塔と宮殿らしき建物の全貌が見えてきた。鉄道線路を越えてやがて宮殿の正面にある重厚な石造りの橋の手前まで来てオートバイのエンジンを切り、その近くのカフェで休憩を取った。テラス席から川向こうを見やると、どっしりした教会の白いドームと焼け焦げたように黒ずんだ宮殿が、当たり前のように、何もなかったかのように目の前に鎮座していた。それはかつて何度も目にした光景のような気がした。絵葉書で見たのか、テレビで見たのか、確かにこんな風景がソンの記憶のどこかに刻まれていたのである。その景観には他の町にないものがあり、他の町にあるものがなかったが、それが何であるのかすぐには説明できなかった。巨大なモノクロームの旧市街の影が川面に落ちて、オレンジ色の夕陽に映えながらゆらゆらと漂っていたが、ソンはそこに何かしら言い知れぬ不吉なものを感じた。

「とても美しい景色ですね！」

コーヒーを持ってきた給仕に対して、ソンはその不吉な影を振り払うように語りかけた。彼と同い年くらいの若い給仕は嬉しそうに答えた。

「ええ、ドイツでいちばん美しい町です」

「おすすめの場所はありますか?」

「全部です。でも、強いて言うならこちら側の新市街のアルバート広場ですかね。特に夕刻がおもしろい」

給仕は旧市街と反対側の方向を指差しながら、謎のような笑みを浮かべた。あまり信用できそうにはなかったが、この町では一泊だけする予定だったソンは、どうせならいちばんおもしろくて珍しいところに行きたかったのである。

「そこは何がおもしろいのですか?」

「簡単には説明できませんが、今夜私もそこに行くのでよかったら案内しますよ。七時頃仕事が終わるので、ここで待っています。興味がなければ、そのまま来なくてもいいですよ、何の問題もありません」

そして、給仕はまた謎のような笑みを浮かべた。旅行者目当ての詐欺グループの客引きなのかと一応疑っては見たが、話しかけたのはこちらからということもあり、ソンは懸念を振り払うように言った。

「ありがとう、たぶん七時前にはここに来ます」


再びオートバイに跨がったソンは、いよいよ宮殿の正面にある石造りの橋を渡り、路面電車のレールを左に見ながら旧市街のど真ん中を単気筒のオートバイをゆっくり走らせた。右手には重厚な造りの劇場と二階建ての宮殿が石畳の広場を挟んで建ち並んでいた。看板はなくても明らかにそこがかつてのこの町の心臓部であったことが窺われた。道路の左側には目標にしてきた黒ずんだ二つの塔が堂々とそびえていた。その一角を抜けると今度は買い物客でごったがえす現代的な角張った百貨店の建物や商店が目の前に飛び込んできて、そこから中央駅までが近いことを示唆していた。中央駅の裏側に、彼のその夜の宿であるところの目指すユースホステルがあるはずだった。

見過ごしてしまいそうなほどの簡素な建物が通りに面して小さな看板を掲げていた。そこがその夜のソンのねぐらだった。予約はしていなかった、飛び入りである。宿の主人は快く迎えてくれた。

「シャワーとキッチンは共同だ。朝食は今夜のうちに予約しておいてくれ」

「朝食は何時ですか？」

「五時から四時までだ」

「そうですか」

四時から五時は早すぎると思ったが、朝早く出立する人が多いせいだろうと思って、思わず予約してしまった。夏は夜明けも早い、とソンは自分に言い聞かせた。部屋に入ってからやっぱり聞き違えたのかもしれない、もう一度確認しようかと彼は思ったが、流されるがまま旅人らしいいつもの気楽さでなんとかなるだろうとしばらくベッドに横になった。カフェの青年との待ち合わせの七時まではまだ時間があったので、寝転んで町の地図を見ているうちに旅の疲れのせいかついうとうとしてしまった。

長らくアウトバーンを走ってきたので、そのスピード感とスリルが何度も蘇ってきた。そのまま空を飛んでいくのではないかという高揚感と何かに衝突した場合を想定した恐怖感とが彼の視覚や触覚の中に残っていた。それから突然砂利道に遭遇して慌ててハンドルを握りしめる。地面の振動がタイヤから全身を巡って頭の先まで昇ってきた。早く抜けなければならないという焦りがハンドルを握る手をさらに震わせる。道路のセンターラインなどはあってないようなものだ。乾燥地帯だ。土埃の中から突然大型のダンプカーの黒い影が現れて、肩先を掠めていった。巨大なタイヤに巻き込まれそうになって慌てて右にハンドルを切った。誰かに文句を言うことも、訴えることもできはしない。一寸先は闇である。峠にかかれば、今度はどこが道路の端なのか見失うことがある。運転を誤れば、千メートル下の谷底に落下することも考えられる。途中で道が無くなっているかもしれないし、夜の野宿は恐ろしく気温が低いのではないか。越えなければならない道は、いや、道でない道はまだまだその先ずっと続いている。瞼の裏でまだ見ぬ砂漠の残像がちらちらと眩しく飛び回っていた。

突然部屋のドアが開いて誰かが入ってきた。

「驚いたよ。この町の連中は狂っているに違いない」

旅行者らしいその男が突然英語で話しかけてきた。

「こんばんは。今何時ですか？」

「何時なんてものわかるもんか。とにかくどれもこれも逆回転していやがる、時計なんて何の役にも立たない。いまは五時なんだ、あと五時間で昨日になる、全く笑わせるよ」

三十歳くらいの大柄な西洋人が、何かで面食らったようにそう言った。ソンは何のことかわからないまま、自分の携帯電話を探した。時間は午後七時前を指していた。思わず寝過ごしたと、すぐに飛び起きた。

「ちょっと約束があるので、これから出かけてきます。東アジアから来たソンと言います、一晩よろしくお願いします」

「ああ、気をつけるんだな。特に新市街のほうには近づかないほうがいいぜ。俺はアレックス、北米から来た」

中央駅で路面電車に跳び乗ってまた繁華街と旧市街とを蛇のようにすり抜けて、石橋を渡ったところのカフェの前で電車を降りた。しかし、そこに給仕の青年の姿はなく、カフェもすでに人気なく閉まっていた。七時十分だった。彼はしかたなくアルバート広場まで独りで歩いて行くことにした。辺りはまだ昼のように明るかった。電車道に沿って右に曲がりしばらく歩いていくと左側に黄金の騎士の像が見えてきた。地下道をくぐって道路の反対側に渡ると騎士像の正面に出てくる。正直なところ、アレックスの警告には怖いもの見たさと不安とが交錯していたが、彼も無事に帰ってきたのだから危険なことも思えなかった。親切そうな青年の言葉もあり、ソンの中では好奇心のほうが勝っていた。騎士像を越えると広い歩道が続き、その両側の商店にはまばらに人影が見えてきた。確かに旧市街に比べるとむしろこちらのほうが前世紀の街並みに見えたのは偶然ではないようだった。人影は増えてきて目的のアルバート広場が近いことを示していた。再び電車道と合流する辺りには、何かの集会が終わった後のような、またその余韻を楽しんでいるような、快い疲れと奇妙な満足感が漂っていた。

広場ではいまも何人かがベンチ近くで輪になって熱心に何やら話していた。老人は夕方の散歩の途中に、若者は仕事帰りの憂さ晴らしに、子供たちは遊びの後のまとめとして、それぞれ好き勝手な会話を楽しんでいるかのようであった。ソンにとっては久しく経験したことのない光景であった。中には昼間から飲んだくれていたと思われる酔っ払いも混じっていて、冷やかし半分に子供たちに説教することもあった。

「自分たちが偉いと思っている連中はな、いつも壁の向こう側にいて、こっち側には怖くて出てこられないのさ。いいかい、子供たち、いくら偉くなっても向こう側にいっちゃだめだ。あいつらは自分を守るためだったら平気で壁を塗りたくって、いつの間にか自分の顔がどれだったか忘れちまうのさ、わかったか、小僧」

子供たちは鼻先まで近づいてくる酒の臭いから逃げまくりながら、楽しそうに笑っていた。

「何が偉いかってことだよ。地位のある奴は次には金を求め、金のある奴はさらに地位を求め、両方得たら今度はそのどちらも失いたくなくて、一生懸命面の皮を厚くするのさ。小僧、偉くなんかなるなよ」

酔っ払いはひとりの子供の両肩に手を載せようとしたが、その子供はすばしっこく身をかわしたので、酔っ払いは足がもつれて土の地面にもんどり打って倒れてしまった。子供たちは遠慮がちに笑いながら彼を助け上げてベンチに座らせたが、怪我はしていないようだった。

「心配しなくても、どこの親もいまは偉くなれなんて言わないからさ」

「そうか、そうか、偉いなあ」

「おじさんも飲み過ぎないようにね」

酔っ払いはそのまま満足そうにベンチに座りながら眠り込んでしまった。子供たちは、今度は数人の若者がペットボトルを手にしながら円陣を組んで話しているところを遠巻きにするように石のベンチに腰を下ろした。

ソンは例の給仕の青年の姿を求めて、あちこちで屯している若者たちのグループの間を探し歩いた。彼らはよそ者が近づいていることを警戒しているふうでも、逆に無視しているようにも見えなかった。そのうちに後ろから彼の左腕をつかまえた者がいたので、ソンは一瞬身構えた。

「俺は待っていたんだぜ。カフェの前で三十分は待っていたよ」

それは嬉しそうに彼を歓迎しているあの青年だった。

「いや、そんなにも遅れていないよ」

ソンは知り合いに会えたことにほっとしながら、腕時計を見ながら答えた。

「もう四時半だぜ。俺はすでに二時間もここにいる」

そう言いながら青年は自分の腕時計を見せて笑った。その様子を見ていた仲間の若者たちもにやにや笑っていた。彼らはビールを飲みながらずっとここでしゃべっていたのだろう。驚くべきことに、青年の時計は確かに四時半頃を指していた。ソンは馬鹿にされているんだろうと思って少し不機嫌になった。するとと仲間の一人が広場に面している教会の時計塔を指差した。その古い時計はやはり四時半を指していたのである。

「もうすぐ四時になって三時には鐘が鳴って、みんなは家に帰るのさ。君は何も知らずにこの町にやってきたのか？」

その仲間は得意そうにそう言った。ソンは表情がこわばったまま、まだ情況が理解できていなかった。

「Ｄ市は時間が逆戻りしている町なんだよ。国際的には余り知られていないがね。彼の名前はソン……、オートバイでユーラシア大陸を横断中だ」

青年が、仲間たちにまだぽかんとしているソンを紹介した。グループには何人かの女性も混じっていた。

「時代が進歩しても結局危険と環境破壊が増大して住みにくいだけだから、この町は単純に後戻りすることにしたのよ。時計は反対に回るし、カレンダーも十二月から始まるの。ばらばらだった人たちがなぜか町に出てきて話し合うようになって、私たち、毎日わくわくしているわ」

ようやく彼は同宿のアレックスが言っていた「狂っている」という言葉の意味を理解した。そして、ユースホステルの早すぎる朝食時間のことも思い出したが、ここでどう反応していいか当惑していた。

「ということは、いまは夜の八時？」

「まあ、そういうことになるかな。新時間に慣れているから、忘れたけれど……。まあ、とりあえずこの町のわくわくするところを君にも味わってほしいんだよ」

彼らの笑顔に軽蔑や悪意のないことは、ソンにもほどなく理解でき、旅行者らしい好奇心にかられて同じようにベンチに腰かけて話に加わろうとした。

赤ら顔の一人の若者はこんなことを話していた。

「時計が反対向きに回り始めてから、頭の中がいったんばらばらになって、それからゆっくり巻き戻されていくような不思議な感覚を味わっているよ。最初は少し不安だったけれども、慣れてくるとこれでもいいんだというようになんだか気分が軽くなってきたような気がする。それまではとにかく前を向いて、売り上げは右上がりに、仕事はできるだけ速く、できるだけ成績を上げて、キャリアと地位を上げていくべきだ、というふうに追い立てられていたからね。その一方ではストレスが溜まったり、家族や友人関係はぎくしゃくしたり、あげくには周りの人間が皆敵に見えたりしたのに、それでもやっぱり前を向くように思い直したりしていた。いまではそんなことがすっかりどうでもよくなったよ。なにせ世の中のほうがこちら側に戻ってきてくれるんだからね」

彼が何のことを言っているのか、またどうして気分がいいのか、ソンには全く理解できなかった。確かにアレックスが言ったようにこの町の人たちは狂っているのかもしれなかった。

「アジアの情況はもっとひどいだろう?」

突然彼はソンのほうに矛先を向けた。

「僕は一年間働いて次の一年は旅をしている」

「それはいい」

「でも、将来のことを考えれば、やっぱり不安だよ」

「君もここに住むことにすればいいよ、きっとそんな不安はなくなるぜ。将来なんて考えないでいいからな」

「なぜ?」

「知っているところへ行くからさ」

「知っているところ?」

「だって過去は知っているところだろう。知っていることをやり直すだけだから」

　それは人生の敗北だろうと言いたかったが、口に出すのは憚られた。町ごと敗北しようとしている人たちに言うべきことではないと思ったからだ。彼はふと川向こうのテラスから旧市街を眺めたときに感じた不吉さを思い起こした。それから石畳の広場に時が止まったように佇んでいた灰色のオペラ劇場も目に浮かんできた。彼は口を閉ざして、誰かの次の言葉を待っていた。するともう一人の会社員風の真面目な感じの男がソンの疑問に答えるように言った。

「ドイツでは大量生産や大量消費文化がもたらす弊害や環境問題はこれまで幾度となく指摘されていたけれども、敢えて一昔前の手工業や少量消費を取り戻そうとするような町はなかなか存在しなかった。しかし、西方の町と比較してみると、この町の外観はかなり昔のままだということがわかってきたよ。中央駅付近の旧市街には大型ショッピングセンターや新しいホテルが建ち並んでいて、投資や観光客を呼び込むための設備は整いつつあるけれども、川のこちら側の新市街はほとんど昔のままで、昔と言っても前世紀の初め頃だが、建物も古くてせいぜい五階建てだし、狭い路地を縫うように路面電車が走り、両側には小さなお店やレストランが住居と隣り合ってごちゃごちゃしている。皮肉なことに、この『新市街』には時計を逆回転させて時間を後戻りさせるるためには絶好の条件が揃っていたというわけさ。それに住民たちは再統一後の目まぐるしく浸透してくる商業主義になかなか順応することができず、内面的にはおそらく一九二〇年代とそれほど変わっていなかったのだろう。しかし、それでも一度走り出した経済発展モデルから抜け出すことができなくて、わかっているけれどもどうすればいいのかわからない人たちが大勢いて、そして、その中には昔を懐かしむ人たちもいて、その対極にはひたすら前向きに生きていこうとする人もまた相当数いて、そんな人々の間にある葛藤をなんとかしなければと思っていた人たちがいて、ふと時間を逆もどりさせればどうなるだろう、ひょっとしたら彼らの頭の中ももっと柔軟になるのではないかと考えたというわけだ。この町のいまの状況はおそらくそのあたりからきているのだろう」

「君の分析はほぼ正しいと思う。けれども、問題はこの運動を単なる復古主義や反動ととらえる人たちもいることだ。一方で反動を嫌う進歩派がいて、他方で復古主義を唱える人たちがいる。彼らは相変わらず互いに対立していて、なかなか歩み寄ることができないでいる。その間にどんな橋を渡すかということが、従来の左か右か、進歩か復古か、あるいは正義か悪かといった二律背反的な思考ではとらえきれないこの運動の本当の意味だと僕は思う」

今度は労働者風の彼らの中では少し年上の男がそう言った。

「つまり、集会やデモは対立を煽るだけで意味がないとでも言うの？」

少し怒ったように赤い顔をした健康そうな若い女が言った。

「いやいや、そうではない。対立というものは、たいてい両者の思い込みが強いことから起こるものだよ。現実の状況をしっかり見れば、その思い込みのほとんどはどこかへ吹き飛んでしまうということが言いたいのだ。たいていの場合、思い込みというのはその人の個人的な学習と希望とからできているからね。だから、この集会のように直接対等に聞いたり話したりできる場が必要なんだよ。普段はほとんどの人がそれぞれ別々の、つまり、それぞれに偏った記憶や偏った希望の中で生きているからね、残念ながら」

「つまり、ここにこうして集まっていることには意味があるのね。それぞれが希望に至る道の途上にいるという思い込みをほぐしていけばいいのね」

赤ら顔の女は安心したように言った。彼らはまるで自分たちがいま世界の中心にでもいるかのように話していた。ソンはようやく質問できそうなことを見つけたようだった。

「それも一つの希望だろう。違うのか？」

給仕の青年はその質問を予想していたかのように、微笑みながらすぐに反論した。

「希望を諦めたところから現実が始まり、明日は来ないし、昨日はまだここにある、ということだけだよ。何かを目指しているというよりも何も目指さなくていいということを示したいだけ、つまり、心を一旦無にして、それからほぐしていきたいと思っているだけだ。だから、俺たち自身がほぐされようとしてここに集まっているということだよ」

彼は神父なのか、ソンは彼の話ぶりにどこか宗教的なもの感じ始めていた。一瞬、どこかの新しい宗教団体がこの町を根城にして布教活動を始めたのではないかという疑念まで生じていた。そこにあるのは若者たちの改革への熱意と言うよりはむしろ静かな祈りとでも名づけたいような感じだったのである。

「でも実際困ることもいろいろあるでしょう。他の町の人と話が嚙み合わないとか、町を出るときは時計を取り替えなければならないとか、交通機関とか、買い物とか……」

「何とかなるもんだよ。我慢しなければならないものはこれまでよりはずっと少ないから。むしろそういう面倒くささを楽しんでいるようなところがあるよ。何でもレールに乗せられたようにすらすら事が運ぶよりはずっと頭を使うからね、もちろん体も」

「避けることのできる無駄なことに頭を使うよりも、もっと役に立つことに頭を使うほうがずっと意味のあることだと思うけどね」

「君の言う『役に立つ』とはどんなこと？」

「それは、新しい技術とか、生活が向上するとか、いろいろあるでしょう……」

ソンは彼らの視線が一斉に自分と神父？に注がれるのを感じていた。言葉は通じても、自分の常識が通じないような気がして、ソンは少したじろいだ。『役に立つ』という言葉が彼らの心に引っかかるものがあるようだった。しかし、彼らの注視はすぐにまた寛容の笑みへと緩んでいった。決してソンのことをよそ者扱いしているわけではなかったが、世界の最先端にでもいるような彼らの自負が、異邦人にとってはそう見えてしまうのかもしれなかった。

「『役に立つ』ことを止めようと決意したんです、たぶん、この町は。役に立たないことがいちばん大切なんだ、ということに気づいてしまったんです。『役に立つ』とは道具について言うことであって、人間について言うことではありません。『役に立つ』道具は、それが悪い目的に使われたとしてもやっぱり役に立ってしまうのです。確かに時間が戻る時計は、人を速く遠くに運んでくれる自動車のようには役に立たないかもしれない。しかし、そんな全く面倒で役に立たないものが現に私たちに幸せをもたらすのなら、両刃の剣である『役に立つ』ものよりはずっと安全ですばらしいことではありませんか」

これはもう新手のカルト集団に違いない、とソンは思った。「狂っている」と言ったアレックスの言葉がいよいよ真実味を帯びて彼の頭の中を巡った。すると、若者たちの一様に幸せそうな微笑みもまた何やら不気味なものに見えてきたのであった。しかし、ソンはなぜかその若者たちを振り切って宿舎まで帰ることはできなかった。不思議と身の危険は感じなかったし、町の正体を突き止めたいという気持ちが勝っていたのかもしれない。若者たちはその後音楽を聴きにライブハウスに行く予定だと言ったので、ソンは自分も一緒に行かせてくれと頼んだ。

通りを歩きながら三度ほど角を曲がって地下に続く暗い階段を降りると、そこにはやはり古い木の扉があって中から激しい音楽が聞こえてきた。扉を開けると内部は急に静かになり、彼らの入場を待っていたかのように緩やかな曲調に変わった。彼らは常連らしく店の者らと目で合図しながら大きな木製のテーブルに腰を下ろした。ソンは現地の人たちと交流することが旅の醍醐味だと思っていたので、たとえ奇妙な慣習であってもそこで体験することは旅の目的にも適っていると自分に言い聞かせながら同じ席に着いた。ウエイトレスがテーブルまで注文を取りに来て、彼らと笑顔で言葉を交わしたが、ソンにはよく聞き取れなかった。

「ここは古い曲を演奏してくれるよ」

「神父」が言った。よく見ると生バンドの演奏者たちはいずれもかなり年を取っていた。ボーカルはいなかったが、さっきから演奏されている曲もソンはどこかで耳にしたことがあるものだった。

「ここは懐メロの店なのか？」

「僕たちが入ってきたから、曲を変えてくれたんだ。若者はどうしても古い曲を好むのさ」

「神父」の言葉に奇異なものを感じて周りの常連たちを見回してみると、予感したとおり年配の男女たちが音楽を聴く様子もなく何やら一生懸命奥のほうでしゃべっていた。何もかもがあべこべの世界だった。最新のテンポのいい曲が流れ始めたら、ひょっとして彼らは席を立って踊り出すのかもしれない、ソンはそんなことを思った。

「君はただの給仕じゃないね。学生アルバイトかい？」

「ただの給仕だよ。もっとも全労働同一賃金だから給料は人並みだけどね」

「それはあり得ないでしょう、パートと医者とが同じ給料だなんて。暴動が起きますよ」

「パートと医者との間には違いなんてないよ。違いがあるとすれば、その仕事が本人の気に入っているかいないかといったくらいだ。この働き方改革はすでに達成されているので、総体として一人ひとりの労働時間は減少しながら、収入は消費部分をかなり上回ることができ、結果的に余暇の時間が増えた。そして、僕は仕事を早めに切り上げて集会に参加したり、ライブハウスに通ったりできるというわけだ。もちろん僕だけじゃない」

「ばかなことを。それまで高給取りだった医者が黙っているわけがない」

「仲間に歯医者と脳外科医がいるよ」

すると同じテーブルにいた男女がにこにこしながら手を挙げた。

「暴動を起こすつもりはないよ」

男が言った。

「私は子供がいるわ」

女が言った。

「俺はこの間離婚した」

医者ではない男が言った。ソンはどう反応すればいいかわからなかった。町の常識を理解するのにただただ時間がかかったのである。

「みんな同じ給料がもらえるのなら、誰も努力なんてしないのではないか？」

「手を抜いてできるような仕事なんてどこにもないよ」

「神父」はにこにこしながらソンを見下ろしていたが、それはそれまでにない強い言い方だった。

「言葉だけでは信じられない。苦労して手に入れた地位や年収を彼らが簡単に手放すとはとうてい考えられないからね」

「君は簡単に手放しているように見えるけどね」

「俺はたまたま何も持っていないからだ」

「君だってすべて手放したわけではないだろう。手放しても普通に生きていけるのなら、できた余裕を君のように全く別のおもしろいことに使うことを考えるだろう」

「オートバイの旅のことですか？」

「君が羨ましいよ。僕はまだまだそこまで実行できない」

「それはこの町を離れられないということ？」

「神父」はそれに対しては何も応えなかった。彼はあの旧市街の塔を望むカフェで働いているのは、旅行者をここに連れてくるためだったのではないか、とまでソンは勘ぐっていた。そして、メンバーの中には医者もいたのに一介の給仕であるその男が彼らのリーダー格であることもまた不思議であった。

「明日もまだこの町に滞在するのなら、もう少し町を案内するよ。君の疑問に答えられるかもしれないから」

ソンは何も答えなかった。明日のことは何も考えられなかったからだ。また、嚙み合うことのない会話を明日も続けることに果たして学ぶべき何かがあるのかも疑問だった。確かに未知の世界に足を踏み入れるつもりで旅に出たのだが、そこには何か新しいことを学びたいという気持ちがあった。ところが、どうやらこの町にはすでに体験したことをもう一度取り戻そうという後ろ向きの消極的な動きしかなかった。彼はかなり落胆していたのである。

「たぶん、明日の朝にはチェコへ旅立つと思う」

「残念だが、今夜が最後だね。ここでゆっくり楽しんでいったらいい」

「神父」は落胆した様子もまたほっとした様子もなく、ただ淡々とソンを歓迎していた。しばらくしてそれまでのゆったりした音楽が終わり、舞台上の年配のバンドのメンバーが少し後ろに下がって腰を下ろした。それから司会のような若い男が前面に出てきて、これから始まる何かのイベントの説明をしたらしく、聴衆は大きな拍手を送った。ソンにはよく理解できなかったが、当然連れの若者たちはそれを理解していたし、むしろその催しを目当てにこの店に来たのかもしれなかった。司会が女性の名前を言って、その登場を促した後すぐに降壇した。

「私はよく人に訊かれるわ、『将来何になりたいの？』わからないと答えると、ちゃんと考えなさいと言われる、考えれば考えるほどわからなくなる、将来って何かしら？　私は私以外の何になるの？　もちろん答えはわからない、だけどどこでも私は問われる、重い罪を責められるように、将来ってそんなに大事なの？　何かにならなきゃしけないの？　心配をしてくれているの、それとも安心したいの？何者でもない私がぼんやりしていることがそんなに不安にさせるの？　それとも片付けたいの？　そんなはずないでしょう、私は私でいたいから、あなたもあなたでいてほしい、ずっと、私は薬剤師でもデザイナーでも看護師でも運転手でもない、ただの私で、だから名前で呼んでほしい、アンナって」

　その間にも彼女は身振り手振りを交えて表情豊かにリズムに乗りながら語り続けた。後ろでは適当にさっきのベテランの楽団が即興で言葉に合わせるように間を取りながら軽く演奏していて、練習していたのかどうかわからないが、言葉と身振りと音楽とが不思議に共鳴していた。果たしてそれは歌なのか、詩の朗読なのか、それとも若者の主張の場なのか、ソンには突然のことで何かの線引きをして区別するということができなかった。彼女の「歌」はまだ続いた。

「前を向かなきゃだめなんて、誰が言ったの、誰も言ったわけではないのに、いつの間にか私は前を見ている、前を向いたら希望が見える、いつか幸せに出会えるから涙をこらえて前を向くのよ！　だったら後ろを向いちゃいけないの？　立ち止まらないでって、心で言い聞かせているのは私かもしれない、前に出られないことを知っているのに、そう言われる度に私は一人ぼっちで孤独になる、振り落とされそうな気持ちになる、あんたは寂しくないの？　余所見をしたり振り返ってみたりしたくはないの？そんなあんたはこっちから願い下げよ、前を向けば向くほど私は周りが気になってしかたがないの、そうよ、私は注意散漫、あちこち何度も道草がしたくなる」

　彼女は礼を言って降壇した。拍手と歓声が湧いた。そして、次には後ろにいた楽団の一人が急に何かを思い出したかのように前に出てきた。聴衆はまた歓声を上げて拍手をしたが、その人が語り始めるとしんとした。

「お嬢さん、道草には気をつけなよ、いっぱい落とし物が落ちているから、いちいち拾っていたら間に合わない、列車に一本また一本と乗り過ごして、拾いものをしているうちにすっかり列車に乗ることさえ忘れちまった、誰も残っていない、独りぼっちなのかと思って辺りを見渡すと、同じように道端で探し物をしているやつがいたので、どうしたんだと声をかけると、いくら探しても落とし物が見つからないという、何を落としたのかと尋ねると、大切なものと答える、大切なものは何かと尋ねると、わからないと答える、わからないなら探せないではないかとこちらは呆れると、大切なものはわからないものだと答える、お前はいったい何を言っているのだと詰め寄ると、相手は泣きそうな顔で一緒に探してくれと言う、とうとう俺は諦めてやっぱりとぼとぼ道草していた、でも、今日まで俺が後悔しているのは、列車に乗り遅れたことではない、あいつをそのまま一人にしておいたこと、つまり俺自身も孤独だったこと、やつが探していたのは何かって、俺には今でもわかりゃしないけど、一緒に探していればわかったかもしれないし、寂しくはなかったかもしれないね、二人の間を隔てていたものはひょっとしたら俺たちが乗り遅れた列車だったのかもしれない、けれども、あいつは何も言わなかった、ただ半分泣きそうになってうろうろ何かを探していた、それからまたいくつもの落とし物をして、ついに目指す列車には乗れないまま、こんな場末の舞台にときどき立っている、なんて素晴らしい夜なんだ、みんなありがとう！」

男は感激して、手を挙げて聴衆の歓声に応えた。いったいこれはどういう催しなのか、ソンはただその聴衆の歓声の中で、ときに早口になりがちな登壇者のドイツ語を必死になって聴き取ろうとしていた。司会が次に指名したのは、彼のいるテーブルのほうだった。すると、「神父」がためらうことなくすっくと立って、拍手に包まれながら一段高くなった舞台への階段を上がっていった。その後ろ姿を眺めながら、ソンは不思議な既視感に襲われていた。それは、夢の中にさまよい込んだような、あるいはどこか全く別の時代の出来事を遠くから見ているようなぼんやりした感覚であった。

「かつてこの国には目に見える高い煉瓦の壁があった、物や人の行き来ができないように、やがて壁は消え去り、物も人も自由に行き来できるようになった、そのときになって初めて俺たちは気づいた、お前と俺との間には目に見えない高い壁があったことを、お前が朝目覚めると、新しい一日が始まる、けれども俺は朝目覚めても、やっぱりよく知っている昨日と同じ旧い一日がある、いや、それもまた越えられる壁に違いない。ただ、その見えない壁が同じものだということを知らなかっただけだ。橋を架けなければ来ないような明日はいらない。目が覚めればそこにあるいつもの明日でいい」

ソンの隣にいたさっきの医者の一人が呟いた。

「あいつはこの町では有名なラッパーだ。ここにくれば、月一回彼の自作の詩とともにパフォーマンスが見られる」

確かに「神父」の動きは見違えるようにいかにも軽やかで、合間に音楽に乗せてテンポのいい詩句が小気味よく語られた。

子供に夢を与えなさい
子供の将来を考えなさい
俺は誰の夢を見ていたのか
誰の夢を見させられていたのか
貧しさから抜け出すために
孤独から抜け出すために
お前の夢を叶えなさい

明日に向かって橋を架けなさい
栄光という名の架け橋を
空に虹色の架け橋を

橋の縁のあちこちには途中で息絶えた人たちが
騙されたことも知らずに
苦しげなうめき声を上げている
言い訳を考えている
ひたすら自分だけを責めている
ときには明るい声も出し

谷川の冷たい水に足を浸し
川岸のヨモギの上に腰を下ろし
今年も訪れた春のにおいを感じて
橋を渡りきった哀れな人たちのことを
風の便りに聞いている
明日はなくても生きられる
昨日はずっとここにある
昨日はまだまだ掘り返す余地がある
……

ソンはそれ以上聴き取ることはできなかった。ただ黒い服に包まれた細身の「神父」がスポットライトを浴びて巧みに身体を操っている姿を眺めていた。

「神父」は最初からこの催しにソンを参加させるつもりで声をかけたのかもしれないと、ようやくそのことを理解した。今夜のライブとは音楽以上に言葉とパフォーマンスのライブだったのだろう。自分の言葉を集まった人たちに直接投げかけるのは確かに意味があるように思えた。限られたサイトに匿名で意見を書き込むのとは違って、はるかに開放的で臨場感があった。そういう場を求めていた人がおそらくたくさんいたに違いない。

次に登壇したのは舞台のすぐ近くに座っていた女性であった。彼女の黒い髪は東洋系であることを示唆していた。ドイツ人の間にいるとやはり小さく見えたが、顔立ちは穏やかで落ち着いたその物腰はどこかに神秘的な雰囲気さえ漂わせていた。語り出しも静かだったが、はっきりとしたドイツ語の発音はどこかに芯の強さのようなものを感じさせた。

「私は数日前東アジアからモスクワ経由でこの町にやってきました。つい先ほど指名を受けたので、何を話すのか考えてもいませんでしたし、派手なパフォーマンスもできそうにはありません。ただこの町とは少なからず縁がありますので、簡単な自己紹介をするだけで、私が皆さんとも十分に深い関わりがあることがわかってもらえると思います。私はこの町で生まれて八歳までこの町で育ちました。再統一後私は両親の故郷である日本に戻りましたが、生まれ育った町と全く異なった文化にはなかなか適応できませんでした。それでもやっとのことでなんとか折り合いをつけてきましたが、やはりその不適応の理由は知りたくて、大人になってからもう一度この町に一人の留学生としてやってきました。この町で子供の頃感じていた文化をもう一度体験したくて、私は記憶に残っている場所に何度も足を運びました。そして、最近になってやっと私はそのきっかけに出会うことができました。でもその感覚も長くは続きませんでした。このままこの町に留まるべきか、それとも日本に帰るべきか、しばらく悩んでいるうちにこの町で時間を戻すという社会実験が行われ始めました。それは今まで想像したことのない驚くべき試みでした。そのせいでしばらく町を離れがたくなり、なんとか実験が軌道に乗るまでと思っていましたが、とうとう日本に帰らなければならなくなりました。実験の行方を見守りたいという気持ちはありましたが、私の生活の本拠はやはり日本にしかないと自分に言い聞かせてこの町を去りました。それから日本でタクシー運転手という新しい仕事を見つけて、その傍ら、なんとかこの町との関わりを繋ぎ止めておこうと翻訳の仕事も続けていました。そして、翻訳の仕事もなんとか軌道に乗り、再びこの町での体験を世界に発信したいと思って、また思い出深いこのドイツの町に舞い戻ってきました。ここは私の故郷です。この舞台も素晴らしい私の故郷です。その気持ちを込めて私の作った拙い詩を朗読させてください」

聴衆は拍手で朗読を促し、女は胸のポケットから数枚の小さな紙を取り出した。

時は私に試練を与えた
どこまでも来ない未来は未来でなくなり
どこまでも追いつかない過去は過去とは呼べなくなった
そこには誰もいなかった
誰かに会いたくて、私は一人あてのない旅に出た
通りで誰も私を振り返らなかった

彼らは別々の夢を持っていた
私は誰も相手にできなかった
私の夢は単なる夢だったから
恐怖も涙も転落もあるすぐに醒める夢だったから
見続けることのできないはかないものだったから
私はただ空想しているだけ、夢を見てはいない
広い世界を空想しているだけ、夢なんか見ない
その世界に自分はいない
だって空想しているのは私だから
私は誰かの夢に呼ばれてはいない
誰かの夢の邪魔になるだけ
だから私は戻ってきた
誰かの空想を邪魔するために
誰かの素敵な邪魔者になるために
……

詩の朗読をしながら、彼女はこの数日間のD市での出来事を思い返していた。
彼女の名前は野条悠里、何年かぶりにまたD市に戻ってきていたのである。八歳まで過ごしたその町

が自分の生き方に特別な影響をもたらしたことを確信していた彼女は、その後ときどき町を訪れ、「イノベーション」や「グローバリゼーション」といった世界の潮流と真逆の道を行く町の社会実験の経過をずっと見守っていた。その実験の成否が日本での自分の生き方と重なり合っていると感じていたのである。

教会の三時の鐘が鳴って、人々がそろそろおしゃべりにも飽きて家に帰り始めたころ、広場とは電車道を隔てたところにある円い池を囲むベンチの一つに、彼女は幼なじみのローベルトと腰かけていた。池の中央には大きなブロンズ像があり、像の背後から断続的に水が噴き上がっていた。黄色い街灯に照らし出されて、暗がりの中に互いの顔がほんのりと浮かび上がっていた。

「こうやって話すのは、ほぼ二年ぶりね」

ロシアでかつての友人たちと再会した後、モスクワ経由で久しぶりにドイツ東部のD市にやってきた悠里が懐かしそうに言った。

「年数なんて問題じゃないよ」

日本で生活する遠来の幼なじみに会えたことを素直に喜びながら、彼が応じた。

「そうだったわね。日本にはほとんど情報が入ってこなかったけれど、この町は相変わらず実験中なのね。あの頃時間を逆戻りさせれば全体主義に陥ると主張して市の政策に反対していた人たちはどうなったの？」

「相変わらず主張しているよ。むしろ、いくつも問題となりそうな事実を列挙して強力に反対している。でも、やっぱり彼らは単なる実験への消極派だ。それよりも厄介なのは、やはり少数派だが、もっと極端な人たち、つまり、かつての王政時代への憧れを持っている人たちだ。彼らは排外主義をとっていて移民を敵視している。とにかく、実験が始まってからそれまでばらばらに家の中に籠もっていた人たちが町に繰り出してきては、公園や通りでああでもないこうでもないと互いに議論し合っているんだ。もっともそれは市の考え方にも叶っているのかもしれないが……」

「前例のない社会実験だから、役所の人たちもなかなか大変ね。でも、見たところ派手な衝突までには至っていないようね。それで、推進派の市長を支えているのはどういう人たちなの?」

「僕たち教職員組合などの労働組合かな。実際労働環境は二十年前のほうがずっとよかったので、熟年労働者層にこの改革への支持者は多いよ。それと、多方面から広く人材を集めて市長が招集した七十年委員会がいろいろ立案しているらしい。当初は各分野相互に関連しているので時間に沿って一斉に逆戻りしようとしていたが、今では一斉でなくてもいくつかの項目に絞って後戻りをさせることは可能だし、委員会では何を優先するかを具体的に検討しているらしいよ。川とダムと水の問題はほぼ上手くいったので、次は交通とインターネットらしいけれど、これらを時間どおりに後退させることにはずいぶん困難が予想される。それでも、委員会が専門的な見地から検討しているので、彼らが次にどんな提案をしてくるのか僕は楽しみでもある。実際、時間の流れを押し戻すことがこんなにも魅力的なことだったなんて思ってもみなかったよ」

「ということは、実験はおおかた順調なのね。ねえ、その委員会の人で私の取材に応じてくれるような人はいないかしら」

「大丈夫だよ、組合の窓口になってくれているシュルツ議員に君のことは前から話してあるから。彼も委員会のメンバーだ」

ようやく夕暮れが迫ってきて、時計の短い針はⅡの辺りを指していた。ローベルトは彼女と別れがたい気持ちをどう伝えようかと思案していた。オレンジ色の街灯に照らされた公園の中でまだ数人が語っているぼんやりとした情景を眺めながら、二人の間にしばらく沈黙が訪れ、ローベルトはそのまま彼女の興味をひきそうな話を続けることにした。

「時間を戻すっていうことは、結局のところ人間同士の直接的な関係を回復するということではないかと思うんだ。例えば、僕たちが子供時代を過ごしたころと大人になった現代のD市を比較してごらん。ああ、君はその間日本で暮らしていたんだから、かえって比較しやすいかもしれないけれど、人と人との間には目には見えないいろんな壁、いや微妙なずれのようなものかもしれないけれど、いつの間にかそんなものが入り込んできたようには感じないだろうか。政治家はテレビの中にしかいないし、自動車という鉄の箱に守られた人たちが道路を違う速さで交錯し、買い物もお金の引き出しもネット上で行われ、筆跡のない手紙が瞬時に世界中を行き交い、満員電車ではスマートフォンが乗客を黙らせる。すぐ近くにいるのに、巡ってきた言葉が擦れ違っていがみ合う。各自が自分の生活を守るのに必死で、それ以外の煩わしいことは考えたくもない。残念だが、それが大方のドイツの現状だよ」

「でも、この町はその煩わしいことばかりやっているわね。期待どおりよ」

「そうやって君はいつでも僕に勇気を与えてくれるね……」

ローベルトは何かを決意したように、悠里の顔を正面から見つめた。

「僕と一緒にこの町で暮らすことを考えてくれないか」

悠里は少したためらってから、静かに応えた。

「あなたの気持ちはとても嬉しいわ……、でも、私はドイツに住み続けることはできないと思う」

「どうして?」

「……、どうしてもよ」

二人は急に黙ったまま、街灯の下で語り合う人々の様子を眺めていた。そこには焦眉の政治的な問題を議論しているというよりは、むしろ語り合うことそのものを楽しんでいるようなところがあった。

「あなたにとってドイツがおもしろいように、私にとっては日本がおもしろいの。変な言い方だけど、雨が降ると古傷が痛むように、日本のあちこちでいろんな傷口がときどき口を開けて私を待っているような気がするの。ドイツと日本で遠く離れていても、そのほうがかえってお互いのことをよく理解できると思うのよ」

「それは、言葉の問題？」

ローベルトはその意味を少し考えながら答えた。

「それもあるわね」

ローベルトはそれ以上尋ねなかった。奇妙なことだが、悠里は目指すものが同じだからこそ二人は離れていたほうがいいと思っていたのである。

「いずれ運転手の仕事は辞めて、翻訳家として自立していきたいと思っているの。ドイツの論文や記事を日本語に翻訳するには、やはり日本にいるべきでしょう。今回ドイツに来た目的の一つはD市の現況を取材することなのよ」

「それならいくらでも君の役に立てると思う。時間があるときにいつでもお望みのところに案内するよ」

彼は寂しい気持ちを吹っ切るようにそう言った。

「ありがとう。一度その委員会を取材したいの、それからできたら例の橋の工事現場もね」

「いま市会で議論されているのは、何をそのままにして何を新しくするか、そして何をどの時期に戻すか、ということなんだ、いずれにしても予算を伴うことばかりだからね。どの時期のどんな物が、いや物だけでなくどんな法律が、環境に優しく、人間を堕落させず、災害に強く、持続可能なものか、そして、これが一番重要なのだが、人間同士の直接的な交流や対話を取り戻すことができるか、ということだね」

「ローベルト、あなたらしいわね。実験はきっと上手くいくと思う」

美しく色づいた幅の広い並木道でもあるアルバート公園にはすっかり夜の帳《とばり》が降りて、ひんやりとした風が吹き渡ってきたころ、人々は襟を立てながら三々五々家路、あるいは二次会へと向かっていった。


ローベルトの話によると、時間を逆戻りさせる社会実験をしていた町であるD市が数々の抵抗に遭いながらもその試みを止めなかったのは、結局は住民たちのその実験の正当性への信念が揺らぐことがなかったからだった。社会主義時代を懐かしむ年配者たちと環境保護団体に共鳴する若者たちがいち早くこの実験に興味を示し、市議会では繰り返しその実験の功罪が議論されていた。そして、町の広場やスーパーの出入り口付近、公園やバスの停留所でも何人か集まれば必ずと言っていいほどその実験についてのあれやこれやの井戸端会議が始まったのである。その頃、産業界が経済効果を上げるために強引に創り出した事業を市民の目線でもう一度見直すことが、市議会のテーマに上った。

意見が分かれるところは棚上げにして、取りあえずは誰もが納得できるところから始めようということで市議会は一応の合意をみた。そこでまず手がつけられたのはエルベ川の支流で、町の上流にある二つのダムを撤去することであった。水力発電や工業用水のために常に一定の貯水を必要とするダムにはすでに長年の土砂が堆積し、その結果大雨に見舞われるとすぐに貯水限界を超えてしまうことになっていた。ダムの決壊を防ぐためには水門を開けざるを得なくなっていたが、何回かに分けて放出された大量の水は下流に甚大な水害をもたらしてしまう可能性があった。この二つのダムをすみやかに撤去して、その代わりにダム湖であったところには再び木を植えて、森林や湖沼による流域の保水力を高めようとしたのであった。ダムがなくなっても発電はすでに他の自然エネルギーで十分代替することができるようになっていた。これはD市以外の地域でも実行されていたことであるが、D市にとってはそれ以上に川を遡っていけるということが大きな意味を持っていた。もちろん洪水被害がなくなったわけではないが、ダムの放流のように水位が一気に上昇するということはなくなった。莫大な撤去費用はかかったが、長い目でみれば市の財政の健全化に役立つ見通しが立ったのである。何であっても一度造ったものを旧に復するためには誰にとっても勇気と根気が必要だった。しかし、上流の谷あいにはしだいに緑が回復し、きれいな水が安定して流れ始めると、その成功例は市民たちにとっても大きな自信と誇りになっていた。

しかし、次の試みはそう簡単にはいかなかった。時代を戻すために単独でできることもあれば、他のことと連携を取りながら進めていかなければならないこともあったが、道路の舗装を土の道に戻すという大胆な事業はまさに後者だった。ヒートアイランド現象や集中豪雨による道路の冠水の問題を解決するために、アスファルト舗装を再び掘り返して土の道に戻すことが試みられたが、間もなくその事業は頓挫してしまった。雨が降れば大きな水たまりができて、でこぼこ道は車を往生させ、乾燥すれば土埃が舞い上がって、歩行者も家も埃に悩まされ、衛生上も問題が多かったのである。そんな土の道を幹線道路まで拡大すれば、交通に大きな支障を来すことは火を見るよりも明らかだった。やむなくこの試みは途中で放棄されることになり、排水のいいアスファルトに順次変えていくことや、市街地の緑地帯を増やすということで落ち着いたが、掘り返されたまま地面の剝き出しになった道路がまだ町のあちこちに放置されていた。

このように時にはとんでもない失敗をしでかしてしまうこともあったが、理屈好きのドイツ人のことである、この失敗を教訓に「進歩とは何か?」「人間の幸福とは何か?」などという哲学的な問いを普通の市民たちまでがもう一度足下から議論し始めたのであった。その議論が市の政策と直接連動しており、ひいては世界文明の方向性にも関わると自負していたので、市民たちの議論は時に白熱した。

「よくよく考えてみれば、われわれが『進歩』と思っているものは、たいてい人と人との間に何重にも壁を築くようなものだったのではなかったか。これまで七十年近く生きてきて、確かに科学技術の進歩には目を見張るものがあり、我々の生活をより便利にしたかもしれないが、最近になってなぜか昔の不便なものがたまらなく懐かしくなってきたよ。歳をとったせいなのかもしれないが、失ったものの大きさに愕然とすることも度々ある。便利さと引き替えに犠牲になったものもまた驚くほど多かった。公園のベンチでたまたま誰かが隣に座って話しかけてきたとしても、本当にその人を信じていいのか、ひょっとしたらこちらを利用しようとしているのではないか、あるいは詐欺師ではないのかなどと警戒してしまう。人間同士が面と向かって話し合い、共感し合い、理解し合うという根本的なことがいつの間にか上辺だけのあやふやなものになってきて、手の届かない遠いところにいってしまったのかもしれない。それが進歩というものだと主張する人がいたとしても、私はとうていその人に同意することはできない。それは進歩なんかではなく、ただの『あだ花』ではないだろうか。この頃は『先進国』や『先端技術』などという言葉にさえどこか胡散臭いものを感じてしまうよ。ことさら先に進むなんて言うのは、何かを置き去りにしている後ろめたさを隠しておきたいだけではないだろうか」

「おじさん、それは置き去りにされた者の恨み節としか聞こえないよ。老人はいつの時代も昔はよかったなどというものだ。俺の考えでは、この町の狂乱も早晩破綻することになるね。周辺の町と比べれば経済規模が全く違うんだよ、人間には欲望というものがあるからそれを抑えるのはどうしても無理がある。いずれ人々は陰気くさいこの町を脱出したくなるよ。そして、それを抑えるために市の当局はまた周囲に壁を築くことになるさ。歴史は繰り返すだ。まあ、俺はそれまで我慢することにしたけれどね」

「あんたの言うとおり、人には欲望というものがあるらしいから、次々に新しいものを欲しがる気持ちを抑えることはできないだろう。しかし、思うに、いずれ若い世代にとっては古いものこそ新しくてより新鮮なものになるだろう。確かに彼らは目の前に今までなかった古いものに惹かれ始めるのだ。十四世紀にルネサンスを牽引したのは若い芸術家たちではなかったかね。悠久の時は人それぞれに別々の世界を与えた。われわれに与えられた世界は、たかだか二百年ほど前に始まった物質文明の発達がようやく極まってあちこちに綻びを見せ始めた世界だ。その世界を共有しているわれわれは自分たちの着地点を探さなくちゃならない。その着地点の一つが我が町の実験だ、そうは考えられないか？」

「あんたのいわゆる『悠久の時』は、ひょっとして『ソラリスの海』のようなものなのかな？　人の心の中を読み取って、その心を形にするという例のSF小説に登場する天体の海のことだ。実に古くて新しい発想だ。世界はもともと形のない海のようなもので、存在すらしない、ただ自分が存在するところに世界ができるとでも言いたいらしいね。つまり、世界は無数に存在して夢のように消えてしまうという説だろう。しかし、それでは出来事の前後関係も歴史の運動もすべて存在しないことになるぜ。手の届かないようなそんな遠くまでは行かないでくれよ。俺たちの世界というのは、せいぜい目の前にあるこの町での生活をどうするかなんだから」

「いや、案外世界はそんなものかもしれないぜ。俺たちが見れば目の前の世界は人間の営みによって発展してきた二十一世紀の都市の風景かもしれないが、別の存在から見たらここはただの海のように曖昧な色も形もないただのぐにゃぐにゃした空間なのかもしれない。そこには時の流れも物事の前後関係もない、世界とすら呼べないものかもしれない。だとしたら、その中で時計を反対回りにしたとしても全くどうってことはないさ」

「おいおい、話はどこまで行くんだ。誰だ、『ソラリスの海』なんて出してきたのは！　まあいいさ、発想は多いほどおもしろいし、教条主義に陥らないためにも多様な議論は必要なことだ。ある意味ではこの町は多様性の世界を拡げたということだろう。例えば、一九七〇年に時間が戻ったらもう一度そこから足し算をするように時間を積み上げていってもいいんだぜ。つまり、D市の失われた五十年というわけだ。それから、三十五年だけ失いたいという町が出てきてもいいだろう。いや、俺も飛躍しすぎたか」

集まった人々の間に笑いが起こった。

実際市政の大部分はこの社会実験と密接に関係していたので、市は粘り強く時間逆戻り計画を実行していた。毎週市場の開かれる広場の反対回りの時計は相変わらずその象徴であった。時計ほどには後戻りしていないと感じる焦りがないではなかったが、むしろ前に進まなくてもいいんだというほっとした気持ちや、流行を追って次々と新しい物に飛びつかなければならないという強迫観念からの解放感と、それによる経済的な余裕、そして、いつまでも年を取らないという気分的な若々しさを人々にもたらしているようだった。

それまで新しい製品を次々と店頭に並べて買い換えを推進していた量販店は、この町に限ってはこの実験のせいで次第に衰退し、旧製品や中古品の販売に切り替えるところが出てきた。そして、店員たちはかつての小売店がそうであったように自力で専門技術を身につけて旧製品の修理をも引き受けるようになり、高価だった修理代はついに新品の購入よりもずっと安くなった。その結果、量販店の中にはこの町から撤退するものもあったが、そういう事情は電気製品だけには止まらなくなっていた。

乗り物に関しては、馬車を自家用車にしたい人はまずいないだろうが、旧東ドイツの通称「トラビ」に郷愁を感じている人は少なくなかった。もともとクラッシック・カーへのこだわりが強い業界のことである、音もなく近づいてくる未来形の電気自動車よりも低音を唸らせる内燃機関のほうを好む人はまだまだ多かった。そのうえ、ガソリンや軽油を直接燃やす従来の自動車に比べて、必要な電気を作るために火力発電所や原子力発電所を新たに稼働させなければならない電気自動車は本当に環境にとってより好ましいことであろうか、停電したらどうなるのか、いったい何が進歩なのかと考えさせられることは意外に多かったのである。いまのところ、D市では自家用車についても新車に買い換えるよりは自力で修理しようとする人が増えてきたということは言えそうであった。

インターネットやスマートフォンについてもさまざまな議論はあったが、一つの市や国単位で規制することは極めて難しい問題であったので、幾度となく結論は持ち越され、委員会で継続的な審議が行われていた。一九七〇年代には固定電話とテレビがほとんどの家庭で普及していたが、当時はそれで生活は十分便利だったし、本や新聞もあったので情報が不足するということはなかった。しかし、スマートフォンやコンピュータを介した情報はあまりにも膨大で多岐にわたっており、また誰でも発信できるようになったために、本や新聞から得る情報に比べてその信頼度はかなり低くなり、しかも人が面と向かってする会話ではないので発信者の表情や人柄まで感じる取ることはできず、詐欺や殺人などの犯罪に巻き込まれる危険は未遂も含めて多くの人が体験済みだった。それに、圧倒的な情報量を持つバーチャルな世界の存在は、逆にテレビや新聞の信頼性まで失わせ、現実社会を見えにくくしているとも言えた。しかし、こうした多くの弊害が指摘されていたにもかかわらず、このネット社会を廃止することは誰の目にももはや不可能であるように思われたのであった。

市長がある日本人作家の言葉を引用して市議会で演説したことがあった。

「……。T氏の言葉を借りれば、伝統的な建築などと同じように、車や電気製品などの新しい工業製品にしても日本の風土や美意識に適したものがあるはずだと、つまり、現在我々の身の回りにあるものはこうでしかあり得なかったというものではなく、西洋という特異な風土の中で生み出された特異なモデルであるというわけです。我々が時代の最先端であると信じ込んでいるものも、実は数ある発展の仕方の中の西欧的な一つのモデルに過ぎないのです。いずれは、アジアモデル、アフリカモデル、中東モデルが行き詰まった西欧モデルを駆逐してしまうかもしれません。皆さん、時代は戻すことができるし、何事においても発展のやり直しはいつでもできます。いや、しなければなりません。……」

　議会では少数派である反対派が質問に立った。

「市長、あなたの発言を聞いていると、まるでアジア諸国に負けないように別の発展をしなければならないと言っているように思えます。結局、あなた自身がかねてより否定しておられる競争というものを裏では推奨しているのではないですか。これは明らかな欺瞞ではないでしょうか。最近の統計によると、本市の経済はただでさえ外部からの投資が減り、競争力が落ちていると言われています。あなたはこういう都合の悪い現実は見ようとしないし、ただ理念ばかりが先行していて市民に謎かけのようなことばかり語っている、そろそろこの辺りで本音を言われたらどうでしょうか」

　市長は落ち着いて答弁した。

「賢明な議員の皆様のことですからすぐにおわかりのことと思いますが、ここではアジアモデルが西欧にとって脅威だなどと言っているのではありません。アジアは現在も明らかに西欧モデルを追い求めているのです。逆に我々がアジアモデルを、もちろんお気に召さなければBモデルと呼んでもかまいませんが、作りだすことも可能なのです。それは競争ではありませんし、もちろん弁証法でもありません」

　反対派は苦笑いしながら再び反論した。

「市長、市民は毎日わけのわからないおしゃべりに夢中になって、働くことにも重きを置いていないので、会社の業績などに興味がなく、残業など以ての外です。このままでは税収は減り続け、市の財政は赤字に転落してしまいます。市長！　その時になって間違いだったと言われてももう手遅れですよ」

「議員、ご自分に理解できないからといって、わけのわからないことをしゃべっているとおっしゃるのは市民に対する冒瀆ではないでしょうか。財政のことを言うなら、むしろ他に類を見ない『時間を巻き戻す』という稀有な試みによってこの町の認知度が上がり、観光客や視察に訪れる人たちが倍増したのは皆さんもご承知の通りです。それからもう一つ申し上げると、大手スーパーがこの町への進出を諦めたことで、新市街の小売店が息を吹き返して、かつての商店街が地元住民と観光客によって賑わいを取り戻しています。いずれ税収も増えることでしょう……」

「市長！　規模が違います、景気の規模が……」

市議会でもこのような情況だったので、確かに市民の間でも困惑や期待、そして不安が交錯していた。けれども、結局は市長派を支持する人たちが大勢を占めていたのは、おそらくグローバリゼーションによって広がった経済格差と心身を擦り減らす成果主義に人々が身も心もすっかり疲れてきっていたからであると考えられた。不毛な競争に駆り出されてすっかり疲れ果て、自分を責め立てながら誰に相談することもなく心を病んでいた者たちが、最終的に楽になる方法を一人なんとなく探し求めていたような、どちらに転ぶかわからないような危機的な情況下において、時間を巻き戻すことに共感した若者たちがあちこちで声を上げ始めたのだった。一時期、誰も彼もが惜しくも試合に負けたスポーツ選手のように「前を向いていきたい」「上を目指したい」「前向きに次頑張りたいです」などと心ならずも判で押したように宣言していた憐れむべき情況にあったことを、いまや彼らは苦々しく思い出すことになったのである。

懐かしい川のある風景が悠里の目の前に広がった。朝一番の遊覧船に乗ってエルベ川をゆっくり上っていくと、行く手に美しい宮殿の金色の建物が目に飛び込んできた。そこには橋はまだ着工されてはいなかったが、すでに役所の土木課が調査に入っていて、反対する住民たちが抗議に来ているという話だった。右手のフェリーの船着き場には数人の人影が見えた。遊覧船は左手の宮殿側の石段のある船着き場に停泊した。遊覧船はその船着き場を離れると上流にある国境付近の山水画のような奇岩の林立する景勝地まで遡ることになっていたが、ローベルトと悠里はその宮殿前で下船した。彼女にとっては三回目の訪問ということになる。一度目は幼い頃両親に連れられてハイキングに来たとき、二度目は留学にD市に滞在していたとき一人で、そして三回目のその日はピオネール以来の幼なじみの男友だちと共に。緑豊かな自然の川辺と瀟洒な黄金色の建物との溶け合った風景は幾度訪れても心ひかれるものだった。

「あの辺りに橋ができるかもしれない」

ローベルトが少し下流の川の上方を指差した。

「遊覧船が下を通るから、跳ね橋にするか高架の橋にするかでもめているんだ。どちらにしても景観は損なわれるね」

「景観だけじゃなくて川の植生も住民たちの日常も変わってしまうわね」

宮殿の広い庭園を散歩しながら、二人は言葉を交わした。周りの花壇には秋の花が色とりどりに咲いていた。

「D市の人たちは幸せね。だって、近くの人と同じテーマで話ができるってことがどれだけ素晴らしいことか。他の場所では身近な人たち同士でもなかなか対話が成り立たないことが多いわ。過去がまだここにあって、未来はすでにここにある、なんてことを真面目な顔で話できる場所はなかなかないものよ、きっと」

ローベルトは少し苦笑しながら聞いていた。

「留学中この場所に来たとき、変わらないことってなかなかいいものだなあ、なんて思っていたの。それと同時に、進歩というものの方向がいろんな選択肢を持っていることも素晴らしいと思ったわ。東西ドイツが統一したとき、私たちは当然のように進歩と自由のある西側に合わせようとしたけれど、そのうちにわからなくなってきたのね、進歩にもそれから自由にも幾通りかあって、とても一本の矢印なんかで表せるようなものじゃないってことが。そんな中でD市は独自に時間の遡りを始めたというわけなのね」

「そういう考え方はしたことがないけれど、ひょっとしたら自分も含めて東独で少年時代を過ごした人たちはそうだったかもしれないね。ただ、僕たちより若い、東西統一後に生まれた人たちはもっと単純だったかもしれない。彼らは自家用車も持たないし、自分の持ち物を次々と新しいものに買い換えたりすることにも消極的だ。このまま物欲に取り込まれてどんどん先へ進んでいくことに言いようのない生活上の不安を直感的に抱いているのかもしれないよ。世の中はある意味で恐ろしく進みすぎたのだろう、だんだん個人の力ではどうにもできないところまで来ていて、そんな中でも何とか自分の生活だけは守りたいという本能的な行動をとっているのかもしれないね」

三百年ほど変わらなかった自然豊かな水のある風景に包まれながら、彼らは庭園を抜けて森のあるほうへ向かっていた。かつて王族とその従者たちが散策した場所であろうか、そこには池や噴水、白い東《あず》屋《まや》のようなものがさりげなく設えられていた。しかし、いまや家族連れや観光客が主のいなくなった人工的な遊歩道を思い思いに行き交うことができ、そこはすでに庶民の憩いの場所としてしっかり機能していた。宮殿や庭園を造った人たちはこの現状をどう思っているのだろうか。いや、彼らが思ったことは、あるいは思っていることは、この建物の装飾や庭園の形状などにすでに表現されていたのかもしれない。

「じゃあ僕はこれで失礼するよ、仕事が始まるからね」

時計を気にし始めていたローベルトが言った。

「ありがとう。じゃあ、また」

彼はわざわざ時間休を取って出勤前に悠里をここまで案内してくれたのだった。そこから彼女は一人で宮殿の周辺にある森の中をゆっくりと歩き始めた。木々の間からは鳥の鳴き声が聞こえてきた。日本から一万キロくらい離れているはずなのに、なぜかそれほど離れているような気はしなかった。やっぱりここでも鳥は鳴いていたし、彼女の故郷より一足早く木の葉は秋色に染まり始めていた。日曜日でもないのに散策する人は陽射しと共に徐々に増えてきていた。

自分は何のためにここにいるのか。ドイツで誰かと共に暮らすことも、街の人たちの運動に関わることも自分にはできないことはわかっているのに、何が自分をこの町に繋ぎ止めようとするのか。ひょっとしたら「何のために」というような目的志向のある生き方はしていない人たちに会いたいのかもしれない。この町にいて自分はすでに異邦人ではない。幼い頃にここで生活し、また成人してからも何度かこの街に戻ってきて、住民の人たちと共通の言葉を話し、共通の出来事も体験してそれを言葉にもした。ここでは国民性というものさえほとんど消えかけているように見えた。そして、ここから見える風景は思いのほか単純なのかもしれない。自分の場合は、ただ旅先であるという特別な感情が風景の色を鮮やかに見せているのだろう。何かの過程ではなく、途中でもなく、ただ自分はありのままの現実を目の前にしているだけである。どこから引いてきたのだろうか、森の中に縦横に張り巡らされた水路には冷たくきれいな水が絶え間なく流れていて、大理石の彫像を施した噴水のある池と並木道とを放射状に繋いでいた。それは観光客を誘致するために整備したものでもなければ、見物料収入を得ようとしていたたわけでもない。ただこの場所、緑、空気と鳥の声を愛でる人がいたというだけのことに思われる。

森を抜けると、川を渡るフェリー乗り場へと続く草地に出た。子供の頃から彼女には馴染みのある場所である。できるだけ人工物を避けたかったのであろう、河原に堤防はなく、渡し船フェリーに乗るための仮設の桟橋だけがそこに設けられていた。川の上に橋が架かるか架からないかということではなく、目の前のフェリーを動かすことに幾人かが携わっており、その仕事と景観とを守るためにただ抗議行動をしているのである。一方で仕事をしながらの抗議だったので、普段はビラを作って配ったり、仕事帰りに役所前や建設事務所に短時間シュプレヒコールをしたりという伝統的な手法であった。新しいと言えば、やはりそれは訪れた人と話し込むということであった。大きな声を出すわけでも感情的になるわけでもなく、ただひたすら相手を選ばず話し込むのである。通勤帰りの人を呼び止めたり、昼休みにベンチに座っている人の横に座り込んで、「ちょっといいですか」と話しかけたりした。一見地味で空しい試みに見えたが、彼らはそうやって話すことそのものが楽しそうで、めげるわけでも消耗するわけでもなかった。

「ああ、あんたの顔には確か見覚えがあるよ。物好きなアジア人が話しかけてきたと思っていた。俺たちはお客さんと話をするのが楽しみだからね。観光地だからここにはいろんな国の人がやってくるよ。言葉は通じなくてもやっぱり考えていることは共通していて、気持ちが通じ合えると思ったね。でも、橋ができちまったら、ゆっくり話すことも気晴らしに渡し場に足を運ぶこともなくなるというわけさ。昔からここに橋を造るという話は何度もあったが、結局は住民たちに反対されて計画は頓挫してしまうのが毎度のことだから、俺たちは心配なんぞしていない。それに、この街は今いいものを残しておこうという運動が大きくなっているから、心強いよ。実際この国が昔からずっと一つだったらこんな運動なんて起こらなかったと思う。三十年間壁に隔てられて両側で別々の実験をしてきたようなものだったから、望んだことであったとはいえ、急激に一緒になったことでいろんな混乱や戸惑いも生じてきて、特に俺たち東側ではわけのわからない喪失感が広がっていったんだね。望んでいた自由や便利さを手に入れたはずだったのに、いつの間にかそれと引き替えにしていかに多くの愛すべきものを失っていたかに気づいたんだよ。その微妙な喪失感を敏感に感じ取ってくれたのが、いまの市議会の人たちだと俺は思っているよ」

「でもその市の政策ではいろんな不便なことが出てくるかもしれないけれど、それでもいいのかしら？」

老人は笑いながら言った。

「不便なことは今でもいっぱいあるさ、怖いくらい便利すぎてね。ずるずるとつかみどころのない沼に引き摺り込まれそうになることがある」

「例えばどんなことですか？」

「そうだなあ。例えばここに橋ができるとする、最初は便利かもしれないけれど、森や草地を潰してアスファルト舗装の駐車場だって造らなくちゃならないし、空気は汚れるし、おそらく味気ないコンクリートの堤防だって造らなくちゃならなくなるだろう。その時になって、このフェリーが自動車の通行を自動的に制限していたことや、自然破壊を防いでいたりしたことに気づいたってもう遅いんだ。次から次へと投資して、ずるずるぬかるみに足を取られるのさ。市政に望むのは、インフラとかいうわけのわからないもののために余計なことはしないでくれということだ。街の住民は開発や成長なんてことはもう誰も信じていないんだから。それから、世の企業家に言いたいのは、何でもかんでも目新しいものを作っておいて、それを至る所にキラキラした宣伝文句をちらつかせることで俺たちの欲望を刺激するのはやめてくれ、ということだ。俺たちにはあんたたちが望むようなそんな余分な金はこれっぽっちもないんだ。何事も相応の暮らしをするのが大切なんだ。知らなければ必要にはならないものが大量に自由に出回るようになったので、うかつに手を出せば、お嬢さん、ひどい目に遭うぜ」

「おじさんもオスタルギー派なの？　私も子供の頃この町で育ったのだけど、そんなによかったのかしら、私にはよくわからないわ。懐かしいからよく見えるだけではないの？　少なくとも表現の自由はなかったのではないの？」

「俺は少しも変わらないさ。言いたいことを言って暮らしてきた。よくよく考えてみれば、それで不自由を感じたことは一度もない。俺が一介の労働者で何も知らなかったことによるのかもしれないが、再統一で変わったことといえば、晴れて貧乏人の仲間入りをさせてもらったというだけだ。人並みの暮らしをしようとすれば、便利な電気製品をあれやこれや揃えなきゃならんが、俺の手元にはわずかばかりのユーロ紙幣しかないというわけだ。俺にしてみれば、一九七〇年代に戻るという市の施策はありがたいね。これ以上新しいものは買わずに済むからな。わずかばかりの貯金の価値を元に戻してくれることを願うだけだ」

船着き場の老人はそう言って笑った。悠里には彼の一言一言が懐かしく、好ましく思われた。奇抜ではあるが粘り強い実験が、彼のような人にもじわじわと支持を拡げているように思えたからである。それまでその実験に対して彼女の感じていた違和感のようなものを彼らが少しずつ解きほぐしてくれるように感じられた。黒っぽいスーツに身を固めて常に戦いに挑むように前だけを向いて早足で歩いていくような都会の見慣れた風景とは全く違うものがそこにはあった。フェリー関係者は何かに対して戦っているというのではなく、当たり前のことだが、ただそこに生きているという感じがした。そして、この街の実験は通常考えられるような成功を目指しているのではなく、それまでの欧米モデルの失敗を証明しようとでもしているかのようにも見えた。すでに片方のモデルは失敗に終わっていたが、もう片方のモデルの破綻がようやく人々の視界に入ってきたのかもしれなかった。破綻の断崖を目の前にして回れ右をして引き返すことが可能であれば、人々はそれほど不安になる必要もなかったのだろう。それに、もともと身の回りにある家具や製品を自分で修理しながら使い続け、次から次へと買い換えていく生活には馴染んでいない人々のことであったから、この考えは人々の間に浸透しやすかったこともあるのだろう。

その一方で、便利な生活に慣れきった一部の人々の想像力は、あらゆるものが五十年前の姿にもどってしまうのではないかと、原始的で苛酷な生活しか思い浮かべることができなかった。彼らにとっては進歩を否定するような考えはとうてい受け容れがたいものだったし、当然今さら川を横断するだけのちっぽけな渡し船を使い続けることは合理的ではないとも思っていた。だからこそ、彼らもまた、別の危機感からだが、自分の考えを聞いてもらうために公園など議会の外でも討論の輪の中に足を運んでいたのである。

「おかしいわよ、何もわざわざ好んで今の生活のレベルを下げることはないわ。あんたたちはいったい何がうれしくてこんな馬鹿げたことをやり始めたのよ。時間が反対に回り始めたらどうなるっていうの？　苦労して手に入れた快適さをみすみす手放してしまうことになるのよ。家に洗濯機がなければ、時間も労力も洗濯に取られてしまうし、荒れてひび割れた手にも苦しまなければならないわ。それに、携帯電話がなくなればどうやって必要な連絡を取るのよ。これからもう一度町中に電話ボックスでも設置するとでもいうの？　そんな無駄なことに税金を使うなんて誰も納得するわけがないでしょう。車も冷蔵庫もテレビもラジオも全部私たちから奪うつもりなの？」

一人の中年女性がしびれを切らしたように思い切って集会の中に入ってきた。

「奥さん、貴重なご意見ありがとうございます。ご存じのように戻るのは一九七〇年代ですから、車も冷蔵庫も洗濯機も存在しています。携帯電話はいま検討中です。ひょっとしたらスマートフォンの出現前には戻るかもしれませんが。ですから、奥さんの懸念は今のところ該当しません。それよりも、行きすぎた機械化は人間の能力を退化させるようなところがあるとは思いませんか。例えば停電が一カ月も続いたとしたら、それは十分考えられることですが、現代人はパニックに陥って一日たりとも生活できないのではないでしょうか。電気なしでは料理もできず、自分で水を調達することもできず、食べ物を保存しておく方法も知らない。そのうえ電話もインターネットも繋がらない。頼りの身体能力はというと、自動車のせいで歩く力は退化して、肥満した体は常に成人病予備軍です。新しい子供たちは筆記体で紙に字を書くことすらできません。ですから、人間の能力を奪うようなものではない進歩をやり直そうというわけです。そのためには今ある便利さを少しだけ後退させなければならないんですよ。時計の針を逆回転させたのは、前向きに進んでいく時間の流れは止められないという思い込みから自分たちが脱け出すためなんです。言うならば、現代のルネサンスのようなものです」

そう答えたのは市会議員の一人らしい青年だった。

「あなたはなんて馬鹿なことを言い出すんですか。ルネサンスですって？　そういえば歴史の教科書の隅っこにそんな言葉があったかしら、文芸復興、個性の解放でしたかしら？　笑わせないでよ、解放どころか、買いたいものも買えないなんて、これじゃどこかの配給制度と変わらないじゃありませんか。私は絶対納得なんてできませんからね。裁判でも何でも起こしますから」

「結構です。でも、法律には何ら違反していませんよ。市の条例で行きすぎを規制しているだけのことですから。従来どおり個人の自由は全く侵害していません」

女性はますます苛立ってきて、悔しそうに声を荒げた。

「私は知っていますよ、この奇妙な運動を始めたのは商店街の偏屈な時計屋さんなんでしょう。自分で改造した変な時計を売りこむためだけに、皆をそそのかしてこんな馬鹿げたことを始めたのよ、きっと。そしたら、いつの間にか街中の時計の針が反対向きに回り始めて、ややこしいったらないわ。ほんとに許せないわ」

「奥さん、ややこしいなら時計なんて見なければいいんですよ。彼は、時計なんて見なくていいということを証明するために、彼流のしゃれで奇抜な時計を作ったんだと思いますよ。ものごとはもっと単純に考えるほうがいいですよ。右回りの時計も左回りの時計もどちらも正しくて、どちらも間違っている、目の前にあるのはただこの美しく紅葉した公園と語らう人々、それだけで十分じゃないですか」

「もう、それがややこしいと言っているのよ。全く埒《らち》が明かないわ！」

彼女はそれだけ言い捨てると、ハイヒールのせいか石畳の上を歩きにくそうにしながら集会の広場をあとにした。


市議会ではついに市街地への車、オートバイの乗り入れ禁止条例が採択された。それによって旅行者は郊外の駅の近くの駐車場に自家用車を駐車して、鉄道や路面電車を利用することになり、運動不足を補うために自転車を利用する人も増加した。市内ではトラックに代わって新たに貨物用路面電車も登場した。道路の渋滞は解消し、市内の空気は格段にきれいになって、排気ガスを避けて家の中に閉じこもりがちだった子供たちも戸外で活動するようになり、かつてのように人々の健康への好循環が生まれようとしていた。そして、道路信号や広告などの夜間照明の減少は美しい星空の復活という予想しなかった効果ももたらし、街のあちこちで二〇世紀初頭のモダニズムを彷彿とさせる街の風景さえ出現させた。そのようにかつては当たり前だった環境がもどってきて、人々がその良さを実感し始めると、経済成長を阻害するとして市の荒唐無稽な実験に反対していた市民たちもその成果を無視できなくなってきて、市の政策を後押しする人の数もさらに増大したのである。

「最初からこうなることはわかっていたよ」

自転車と歩行者だけを運ぶことになった渡し船の船頭は言った。確かに橋の建設計画はいつの間にか消滅し、自動車の分だけ少し定員のゆったりした船が、以前と変わらず両岸に葦の茂った緑の川面に無骨な船体を浮かべながら、エルベ川をゆったりと滑るように横断していった。川面にきらきらした銀河を映し出すようになる日もそう遠くはないかもしれなかった。

「カーフェリーなのに自動車は積まないのね」

若い旅行者の質問に答えて、老人の船頭が答えた。

「それも予想どおりだ。この船はもともと動く橋として建造されたんだからね。不格好だが、いわばエンジンの付いた鉄製の筏のようなものさ。苦肉の策で重い自動車を積むようになっていたが、これでやっと本来の役割に戻っただけのことさ。俺の生きている間はずっとこうであってほしいね。新しいものを作ろうとすれば、それだけでなぜか人の心は引き裂かれそうになる。必要なものはすでに出そろっていた。あとはそれらをいかに大切に維持し続けるかということだけ考えればいいのさ」

老人は満足そうに答えた。変動期を生き抜いた老人の言葉には単純だが不思議な説得力があるように思われた。

悠里はまたローベルトの紹介で市会議員の一人に取材をするために市庁舎の議員会館を訪れた。建物は古いままだったが、重厚な佇まいを見せていた。簡単な受付はあるが基本的には誰でも自由に出入りすることができた。もっとも入り口は頑固なほど狭く、デモ隊などが大挙してなだれ込んだりできないようにしているのかもしれなかった。高くて小さな窓から柔らかな光が射し込んで大理石の壁に反射していた。悠里は階段を昇りながら何時になく緊張していた、あの『青い奇跡橋』を初めて渡ったときのように。

「あなたですね、あの有名な『エルベの亡霊』に出会ったというのは。お待ちしていましたよ」

ローベルトはどんな紹介の仕方をしたのだろうか、悠里と同年代くらいの性別のはっきりしない議員が自分の席から立ち上がって陽気に彼女に手を差し出した。

「正体不明の複数の人物が真夜中に川の中からぶつぶつ言いながら這い上がってきて、どうやらそのうちの一人が私の下宿の窓辺にまでやってきて奇妙なことを話しかけてきたのですが、それが夢であったのか、それとも現実の人間だったのか、顔は見ていないので自分でも判然とはしません。でも、川で亡霊らしいものを見た人たちのうちでもそんな体験をしたのはどうやら私だけだったので、怖くなってつい人に話したら、それはきっと『エルベの亡霊』だという噂になったというだけのことです。ああ、今日はありがとうございます。申し遅れましたが、日本から来ましたフリーライターの野条悠里と申します」

席に着くなり悠里は早口でそう言って弁解したので、議員は照れくさそうに笑ってすぐに自分の不躾を謝罪した。ドイツの特に若い女性はスカートをはく習慣がないことと、言葉遣いに男女の区別がないので、性別がはっきりしないことがある。よく考えてみれば、この場合もともとそんな区別する必要も意味もないことなので、性別は気にしないことにした。

「いきなり驚かせてすみません。友人のローベルトに紹介されたときからあなたに親近感を感じていたものですから、つい旧知の間柄のような口をきいてしまいました、赦してください。あなたにお会いできるのを楽しみにしていました、市会議員のシュルツです。翻訳をされているとか」

「こちらこそ、いきなり弁解がましいことを言ってすみませんでした。主にドイツの新聞や雑誌の記事を翻訳して日本で紹介しています。その逆もありますが、今回は以前から私が注目しているD市の社会運動を取材するためにやってきました。いくつかおたずねしたいのですが、よろしいでしょうか?」

「もちろんです。それだけでなく、私はぜひあなたの御意見もお伺いしたいと思っていますよ」

悠里はすでに議員の率直な態度に好感を持っていた。彼女はポケットからボイス・レコーダーではなく小さな手帳を取り出した。

「お聞きになっているかもしれませんが、私は八歳までこの街で育ち、それから父の転勤に伴って東京に移り住み、そこで二十代半ばまで暮らしていました。そのころ私が日本社会で感じていた違和感とその後留学でこの町にやってきたときに体験したこの社会運動とはどこかで繋がっているような気がして、D市の情況には当初から強い関心を持っていました。日本に帰ってドイツとは関係のない別の仕事に就いてからも、貴市の動向には常に注目し、留学友だちともことあるごとに連絡をとってきました。何というか、一市民の精神形成にとっても重要な転換点になっているということだと思います。この社会運動を推進されている意図はどの辺りにあるのでしょうか?」

「あなたの経歴についてはローベルトからも伺っています。私が考えるに、市民的自由というものは、法律の範囲内で主に個人が経済活動などを行う自由を有していることになります。その結果についても活動内容についても制限することは難しいものがあります。しかし、個人的自由というものが過度に行使されると、往々にして別の個人に対する間接的な抑圧を伴いがちです。そこには自由に抑圧され得る個人も存在するのです。そこで約束事や規則を作って調整するのが役所の仕事になります。その約束事の一つとして始められたのがこの『時間を戻す』という運動だと考えていただくのがわかりやすいかと思います」

「なるほど、運動は市役所本来の仕事をしているだけということですね」

「そうです。個人個人が無秩序に自由を行使していると、全体が見えなくなります。そこに『時間は後戻りできる』のだという一つの視点を導入するだけで、それは誰にとっても容易に話題にできる身近なテーマになったのです。効果はてきめんでした、その問題提起は街のあちらこちらで話題にされ、集会や討論会が持たれるようになりました。それまで一心に自分の前だけを見て走ってきたような人たちが、この集まりの中で次第に自分の後ろも周囲も見つめ始めたのです。そして、そのほうが断然おもしろいことにも気づき始めたのでしょう。もちろん予想できたことばかりではありませんが、回り始めた歯車はいろいろな場面で噛み合い始めました。それまでは、周りのことを考えなくても時間というものは勝手に進んでいくので、人々は時間という流れの中でどこか孤独になっていました。しかし、時間を戻すとなると必ず誰かに働きかけなければならないし、他の人の立場に立って考えなければならなくなるし、どうしても話し合いが必要になってくるのです。それはちょうど、人が前に進むときはその道だけを見ていたらいいけれど、後ろ向きに歩くときには常に周囲に気を配っていなければならないことに似ているかもしれません」

「なるほど、おもしろい喩えですね。市民の間にはこの突飛な、失礼、ユニークな政策にはかなりの抵抗があったと思うのですが、どうやって説得されたのでしょうか？」

「特に説得はしていません。あなたもご存知のように『エルベの亡霊』の噂が流行り始め、時計屋が奇抜な時計を製造販売し、人々が不安を感じて情報を得るために屋外に繰り出し、顔なじみから初対面の人までがあれやこれやと不安とその解決策とを話し合ったのが始まりですね。ですから、言い出したのは市当局ではなく広場に集まってきた市民たちでした。当局はただ傍観していただけです。つまり、運動し始めたのは市民のほうです」

「革命とか変革というのは得てしてそういうものなのかもしれませんね。市はそれに追随しただけだというわけですね。そんな情況の中で、あなたが政治家を志したのはどういう理由ですか？」

悠里は、厚かましいと思われるほど率直に質問を投げかけている自分に気がついた。議員は少し間をおいて、記憶を辿るようにしながら以下のことを誠実に答えた。

「さあ、どうでしょうね。人々の幸福の追求？　いや、違うな。利己主義？　そう、もともと私の利己主義がきっかけでした。高校生の頃だったでしょうか、それまで私は自分のことしか考えられない、あるいは自分の得になることしかしないタイプの全く利己的な人間だったと思います。ある日の夕方、満員の電車に乗り合わせたときのことです。その日は大学入学資格試験のための補習授業を受けた帰りだったのでしょう、幸い座席に座ることができて参考書を見ながら試験勉強をしていました。不安はありましたがそのときの私は将来の自分を待ち受けている新しい世界への希望で胸がいっぱいでした。勉強への集中力がふと途切れて顔を上げてみると、仕事帰りの乗客たちが一駅ごとに中のほうに押し込まれて私の目の前に立っていました。彼らは一様に無表情で、誰かと言葉を交わすわけでもなく、携帯電話の小さな画面を覗き込んでいるばかりで、他人のことなどには全く無関心のように見えました。仕事や勉強に邁進しているはずの無言の通勤客たちを見ていると、彼らが幸福だとはどうしても私には思えなかったのです。それは、ひょっとしたら彼らは他人の不幸にこそ関心があって、そこに辛うじて慰みを得ているのではないか、とさえ思われたのです。それは同時に暗い窓ガラスに映った自分の利己的な顔と少しも変わらないように見えました。けれども、自分だけは彼らと違って将来大成して人々の役に立つ仕事をする可能性を持っていると、例によって独り善がりな考えを持ち出して、その可能性のためにはこのまま座って勉強を続ける特権があると自分に言い聞かせていました。その時です、私の目の前に立っていた年配の会社員らしい人が急に真っ青な顔をして苦しみ始めたのです。その時、なぜかわかりませんが、私はとっさに体を避けたのです。きっと自分に倒れかかってくるように思ったのかもしれませし、面倒なことにはできるだけ巻き込まれたくないし、あるいはただ自分の身を守ろうとしただけなのかもしれません。会社員は辛うじて吊革につかまりながら今にもくずおれそうになっていました。座席を譲ることも声をかけることも、また彼の体を支えることも、その時私は何もできませんでした。周りの人もただ自分のことに夢中で、気にはしながらどうすればいいのか戸惑っている様子でした。しかし、おそらくいちばん無関心に見えたのは私だったのでしょう。彼はじっと前を見て、ただ私にだけ助けを求めているように見えました。私はただその情況が一刻も早く通り過ぎてくれるのを待つだけでした。けれども、時間というものはこういう時はいっこうに前に進まないものだったのでしょう。暑くもないのに額から汗が一条流れ落ちるのがわかりました。私はとうとうその時悟ったのです、もともと時間が前に進むのではない、進んでいないのは時間ではなく自分自身だったということを。時間は進まないが関係は変えられる。私は立ち上がって彼に声をかけ、身体を支えてゆっくりと座席に座らせ、介抱しながら車掌の到着を待ちました。たったそれだけのことですが、私には十分でした。その体験が、それまでの利己主義を克服して、今そばにいる人のためにできるだけのことをしたいという気持ちが湧いてきました。フランス語ならアンガージュマンとでも言うのでしょうか。自分が幸福だとして他人が幸福でなかったとしたら、果たして自分は本当に幸福だろうか、という問いがいつの頃からかしだいに頭を擡《もた》げてきたのです。つまり、幸福とは個人的な状態ではないということです。あるいは、個人は他人がいなければもはや個人ですらないということでした。そして、大学に入った頃には皆が幸せになるには政治の役割がかなり大きい部分を占めているということを学びました。それらいくつかの偶然、あるいは必然が、私を政治活動に関わらせることになる大きな転機でした。簡単に言えばそういうことになります」

「ありがとうございます。あなたが政治を志された経緯がよくわかりました。私はこの町の社会運動がどのように展開されてきたのかはよく知らないのですが、あなたがこの運動に共感されるようになったきっかけは何だったのでしょうか？」

「私の話を録音しても構いませんよ」

悠里がメモの準備をし始めたのを見て議員は言った。

「大丈夫です。記事にする前に誤解がないか必ず原稿をあなたにお見せするつもりですので」

ドイツ語で名前に敬称をつけると性別を特定しなければならなかったので、彼女はできるだけ名前で呼ぶことを避けていた。

「もちろん最初はこんな荒唐無稽な運動には、いや、実際運動ですらなかったのですが、政治的な関心はありませんでした。ところが特に新市街の人たちが時計屋の奇抜な時計をおもしろがって使い始めて、それを見ながら高価な新製品に買い換えるのを止めて、廃棄寸前の安い旧製品を買いあさり始めたのです。そして、これら旧製品が意外にも単純で使いやすくデザイン的にも優れていることがだんだん認知されるようになったのです。しかも、それらは環境破壊や人間的能力の低下というリスクも少なかったというわけです。その頃から街の経済的な動向は政治的な判断を必要とするようになってきました。私が運動として彼らに共感し始めたのはその頃のことです。ですから、これは私が始めたことでも広めたわけでもありません」

「当然経済界から反発があったのではないでしょうか?」

悠里はますます遠慮なく質問した。

「最初は一時的なブームであると高をくくっていた経済界も、だんだんその動向を無視することができなくなりました。いくら新製品を投入して宣伝しても売れなくなったのですからどうしようもありません。そのうちに、いち早くドイツ中から旧製品の在庫を取り寄せて販売した会社がひとり利益を伸ばすようになりました。しかし、それも限度がありました。すぐに在庫は底を突き、中古品販売業者や骨董品屋が辛うじて販売を続けましたが、根本的な解決にはなりません。ついには地元経済界も何とかしなければと対策を練り始め、莫大な開発費のかかる新製品の投入を断念して、旧製品の図面を掘り起こして復古版の製品を新たに生産し始めたのです。そして、全国的な経済、つまり時間とD市の経済時間との間の矛盾を調整するために、ついに市政が動き始めたというわけです。私はそのさなかに議員になりましたから、時間戻し派と目されていますし、実際市議会の中ではその調整役として初期の頃からその運動の普及に携わっているというわけです」

議員の繊細な指やきめ細かな肌は女性のようでもあったが、物腰のきびきびとした感じは少年のようでもあった。悠里は話を聞きながらいつしかその姿に見とれてしまっていたが、思い出したようにメモ帳に目を落とし、予定の質問をした。

「この社会運動に対して少なくない反発があるのは、この運動が市政の主導で行われていて、それが社会主義時代の国家統制を連想するからだと思うのですが、それについてはどう思われますか?」

「統制という言葉が誤解を招いているように思います。市議会はあくまで法律を作って調整しているだけです。これはあくまで経済の多様性の一つであり、市の環境や福祉の問題であって、いわゆる鎖国政策なんかではありませんから、当然自由に他の州と行き来したりすることも、普通に働きに出ることも、買い物をしたりすることもできます。何よりもこれは住民たちの自主的な集会や話し合いを反映して方向性の定まっていくものですから、極めて民主的と言えます」

「よくわかりました。最後に一つだけ、個人的なことですが、よろしかったら聞かせてください。あなたの出身地はD市ですか、それとも他の町ですか?」

「同じ州のWという小さな町で、昔から鉱山で有名なところです」

「わかりました。お忙しいところありがとうございました」

メモ帳を閉じて悠里が立ち上がろうとしたとき、議員がすかさず言った。

「こちらからも少し質問させてください」

「はい」

「気を悪くしないでほしいのですが、また、これもやはり個人的なことかもしれませんが、かつてあなたが『エルベの亡霊』に出会われたとき、その亡霊と実際どんな話をされたのですか？」

なんとなく訊かれそうな気がしていた悠里は、予想が的中したのと返答のしかたを想定していなかったのとでしばらく口ごもっていた。すると、議員が遠来のジャーナリストに自ら助け船を出すように続けた。

「実は、私自身も数年前それと似たような経験をしたのです。私のほうからその体験を話しますので、それに関して何か思い当たることがあれば話してください。でも、ここからはプライベートの話にしてくださいね」

悠里が頷くと、議員は、「これからレストランで一緒に食事を」と彼女を誘い、「そこまで歩きながら話をしましょう」と言った。いつの間にか議員の敷いたレールの上を歩かせられていることに気がついたが、彼女も悪い気はしなかった。

色づいた木の葉が石畳の上に散り落ちて、彼らの目の前に鮮やかな模様を描いていた。少し風が吹いて、二人は体を寄せるように並んで歩道を歩いた。カップルのようにも見えたし、遠目には仲のいい女友だち同士に見えたかもしれない。車道側を歩いていた議員が市会の控え室とは違って訥々と語り始めた。

「夕方一人、川の畔を散歩していたときのことです。黒っぽい服を身にまとった女性が突然私に声をかけてきました。自分は最近になってこの街に戻ってきたが、街はすっかり変わってしまった、どうしてこんなに変わってしまったのか、何があったのか、と矢継ぎ早に尋ねてきたのです。私は一瞬気がふれているのではと思ったのですが、だからこそかえって無視するわけにもいかず、とりあえず話を聞くことにしたのです。よく見れば、彼女の長い髪の毛も服の袖も水に濡れたように光っていました。彼女が言うには、子供の頃この街で育ったのだが、そこはこれ以上何も望むことのないような場所で、平和と友愛とに満ちていた。人々は競争することもなく、誰かが転んでもそこにいる人は自然に手を差しのべてくれた。ところが、久しぶりにこの街に帰ってきて懐かしい川沿いの風景を楽しみながら歩いていると、突然自動車が猛スピードで自分のほうに向かってきて、とっさに身を避けたが、身を避ける場所もなく、よろけて石の壁にぶつかって倒れてしまった。自動車を停止することも、降りてきて助け起こすことも、謝罪の言葉も一切なかった。近くを通っている通行人たちも、私のほうを気の毒そうに一瞥しただけですぐにそそくさと通り過ぎていくだけだった。この現実をどう思うのか？　自分の知らない間に何が起こったのか？　よく見ると彼女の右の腕から一筋の鮮血が流れ落ちていたので、嘘をついているわけでないことは見て取れました。私はすぐに彼女をタクシーに乗せて病院まで連れて行きました。それが義務だとも思ったからです。しかし、彼女は私のその行為にまで疑いの目を向け、自分は病院代もなければ家もない、こんな自分をどこへ連れて行くんだ、何の得にもならないことをするなんて考えられない、この街の人間は誰も信用していない、などと不信感を露わにしながらしゃべり続けました。病院に着くと、彼女は話すのを止め、医師の指示に素直に従って、大したことがないことがわかると、私にも礼を言って、そのまま立ち去ろうとしましたが、私は気になって彼女を引き留めました。彼女が今までどこにいたのか、若いのにもかかわらず、古めかしい話し方に興味を覚えたのかもしれません。しばらく彼女と歩いていくとまたエルベ川の畔に出て、急に展望が開けたとき、彼女はその河原に降りていきました。そのままどんどん歩いて行くと、彼女は広い葭原のあたりで暗闇に黒い服がとけこむようにふっとその姿を消してしまいました。サーッと風が吹いて葭原を波打たせ、私は急に身震いしました。それだけのことなのですが、出現の仕方と話の内容と姿を消した場所とがなんとなく『エルベの亡霊』を連想させるものでした」

悠里はしばらく耳を傾けていたが、その話にはどこか作りものめいたところがあると感じていた。しかし、議員が何とかして『エルベの亡霊』を話題にしたがっているのには何か理由があるに違いないと思われた。

「それ以後はその人には会っていないのですか?」

「いいえ、もう一度会いました。それもやはりエルベ川沿いを散歩していたときのことです。彼女は私のことを覚えていたのでしょう、今度は私の顔を認めるなりもと来た道を引き返し、明らかに私を避けようとしていました。一瞬迷いましたが、何か理由があるに違いないと思い、あとを追いかけていって彼女に問い詰めようとしました。しかし、彼女は意外にも逃げ足が速くてなかなか追いつくことができません。すると、やはり彼女は河原に降りて前に一度消えた場所の近くに達していました。ここで逃がせば前回の二の舞だと思って全力で走っていき、前の葭原に入る手前で彼女の腕をつかまえることに成功しました。彼女は観念したのか私の腕を振り払うことは止め、息を切らせながらその場に座り込んでしまいました。『私に何か用なの?』『なぜ私の顔を見るなり逃げたのですか?』『人違いだったからよ。私はてっきりあなたも私たちの仲間かと思っていたのでつい気を許してしまって、話さなくてもいいことまであなたに話してしまったからよ』『仲間って?』『本当なら私の姿が見えないはずなのに、あなたには見えるのね。でも、あなたは私の仲間じゃないわ。他の仲間に違いないわ。例えばユリヤのような人たちよ』『ユリヤって?』『よく知らないけれど、この街に住んでいた日本人よ。彼女にも私たち亡霊の声が聞こえたそうよ。まだこの街にいるかもしれないから、どんなことを聞いたのか、その子に聞いてみるといいわ』そんな会話が交わされました。私にはこの亡霊の存在があまりにも生々しいのでとても胡散臭かったのですが、亡霊の話もユリヤのことも聞き知っていたので、一概には無視するわけにもいかず、また、よく見ると彼女の顔つきにはどこか人を惹きつけるようなところがあったので、そのましばらく話を続けました」

その話に何かを思い出したのか、悠里が相手の意図を探るように話し始めた。

「日本の哲学者の言葉に、確か『私が時の中にいるのではなく、時が私の中にいる』といったようなのがあります。私の出会った亡霊は、その私の中にいた『時』が別れの挨拶をするために、あるいは名残惜しくなってもう一度仲直りしたいがために、夜私が一人でいるところへ会いに来たように思っていました。その類推になりますが、あなたが出会ったというその女性の亡霊らしきものは、あなたが捨てようとして捨てきれないでいる一つの想念が形を変えて現れたのではないでしょうか。その想念はやはり私のように『時』かもしれませんし、または私の想像もつかないもっと別なものかもしれませんが。彼女が魅力的なのもすぐに逃げようとするのもきっとあなたに追いかけてきてほしいからでしょう。私たちの夢の中では容易に観念が物質化しますから、それと同じことが物の輪郭の崩れていく夕方の曖昧な空間に現れ出たのかもしれませんね」

「一種のドッペルゲンガーというわけですか。それ以上追いかける必要はないと、あなたは考えるのですか？」

「ええ、私はそれでよかったと思っていますが、あなたのことはあなたにしかわかりません。ということは、すでにあなたにはその正体がわかっていると思いますよ」

「捨てようとしているのに捨てきれない想念ですか……。あなたは捨て切れたのですか？」

「ええ、長い間かかりましたが」

「亡霊はそれを話してくれるでしょうか？」

「もう話しているのかもしれません」

「これまでの話から何かわかりますか？」

悠里は、議員の話にまだ半信半疑だったので、当たり障りのない話しかできなかった。

「私が言うのもおこがましいのですが、この場合、昔は皆が親切だったという彼女の言葉が一番重要でしょう」

「そうですね」

議員はそれ以上話そうとはしなかった。目的のレストランは議員会館から近いところの地下にあった。

昼間から店内は薄暗く、至る所に古めかしい調度品が設えられていた。デジタルな表示は一切なく、壁にはさまざまなチラシが貼られていた。料理、集会、演劇、演奏会などの手書きふうの案内であり、人気テーマパークなどはチラシそのものがなかったのであろう。

「この店は街でいちばん新しい店です。前世紀の七十年代の雰囲気をいちばんよく体現している店ですからね。何と言っても、昔からいちばん変化の少ないものは食文化だと思うので、科学技術の進歩は食べることに対しては交通や通信手段ほどには影響はしていない。それに、どこから掘り出されたのか、ここではすでにレコードは復活しているし、落書きだらけの分厚い木のテーブルは昔のままです」

シュルツ議員は贔屓の店らしく得意そうにその「新しさ」を吹聴した。もっとも、彼はどう見ても七十年代にはまだ生まれていなかっただろうから、その「新しさ」も誰かの受け売りには違いなかったが。

「現代社会は人と物との距離が近くなりすぎてしまって、他人はその物の後ろ側はるかに遠のいてしまったようには感じませんか？　この街では、物の背後にいるその遠い他人をなんとか手繰り寄せようとして、見るからに不便な物を次から次へと復活させようとしているいるような気がしています。物の歴史の中には人間との距離がいちばん良好な状態がどこかにあるに違いありません」

「かつてあったし、もっと良好な状態が実現するかもしれませんね。でも、そのためにはかなり意識的で禁欲的な関心が必要になってくると思いますが、街はそれに耐えられると思われますか?」

悠里はあえて厳しい質問をぶつけた。

「人間の持つ欲というものは必ずしも新しいものに向かうとは限りません。でなければ、骨董品屋も古本屋も成り立ちませんから」

「でも大多数の人はそうではありません。D市の住民たちが古いものに向かうのも、それらがどこか新鮮だからだと私は思います、特に若い人たちにとって。ですから、その新鮮さがなくなる頃にはその熱意も冷めてしまうのではないでしょうか」

議員は困ったような顔をしてしばらく考えていたが、思い切ったように口を開いた。

「それでは、あなたはどうお考えですか?」

予想外の反応に戸惑いを隠せない悠里に向かって、議員は続けた。

「そろそろ本題に入りませんか。正直に言いますが、私にはこの動きがどこに行き着くべきなのかよく理解できていません。市民の間から出てきた運動なので、その支持を受けて市議会として法令や予算で支援していますが、私が思想的な格闘をしたというわけではありません。実際のところ、その新鮮さが薄れていったとき市民の関心はどこに向かうのでしょうか、私が知りたいくらいです。こんな反時代的な運動がこのまま何事もなく継続されていくとは私には思えません。いまは経済の隙間を細々と埋めているだけのようなものですが、これから運動の影響がD市だけに収まらなくなったとき、さまざまな現実的な荒波や反動的な壁にぶつかることが予想されます。そんな時に確信を持って対抗できるような理論的な指針も戦略的なビジョンも私にあるわけではありません」

「さっきの『エルベの亡霊』の話は作り話ですね。むしろ私にはあなた自身がその曖昧な亡霊ではないかと思えます」

議員はニヤッと不思議な笑みを浮かべ、気まずそうにやはり曖昧にうなずいた。

「許してください、あなたの気を引いて何かこれからの市政のヒントになるようなことを得たいと思ったのです。それから、さっきの日本の哲学者の話も気になりました」

「意外でした。日本のジャーナリストの端くれとして、D市の改革の指導者から何かヒントを得たいのは私のほうですわ」

悠里は、子供じみた手管を労して悪戯を見つかった子供のように詫びた正直な議員の言葉に、少しむっとはしたが、不快なものは感じていなかった。議員はさらに子供のように素直に言った。

「正直に言いますと、住民たちの時間の逆戻りへの興味と情熱がいつか冷めたとき、その次どうしたらいいか私にもまた仲間たちにも実のところわかっていません」

「議員さんに意見するのはおこがましいですが、熱はいつか冷めるものですから、この場合注目すべきはむしろ住民たちの冷静さだと思います。もともと前を向くことに不安を抱いた人たちの運動なのですから、先のことを考えること自体がこの社会実験の趣旨に反しているのではないでしょうか。問題や障害があっても、その都度知恵を出し合って乗り越えてこられたのはあなた方ではないのですか」

「それにしたって、政策担当者の立場として予測や準備は大切なことではないですか？」

「予測とは何ですか？　もしあなたが戦争や会社経営をしているのなら、それは大切かもしれません。ですが、もともと政治にはライバルも敵もいません。むしろ敵を作らないことが政治ではないですか。人々の熱意に頼っているだけなら、あるいは、何者かに対する敵意を煽るだけなら、それは政治でも改革でもない、と私は思います」

悠里はそのとき、立場をわきまえずに持論を披瀝した自分に驚いていた。それは、この町に留学中に夜中一階の部屋の窓辺で語りかけてきた『エルベの亡霊』に対して、大胆にもシャッター越しに意見している自分自身の姿と重なっていた。そう思ったとき、しばらくは言い過ぎたときの後悔にも似た苦いものが胸に残って、相手の様子を上目遣いにそっと窺った。

「なるほど、含蓄がありますね」

議員はしばらく嘘のない瞳で感心したように悠里の顔を眺めていた。

「私が言うべきことじゃなかったですね。ただ、私にとってもこの町の取り組みには、そう、『冷たい革命』とでも言うべきその社会実験にはとても興味があります」

「『冷たい革命』ですか。あなたには実際そう見えるのですね」

悠里はまた調子に乗って付け加えた。

「ええ、善悪でもないし、効率でもない、とっても繊細なのにそれでいて非常に単純な取り組みだと私は解釈しています。それは一見遊んでいるような気まぐれで不可解な動きをしているように見えるのに、視点を変えれば非常に単純な動きであることが後からわかった惑星の軌道のようなものかもしれません。もちろんその視点も絶対ということではありませんが」

「確かに、市民たちにとっては単純で直感的なことなのかもしれませんね。私が難しく考えすぎていたのかもしれません。さっきは鎌を掛けるようなことをしてしまって、本当に申し訳ありませんでした。あなたは誠実な人ですね。人の意見に素直に耳を傾けることは大切なことだと、いま改めて思っています。あなたは日本にいながらこの街のことも考えてくれていたのですね」

悠里はそのとき議員のことをほぼ『エルベの亡霊』の化身にちがいないと確信していたようだった。そういえば、あの時の亡霊も性別がはっきりとはしていなかった。

「私の心の中ではこのD市と日本の愛媛とは少しも区別されてはいません。私が誠実かどうかは自信ありませんが、『エルベの亡霊』と似たような気配は、確かに日本でも幾度か感じていました。その顔はぼんやりとしていてここではっきりと説明することはできませんが、やはり私の心に語りかけてきました。ここで少しその話をしてもいいですか？」

「もちろんです。ぜひあなたの話を聞きたくて、食事に誘ったのですから」

彼もまた議員という肩書きにとらわれることなく、謙虚で率直だった。

「私は、現在愛媛というところで父と一緒に暮らしていますが、昼は個人タクシーの運転手をしています。バスの本数も少ないところなので、駅との往復にタクシーは貴重な移動手段です。ある時駅で客待ちをしていたときに一人の男の人が声をかけてきました。自分は四十年ぶりに故郷に帰ってきた、家も親戚もここには残っていないが、たった一つだけもう一度訪れたい場所がある、それは森に囲まれた小さな山の湖で、幼い頃に偶然迷い込んだらしいのだが、きれいな水が森の緑を映してエメラルドグリーンに輝いていた、大方の場所は覚えているから、そこまで連れていってくれ、と言うのでした。私はどこか影のあるその人に興味を持ちながら、彼の記憶をたどって車を走らせました。やがて道は細くなって彼の記憶も曖昧になり、同じ道を何度も引き返さなければなりませんでしたが、小さな谷あいの道をゆっくり進んでいくと、その行き止まりらしいところで何かを思い出したのか、『ここで降ろしてくれ』と客は言いました。しばらくここで待っていてくれないか、と言うので、さすがに湖探しにつき合うわけにも行かず、私はそこで車をUターンさせてそこで待つことにしました。『一時間経っても戻ってこなかったら引き返してくれ』と言い、タクシー代として過分の料金を渡してくれて、そのまま森の中へ一人で歩いていきました。私は胸騒ぎがしたのですが、まだ日は高く、そのうちに何事もなかったかのように帰ってくるのだろうと自分に言い聞かせ、そのまま一時間は待ってみることにしました。そのうちにやはり男のことが気になり始めて、ひょっとして男は何かを悲嘆して森の中で首でも縊っているのではなかろうか、湖に身を投げたのではなかろうかと不吉なことばかり考えてしまうのでした。そう言えば、確かに彼にはどこか孤独と絶望の影が付きまとっていたのです。三十分くらい経った頃、私は待っていられなくなって、何かあればすぐに警察や消防署に連絡できるようにと携帯電話だけを身につけて、狭く暗い山道を恐る恐る一人で歩き始めました。実際私にはこんな山の中にあるというエメラルドグリーンの湖をこの目で見てみたいという気持ちもあり、ばったりと男の無事に出くわしたとしてもその好奇心を言い訳にできるとも思っていたのです。森は深閑として鳥の鳴き声が木々の間にこだましていました。小鳥は木に巣くう虫を食べ、その後でもっと大きな鳥に食べられる。人生に疲れた男は静かに湖のそばで再起を誓いに来たのであろうか、それとも今生の名残に幼い頃の夢のような風景を最後に瞳に焼き付けておきたかったのだろうか。私は人の運命に逆らった余計なことをしているのではないかという悩ましい気持ちにも苛まれながら、それでも木の枝や葉っぱに足を取られそうな黒い坂道を登っていきました。やがて上のほうから光が差してきて、やっと森を抜けだし、坂を下りながら広いところに出ました。すると、なんとそこに奇跡のように美しい透明な青緑色の湖面が目に飛び込んできたではありませんか。湖面は対岸の樹木の緑と白っぽい幹とを鏡のように映し出し、遠くの山々が青い空にくっきりとした稜線を描いていました。その時私はなぜか男のことを心配する必要がないことを確信しました。よく見ると少し離れた湖畔に男が腰を下ろしてぼんやりと風景を眺めていました。そのうちこちらに気がつくだろうと思いながら、私も近くの倒木に腰かけてぼんやりと山の湖に見とれていました。風が吹いてきて木々がざわめき始め、湖面に細かい波が立ちましたが、しばらくして風は去り、あたりはまたもとの静謐さを取り戻しました。すると、いつの間にか男が私のすぐ横にまできていました。とてもそんな短い時間に近づける距離ではなかったのですが、まるで最初からその場にずっと佇んでいたかのように、彼はこちらを穏やかな眼差しでこちらを見ていました。すみません、私も湖が見たくなって、つい……、と私が言い訳をすると、心配してきてくれたのですね、ありがとう、と言った彼の顔は谷の入り口で見たときよりもずっと若返ったように生き生きと輝いていました。タクシーの中では塞ぎがちで暗い表情だったので年を取っているように見えたのかもしれない、もともと人の出会いに年齢など意味のないことなのかもしれないなどと考えながら、よかったですね、湖が見つかって、と言いますと、ええ、確かにここでした、少しも変わらずここにありました、本当に何も変わっていません、と彼は嬉しそうに答えました。ごく自然に彼は私の隣に腰を下ろして、自分のことやその他いろいろなことを話し始めました。もともとそれが自分の仕事だと思っていたので時間を気にする必要もなく、私たちは一見したところ高原のハイキングにでもやってきた恋人同士のようでした。自分の成長と共に故郷も当然成長していると思っていました、それに時熟という言葉もあるでしょう、まるで時間そのものが成長しているかのように、でも、時間は熟したりしないし、0に何を掛けても0であるように止まったままです、ちょうど目の前の風景が風にそよいでもまた同じ静寂を取り戻すのと同じです、いまやっとわかりました、自分がこれまで追い求めていたものは全くの幻だったのですね、決して大それたものを追い求めていたわけではありませんが、頭の中で思い描いた夢を、そして、そこに架けられた階段を必死で這い上がってきたように思っていましたが、頑張れば頑張るほどその階段はまるで下りのエスカレーターのように段が次々とずり落ちて下のほうに消えていくのでした、そこに感じるのは周囲の冷めた視線だけでした、などと男は言いました。私は静かに次の言葉を待っていました。なぜそうなるのかということがここでやっと説明できるような気がしたのです、周囲の誰もが私と同じような幻を追い求めていたからだということを、そして、それらはただの幻ですから、上を向いていようと下に向かっていようと実際同じことだったのですが、幻に囚われている者たちはやはり下に向かっている者につき合うわけにはいかなかったのです、同じように自分たちがずり落ちているという幻を見た人たちは絶望感に打ちひしがれて、藁にも縋りたい思いでとんでもないことをしでかしてしまうのです、今日ここで自分はやっと踏みとどまることができました、いや、やっと夢から覚めることができました、そこには本当に晴れ晴れとした彼の表情がありました。水は流れていなかったのですね、前も後ろも上も下もなくどこからともなく湧き出でて、どこへともなく去っていき、周囲の自然と融け合ってその透明さを保ち続ける、当たり前のことが当たり前のように行われている場所がここにある、自分にはそれだけで充分でした、そのうえ、あなたは見ず知らずの自分のような者を心配してここまで来てくれた、それが幸せでなくて何でしょう、彼の言葉にはそれまでのもやもやした霧が一気に晴れていくような開放感が感じられました。でも、私は彼の話を言葉どおりには信じることができませんでした。そこにはやはり無理矢理にでも自分を納得させようとする精いっぱいの見栄であるような気がしました。もし私が心配して湖まで来なかったとしたら、果たして彼はこんな明るい調子でタクシーのところまで戻ってくることができたのだろうか、と。しかし、私はそんな彼の希望を試したり問い返したりする気にはなれませんでした。その時初めて私には彼が亡霊のように曖昧なものに見えてきたのです。人生に行き詰まりを感じて心許ない解決案を話しにきて私の判断を仰ごうとしているもう一人の私のようにさえ見えたのです。ひょっとしたら私のような体験をしている人は潜在的にもっとたくさんいるのではないか、ただそれを表す言葉を見つけられなくて、懐かしい湖を探したり、かつて過ごした町を訪ねたり、記憶の中に答えを求めたりしているのではないか、という気がしてきたのです。でも、それでは自分で作りだした問いに自分で答えているだけで、何ものでもないように思います。『エルベの亡霊』もまたそんなさ迷える魂の作りだした問いそのものかもしれません。ですから、あなたの話が意味のない作り話だなどとは思っていませんし、それは貴重な体験の一つだと思っています。重要なのは、そのさ迷える魂の問いがこの街ではすでに現実として静かに始まっているということなのでしょう」

「問い、ですか？　答えではないとおっしゃりたいのですね」

「ええ、問いです」

「答えを求めない問いですか？」

「答えはあくまでも現実そのものです。幸いこの街には、良きにしろ悪しきにしろ、もう一つの現実が残っていました。おかげでこの問いが噴き出しました」

「明快ですね。それで、湖の人はそれからどうなったのですか？」

「彼は、しばらく私のそばを離れようとはしませんでした。そして、自分はこの湖の近くにもう一度小さな家を借りて住むことにします、未来や上しか見ていない連中とはもうつき合いたくないし、望んでいたものはここにすべてであることに気がつきました、とまた自分に言い聞かせるようにいいました。でも、家族はついてきてくれますか、と思いきって私が尋ねますと、彼は寂しそうな表情で、独りぼっちにはもう慣れました、と言うだけで、それ以上は話そうとしませんでした。あなたはこの山の中で仙人にでもなるつもりですか、だめです、湖の存在を確認したあなたはこのまま山を下りるべきです、と私はきっぱりと言いました。未来しか見ていない人たちはいずればらばらになります、もともと未来はそれぞれの幻だからです、再びこの美しい湖を見出したあなたはもう未来を夢見る必要はない、町に帰るべきです、私はそんなふうに言ったと思います。彼はやはり青ざめたように見えましたが、しばらくしてから顔を上げて言いました。自分の夢はここにあります、ここからやり直します、なんて言ったものですから、私はどういうわけか彼に対して急に腹が立ってきました。夢なんてなかったんですよ、この湖はこのとおり夢なんかではなかった、それが確認できたのですからあなたは自信を持って町に帰るべきです、いつもあなたの中にはこの透き通った山の湖があります、何度でもここに戻ってくることができます、それは胸を張っていいことなんです、時は降る積もる雪のようなものでいくらでも掘り起こすことができます、少なくとも私はそう信じて生きてきました、人々のいるところへ戻りましょう、私はそんなことを言いながら彼を半ば強引に説得して、二人ゆっくり湖を離れました。話はここまでです。それからどうなったのか、これが事実なのか、それとも作り話なのか、あなた自身が判断してください」

議員は笑顔で遠来のジャーナリストのほうを眺めていた。

「あなたの亡霊の話、私にはよく理解できたように思います。貴重なヒント、話してくれてどうもありがとうございました。そこで、私も正直に言いますが、どうしても助言がほしい本市の吃緊の課題があります。それはちょっとした問題ですが、考えようによってはこの運動の命運を左右するものかもしれません。街に貼り紙を復活するべきかどうかの問題です。あらゆる壁や塀、電柱はかつて貼り紙の解放区でしたが、街の景観の問題やインターネット網の発達でいつの間にか規制されるようになりました。しかし、掲示板や貼り紙の周りには人が立ち止まったり集まったりすることによって、情報も人も必然的に社会性を持つことになった。時にはその情報の発信者に直接意見することもできた。現在は各家庭であるいは全く個人的に、液晶画面の中で誰とも意見を交わすこともなく情報を鵜呑みにしていると言えます。街の掲示板には誰も見向きもしなくなり、そうして世の中はますますペーパーレス社会へと舵を切っていますが、七十年代の状態に戻すとなればやはり脱ペーパーレスでなければならないでしょう。もし紙の書類を改ざんしたとしても書き直した証拠が必ずどこかに残っているものですが、これは考えすぎかもしれませんが、恐ろしいのはデジタルの文書は書き直されたしとしてもその書き直した痕跡を全く消し去ってしまうことができることです。例えば、歴史文書をデジタルで保管すればどこかでそれを何の痕跡もなく修正することができたとしたら、それは歴史そのものを書き換えてしまうことを意味するのではないでしょうか。他の重要文書についてもそういうことがいろんな場所で行われる危険が増大していると言えます。特定の文書が、いえすべての文書が一瞬にしてデジタルの世界から消滅するということも当然考えられます。どちらを標準にしていくか、近いうちに決断しなければならないと思っています。あなたはどう思われますか?」

「それは簡単なことだと私は思います。誰かが言っているように、どちらの可能性も残しておくことが大切です。D市以外ではしばらく極端なデジタル化が進むと思われるので、このD市では政策として掲示板や貼り紙の文化を復活させておくべきです。いわゆる未来に定規を当てて線を引きたがる人たちに、貼り紙のある街の豊かさを知らしめるべきではないでしょうか。おそらく街に出てくる人たちが増えて、家に閉じこもっていた孤独な人たちも話をし始め、街は賑わいを取り戻すことになると思います。街角にある無機質の塀や壁に絵を描くのもいいでしょう、文字や漢字を描くのもいいと思います。ドイツでは受け容れられやすいものでしょう。もともと政治とはありもしない未来に向かうものではなく、人に向かうべきものですから」

　議員は悠里の明快な提言に少なからず感心したようだった。

「いわゆる未来、ですか……。早速街の景観条例を再検討してみましょう。最後に一つだけ、その際注意すべきはどんなことでしょうか?」

　いつの間にかその日のインタビューにおける役割は入れ替わっていたが、二人の間に違和感はなかった。

「一度くらい上手く行かなくても、頑なにならず、押したり引いたり臨機応変に、かつ粘り強く続けることだと思います。いつでもいくらでも後戻りはできるのですから」

「ありがとうございました」

　シュルツ議員は笑顔で応えた。

「こちらこそ」

二人は連絡先を教え合ってからそのレストランを出て、互いに別々の方向へと歩んでいった。

街は日暮れて、家路を急ぐ人たちが停留所で黄色い電車を待っていた。暖かくもなく、かといって寒くもない風に吹かれながら、彼らは何十年も綿々と続いてきたささやかな日常を慈しんでいるようだった。新しいものにすぐ飛びつく人たちを尻目に大多数の人たちが保守的で頑迷であるように見えた。経済的には停滞していたように見える社会からグローバリズムの自由な海に船出したものの、その船が積み荷の重さに耐えられなくなってばらばらに解体してしまい、慌ててもとの小さなボートに泳いで辿り着いたような、そのボートの一つがD市だったのだろうか。そこには馴染みのある掲示板や電話ボックスや手書きの立て看板が何もなかったかのように戻ってきていた。それと同時に、街のあちこちに点在する広場や公園には日常的に住民が屯するようになってきたおかげで、周辺の小さな店が賑わいを取り戻し始め、地元の商店街や町工場は再び人手を必要とするようになって、遠いところに働きに出ていた人たちも少しずつ地元に戻ってくるようになった。そうなると通信販売になれていた年配者たちも、実際に品物を手にして店先で世間話をしながら買い物をするという楽しみを思い出したのであった。

街は七十年代に戻ったというばかりではなかった。具体的に言えば、壁の貼り紙のように七十年代に戻ったものもあれば、携帯電話のように戻らないものもあった、ということだった。自由主義経済に任せておけばどこまでも膨張していきそうな文明あるいは野蛮を制御する必要があったが、それを担っていたのが広場であり市議会であった。それは建物が上へ上へと伸びていく経済的格差の象徴のような「メトロポリス」を横へ横へと均《なら》して拡げていく運動といってもよかった。そして、いつの頃からか他の町からやってきた人たちには、D市の人たちの話す言葉が同じドイツ語でもすぐには理解できない、あるいはいつまでもコミュニケーションがとれないという現象がたびたび起こってきた。それは、かつて悠里と久保翔馬とがD市で幾度か会って日本語で話したときに、お互いの話すことに対して感じていた違和感と同じような現象かもしれなかった。ある人にとって一定方向に流れる大河だったものが、もう一方の人にとってあちこちに点在する水溜まりの一つだったとしたら、話はなかなか嚙み合わないことだろう。しかし、街ではその嚙み合わない言葉の溝を埋めるための日常的な努力があちこちで粘り強く行われていた。それはもともと市の奇抜な政策から生じた副産物ではあったが、いつの間にかそうした対話をあちこちで続けることがむしろ市民たちの目的あるいは楽しみになったかのようだった。

ある日、町でちょっとした事件が持ち上がった。エルベ川の上流から国籍不明の難民たちのボートが流れ着いたのだ。もともと国境は自由に往来可能だったから、D市への上陸は拒むべきものではなかった。市はシェンゲン協定に則ってこの数人の難民を受け入れ、住むところと仕事の斡旋を始めた。彼らは東欧系の言葉を話し、D市に対して保護を求めていた。なぜ保護を求めたのかというと、もともと家業として小売業を営んでいた人たちが、地元に進出してきた大型スーパーとの競合に敗れて仕事と家を失い、いわゆる経済難民になったのである。州の当局は経済難民を認めていなかったので、当局と市との間には微妙な軋轢が生じていた。それでも、市は何とか彼らを受け入れるような方法を見つけ出そうとしていた。もともと大きな企業のなかった東側では、小さな個人商店は大企業に次々と買収されたり淘汰されたりして立ちいかなくなっていたのである。結果として西側の町に人口は流入していたが、それはあくまで移民ではなく出稼ぎであった。しかし、それだけでは生活が持ちこたえられない人たちがいたのである。そういう人たちはかつての小さな個人商店が復活しているというD市の噂を聞きつけて、一か八かこの町を目指してきたのであった。そういう人たちにも開かれた町であることが市の自立政策にも適っていたので、市の担当者は州当局に妥協するわけにはいかなかった。

「ここでもう一度やり直して、余裕ができたらここでまた店を出せばいいさ」

難民を受け入れた小さな機械工場の主が言った。彼自身が北の大都市から最近町に舞い戻ってきて放置されていた工場を再開した一人であった。

「故郷はすっかり寂れて、皆都会へ出て行きました。給料は上がらないのに、なぜか生活費は上がるばかりです」

三十代くらいの痩せた難民の一人が主に言った。彼は怠け者であったわけでも博打打ちでもなかったが、それでも自分が故郷を出なければならなかった経緯を話した。外国から大量生産の安価な製品が関税もなく入ってきたためで、それまで家の中で時間を掛けて丹念に作っていた従来の商品は競争に負け、小さな店からはいつの間にか客が一人また一人と離れていき、借金だけがどんどんかさんで、やむなく自分の家まで手放さざるを得なくなったのである。高邁な自由の理想とは裏腹に程なく、現実の地域社会の人々の堅いつながりはズタズタに引き裂かれ、賑わいを失って痩せ細っていくその町の姿を目の当たりにしなければならなかった。

しかし、D市ではそんな難民たちが日に日に街の人たちにとけこんでいき、本来の仕事を再開することができ、その健康と笑顔を取り戻していく姿を見ることもまた町の人たちの自信と誇りになった。入国管理局の難民退去勧告を巡っては時に激しい応酬はなされたものの、彼らの生き生きと働いている様子を見るにつけ、その勧告は徐々にうやむやになっていった。D市とその周辺はもともと歴史的景観を持つ観光地だったが、それだけでなく州の中でも全く他の地域と違った独特の雰囲気があるらしいという噂は口コミで広がって、周辺からその雰囲気を味わいたくて観光に来る人も以前よりは増加した。しかし、外見上奇抜なものが街中にあるというわけでもないので、また時計台の針の動きもずっと注目しているのでなければ反対回りしても特段不思議なものではないので、街中を二時間も散策すれば、やがて期待外れと退屈さとから何の変哲もないキオスクに立ち寄り、秒針まで逆回転する玩具のような時計だけ手土産にして帰っていくのだった。

したがって、当面D市にやってくるのは、大都市や外国から故郷に帰還した元住民とその家族、仕事にあぶれて故郷を離れてきた難民たち、そして、怖いもの見たさでしばらく滞在しているうちにすっかり街の雰囲気が気に入ってそのまま住み着いてしまった人たちぐらいであった。しかし、街で行われている実験のことがそれほど大きく話題にならなかったことはD市にとって当面は都合のいいことだった。この社会実験が目に見える確実な成果を上げるまでは、外部からの干渉や投資はできるだけ避けたほうが賢明だったからである。この改革が軌道に乗れば、周辺の町もおそらくその影響を受けてかつての循環する小さな経済を取り戻すことができるかもしれない。もし本当にそうなれば、難民たちは希望を持っていた、懐かしい郷里にもう一度帰って、もとの店と地元の人で賑わう商店街を再建したいと。

「こんな鎖国政策のようなことは永くは続かないさ」

「後から追いつけないほど独り取り残されてから嘆いたって遅いよね」

「前途ある若者の未来を奪うなんて、到底承服できないね」

反対派の人は公然とそんなことを言ってはいたが、ずるずると後戻りする街の推移を見守るしかなかった。自動車の進入が制限され、路面電車網が網の目のように郊外まで整備されると、彼らは車の少なくなった道路を我が物顔に闊歩し、市バスの運転手たちはいつしか電車の運転講習を終え、すでに実地訓練を始めていた。路面電車の発達は駐車場を持たない小さな小売店には好都合だった。大型のショッピングセンターは旧市街に一つあるだけだったが、庶民の町にはそれで十分だった。

建物は新築されることが極端に少なくなり、もともとあった古い建物の補修・内装の工事ばかりが活発に施工された。長い間うち捨てられていた煉瓦造りの古い倉庫は小劇場や博物館などの文化施設として新たなスタートを切った。また、廃棄されるのを待つほかなかった古い家具や調度品は希望する市民に無料で払い下げられ、庶民の住居の中で新しい生命が吹き込まれたのである。

「そんなガラクタばかり拾ってきて、いったいどうするの？」

「手入れすればまだ充分使えるし、このレトロな形がいいだろう。それに、何よりただだからね、我が家の家計が助かるだろう」

「狭い部屋をそんなにゴミだらけにしたいならしょうがないわね。ただより怖いものはないって、あなた知らないの？」

妻はぶつぶつ文句を言いながら、いつしか自分もその「ゴミ」を使い始めるのであった。

人間関係についてはできるだけ直接的な場面を回復させるために、地域自治組織への参加が促され、そして、大胆にも学校からテレビ画面やコンピュータが姿を消した。もちろん反対意見もあったが、コンピュータなどの情報機器の使用は結局家庭教育の任意の領域に委ねられた。つまり、義務教育学校では時々の政治や経済的要請に流されることのない独立した伝統的な学問が生身の人間を通して学ばれたのである。

教育に関しては、むしろ子供社会の再構築はいちばん重要だったかもしれない。子供たちが近所の広場などで集団になって遊ぶことがなくなってずいぶん久しかったからである。将来をより有利に生き抜くために就学前から子供たちの競争は始まっていたので、彼らはテストの点数だけは優秀だったが、社会的な経験を積み上げる機会が乏しいまま突然一筋縄ではいかない社会に放り出されて、結果として社会生活への適応障害の生じる割合は非常に高くなっていた。その原因は子供社会の崩壊にあることは専門家から繰り返し指摘されていたことだった。社会人相互のコミュニケーション不足や家庭への引き籠もりもそのあたりに原因があると考えられた。子供のためによかれと思って親の始めたことが、現状は誰にとってもより不利になっていることに人々はやっと気づき始めたのである。

議論の結果、学校もやはり七十年代頃の情況が好ましいという結論に達した。淡々と逆回転する時計は人々の頭の中を真っ白にし、それらの速度も方向も多様な後戻りの可能性を保証しているようだった。

「本当に遊びに行ってもいいの？　夕方まで？」

「嫌なの？」

「嫌じゃないけど、習い事はいいの？」

「遊びは無料よ、思いっきり遊んできなさい」

「行ってきます！」

子供は一目散に飛び出していき、親は子供が遊びを嫌がるなら家事を手伝わせようと考えていた。

同時に持ち上がっていたテーマは医療であった。通院困難な人たちに対する往診の復活と病院との併用を推進すべきだという議論が持ち上がったのである。それは入院患者を減らすという意味でも、通院の負担を減らすということでも、充分議論の余地があったのである。

万事がこんな調子であったから、何かにつけて前へ進みたがる政府の方針とは相容れないことが多かったが、D市の変革への意志はなかなか堅固であった。市は、いずれ政府のほうが歩み寄ってくるだろうという、楽観的な見通しも持っていた。技術革新と経済成長を至上命令としている各国の指導者たちは後戻りすることを嫌っていたので、D市のことなど全く眼中になかったというのが大方の見方であった。次第にD市では次のような会話が、程度の差はあれ、あちこちで普通になされるようになっていた。

「まるで街全体がタイムマシンになったようなものだよ。しばらく改装中だった工事現場の足場や覆いが取り払われると、いつの間にかそこには一昔前の建物が突然現れているというわけだ。つまり、俺たちは居ながらにして時代を遡っていける。若者たちには全く新鮮なものかもしれないが、俺たち二十世紀の人間にとっては過去へ時間旅行をしているようなものだ。もう誰も昔は良かったなんて言ったりしないよ」

「タイムマシンなんて始めから存在しない。考え違いをしちゃいけないよ。俺たちは前に向かって走りすぎたのさ、それを今になって調整し始めただけだ。ちょっとばかり後戻りする勇気、それがこのDタイムマシンの正体さ。不安だから前に向かうほかないという思い込みから自由になるのは簡単じゃないけれど、時代遅れのちっぽけな時計屋の気まぐれがその不安に風穴を開けてくれたんだ」

「その時計屋だが、彼はいま何をしているんだ？　大もうけでもしたのか？」

「相変わらず市井の小さな時計屋だ」

「特許はとれなかったのか？」

「そんな制度はとっくになくなったよ」

「それは気の毒なことをしたね」

「いいや、それどころか本人はいたって満足しているよ。彼の洒落っ気が、いや彼の人間性が世の中の風向きを変えたんだからね」

「人間性は売ったり買ったりするわけにはいかないということか」

「ああ、売れないタイムマシン、そういうことだろう」

「これから俺たちはどうなるんだ？」

「俺たちの予定なんてどこにもないだろう。永久に来ない予定が一人ひとりの頭の中にあるだけで、つまり、ここにはただ無数の可能性がいつまでもあり続けるだけだ」

「俺たちの未来というのもないわけか？」

「ないね。もっと早く気づくべきだった」

……。


悠里が長い自作の詩を朗読し終えた後、不思議な沈黙が辺りを支配していた。そのときソンは一人大きな拍手をして、「素晴らしい」と叫んだ。その唐突な叫び声に釣られたのか、聴衆は思い出したように歓声を上げて万雷の拍手で応えた。悠里は疲れたように舞台をゆっくりと降りてもといた席に戻った。彼女の朗読する詩の一節一節に魅入られたように耳を傾けていたソンは、「神父」に「ちょっと話してくる」とだけ言い残して、自席から立ち上がり、舞台脇の放心した悠里の席の隣に腰を下ろした。彼女が落ち着くのをしばらく待ってから、彼は横からドイツ語で彼女に話しかけた。

「すみません、つい東アジアが恋しくなって声をかけました。ソンと言います。あなたはこの町に長く住んでおられるのですか？」

悠里は、話しかけられて初めてその東アジア人の存在に気がついたようだった。彼女はソンの顔をしばらく見つめてからその質問に答えた。

「今回は長くはありませんが、何度か暮らしたことがあります。あなたは……旅行ですか？」

「はい、オートバイでユーラシア大陸を横断中なのですが、この町に到着してから驚くことばかりで、この店にも偶然はじめて出会った人たちに連れられてきました。こんなおもしろいライブ・パフォーマンスは全く初めての経験です。最初はただ呆気にとられていただけでしたが、突然東アジア出身のあなたが壇上に上がって表現されたことは、声といい詩の内容といい、私の心をぐいっとわしづかみにしてしまいました。私にとってきっとこの出会いは偶然ではないと思いました。または、私をここに連れてきた連中が仕組んだことかもしれません。それで、居ても立ってもいられなくなり、失礼を承知でつい声をかけてしまいました。ドイツ語が少しできるので、私はもう一月くらいドイツ国内を点々と回っています、次は東ヨーロッパから中央アジアに抜ける予定です」

「それはいいですね。この町は私にとって特別な場所です。最初は戸惑うかもしれませんが、しばらくここで暮らしてみたらきっとあなたも気に入ると思います。気に入ったら是非この町に定住してください」

「でも、僕に慣れることができるでしょうか？」

「もう慣れているじゃありませんか」

悠里はそう言って上機嫌に笑った。


それから何日か経ったある日のことであった。東アジア人ソンが、あの黒い瞳の東洋的な顔立ちがやはり懐かしかったのだろうか、偶然見つけた買い物中の悠里に声をかけてきた。ソンはまだ中央アジアに向けては出発していなかった。反時計回りのD市のことがどうしても気になって町を離れられずにいたのである。

「この間は失礼しました。まだこの町におられたのですね」

「ええ、二日後に日本に発ちます。もうプラハのほうに旅立たれたのかと思っていたのですが、またお目にかかれてよかったです」

「冬になる前に中央アジアの山岳地帯を越えるのか、春になるのを待ってから出発するのか迷っているところです」

「私の知り合いで、やはりオートバイでのユーラシア大陸横断を経験した人がいて、その人はロシアからシベリア経由で日本に向かったので、春の訪れを待ってからヨーロッパを出発したようです。日本の場合、幸か不幸か西洋文明は西からではなく東から海を越えて一足飛び入ってきたようなので、その人はシルクロードと同じように文明の交差点を越えることで何かをつかみ取りたいと思っていたようです。あなたもじっくりとスラブやアジアの文化を体験したいのなら、いっそ春までこの町に滞在したらどうですか、退屈でなければ」

「ありがとうございます。もしよければ、この町のあなたの知り合いを紹介してもらえませんか」

悠里は少し考えてから言った。シュルツ議員のことが頭に浮かんだのだ。

「わかったわ。今から連絡してみるわね」

電話はすぐに繋がった。

「では、今日の夕方、三人で一緒に食事をすることになったわ」

悠里はいかにも楽しそうにそう言った。


吹く風を冷たいと感じ始める十月が、つまりD市暦三月が訪れた。季節と月名とが一致しないので最初は混乱が生じたが、南半球の場合と同じだと考えることで、人々はすぐに慣れることができた。木の葉はとりどりに色づき、コートの襟を立てた人たちが公園の小径を歩いていた。ステップの低い黄色い路面電車が滑るように停留所で停まり、利用者は乗車券を見せる必要もないので、乗り降りはいつものように滑らかに行われる。電車はエルベ川を渡ってバロック様式の旧王宮のある南側の街路へと入り、右手に重厚な造りのオペラ劇場を見ながら大きく左へ迂回して、例によってモダンな百貨店やブランドショップの並んでいる道路に入る。再統一後にできた繁華街のほぼ真ん中に停留所があり、そこで降りると、中央駅へと通じる十分幅の広い歩道の両側には新しい店が建ち並んでいる。一見したくらいでは、そこが時代を逆戻りしている街だとはほとんど気づかないであろうと思われた。観光客のお目当てはほとんど中央駅から旧王宮とエルベ川まで続くこの区画にあったので、北の新市街まで訪れることはあまりなかった。つまり、この街の実験は主として表玄関から離れた目立たないところで行われていたことになる。

しかし、敏感な人は二、三日過ごしているといくつかの異変を感じ始める。まず人々の服装である。旅行者と街の人の服装が違っているのは当然なのだが、どこか他の街と違っていた。意識すればすぐわかるのだが、男女の服装にほとんど区別がなかったのである。七十年代がそうだったというわけではないが、当時の意識としてはいろんな意味で平等感が強かったのかもしれない。他にも家族で使い回しができたり、古着市場で取り扱いやすかったりという理由があったのかもしれない。あるいは、単に動きやすく活動的で、家での洗濯も容易だったというだけかもしれないが。当然ハイヒールや革靴も敬遠され、街はデモや集会にふさわしい運動靴で溢れた。高級品が売れないことにとうとう痺れを切らしたブランドショップは旅行者に対して重点的に呼び込みを始め、その一方で隅のほうではあるが自社ブランドのロゴをあしらっただけの運動靴やユニセックス商品を置かざるを得なくなった。この街では徒《いたずら》に購買意欲を刺激するような広告に労力とお金を注ぎ込むよりも、実際に手にとってもらう対面販売のほうがはるかに効果的でよく売れたのだった。街の掲示板からは商品の広告が消え、身近な情報が溢れるようになった。というのも、日用品を仕入れに来る人にとって夢や未来をことさら強調する欺瞞に満ちた広告は必要なかったのであり、その一方でテレビやインターネットから流れてくるデマと見分けのつかない扇情的な情報や宣伝にも飽き飽きしていたので、街の人々にとっては貼り紙や掲示板があって人々の集う商店街こそが貴重な情報源であり社交場であった。

夢や未来といえば、何か明るいイメージを与えるようだが、この二つの言葉が同列に扱われるようになったのはいつ頃からなのだろうか。もともと「夢」という言葉は「睡眠中に見る心象」であって、せいぜい「はかないもの」という派生した意味しか持っていなかったらしい。しかし「夢」はいつしか「未来」と結びついて「願望」や「理想」の意味を持つようになった。ただ、今なおその二つの意味が全く別の単語で表されている言語もあると聞く。この意味の拡大あるいは結合はいったい何を意味しているのだろうか。現代日本語も、悠里の話によると、ドイツ語と同じくこの二つの意味を「夢」という一単語で表すらしい。

シュルツ議員の頭の中にはそんな疑問が折に触れて浮かんでくるようになった。

問題なのは、極めて個人的なはずのはかない「夢」が一般的と解釈される「未来」と結びつき、集合的な目標にもなり得る「理想」にすり替えられてしまうことだ。そのとき一人ひとりの思いは隅っこのほうに退いてしまい、気がついたときにはぼんやりとした霧の彼方へとその姿を消してしまっているのではないか。夢を叶える、そのトリック、いやそのレトリックがこの世界という空間に不気味に浮遊しているような気がする。だからこそ、集合的な「夢」に引きずられる前に、意味もなく、そして注意深く後ずさりすることも時には必要なのだ、と。そう言えば、悠里と話した「エルベの亡霊」というのもやはり個人的な「悪夢」のようなものかもしれない。そこから何かを読み解いて集合的な「理想」、あるいは「反理想」を抽出しようとするのも、また愚かなことなのかもしれない。

現在D市の時計によると、西暦二〇一一年であった。一九七〇年にはまだまだ遠かったが、実質的にはかなりの部分でその年に近づいているように見えた。それには市民の記憶と記録とが大きな役割を果たしていた。記憶のある時代に戻るのは経験に頼ることができたので実験は比較的順調だった。しかし、これが記録だけに頼らなければならなくなったとき、未経験の領域に入るので新たな困難が予想された。もっとも議員や市民たちの一部は、現実的には一九七〇年くらいで時計は止まることになるかもしれないと考えていた、いや、むしろ先のことなど考えてもしかたがない、くらいに思っていたのかもしれない。それまでにはこの途方もない実験によって何らかの着実な成果が街の人々や周辺の地域にもたらされるのであろう、と楽観していたのである。

市議会では、相変わらず七十年代に遡ることについてのさまざまな議論が熱心に交わされていた。それらの議論はたいてい町のあちこちの広場や職場集会などで語られたことの報告と分析という形を取っていた。しかし、その議員の多くが七十年代を実際経験したわけではないので、その「七十年代」は時代ではなく、むしろ空間的で象徴的な言葉になっていたようである。

「先日教育委員会から報告がありましたように、学校における点数主義は人間としての幅を著しく狭めるということが指摘されています。国際競争力という言葉が一人歩きして、あたかも良い点数を取ることが競争力であるかのような考え方が教育の場で語られ始めたことが問題であると指摘されています。かつて点取り虫と揶揄されたことがいまや大まじめに推奨され始めたかのようです。しかし、子供時代の過度な競争主義は人間形成にとって必ず大きな禍根を残すことになるでしょう。我が市はこのような考え方には与せず、従来の全人教育の理想を取り戻すべきだと考えています。点数から出発するのではなく一人ひとりの子供から出発すべきです。今世紀に入って我々は多くの自由を得ましたが、そのほとんどが競争の自由です。どういうわけか、民主主義は自由競争と同義語になってしまったかのようです。教育と資本主義の原理とは土俵が違います、はっきりと切り離すべきです」

「こんにち切り離されているのはむしろ子供たち自身ではないでしょうか。放課後の町から子供たちが消えたのは、いつしか学習塾や習い事やスポーツクラブに振り分けられて夜遅くまで帰ってこなくなったからです。さらに行くところがなくて独り寂しく家の中で遊んでいる子供たちもいます。子供たちの社会は学校以外になくなったのに、そこでも個人間の競争しかないとしたら、彼らはどこに居場所を見つけたらいいのでしょうか。小学校の頃からすでに成長のための競争という篩にかけられているのだとしたら、明らかにこれは退歩です、いや劣化と言ってもいいです。ここでもやはり、子供たちがほとんど篩にかけられるようなことのなかった七十年代に倣うべきではないでしょうか」

「みなさん、七十年代を理想化するのはそろそろ止めにしましょう。覚えている方も多いかと思いますが、その時代は学生運動と労働争議が非常に活発だった時期です。おかげで公共交通機関もたびたびストップしましたし、大学にはバリケードまで築かれてほぼ毎日のように授業がボイコットされていました。一言で言えば、大停滞の時期だったのです。その時代を乗り越えて高度に進歩した今日の世界へと牽引してきたのは誰あろう、われわれの党でした。こともあろうにその悪夢の時代をわざわざ選んできて、かつ目標にするなんていうのは全く正気の沙汰とは思えません。即刻中止すべきです」

「即刻中止できることも、列車を動かさないことも、授業を受けないことも可能だったからこそ、そこが選ばれたのだと思いますよ。停滞することよりも進歩が無条件に優っていると考えてしまうその常識を見直すことが、そもそものこの運動の原点なのですからね、中止するわけにはいきません。中止すればまた中止できなくなるのですから」

「そんなレトリックはもう聞き飽きたよ。何度でも言うが、人間というものは一度便利さに慣れてしまうと、もう後戻りなんてできないものなんだ、絶対に。例えば、インターネットで繋がった通信網をもう一度それ以前の手紙や電話といった原始的な方法に今更戻せるわけがないだろう、今日世界中のホテルや飛行機の手配だっていつでもどこからでも予約可能なんだからね、この便利さを手放すことはもはやできはしない」

「インターネットの発達によって情報はより地球規模になったと言われますが、それによって人間の可能性が本当に広がったのかというとはなはだ疑問ではないでしょうか。インターネットそのものが巨大なビジネス空間として乗っ取られてしまったと考えるのが妥当なところでしょう。動画サイトで再生回数が増えればアップロードした者に莫大な広告収入が入ってくる。人間は否応なしに一消費者としてその底なしの市場に参加させられることになるのです。それを視野の広がりと呼ぶのは、何かの間違いです。むしろ出口のない狭くて息苦しい洞窟の中にさまよい込んだようなものではないでしょうか。だとしたら、それによって人間の可能性はより狭まったのかもしれませんよ。よく考えてみてください、かつてテレビのない部屋で人はより集中して勉強することができたように、巧妙な嘘もはびこるインターネットという巨大な商業主義の狭い覗き窓から解き放たれることで、身の回りの社会生活に対する視野はもっと広がり、自分の頭で考えるという人間の思考力はより鍛えられるのではないでしょうか。社会の関係が現在のようにぎすぎすした競争と縦社会とに縛られている限り、いまやネット社会も同じように一種の戦場のようなものになっています。もともとは世界中の人と人とが繋がり合える大きな可能性を持っていたものが、皮肉なことにネットの世界は単に現実の社会関係のいびつさを更に拡大するだけの鏡のようなものになってしまった。つまり、いくらコミュニケーション・ツールが発達しても人間同士の関係は何ら変わっていないということです。むしろその社会の欠点が世界規模でより増幅するというだけで、現実世界に犯罪があるようにネットの世界にも犯罪が入り込んでくる。液晶画面の前で人々はより孤独になり、目に見えない監視の網の中に生きているように、より不安にさせられているのではないでしょうか」

　彼は一息ついて、さらに付け加えた。

「それに、仮想現実の中では後ろめたさも罪の意識も希薄になってしまうのは大きな問題ではないでしょうか。七十年代に戻るという本市の方針に従い、勇気を持ってそろそろインターネットの接続を遮断すべきではないかと、私は考えます。かつてワープロや表計算ソフトなどによって画期的な思考ツールであったコンピュータは、残念なことに、ネットに繋がれるようになってからはウイルス感染に絶えず脅かされている単なる商業主義の一端末に成り下がってしまったのです」

議論はたびたび噛み合わなくなり、興奮のあまり個人攻撃になることもあるにはあったが、概ね冷静に推移し、取っ組み合いにまで発展することはなかった。

シュルツ氏の把握している議会や市井での議論は多岐にわたっていた。七十年代というのは理想でもノスタルジーでもなく、そこにある現実だった、いつからでもどこからでも選べる現実だった。町の人々はそのことをじわじわと理解し始めていた。もともと街の外観の変更は条例によって規制されていたので、建物や公園、通りなどの景観はそのままでありながら、法律や制度を変えるだけで社会実験は実現され、静かに速やかに時代を回復することができたのである。そして、時間が前に進まなければならない必然性などもともとなかったのだと、町の人々は改めて実感し始めていたのである。しかし、インターネットの問題は再び先送りにされた。遮断してしまうことに伴うさまざまな副作用が把握しきれなかったからであり、かといって代替となる新たなコミュニケーション・ツールが開発されていなかったことが主な要因だった。例えば、人口の都市集中を防ぐためには、地方の自宅で仕事ができるようにするのが一つの解決策だったが、それを実現するためには瞬時に世界と繋がることのできるインターネットの役割がきわめて重要だったのである。経済や流通はインターネット、人間関係は直接にというぐあいに使い分ける方策などが検討され始めていた。

しかし、ついにインターネットの発展にも曲がり角が来た。これは世界的なことだったが、だんだんと人々のネット離れが起こってきたのである。一とおり海外旅行をしてきた人がついには国内旅行に戻るように、インターネット巡りに飽きてきたといったほうがいいのだろうか。小さな窓から覗く世界はだんだん見る人に不快感を抱かせるようになったのである。簡単に言えば、おもしろくなくなったのである。顔もわからない誰かによって作られたもっともらしいデマや口汚い中傷のはびこる世界の中で泳がされていることに、人は気持ち悪さを感じ始めたのかもしれない。個人情報の流失に歯止めがかからないこともまた気味の悪いことであった。とにかくファッションや流行と同じで人心が離れてゆき、全体としては普及の速さと同じくらい急速に廃れ始めたのである。辛うじて通信販売の手段として、もしくは地域や国を跨いだ経済活動におけるさして重要でないデータのやり取りの手段としては依然として便利なツールではあったが、日常的に確実な情報を得る手段としてはすでにテレビや新聞の後塵を拝していた。

窓枠を取り払って戸外に出ると、風が運んでくる季節の香りが感じられたらどんなにいいか、色とりどりの花や森や水のある風景に出会ったらどんなに気持ちがいいか、誰かに出会うかもしれない朝の散歩はどんなに爽やかなんだろうか、何重にも仮面をまとった窓枠の中の住人たちを眺めているよりも素顔の人と直接言葉を交わせることがどんなにいいか、インターネットの退潮はやがてD市以外でも一九七〇年代の人との出会いがもう一度見直されるきっかけになった。人々はここでもまた一つ後ずさりすることのおもしろさを学んだのである。

それに関連して他にもいろいろな面でD市には変化が訪れた。

夜間照明の規制である。夜七時以後に働く人は、病院や消防、警察を除いてほとんどいなくなった。レストランや酒場などでも最低限の照明による仄暗い雰囲気が好まれた。恐ろしい空襲警報時以来の暗い夜が復活したのである。数十年ぶりにエルベの川面には天の河が映し出された。オレンジ色の街灯の下を路面電車だけが通るカローラ橋の上では何組もの恋人たちが欄干にもたれながらその星空を眺めていた。

七十年代が近づくにつれて人々が断念しなければならないものがいくつかあった。広く普及していたCDやDVDなどのデジタル化された音楽や映像よりも、直接性ということを回復していこうということで、アナログレコードやライブ演奏、劇場などの良さが見直されつつあったのである。それによって電車の中や道を歩きながらヘッドホンで聴くことしか知らなかった若者たちが、直接劇場に足を運んで体験する臨場感溢れる歌唱や演奏、さらには演劇や舞踏など一回きりの実演のおもしろさに目覚めたのである。その息づかい、汗、みなぎる緊張感など、何よりも演じ手と観客との一体感の素晴らしさが広く再発見されたのである。そこには路上ライブや路地裏でする子供たちのごっこ遊びともどこか共通点があった。

D市でなくても、たまたまレコードの原盤が発見されて再び新盤レコードとして量産されることもあるし、オペラは相変わらず人気だし、ストリートミュージシャンも成功を夢見て細く長く頑張っているかもしれない。ただD市においては、地域社会のあり方を市民が議論する中から生まれてきた実験の一環として行われていたということである。また、予想される外部からの干渉を上手く躱すために、ありがちな「町興し」の一つと見せることで、この実験は着実に軌道に乗りつつあった。ここでは、紙の文書は貼り紙や機関誌などを通じて依然市民に親しまれ、鉛筆になじむ手帳やノートは相変わらず生活に欠かせないものであった。また、木の玩具は相変わらず子供たちに人気で、家具として長く愛されるのもやはり木の風合いであった。地球上にかつてあったものをいつ何度でも使えるように残しておくことは文化の基本かもしれなかった。ある日突然の停電や誤操作など何かの手違いのせいで目の前から跡形もなく消えていって二度と再現できなくなってしまうようなデジタルなものは、半面、恣意的に廃棄されたり、修正されたりすることも考えられ、だからこそ、その前に紙とインクで筆跡のあるものとしてあちこちに保存しておくことは、書き換えのできない歴史資料としてもちろん大切なことであろう。

エルベ川の畔のカフェでシュルツ議員と東アジア人ソンとが向かい合って何やら親しげに話をしていた。例によって対岸には王宮の黒い塔と教会の白いドームとが十八世紀ごろそのままの姿を川面に映していた。その上流には珍しく川霧が出て、ぼんやりとした乳白色の帳の向こうにはかつて百塔の町と言われた町の輪郭が亡霊のように浮かんでいた。

「ソンさん、この町にはもう慣れましたか?」

シュルツ議員は、主にアジア人旅行者を対象とした期間限定の観光案内の仕事をソンに斡旋していた。

「ありがとうございます。おかげさまで就労ビザも下り、興味深いこの町に腰を落ち着けることができました」

「あなたのドイツ語はとても上手で、観光客の評判もなかなかいいようですね」

「恐れ入ります。街の独特の雰囲気にもようやく慣れました。この街で暮らしていると、自分がいったい誰なのか、何歳なのか、どこから来てどこに行くのか、不思議なことですが、それらはほとんど気にならなくなりました。まるで自分の姿を見ないで済む鏡のない世界に来たようなものです」

議員はその言葉を興味深く聞いていた。

「おそらく時間のことを考えないで済むことは、自分のことを勘定に入れなくても済むということなんでしょうね。自分の利害や余計な思い込みがないので相手の気持ちに共感できて、直ちにそれを行動に移すことができるようになったのかもしれませんよ」

「その言葉は素直に嬉しいです。悠里さんとはあれから連絡がありますか?」

「ときどき長文のメールが届きます。私には理解できない部分もありますが、彼女はいたって健在です。

年が明けたら、あなたはやっぱり予定どおり大陸を越えてアジアに向かうのですか？」

「なんだかよくわからなくなってきました。旅人のままでいるより、こうして定住者として過ごすほうがいいような気もしてきました。少なからず友だちもできましたし……」

ソンは、「神父」やその仲間たち、ラッパーたち、最近仲良くなった旅行会社の女友だちのこと、そして、シュルツ議員を始めとした公園に集まってくる町の人たちのそれぞれの顔を思い浮かべた。

「私もそう思ってもう二十年もこの町に住んでいます。去りがたいというか、何か心を惹きつけるものがあるのでしょう」

議員はほっとしたものを感じていた。ソンは、議員の中性的な容貌とすっかり馴染んできた対岸の旧市街の景観とを見較べるように眺めた。

「あの白いドームは七十年代にはなかったらしいですね。あれも時代に合わせて取り壊すのですか？」

ソンは赤屋根の宮殿の向こうに堂々と聳える白亜のドームを指差した。

「いいえ、あの建物は一九四〇年代にはすでにあの姿で存在していました。あそこはもう戻っているのですよ」

「ああ、そういうことでしたか」

ソンはいかにも得心したように呟いた。

「ところで、あなたはどうして自分のことを東アジア人と呼ぶのですか？」

議員はずっと気になっていたことを尋ねた。

「どうしてでしょうか……。あなたは自分のことをヨーロッパ人と意識したことはありませんか？」

「しないわけではありません」

「おそらくそれと同じことだと思います。私はこの町で暮らしてみて余計にそれを意識するようになりました。さっきも言ったように、自分の身体から時間意識が脱け落ちていくと、共感の幅がいくらか拡がったような気がしています。自分って、いったい何なのでしょうね……」

シュルツ議員は少し困ったようにソンを見つめた。

著者紹介
塩貝敏夫（しおがい・としお）
1953年12月　京都府に生まれる
京都大学文学部卒業
元中学校教師
作品に『逗留者』（短編集）、『コミューン前史』（長編）、
『時間病 第1巻』（長編）がある

表紙画（F50号　油彩）
村山　勇（むらやま・いさむ）
1953年5月　京都府に生まれる

時間病　第二巻

2019年11月5日　初版第1刷印刷
2019年11月15日　初版第1刷発行

著　者――塩貝敏夫
発行者――楠本耕之
発行所――行路社 Kohro-sha
520-0016 大津市比叡平 3-36-21
電話 077-529-0149　ファックス 077-529-2885
郵便振替　01030-1-16719
装　画――村山 勇
装　丁――仁井谷伴子
組　版――鼓動社
印刷・製本――モリモト印刷株式会社

ISBN978-4-87534-397-4 C0093